Umwelthinweis:
Dieses Buch wurde auf chlor- und säurefreiem Papier gedruckt.

Susan Mallery

Spiel, Kuss und Sieg

Roman

Aus dem Amerikanischen von
Ivonne Senn

mtb

MIRA® TASCHENBUCH
Band 25894
1. Auflage: Januar 2016

MIRA® TASCHENBÜCHER
erscheinen in der HarperCollins Germany GmbH,
Valentinskamp 24, 20354 Hamburg
Geschäftsführer: Thomas Beckmann

Deutsche Erstveröffentlichung

Titel der amerikanischen Originalausgabe:
When We Met

erschienen bei: HQN Books, Toronto

Published by arrangement with
Harlequin Books II. B.V./S.àr.l.

Konzeption/Reihengestaltung: fredebold&partner GmbH, Köln
Umschlaggestaltung: pecher und soiron, Köln
Redaktion: Daniela Peter
Titelabbildung: pecher und soiron, Köln / Matthias Kinner
Satz: GGP Media GmbH, Pößneck
Druck und Bindearbeiten: CPI books GmbH, Leck – Germany
Printed in Germany
Dieses Buch wurde auf FSC®-zertifiziertem Papier gedruckt.
ISBN 978-3-95649-261-7

www.mira-taschenbuch.de

Wenig auf dieser Welt ist so umwerfend wie meine Leserinnen. Ich gebe zu, es gibt viele Wunder, aber ihr seid für mich das größte. Und ich verrate euch auch, warum:
Fünf Jahre lang war Fool's Gold „Das Land der Happy Endings". Aus Plot-Gründen habe ich mich jetzt entschieden, etwas zu verändern. Die folgende Geschichte verrät, wie es dazu kam. Ich hoffe, alle Fans von Fool's Gold finden die Umstände genauso lustig wie ich. In eben jener Woche, als ich darüber schreiben wollte, fühlte ich mich nicht besonders brillant und schien mit keiner funktionierenden Idee aufwarten zu können. Also habe ich auf Facebook um Hilfe gebeten – wie ich es ja oft tue –, und meine fabelhaften Leserinnen hatten großartige Vorschläge für einen neuen Slogan.
Der absolut beste Vorschlag kam von Crystal B. Also ist dieses Buch ihr gewidmet. Weil sie brillant und einfach bezaubernd ist. Danke, Crystal. Und Bürgermeisterin Marsha dankt dir auch!

1. KAPITEL

„Wir wissen beide, wohin das führt."

Taryn Crawford schaute zu dem Mann auf, der an ihrem Tisch stand. Als sie erkannte, um wen es sich handelte, machte sich ein erwartungsvolles Kribbeln in ihr breit. Sie ignorierte das Gefühl und betrachtete ihn genauer. Der Mann war groß, mit breiten Schultern und grauen Augen. Aber sein hervorstechendes Merkmal – das die meisten Leute vermutlich geflissentlich zu ignorieren versuchten – war die Narbe an seinem Hals. Als hätte irgendjemand versucht, ihm die Kehle durchzuschneiden. Kurz schoss Taryn der Gedanke durch den Kopf, wie der andere Typ wohl aussah, der mit seinem Mordversuch gescheitert war.

Sie schätzte, dass es viele Frauen gab, die sich von dem Mann einschüchtern ließen, der jetzt vor ihr stand. Schon allein seine Muskelmasse konnte einem Angst einflößen. Auf sie traf das allerdings nicht zu. Schließlich trug sie nicht umsonst ein streng geschnittenes Kostüm und Mörder-High-Heels. Diese Kleidung hatte sich bewährt. Und wenn das nicht funktionierte, arbeitete Taryn einfach noch härter als alle anderen. Sie tat, was nötig war, um zu gewinnen. Sicher, das hatte seinen Preis. Aber das war in Ordnung.

Deshalb konnte sie den Blick des Mannes jetzt auch kühl erwidern und fragen: „Ach so. Wissen wir das?"

Sein einer Mundwinkel verzog sich in einer Art schiefem Lächeln nach oben. „Sicher, aber wenn Sie sich wohler fühlen, so zu tun, als wüssten wir es nicht, ist das für mich auch okay."

„Eine Herausforderung. Wie faszinierend. Sie erwarten aber nicht, dass das reicht, um mich in die Defensive zu drängen, oder?" Taryn achtete darauf, ganz entspannt auf ihrem Stuhl zu sitzen. Schätzungsweise registrierte der Mann ihre Körpersprache ebenso genau wie jedes ihrer Worte. Vielleicht sogar noch genauer. Sie hoffte, er würde es ihr nicht zu leicht machen. Von leicht hatte sie die Nase voll.

„Es würde mir gar nicht gefallen, Sie zu enttäuschen", murmelte sie.

Das Lächeln wurde breiter. „Das würde mir auch nicht gefallen." Er zog den Stuhl ihr gegenüber hervor. „Darf ich?"

Sie nickte, und er setzte sich.

Es war kurz nach zehn an einem Dienstagmorgen. Im Brewhaha, dem örtlichen Coffeeshop, in den Taryn sich geflüchtet hatte, um ein paar Minuten allein zu sein, bevor sie in das Chaos in ihrem Büro zurückkehrte, war es relativ ruhig. Sie hatte einen Latte macchiato bestellt und ihr Tablet herausgeholt, um die aktuellen Finanznachrichten zu lesen. Bis sie gestört worden war. Schön zu wissen, dass heute ein guter Tag werden würde.

Sie musterte den Mann, der ihr gegenübersaß. Er ist älter als die Jungs, dachte sie. Die drei Männer, mit denen sie zusammenarbeitete – Jack, Sam und Kenny, auch „die Jungs" genannt –, waren alle Anfang bis Mitte dreißig. Ihr Gast ging mehr auf die vierzig zu. Gerade erfahren genug, um die Sache interessant zu machen, dachte Taryn.

„Wir sind einander nie vorgestellt worden", sagte sie.

„Sie wissen, wer ich bin."

Das war keine Frage. „Tue ich das?"

Eine dunkle Augenbraue hob sich. „Angel Whittaker. Ich arbeite bei CDS."

Auch bekannt als die Bodyguardschule, wie sie sich erinnerte. Für eine so kleine Stadt gab es in Fool's Gold eine ganze Menge ungewöhnlicher Firmen.

„Taryn Crawford."

Sie wartete, doch er rührte sich nicht.

„Geben wir uns nicht die Hand?" Sie schaute ihn fragend an und schloss dann beide Hände um ihren Latte macchiato. Nur um kompliziert zu sein, denn kompliziert sein würde die Sache spannender machen.

„Ich dachte, das Berühren heben wir uns für später auf. Ich mag es lieber, wenn solche Dinge im Privaten passieren."

Taryn hatte Score, ihre PR-Agentur, vor acht Jahren eröffnet. Seitdem bekam sie es immer wieder mit ungewollten Annäherungsversuchen zu tun, mit Leuten, die sie für dumm hielten, und anderen, die glaubten, weil sie mit drei Exfootballspielern arbeitete, hätte sie ihren Job nur bekommen, indem sie mit ihnen ins Bett gegangen war. Sie war es gewohnt, ruhig zu bleiben, ihre Meinung für sich zu behalten und durch einen unerwarteten Sprint über die Seitenlinie den Sieg davonzutragen.

Dieses Mal hatte Angel die ersten Punkte erzielt. Er ist gut, dachte Taryn fasziniert und nur ein kleines bisschen verschnupft.

„Machen Sie mich an, Mr Whittaker? Denn dafür ist es noch ein bisschen früh am Morgen."

„Sie werden wissen, wenn ich Sie anmache", informierte er sie. „Im Moment sage ich Ihnen nur, wie die Dinge stehen."

„Was uns zu Ihrer Eingangsbemerkung zurückbringt, dass wir beide wissen, wohin das führt. Ich gebe zu, ich bin verwirrt. Vielleicht haben Sie mich mit jemandem verwechselt."

Während sie ihn ansah, löste Taryn ihre übereinandergeschlagenen Beine und schlug sie dann andersherum wieder übereinander. Sie versuchte nicht, ihn zu provozieren, aber falls Angel sich davon ablenken ließ, war das wohl kaum ihre Schuld.

Eine Sekunde lang erlaubte sich Taryn die Frage, ob sie wohl ein anderer Mensch geworden wäre, wenn sie in einem traditionelleren Zuhause aufgewachsen wäre. Einem Zuhause mit den erwünschten 2,5 Kindern und halbwegs normalen Eltern. Wahrscheinlich wäre sie dann nicht so ehrgeizig. Oder so hartnäckig. Aber wäre das besser oder schlechter? Manchmal war sie sich da nicht so sicher.

Angel Whittaker beugte sich vor. „Ich hätte Sie nicht für jemanden gehalten, der Spielchen spielt."

„Wir spielen alle Spielchen", erwiderte sie.

„Na gut. Dann will ich ehrlich sein."

Sie nippte an ihrem Kaffee und schluckte. „Bitte."

„Ich habe Sie letzten Herbst gesehen."

Als sie sich in der Stadt nach geeigneten Büroflächen umgesehen hatte. Mit einer Firma umzuziehen bedeutete, viel Zeit und Mühe zu investieren. Sie hatten sich erst vor wenigen Monaten wirklich in Fool's Gold niedergelassen. Aber sie war im letzten Herbst in der Stadt gewesen, und ja, ihr war Angel auch aufgefallen. Sie hatte herausgefunden, wer er war, und sich gefragt, welche … Möglichkeiten da vielleicht bestanden. Was sie ihm gegenüber jedoch niemals zugeben würde.

„Ich habe Sie beobachtet", fuhr er fort.

„Sollte ich mir Sorgen darüber machen, dass Sie ein Stalker sind?"

„Ich glaube nicht, da Sie mich auch beobachtet haben."

Das war ihm aufgefallen? Verdammt. Sie hatte versucht, unauffällig zu sein. Kurz überlegte sie, zu lügen, entschied sich dann aber dafür, einfach zu schweigen. Nach einer Sekunde fuhr er fort:

„Nachdem wir einander nun taxiert haben, ist es an der Zeit, die nächste Phase des Spiels einzuläuten."

„Es gibt Phasen?" Das war eine ernst gemeinte Frage. Sie verkniff es sich, auf die Sache mit dem Spiel einzugehen. Natürlich war ihr klar, was sie hier taten. Aber es war trotzdem unterhaltsam, so zu tun, als wüsste sie es nicht.

„Mehrere."

„Gibt es eine Spielanleitung oder eine Punktekarte?"

Seine kühlen grauen Augen waren auf ihr Gesicht gerichtet. „Sie sind keine Frau, die auf diese Art und Weise spielt."

„Seien Sie vorsichtig mit Ihren Vermutungen."

„Das war keine Vermutung."

Er hatte eine angenehme Stimme. Tief, mit einem Hauch von … Nicht Südstaaten, dachte sie. Aber er hatte einen andern Tonfall. Virginia? West Virginia?

Sie stellte ihren Becher ab. „Wenn ich Ihre Behauptung glaube – und ich sage nicht, dass ich es tue."

„Natürlich nicht."

Sie ignorierte seine Worte, und um seine Lippen zuckte es amüsiert. „Also wenn ich Ihnen glaube, was meinen Sie, wo das hier hinführt?"

Er lehnte sich in seinem Stuhl zurück. „Das hier ist ein Paarungsspiel, Taryn. Oder wussten Sie das nicht?"

Ah, sein erster Fehler. Sie hielt seinen Blick fest und ließ sich ihren Triumph nicht anmerken. „Sie wollen mich heiraten?"

Ein Muskel in seinem Kiefer zuckte. „Nicht *so* ein Paarungsspiel."

„Sie müssen schon etwas präziser sein, sonst ist es schwer. Sie wollen also mit mir schlafen?"

„Ja, aber es geht um mehr als das."

Sie ließ ihren Blick zu seiner Brust gleiten und dann über seine Arme. Trotz der kühlen Temperaturen Ende April trug er ein T-Shirt und keine Jacke. Sie sah eine Tätowierung – eine Rose – und mehrere Narben auf seinen Armen. Seine Hände waren stark und ebenfalls zerschunden.

Sie richtete ihre Aufmerksamkeit auf die Narbe an seinem Hals und beschloss, das Offensichtliche zu fragen. „Was ist mit dem anderen Kerl passiert?"

Er berührte seine Kehle und zuckte dann mit den Schultern. „Er hatte einen ziemlich schlechten Tag."

Taryn war eine Geschäftsfrau. Sie konnte über Verkaufsentwicklungen und Finanzen sprechen, aber ihr wahres Talent lag darin, PR-Kampagnen zu entwickeln, die innovativ und erfolgreich waren. Bei Score teilten die vier Partner sich die Arbeit. Kenny und Jack waren die Geldmacher – sie fanden vielversprechende Kunden und führten sie der Agentur zu. Sam kümmerte sich um die Finanzen. Aber Taryn war der kreative Motor, der das Schiff antrieb.

Sie war es gewohnt, es mit Geschäftsführern, Grafikern, Bankern und allem dazwischen zu tun zu haben. In ihrer Welt war sie eine Macht, der niemand in die Quere kam. Aber Angel stammte aus einer ganz anderen Welt. Seine Macht kam nicht aus der Vorstandsetage oder beruhte auf irgendwelchen passenden Anzügen. Er trug sie in seinem Körper. Sie war ein Teil von ihm.

Sie wusste nur wenig über ihn. Die Menschen mochten und respektierten ihn. Aber die genauen Einzelheiten waren immer noch ein Geheimnis. Eines, das sie gerne lösen würde.

„Was lässt Sie vermuten, dass ich auch nur im Geringsten interessiert bin?", fragte sie.

„Sie sitzen immer noch hier."

Guter Punkt. Sie wollte nicht noch einen Geschäftsmann – der wäre ihr zu ähnlich. Und was Sporthelden anging – sie arbeitete mit drei derartigen Exemplaren zusammen, und sie laugten sie aus. Angel war anders. Und im Moment klang anders genau nach dem, was sie brauchte.

„Da wird ein wenig Anstrengung nötig sein", sagte sie.

„Gleichfalls."

Sie lachte über diese unerwartete Antwort.

„Sie haben doch nicht geglaubt, ich sei leicht zu haben, oder?", fragte er.

„Offensichtlich nicht."

Er stand auf. „Machen Sie sich keine Gedanken. Ich bin gut darin, die richtige Taktik für die richtige Mission zu entwickeln und sie dann durchzuführen." Er ging zur Tür, wo er sich noch einmal zu ihr umdrehte. „Und ich bin gut darin, zu warten."

Mit diesen Worten verschwand er und ließ Taryn mit ihrem kälter werdenden Kaffee und einem Artikel über Kundenzufriedenheit zurück, der auf einmal wesentlich uninteressanter war als vor ihrer Begegnung mit einem faszinierenden Mann namens Angel.

Selbstgefälligkeit fühlt sich gut an, dachte Angel, als er die Straße überquerte und in Richtung Rathaus ging. Er hatte auf den richtigen Moment gewartet, um mit Taryn zu reden, und als er sie alleine mit ihrem Kaffee erblickt hatte, hatte er beschlossen, zu handeln. Sie war so faszinierend, wie er gehofft hatte – intelligent, selbstbewusst und verdammt sexy. Eine

Kombination, der schwer zu widerstehen war, selbst unter den besten Bedingungen. Aber in dieser Stadt, wo sie ständig irgendwo in der Nähe war … Er hatte seinen Zug gleich am ersten Tag machen wollen.

Abwarten ist die bessere Strategie, sagte er sich, als er die Treppe zum Eingang des Rathauses hinaufjoggte. Jetzt konnte er seinen Plan umsetzen. Den Plan, der sie auf einen Weg der Verführung bringen und zu einem Ziel führen würde, das sie beide befriedigen sollte.

Er ging die Treppe in den zweiten Stock hinauf und folgte den Schildern zum Büro der Bürgermeisterin.

Marsha Tilson war die am längsten amtierende Bürgermeisterin Kaliforniens. Sie diente der Stadt sehr gut und schien jedermanns Geheimnisse zu kennen. Angel hatte noch nicht herausgefunden, woher ihre Informationen stammten, aber nach allem, was er bisher gesehen hatte, verfügte sie über ein Netzwerk, bei dem die meisten Regierungen blass vor Neid würden.

Er betrat ihr Büro exakt fünfzehn Sekunden vor seinem vereinbarten Termin.

Ihre Assistentin, eine ältere Frau in einem dunklen Blazer, schaute ihn aus roten, geschwollenen Augen an. Angel spürte sofort die unter der Oberfläche brodelnden Gefühle und sah sich nach möglichen Fluchtwegen um.

Die Frau, eine wohlgerundete Brünette, schniefte. „Sie müssen Mr Whittaker sein. Gehen Sie gleich durch, Sie werden schon erwartet."

Angel ging weiter und hoffte, im Büro der Bürgermeisterin eine etwas ruhigere Atmosphäre vorzufinden. Sein Optimismus wurde belohnt. Bürgermeisterin Marsha sah aus wie immer – perfekt gestylt und gefasst. Sie trug ein hellgrünes Kostüm und Perlen und hatte ihre weißen Haare zu einem Dutt hochgesteckt. Als er eintrat, stand sie auf und lächelte ihn an.

„Mr Whittaker. Schön, dass Sie da sind."

„Angel, bitte." Er durchquerte den Raum und schüttelte ihr die Hand, dann setzte er sich ihr gegenüber hin.

Ihr Büro war groß und hatte viele Fenster. Hinter ihrem Schreibtisch hing die Flagge der Vereinigten Staaten sowie die von Kalifornien, dazwischen ein großes Wappen, das, wie er annahm, für die Stadt Fool's Gold stand.

„Ihre Assistentin ist ganz aufgelöst", sagte er.

„Marjorie arbeitet seit vielen Jahren für uns. Aber ihre Zwillingstöchter sind nach Portland, Oregon, gezogen. Sie sind beide schwanger. Marjories Mann ist in Rente, also wollen die beiden näher zu ihrer Familie ziehen. Obwohl sie sich freut, näher bei ihren Töchter und ihren zukünftigen Enkeln zu sein, ist sie auch traurig, hier wegziehen zu müssen."

Das ist mehr, als ich wissen wollte, dachte er, wahrte aber eine freundliche Miene.

Bürgermeisterin Marsha lächelte. „Jetzt muss ich mich nach jemand Neuem umsehen. Personal zu finden ist relativ leicht, aber eine Assistentin ist eine ganz andere Sache. Da müssen Chemie und Vertrauen stimmen. Man kann nicht jedem die Geheimnisse der Stadt anvertrauen." Ihr Lächeln wurde breiter. „Aber deshalb sind Sie heute ja nicht hier." Sie beugte sich vor und nahm eine Akte von einem Stapel auf ihrem großen Schreibtisch.

„Gut, Angel, lassen Sie uns mal sehen, was wir hier haben." Sie setzte ihre Lesebrille auf. „Sie haben also Interesse, sich in ein Projekt unserer Gemeinde einzubringen."

Angel war in unterschiedlichen Missionen in den gefährlichsten Gebieten der Welt gewesen. Mit seiner Ausbildung zum Scharfschützen war er schließlich in den privaten Sektor übergewechselt und entwickelte nun Lehrpläne für Menschen, die professionelle Bodyguards werden wollten. Es gab nicht mehr viel, was ihn noch überraschen konnte. Aber er hätte schwören können, mit niemandem über den Grund für seinen Termin bei Bürgermeisterin Marsha gesprochen zu haben. Was ihn zu der Frage brachte: Woher wusste die alte Dame davon?

Sie schaute ihn über den Rand ihrer Brille hinweg an. „Habe ich das richtig verstanden?"

Er hatte keine andere Wahl, als kurz zu nicken. „Ja, Ma'am."

Ihr Lächeln kehrte zurück. „Gut. Sie haben eine interessante Vorgeschichte und verfügen über sehr ungewöhnliche Fähigkeiten. Ich habe lange über die Sache nachgedacht und denke, Sie wären ein perfekter Forstwächter."

Forst was? „Ma'am?"

„Sind Sie mit der Geschichte der Stadt vertraut?", fragte sie und schloss die Mappe. „Das hier ist Kalifornien, also gab es hier die bekannte spanische Besetzung um 1700 herum. Aber weit vorher hatte sich bereits der Máa-zib-Stamm in Fool's Gold angesiedelt."

Davon hatte Angel schon mal was gehört. „Ein Zweig der Maya", murmelte er. „Matriarchalisch geprägt."

„Ja." Sie nickte. „Ich schätze, Sie hätten kein Problem damit, eine Gruppe von Frauen zu respektieren, die einen Mann nur für den Sex wollten."

Angel war nicht sicher, ob er zusammenzucken oder der alten Dame auf die Schulter klopfen sollte. Also räusperte er sich einfach. „Okay", sagte er langsam. „Das ist interessant."

„In der Tat. Wir feiern schon lange die Máa-zib-Kultur, und das schließt eine Jugendgruppe ein. Zukünftige Krieger der Máa-zib. Die jungen Leute fangen mit einer zweimonatigen Einführung an, die ihnen zeigt, wie es ist, in der ZKM zu sein. Danach folgt eine vierjährige Mitgliedschaft. Wir haben Eicheln, Schösslinge, Setzlinge, Himmelsgreifer und Mächtige Eichen. Jede Gruppe oder Truppe wird als Forst bezeichnet, und der Leiter heißt Forstwächter."

Sie setzte ihre Brille ab. „Wir haben einen Forst, der dringend einen Wächter braucht, und ich denke, Sie wären für diesen Job perfekt."

Kinder, dachte er überrascht. Er mochte Kinder. Er hatte sich in Fool's Gold mehr einbringen wollen, weil er beschlossen hatte, hierzubleiben, und dazu erzogen worden war, der Gemeinschaft etwas zurückzugeben. Allerdings hatte er dabei eher daran gedacht, in einem Beratungskomitee mitzuwirken oder irgendeine Fortbildung zu leiten – auch wenn seine Fähigkeiten nicht gerade in die normale Welt passten. Trotzdem ... Kinder.

Er zögerte nur eine Sekunde, dann erkannte er, dass es lange genug her war, seit er Marcus verloren hatte. Der Schmerz war immer noch da – er würde immer ein Teil von ihm bleiben, genau wie seine Narben oder sein Herz –, aber er war erträglich geworden. Ja, vermutlich war es ihm inzwischen möglich, mit Teenagern zu arbeiten, ohne mit dem Himmel darüber streiten zu wollen, wie unfair alles war.

„Sicher", sagte er leichthin. „Ich kann einen Forst leiten."

Bürgermeisterin Marshas Augen funkelten amüsiert. „Freut mich zu hören. Ich denke, Sie werden diese Erfahrung auf mehreren Ebenen erfüllend finden. Ich werde Ihnen das entsprechende Material in den nächsten Tagen zukommen lassen. Dann können Sie sich mit dem Forstrat treffen."

Er grinste. „Es gibt wirklich einen Forstrat?"

Sie lachte. „Natürlich. Es geht um zukünftige Krieger der Máa-zib. Was sollte es sonst geben?"

Sie erhob sich, und er stand ebenfalls auf. „Danke, Angel. Normalerweise muss ich neue Bewohner der Stadt erst überzeugen, sich einzubringen. Ich weiß es sehr zu schätzen, dass Sie zu mir gekommen sind." Sie musterte ihn. „Ich nehme an, Ihr Wunsch, etwas zurückzugeben, hat etwas mit Ihrer Vorgeschichte zu tun. Sie sind in einer Bergbaustadt in West Virginia aufgewachsen, richtig?"

Obwohl das kein Geheimnis war, sprach er nicht oft davon. „Sie sind eine gespenstische Frau", sagte er. „Das wissen Sie, oder?"

Ihr Lächeln wurde breiter. „Nicht viele Menschen haben den Mut, mir das ins Gesicht zu sagen, aber ich hoffe, dass sie es hinter meinem Rücken tun."

„Das tun sie", versicherte er ihr.

Dann schüttelten sie einander die Hand und er ging. Marjorie war immer noch in Tränen aufgelöst, also beeilte er sich, das Vorzimmer so schnell wie möglich zu verlassen, und joggte die

Treppe hinunter. Vielleicht verbringe ich den Nachmittag damit, mich nach Plätzen zum Zelten umzusehen, dachte er gut gelaunt. Er kannte viele Überlebenstechniken, die er seinem ZKM-Forst beibringen könnte, um den Jungs zu helfen, zu selbstbewussten Männern heranzuwachsen. Ja – das würde richtig gut werden.

„Jack, hör auf damit", sagte Taryn, ohne von den Papieren vor sich aufzusehen.

Das Geraschel stoppte einen Moment lang, nur um fünf Sekunden später sofort wieder loszugehen. Sie atmete tief ein und schaute über den schmalen Konferenztisch.

„Ernsthaft", sagte sie. „Du bist schlimmer als ein Fünfjähriger."

Jack McGarry, ihr Geschäftspartner und Exmann, ließ seine Schultern kreisen. „Wann kommt Larissa?"

„Das habe ich dir doch schon gesagt. Sie ist morgen hier. In vierundzwanzig Stunden hast du sie zurück. Wenn du dich jetzt bitte mal konzentrieren könntest?"

Sam, der einzige ruhige, rationale unter ihren Partnern, lehnte sich auf seinem Stuhl zurück. „Du bemühst dich zu sehr. Ist doch klar, dass das nicht funktioniert."

Weil es ihr Job war, sich zu bemühen. Sie hielt „die Jungs" an der kurzen Leine, denn wenn sie es nicht täte, würden sie völlig wild werden.

Jack war derjenige von den dreien, den sie am längsten kannte. Nach ihrer schnellen Ehe und der ebenso schnellen Scheidung hatten sie sich entschlossen, Geschäftspartner zu werden. Jack hatte das Geld beigesteuert, Taryn das PR-Know-how, und Score war sofort ein voller Erfolg geworden – wobei es half, dass Jack viele Kunden zu ihr gebracht hatte. Es war ein tolles Arrangement gewesen.

Unglücklicherweise hatte Kenny sich vier Jahre später am Knie verletzt und seine Karriere beenden müssen. Sam war ebenfalls aus der NFL ausgestiegen, und aus Gründen, die Taryn nicht genau kannte, hatte Jack beschlossen, sich den beiden anzuschließen. Ihr Ex hatte seiner Rolle als Star-Quarterback bei den L. A. Stallions einfach hingeschmissen. Angeblich, weil es gut war, auf dem Höhepunkt aufzuhören. Aber sie vermutete, dass dieser Entschluss mehr mit seinen Freunden als mit allem anderen zu tun hatte. Was Jack natürlich niemals zugeben würde.

Und da hatten sie also gestanden – drei Exsportler mit viel Geld, Ruhm und keinem Plan, was sie mit ihrem restlichen Leben anfangen sollten. Aber Moment, Jack war ja Mitbesitzer einer PR-Agentur. Da konnte er die anderen beiden doch einfach mit an Bord holen. Und bevor Taryn wusste, wie ihr geschah, waren sie plötzlich alle vier Partner gewesen.

Anfangs war sie sicher gewesen, dass die Jungs den Laden an die Wand fahren würden. Aber schneller als sie es für möglich gehalten hatte, waren sie ein Team geworden und dann eine Familie. Jack und Kenny waren die Verkäufer. Sie brachten die Klienten und waren das Gesicht der Firma. Sam managte die Finanzen für die Firma und für jeden von ihnen privat. Er war nicht nur clever, er hatte auf dem College auch tatsächlich einige Kurse belegt.

Alles andere war Taryns Aufgabe. Sie führte die Geschäfte, kommandierte die Jungs herum und entwickelte Kampagnen, die ihren Nettowert erhöhten. Es war ein ungewöhnliches Arrangement, aber es funktionierte.

Jack rutschte wieder unruhig auf seinem Stuhl herum. Der Muskel in seinem Kiefer zuckte. Taryn ermahnte sich, dass Jack nicht bewusst schwierig sein wollte, sondern dass er Schmerzen litt. Niemand konnte beinahe zehn Jahren lang in der NFL überleben, ohne körperliche Schäden zu erleiden. Larissa, Jacks persönliche Assistentin und die private Masseurin der Jungs, hatte nicht so schnell nach Fool's Gold ziehen können wie alle anderen. Nach beinahe einem Monat ohne ihre heilenden Berührungen fingen alle drei ehemaligen Spieler an zu leiden.

„Morgen", sagte sie noch einmal.

„Bist du sicher?“

„Ja.“ Sie hielt kurz inne. „Du könntest eine Tablette nehmen.“ Sie sagte das mit ihrer sanftesten Stimme, die ihre Partner sonst nie zu hören bekamen. Weil sie wusste, dass Jack sich weigern würde. Mit den Verletzungen und den damit einhergehenden chronischen Schmerzen konnten Tabletten ein schneller Weg in die Hölle sein. Und dorthin wollte keiner der Jungs.

„Was steht als Nächstes an?“, fragte er und ignorierte ihren Vorschlag.

„Wir sind dran“, sagte Kenny und öffnete die Mappe vor sich. „Jack und ich hatten einen zweiten Termin mit dem Geschäftsführer von Living Life at a Run.“ Er griff nach der Fernbedienung, die mitten auf dem Tisch lag, und drückte einen Knopf. Der Bildschirm am Ende des Raumes ging an und ein Logo erschien.

Taryn musterte die eckigen Buchstaben und das seltsame Akronym. LL@R. Sie wollte darauf hinweisen, dass das *a* fehlte, wusste aber, dass es keinen Sinn hatte. Der Geschäftsführer der Firma stand im Ruf, exzentrisch und schwierig zu sein. Aber er bot ihnen die Chance, den Einzelhandel zu erobern – ein Bereich des PR-Markts, in dem Score bislang keine Kunden hatte finden können.

„Sie wachsen sehr schnell“, sagte Kenny. „Sie sind trendy, und viele Promis tragen ihre Kleidung.“

„Kleidung ist ein Nebenmarkt für sie“, fügte Jack hinzu. „Ihr Hauptaugenmerk liegt auf Sportausrüstungen. Wenn wir sie kriegen könnten, hätten wir auch gute Chancen bei größeren Firmen wie REI.“

Nur zu gern hätte Taryn eine Premiumfirma wie REI zu ihren Kunden gezählt, aber leider stimmte das alte Klischee: Sie würden erst lernen müssen zu gehen, bevor sie lernen konnten, zu laufen.

„Wie geht es weiter?“, fragte sie.

„In ein paar Tagen habe ich ein weiteres Meeting“, erwiderte Kenny.

Taryn wartete, und tatsächlich, Jack starrte seinen Freund an. „Ich? Ich? So sieht es jetzt also bei uns aus? Jeder versucht, zu kriegen, was er kriegen kann? Was ist aus dem Team geworden? Was ist damit, dass wir eine Familie sind?"

Kenny, einen Meter dreiundneunzig Muskelmasse und blonde Haare, stöhnte. „Jetzt mach mal halblang. Du weißt, was ich meine."

„Tue ich das? Für mich klingt es, als ginge es allein um dich."

„Dann musst du dich genauer ausdrücken", sagte Sam sanft. Er schien den kleinen Wortwechsel offensichtlich zu genießen. Taryn wusste, dass er sich jetzt jede Sekunde gegen Jack wenden würde, denn so war es immer, wenn die Jungs so drauf waren wie im Moment.

Sie waren alle erfolgreich, attraktiv und mit einem mindestens achtstelligen Vermögen ausgestattet. Und doch gab es Zeiten, in denen sie sich so ungezogen und wild aufführten wie ein Rudel Hundewelpen. Sam und Jack hatten beide dunkle Haare. Sam, der ehemalige Kicker, war schlank und nur knapp über eins achtzig groß. Jack war ein paar Zentimeter größer und hatte mindestens dreißig Pfund mehr Muskelmasse. Der klassische Körperbau eines Quarterbacks – breite Schultern, schmale Hüften, lange Beine – hatte ihm sowohl auf dem Feld als auch abseits davon gute Dienste geleistet. Und dann war da Kenny, der sanfte Riese der Gruppe.

Meine Jungs, dachte Taryn, während das Gezicke munter weiterging. Die drei waren verantwortlich für ihren Umzug nach Fool's Gold – und Taryn war noch nicht sicher, ob sie schon bereit war, ihnen das zu verzeihen. Okay, die Stadt war nicht so schlimm, wie sie anfangs gedacht hatte, aber es war definitiv auch nicht L. A. Und sie liebte L. A.

„Also habe ich die Verantwortung?", fragte Jack grinsend.

„Davon träumst du wohl", erwiderte Kenny.

„Macht nichts kaputt." Taryn sammelte ihre Papiere ein und ging zur Tür. Denn immer, wenn sie „Davon träumst du wohl" hörte, gab es danach eine Rangelei.

Sam kam mit ihr. „Willst du nicht versuchen, sie davon abzuhalten?“, fragte er fröhlich, als sie auf den Flur hinaustraten.

„Das wäre deine Aufgabe.“

Etwas schlug dumpf gegen die Wand. Sam ging weiter. „Nein danke.“

„Ihr drei werdet nie erwachsen, oder?“, fragte sie.

„Ich bin es doch nicht, der sich hier kloppt.“

Sie schaute ihn an. „Nein, dieses Mal nicht.“

Er zwinkerte ihr zu, dann schlenderte er davon. Taryn ging in ihr Büro. Aus der Ferne hörte sie ein Klirren. Sie ignorierte es und sah ihre Termine für den Tag durch. Um elf Uhr hatte sie eine Konferenz, und die Grafikabteilung hatte gefragt, ob sie ein paar Minuten Zeit hätte.

„Danke“, sagte sie und setzte sich an ihren Schreibtisch. Sie schaute auf ihren Computer. „Ein weiterer Tag im Paradies.“ Und sie liebte jede Minute davon.

Die Jungs waren ihre Familie, und egal, wie viele Stühle, Tische, Fenster und Herzen sie brachen, sie würde zu ihnen stehen. Selbst wenn sie sich ab und zu in Tagträumen darüber verlor, wie viel ruhiger ihr Leben verlaufen würde, hätte sie sich mit ein paar friedlichen Männern zusammengetan, die an die Kraft der Meditation zur Lösung von Konflikten glaubten.

Irgendwo in der Ferne splitterte Glas. Taryn hielt den Blick auf den Computer gerichtet und tippte ungerührt weiter.

2. KAPITEL

Taryn stapelte das Geschirr auf der schmalen Arbeitsplatte. Die Küche war winzig. Eine schmale Zeile mit einem extra schmalen Gasherd und einem Kühlschrank. Die Farben waren nett und die Geräte modern, aber trotzdem gab es nicht mal Platz für zwei Personen.

„Erklär mir das mal", sagte sie, während sie die Gläser auswickelt und neben die Teller stellte. „Ich unterschreibe die Gehaltsschecks. Ich weiß, dass du dir eine größere Wohnung leisten könntest."

Larissa Owens hob vorsichtig einen Topf aus einem Karton, den sie auf den Tisch gestellt hatte. Ihre langen blonden Haare hatte sie zu einem Pferdeschwanz zusammengebunden, und sie war vollkommen ungeschminkt. Sie war schlank und gebräunt und sah in Yogahose und T-Shirt einfach umwerfend aus. Wäre Larissa nicht so anbetungswürdig, hätte Taryn sie vermutlich gehasst.

„Ich brauche keine größere Wohnung", erklärte ihre Freundin. „Eine kleine Zweizimmerbude reicht vollkommen. Die Miete ist günstig, also habe ich mehr Geld für andere Zwecke."

Das war ja mal wieder klar, dachte Taryn. Sie schnappte sich die Schere und drehte den Pappkarton auf den Kopf, um das Klebeband durchzuschneiden und den Karton dann flach zusammenzufalten. Larissa hatte den größten Helferkomplex der Welt, wenn es um ihre „Zwecke" ging, vor allem, wenn Tiere betroffen waren. Neben ihrem Vollzeitjob half sie ehrenamtlich in mehreren Tierheimen aus, nahm Hunde, Katzen und Kaninchen zur Pflege bei sich auf und schickte Geld an beinahe jede Organisation, die sie darum bat.

Taryn schaute sich in dem vielleicht fünfundfünfzig Quadratmeter großen Apartment um. „Hier passt kein Tier rein, das größer als ein Goldfisch ist."

„Ich könnte eine Katze aufnehmen", sagte Larissa fröhlich.

„Ich will keinen Hund. Dafür bin ich zu selten zu Hause. Außerdem, wenn ich etwas Größeres zum Wohnen brauche …“

„… ist da immer noch Jacks Haus“, beendete Taryn ihren Satz. „Ja, ich weiß.“

Jack, der sich von Larissa bereitwillig einspannen ließ, um die Organisationen zu unterstützen, die ihr am Herzen lagen. Taryn war sich nicht sicher, warum, aber irgendwie funktionierte das für die beiden. Als ehemaliger NFL-Quarterback wurde von Jack erwartet, sich für verschiedene Wohltätigkeitsorganisation einzusetzen. Als Kind hatte er seinen Zwillingsbruder wegen eines Herzfehlers verloren, weshalb er sich nun für Kinder, die Organtransplantationen benötigten, engagierte. Oder besser gesagt, Jack schrieb den Scheck für Unterbringung, Transport oder was auch immer benötigt wurde, und Larissa kümmerte sich um die persönliche Seite der Dinge.

„Du fehlst ihm höllisch“, sagte Taryn.

„Das habe ich an seinen unaufhörlichen Nachrichten auf meiner Mailbox bemerkt.“ Larissa rümpfte die Nase. „Ihm fehlen meine Massagen. Das ist nicht das Gleiche.“

„Du bist außerdem seine Assistentin. Ich bin sicher, ihm fehlt auch, dass du ihm seinen Kaffee bringst.“

Larissa grinste. „Bestimmt.“ Sie nahm sich die Schere und legte ihren Karton zusammen. „Okay, diese Stadt hier. Ich dachte, du machst Witze, als du sie mir beschrieben hast.“

„Schön wär's“, erwiderte Taryn. „Aber nein. Sie ist charmant und sauber und die Leute sind überfreundlich.“

„Mir gefällt es hier.“ Larissa reichte Taryn eine weitere Kiste und holte sich auch noch eine. „Ich habe das Gefühl, bereits Freunde gefunden zu haben. Die Frau, der der süße Coffeeshop gehört, hat mir heute Morgen meinen Kaffee spendiert. Das war wirklich nett.“

„Patience“, grummelte Taryn. „Sie heißt Patience. Ja, sie ist entzückend. Sie sind alle entzückend. Bis auf Charlie, die ist Feuerwehrfrau und mürrisch. Ich mag sie sehr.“

Ehrlich gesagt mochte sie jeden, den sie bislang kennengelernt hatte, was irgendwie nervtötend war. Was, wenn dieses ganze Nettsein auf sie abfärbte? Was, wenn sie anfing, vollkommen Fremde anzulächeln und fröhliche Sachen zu sagen wie: „Einen schönen Tag noch?" Sie erschauderte. Sarkastisch und emotional distanziert zu sein, hatte bisher hervorragend funktioniert. Warum sollte man ein Erfolgsrezept ändern?

„Haben die Jungs sich schon eingelebt?", wollte Larissa wissen.

„Ich schätze schon. Du weißt, ich versuche, Gespräche über ihr Privatleben zu vermeiden. Also sind meine Informationen womöglich nicht ganz akkurat. Aber soweit ich weiß, sind Jack und Kenny im Moment tussilos, und Sam, tja …" Sie grinste. „Armer Sam."

Larissa presste die Lippen zusammen. „Wir sollten uns nicht über ihn lustig machen."

„Warum nicht? Ist ja nicht so, als könnte er uns hören."

„Aber es ist so traurig."

Das ist es, dachte Taryn, aber auch irgendwie ziemlich lustig. Sam Ridge, der Starkicker und Multimillionär, war in Bezug auf Frauen der größte Pechvogel. Wenn es im Radius von fünfzig Meilen eine Femme fatale gab, fand er sie und verfiel ihr Hals über Kopf. Er hatte schon alles erlebt – von einer Stalkerin über seine Exfrau, die ein Enthüllungsbuch geschrieben hatte, bis zu seiner Freundin, die mit seinen besten Freunden geschlafen hatte.

„Ich warte eigentlich nur darauf, dass er sich in einen Transvestiten verliebt", sagte Larissa grinsend. „Armer Sam."

„Ich verstehe das nicht", gab Taryn zu. „Er ist klug und einfühlsam. Aber er scheint einfach keine normale Frau zu finden."

„Und was ist mir dir?", fragte Larissa grinsend. „Hast du schon irgendjemand Verlockendes kennengelernt?"

Die Frage war als Scherz gemeint, das wusste Taryn. Sie ging selten aus. Sie mochte Männer, sie schlief mit ihnen, aber sie ließ sich nicht auf eine Beziehung ein. Auf keinen Fall würde sie ihr

Herz oder einen Teil ihrer Psyche irgendeinem Mann anvertrauen. So dumm war sie nicht.

Doch bei Larissas Frage hatte Taryn sofort an Angel denken müssen. Und an Angel zu denken bedeutete, dass sie nicht an etwas anderes denken und ihren Mund nicht dazu bringen konnte, die angebrachten Worte zu formen: *Was? Ein Mann? Für mich? Auf keinen Fall.*

Larissa stellte die Pfanne ab, die sie gerade ausgepackt hatte, und starrte ihre Freundin an. „Oh mein Gott. Was? Du hast jemanden kennengelernt? Wer ist er? Du musst mir alles erzählen." Ihre großen blauen Augen weiteten sich. „Ist er von hier? Womöglich ein alleinerziehender Vater?" Sie seufzte. „Das wäre so romantisch. Ein süßer Kerl mit ein paar kleinen Kindern. Zum Beispiel ein Automechaniker. Oder vielleicht besitzt er einen kleinen Lebensmittelladen und hat seine Wohnung direkt darüber. Er vermisst seine Frau noch, aber er ist bereit, nach vorne zu sehen. Nur weiß er nicht, was du über die Kinder denkst."

Taryn starrte sie an. „Für diese Unterhaltung brauchst du mich gar nicht, oder? Ein Witwer mit zwei Kindern und einem Lebensmittelladen? Das wird nie passieren."

Larissas Schultern sackten nach unten." Warum magst du ihn denn nicht? Er ist doch so nett."

Taryn unterdrückte einen Schrei. „Es gibt keinen Lebensmittelladenmann. Du hast ihn erfunden. Was stimmt denn nicht mit dir? Mein Gott. Der einzige Mann, an dem ich interessiert bin, ist ein ehemaliger Black-Ops-Scharfschütze mit einer Narbe, als hätte ihm jemand die Kehle durchgeschnitten."

Larissa reichte ihr die Pfanne. „Ich würde lieber mit dem Mann ausgehen, dem der Lebensmittelladen gehört."

„Mit dem, der gar nicht existiert?"

„Du konzentrierst dich immer auf das Falsche. Also, dann erzähl mir mal von diesem Scharfschützen."

Taryn fing an, die Teller und Schüsseln in die Regale zu räumen, wusste aber, dass das nicht reichen würde, um ihre Freundin abzulenken.

„Du fühlst dich von ihm angezogen“, erklärte Larissa.

„Vielleicht. Ja. Ein bisschen.“ Sie seufzte. „Wenigstens ist er Witwer. Das sollte dich glücklich machen.“

So viel hatte sie immerhin in Erfahrung bringen können. Aber es war schwer, an Informationen zu gelangen, ohne den Menschen sagen zu müssen, warum sie daran interessiert war. Und sie war noch nicht bereit, der Welt mitzuteilen, dass sie Angel heiß fand.

„Das ist doch schon mal was. Aber er will keinen Lebensmittelladen kaufen?“

„Larissa, ich bitte dich. Hör auf.“

Larissa lächelte. „Alle denken, du bist tough, aber das bist du gar nicht.“

„Ich kann es sein, aber nicht in deiner Gegenwart.“

„Okay, dieser Angel. Geht ihr miteinander aus?“

„Nicht wirklich. Bislang taxieren wir einander nur.“

„Was heißt das?“

Taryn dachte an Angels Ankündigung, dass er gut war im Warten. Ein kleiner Schauer der Vorfreude überlief sie, als sie sich fragte, wann er wohl seinen ersten Zug machen würde. Er ließ sie absichtlich schmoren, und das respektierte sie. Er wollte das Spiel aufregend gestalten … für sie beide.

„Ich habe keine Ahnung“, gab sie zu. „Aber ich sage dir Bescheid, wenn ich es herausgefunden habe.“

Angel legte ein Brautmagazin auf den Tisch. Ford starrte ihn ungläubig an.

„Einfach so?“, fragte er. „Bist du heute Morgen aufgewacht und hast gedacht, es ist ein guter Tag zum Sterben?“

„Sie ist verlobt“, sagte Angel grinsend. „Sie trägt einen Verlobungsring. Ich versuche nur, den Anlass gebührend zu würdigen.“

Ford hob beide Hände in der klassischen Unterwerfungsgeste, aber Angel war heute abenteuerlich zumute. In letzter Zeit hatte er das Gefühl, dass alles zu seinen Gunsten lief. Die

Antwort auf die berühmte Dirty Harry-Frage: „Bin ich glücklich?“, lautete eindeutig ja. Das war er. Und okay, der Film war bereits ein Jahr vor seiner Geburt herausgekommen. Aber er konnte sich mit der Hauptfigur identifizieren. In Zweifelsfällen war eine größere Waffe meistens die Lösung für das Problem.

Consuelo, ihre kleine Kollegin, kam ins Büro. Sie schaute die Zeitschrift an, dann die beiden Männer.

„*Er* war's“, sagte Ford und zeigte auf Angel. „*Er* hat das da hingelegt.“

Angel sah seinen Freund an. „Ach, so läuft das jetzt also?“

Ford ging rückwärts in Richtung Tür. „Das ist das Gesetz des Dschungels, Bruder. Während sie sich über dich hermacht, kann ich die Flucht antreten. Isabel und ich versuchen, ein Baby zu bekommen. Ich will mein Kind noch aufwachsen sehen.“

Consuelo, einen Meter siebenundfünfzig reine Muskeln und Entschlossenheit, nahm das Magazin in die Hand, blätterte es einmal durch und legte es wieder auf den Tisch. Sie lächelte Angel an. „Danke. Das war sehr liebenswürdig von dir.“

„Siehste“, schien der Blick zu sagen, den er Ford zuwarf, dann ging Angel auf Consuelo zu. „Ich weiß, dass du dich mit Kent verlobt hast. Ich hoffe, ihr beide werdet sehr glücklich miteinander.“

Consuelo ließ sich von ihm umarmen. Als er sich wieder von ihr löste, trat sie einen kleinen Schritt zur Seite, packte Fords Arm und drehte ihn daran herum auf den Rücken. Er landete mit einem dumpfen Geräusch auf dem Boden. Als er wieder atmen konnte, setzte er sich auf.

„Hey, wofür war das denn?“, fragte er empört.

„Für deinen Zynismus. Du bist verheiratet und solltest es besser wissen.“

Consuelo drehte ihm den Rücken zu, nahm sich die Zeitschrift und ging zur Tür. „Ich bin nach dem Lunch zurück“, rief sie.

„Es ist noch nicht einmal zehn“, knurrte Ford und rappelte sich auf. „Warum darf sie schon gehen?“

Angel lachte leise. „Willst du ihr sagen, dass sie es nicht darf?"

„Nein."

„Dachte ich mir. Komm, wir gehen auch."

„Wohin?", fragte Ford und schloss zu ihm auf.

„In eine Schule."

„Kinder oder Bäume?"

„Bäume. Ich habe vor ein paar Monaten eine Orchidee bestellt. Die ist jetzt da, und ich muss die Karte unterschreiben, damit sie ausgeliefert werden kann."

Sie gingen nach draußen.

„Warum braucht denn eine Orchidee mehrere Monate, um hierher geschickt zu werden?", fragte Ford.

„Weil sie sehr selten ist. Ich wollte eine ganz bestimmte."

Aus Thailand, dachte Angel. Eine Orchidee, die für ihren Farbkontrast bekannt war. Die äußeren Blätter waren von einem blassen Rosa, aber innen war die Blüte von einem dunklen Blauviolett. Diese ungewöhnliche Schattierung hatte fast die gleiche Farbe wie Taryns Augen.

„Seit wann interessierst du dich für Blumen?"

Angel funkelte seinen Freund an. „Was ist denn heute mit dir los? Hör auf, mir ständig Fragen zu stellen. Kommst du nun mit oder nicht?"

Ford lehnte sich grinsend an seinen Jeep. „Scheint so, als hätte da jemand zu lange keinen Sex mehr gehabt. Du wirst immer übellaunig, wenn du zu lange nicht flachgelegt worden bist."

„Halt den Mund."

„Danke, dass du meinen Punkt noch mal so schön unterstrichen hast."

Taryn stellte ihren Wagen ab und nahm ihre Aktentasche vom Beifahrersitz. Sie war am Vorabend ein paar Papiere durchgegangen, hatte ihre E-Mails abgearbeitet und war um zehn ins Bett gegangen. Ihr Privatleben war wirklich mehr als traurig. Sie sollte dringend mal wieder ausgehen, neue Freunde finden.

Wie sie Larissa gestern gesagt hatte, die Menschen hier in der Stadt waren wirklich nett. Es war nur …

Sie überquerte den Parkplatz und seufzte. Die Stadt war nicht das Problem, musste sie zugeben. *Sie* war das. Sie hatte Schwierigkeiten, Freundschaften zu schließen. Sie vertraute anderen Menschen nur schwer, und etwas von sich preiszugeben, fiel ihr nicht leicht. Das hatte ihr schon mehr als ein Mann gesagt, nachdem sie mit ihm ausgegangen war – oder besser gesagt: nachdem sie mit ihm geschlafen hatte. Die fraglichen Männer wussten am Ende nicht mehr über sie als beim ersten Treffen. Sie hatte sich nie die Mühe gemacht, ihnen zu sagen, dass es genau darum ging. Wenn sie zu dumm waren, alleine darauf zu kommen, warum sollte sie dann ihren Atem vergeuden und es ihnen erzählen?

Taryn hatte L. A. nicht verlassen wollen, aber sie war überstimmt worden. Nun war Score in Fool's Gold ansässig, und sie musste aus der Situation eben das Beste machen. Wichtiger noch, sie musste ihr Leben endlich wieder in Schwung bringen. Es musste doch interessantere Dinge geben, als den ganzen Tag nur zu arbeiten.

Sie hörte das Geräusch eines Basketballs, der im stetigen Rhythmus auf den Bürgersteig aufprallte, und ignorierte es. Aber Sam war ziemlich hartnäckig und schloss schnell zu ihr auf.

„Du kommst mit dem Auto zur Arbeit?", fragte er. „Du wohnst doch nur eine Meile entfernt."

Sie blieb stehen und sah ihn an. „Hast du meine Schuhe bemerkt?", fragte sie. „Ich trage Charlotte-Olympia-Pumps mit zwölf Zentimeter hohen Absätzen. Könntest du darin auch nur bis zur Ecke laufen? Ich glaube kaum. Außerdem darfst du heute nicht mit mir reden, ich bin größer als du."

Sam seufzte. „Das wird wieder einer dieser Tage, oder?"

„Darauf kannst du wetten."

Sie schenkte ihm ein Lächeln und betrat dann das Gebäude. Er überquerte die Straße und ging zu dem Basketballplatz, den die Jungs im Zuge der Renovierung hatten bauen lassen. Nicht nur einen halben Platz, wie an ihrem letzten Büro. Nein, dieser hier hatte die normale Größe. Taryn wusste nicht, was er gekostet hatte, und wollte es auch gar nicht wissen.

Wäre einer ihrer Geschäftspartner jetzt hier gewesen, hätte sie ihm gesagt, wie unglaublich nervtötend sie das alles fand. Aber sie war allein, also schaute sie aus dem Fenster. Kenny, Jack und Sam trugen alle drei Baggy-Shorts und T-Shirts. Sam wirkte trotz seiner athletischen Figur schmal neben den anderen, aber er war schnell und benutzte beim Spiel seinen Kopf. Kenny und Jack reagierten meistens nur. Was erklärte, warum Sam sie normalerweise mit weitem Abstand schlug.

Die drei kämpften um den Basketball, dann löste Sam sich von den anderen. Er drehte sich elegant um, sprang hoch und versenkte den Ball. Beim Zugucken erkannte Taryn, dass die Jungs auch mehr als nur einander brauchten. Ein paarmal die Woche morgens mit immer denselben Leuten zu spielen musste irgendwann langweilig werden.

Sie ging zu ihrem Büro. An ihrem Schreibtisch nahm sie den Telefonhörer ab, legte ihn dann aber wieder auf. Es gab viele gute Gründe, das hier nicht zu tun: Die Jungs waren über dreißig und damit alt genug, sich um sich selbst zu kümmern. Außerdem wollte sie nicht, dass irgendjemand – genauer gesagt, Angel – glaubte, sie suche nach Wegen, um mit ihm in Kontakt zu treten. Und wenn sie ihm sagte, dass es nicht um ihn ging, würde er es nur noch mehr glauben. Sie seufzte und nahm den Hörer erneut in die Hand.

„CDS", sagte eine Männerstimme.

„Justice Garrett, bitte."

„Am Apparat."

„Hi Justice, ich bin Taryn Crawford. Ich kenne deine Frau. Vielleicht hat sie mich ja mal erwähnt: Ich arbeite bei Score hier in der Stadt."

„Stimmt. Patience hat mir davon erzählt. Ihr seid diese PR-Firma mit den Footballspielern."

„Ganz genau." Das war dumm. Sie fühlte sich wie eine Mutter, die versuchte, für ihr sozial inkompetentes Kind eine Verabredung zum Spielen abzumachen. Aber auch wenn sie innerlich über sich den Kopf schüttelte, wollte sie wirklich, dass die Jungs glücklich waren. Von Zeit zu Zeit waren sie zwar nervig, aber sie waren das, was in ihrem Leben einer Familie am nächsten kam.

„Bei euch arbeiten doch Exsoldaten, oder?", fing sie an. „Und ihr macht gerne Sport und so?"

Es entstand eine kleine Pause. Taryn konnte dem verschlossensten Skeptiker eine Multimillionendollarkampagne verkaufen, warum also war das hier so schwer?

„War das eine Frage?", fragte Justice.

„Nein. Okay, du weißt von Jack, Kenny und Sam, oder? Als ehemaligen Footballspielern liegt ihnen der Wettbewerb immer noch im Blut ..." Sie ermahnte sich, zum Punkt zu kommen. „Die Jungs haben einen neuen Basketballplatz. Sie spielen ein paarmal die Woche morgens. Ich dachte, du und deine Leute hätten vielleicht Lust, gegen sie anzutreten?"

Eine weitere Pause, dann lachte Justice leise. „Dazu hätten meine Leute und ich sehr große Lust. Ich hoffe, deine Jungs sind gute Verlierer?"

Taryn grinste. „Tja. Dein Team wird so den Arsch versohlt kriegen."

„Das werden wir ja sehen. Wann fangen sie an?"

„Um sechs Uhr. Das nächste Mal übermorgen."

„Wir werden da sein."

Taryn legte auf und war mehr als nur ein bisschen stolz auf sich. Sie loggte sich in das externe Laufwerk der Firma ein, lud die Daten herunter, die sie am Vorabend zu Hause bearbeitet hatte, und aktualisierte ein paar Kundenkonten.

Um neun traf sie sich mit ihren Grafikern und Designern. Das sechsköpfige Team war das Herzstück der Firma. Aus ihrem Büro kamen alle Präsentationen, einschließlich der Designs, Layouts und Videos für Werbe- und Promotionspots.

Dann gab es noch Sams Team, bestehend aus zwei Buchhaltern, die sich um die Zahlen kümmerten; Taryns Assistentin, die zugleich Office-Managerin war; Larissa, Jacks persönliche Assistentin und Masseurin der Jungs; dazu Kenny und Sams Assistenten.

Als Kenny, Jack und Sam ihr den Vorschlag unterbreitet hatten, nach Fool's Gold zu ziehen, hatte sie entgegnet, dass das die Firma wertvolle Mitarbeiter kosten würde. Doch da hatte sie sich geirrt. Was bei geschäftlichen Dingen nicht besonders oft vorkam. Diesmal allerdings schon. Alle waren von dem Umzug ganz begeistert gewesen. Sie war die Einzige, die so zurückhaltend reagiert hatte.

Tja. Das kam davon, wenn man sich ausgeglichene, familienorientierte Mitarbeiter suchte. Dann rächte sich das irgendwann, dachte Taryn belustigt.

Ihre Assistentin betrat ihr Büro. „Die Jungs sind jetzt so weit."

Taryn folgte ihr in den kleineren Konferenzraum. Sam, Jack und Kenny waren schon da – frisch geduscht nach dem morgendlichen Spiel, denn beim Umbau war auch eine Umkleidekabine eingebaut worden. Sogar zwei, denn obwohl Taryn nicht vorhatte, jemals in der Firma zu duschen, hatte sie darauf bestanden, dass es auch eine für die Frauen gab. Und so hatten sie zwei große Duschen, Spinde und eine Dampfsauna. Allerdings versuchte Taryn nie jemanden dazu zu überreden, dass das nächste Meeting in der Sauna stattfand, während die Jungs das ständig taten.

Sie ging ans Ende des Tisches und öffnete den dort stehenden Laptop. Dann fiel ihr Blick auf Jack, der sich entschieden hatte, sich nach dem Duschen nicht anzuziehen. Er saß in einem weißen Bademantel und mit Flip-Flops am Tisch.

„Lass mich raten", sagte sie. „Larissa ist da."

„Während wir sprechen, wärmt sie gerade den Massagetisch vor."

„Sag mir, dass du wenigstens Unterwäsche trägst."

Jack zwinkerte ihr zu.

„Mein Team arbeitet an verschiedenen Kampagnen", erklärte sie, während sie etwas über die Laptoptastatur eingab. Durch das firmeninterne Netzwerk konnte sie von überall auf ihre Daten und alle notwendigen Informationen zugreifen.

„Das ist unser Vorschlag für die Klassique-Rum-Kampagne. Der Layoutspot wird zum Ende der Woche fertig sein, aber in der Zwischenzeit kann ich euch schon mal unsere Ideen für Anzeigen und die Facebook-Aktionen zeigen."

Sie berührte das Touchpad des Computers, und auf der großen Leinwand am anderen Ende des Raumes erschien eine PowerPoint-Präsentation. „Wir haben uns farblich an das neue Logo angelehnt. Offensichtlich wird Klassique Rum mit Partys und Spaß gleichgesetzt."

„Strandpartys", korrigierte Kenny und grinste Jack an. „Das war ein verdammt cooles Wochenende."

Die beiden hatten die Firmenzentrale von Klassique in der Karibik besucht. Taryn war auch eingeladen gewesen, hatte aber abgelehnt. Kenny und Jack dabei zu beobachten, wie sie sich mit Dutzenden attraktiven, willigen Frauen vergnügten, entsprach nicht ihrer Vorstellung von einer guten Zeit.

Das Telefon auf dem Tisch klingelte.

„Jack, Larissa ist jetzt so weit", ertönte die Stimme von Taryns Assistentin über den Lautsprecher.

Jack war bereits aufgesprungen. „Bis später", rief er und verschwand.

„Ich hoffe wirklich, dass er den Bademantel anbehält, bis er im Massageraum ist", murmelte Taryn.

„Ich auch", sagte Sam. „Denn er hat nichts darunter."

Glücklicherweise nahmen ihre Mitarbeiter die Eigenarten, die es mit sich brachte, für ehemalige Sportler zu arbeiten, gelassen hin. Aber ab und zu musste Taryn sich mit einer Beschwerde über zu viel männliche Nacktheit befassen.

Die meistens von dem erbosten Freund einer weiblichen Angestellten kam.

Sie richtete ihre Aufmerksamkeit wieder auf die Kampagne und ging Folie für Folie durch. Kenny steuerte mehrere wertvolle Informationen aus Kundensicht bei, während Sam die Kosten addierte. Zwei Stunden später, als sie beinahe fertig waren, kam Jack zurück.

Er trug Jeans und ein langärmliges T-Shirt. Sofort bemerkte Taryn, wie viel entspannter er sich bewegte. Er setzte sich neben Kenny.

„Sie meinte, du solltest ihr noch fünfzehn Minuten geben, um die Hände zu entspannen, dann ist sie bereit", sagte Jack.

Kenny nickte.

Taryn schaute Sam an. „Ist es okay, wenn du warten musst?"

„Klar."

Durch die Rolle des Kickers hatte Sams Körper am wenigstens abbekommen. Die anderen beiden witzelten immer darüber, dass er den leichtesten Job im Spiel hatte, aber Taryn wusste, dass das nicht stimmte. Obwohl sie sich normalerweise nicht die Mühe machte, irgendetwas über irgendeine Sportart zu lernen, hatte die Partnerschaft mit den Jungs sie gezwungen, sich wenigstens mit den grundlegenden Regeln von Football vertraut zu machen. Daher wusste sie nun, dass der Kicker vielleicht nicht so sehr bedrängt wurde wie die anderen Spieler, aber auf ihm lastete das ganze Spiel über ein unglaublicher Druck. Jede Sekunde auf dem Feld stand er im Zentrum der Aufmerksamkeit aller, was gerade bei einem knappen Spielstand nicht leicht auszuhalten war. Die NFL war eine Milliardendollarindustrie, und wenn man die prüfenden Blicke nicht ertrug, war man nicht lange dabei.

„Was habe ich verpasst?", fragte Jack.

„Ich bringe dich später auf den neuesten Stand", erwiderte Kenny.

Taryn schaute auf ihre Liste mit Dingen, die sie besprechen wollte. „Ich denke, wir sind beinahe durch. Sam, kannst du uns ein Update bezüglich der Party geben?"

Sie bemühte sich, ihre Genervtheit nicht durchklingen zu lassen. Auch wenn das schwierig war. Denn nachdem sie mit der gesamten Firma nach Fool's Gold gezogen waren, hatten die Jungs beschlossen, ihre wichtigsten Kunden zu einem Partywochenende einzuladen. Für das lange Wochenende vom Sommerfestival der Stadt – was auch immer das sein sollte – hatten sie einen Teil des *Gold Rush Resorts* angemietet. Jetzt würden zwanzig Kunden samt Ehefrauen und Kindern hier auftauchen und erwarten, gut unterhalten zu werden.

Sam räusperte sich. „Klar", sagte er. „Wir haben die Kunden wie besprochen eingeladen. Die Feier findet im Juli statt."

„Während des Sommerfestivals, richtig?", fragte Kenny.

Taryn wandte sich ihm zu. „Du hast von diesen ganzen Festivals gehört?"

„Natürlich. Sie sind einer der Gründe, warum wir hierher gezogen sind. Die Stadt organisiert jeden Monat ein Festival, um die Jahreszeiten und verschiedenen Feiertage zu feiern." Er stieß Jack mit dem Ellbogen in die Rippen. „Im Juni gibt es das Heißluftballonfestival. Wir sollten uns auch einen mieten und mitfahren."

„Ich bin dabei", sagte Jack lässig. „Wenn ich ihn steuern darf."

„Du steuerst den bestimmt nicht", erwiderte Kenny.

„Wie auch immer. Ich habe das Sagen."

„Super", sagte Taryn. „Damit du sichergehen kannst, dass ihr alle drei abstürzt oder in Flammen aufgeht. Sam, sorg dafür, dass unsere Versicherungen rechtzeitig aufgestockt werden."

Jack schenkte ihr ein träges Lächeln. „Du würdest mich vermissen, Darling."

„Ja, das würde ich, und dann würde ich mit meinem Leben weitermachen." Sie wandte sich wieder an Sam. „Wegen der Party", wiederholte sie. „Wo stehen wir da?"

„Wir befinden uns im Planungsstadium."

Sie wartete, aber von Sam kam nichts mehr. „Es sind nur noch drei Monate bis dahin. Du musst dich langsam mal ranhalten."

„Das tue ich."

Das ist vollkommen untypisch für Sam, dachte Taryn. Normalerweise hatte er immer alles im Griff. „Kannst du uns schon irgendwelche Einzelheiten erzählen? Du weißt schon, dass wir dafür sorgen müssen, dass die Kunden die Zeit ihres Lebens haben. Außerdem bringen sie ihre Familien mit, was den Druck noch mal erhöht. Ihr drei wolltet hierher ziehen. Ihr habt auf dieser Party bestanden. Kommt ja nicht eine Woche vorher zu mir und sagt, dass es ein Problem gibt, denn dieses Mal werde ich es nicht lösen."

„Sieh nur, was du angestellt hast", sagte Kenny im Plauderton. „Sam, du hast Taryn aufgeregt, und daraus kann niemals etwas Gutes entstehen. Dort, wo ich herkomme ..."

Taryn schlug mit der flachen Hand auf den Konferenztisch. „Wag es ja nicht, mir jetzt irgendeine Geschichte von den guten alten Zeiten auf der Farm zu erzählen, Kenny Anderson Scott. Du willst der Welt einreden, dass du ein einfacher Junge aus Iowa bist, aber ich weiß es besser."

Kenny schaute auf seine Uhr. „Wie die Zeit vergeht. Larissa wartet bestimmt schon auf mich."

Er rannte förmlich aus dem Raum, und Jack schaute ihm hinterher.

„Das war nicht nett, Taryn. Du weißt, dass Kenny es hasst, wenn du seinen vollen Namen benutzt. Das erinnerte ihn an diese Momente, wenn seine Mom ihn früher angeschrien hat."

„Ja, und genau deshalb habe ich es getan." Sie sah Sam an. „Was ist jetzt mit dieser Party?"

„Darum wird sich gekümmert", erwiderte er nur.

Das war genau das, was sie hören wollte, dachte Taryn. Warum glaubte sie ihm dann nur nicht? „Bist du sicher?"

„Ganz sicher."

Sie nickte, und Sam verließ den Raum ebenfalls. Jack blieb sitzen.

„Willst du darüber reden?", fragte er.

„Nein."

„Du bist irgendwie schlecht drauf."

Sie presste die Lippen aufeinander. „Ihr macht es mir ja auch nicht leicht."

Er stand auf und kam um den Tisch herum, bis er neben ihr stand. Dann zog er sie in seine Arme. Sie entspannte sich in der vertrauten Umarmung. Seine großen Hände ruhten auf ihrem Rücken, und sie atmete seinen Duft ein.

Als sie sich kennenlernten, war Jack der Star-Quarterback der L. A. Stallions gewesen und sie die frisch angeheuerte PR-Assistentin. Sie hatte nicht damit gerechnet, dass ihre gemeinsame Nacht irgendwo hinführen würde. Aber aus einer Nacht waren zwei geworden, dann eine ganze Woche.

Als ihre Beziehung zerbrach, waren sie Freunde geblieben. Sie liebte Kenny und Sam, aber Jack war derjenige, der sie am besten kannte. Was er mit seiner Frage bewies: „Bist du immer noch nicht sicher, ob es dir hier gefallen wird?"

„Es ist so anders. Die Menschen sind nett."

„Verflucht sollen sie sein."

Sie lächelte an seiner Schulter und trat dann zurück. „Ich bin nicht wie du."

„Stimmt." Seine dunklen Augen zogen sich amüsiert zusammen. „Du würdest mit meinem Penis auch ziemlich lustig aussehen."

„Ich würde ihn mir entfernen lassen."

Er zuckte zusammen. „Darüber macht man nicht einmal Witze." Er gab ihr einen Kuss auf die Stirn. „Wir werden eine Weile hierbleiben, Taryn. Entspann dich. Sei nett zu den Frauen der Stadt. Geh mit ihnen zum Lunch und gib ihnen eine Chance, dir zu beweisen, dass sie meinen, was sie sagen."

„Du meinst, sie wollen wirklich, dass ich einen schönen Tag habe?"

„Ja, das tun sie. Erlaube ihnen, dich kennenzulernen, während du sie kennenlernst. Schließe Freundschaften. Das macht Spaß."

„Vielleicht", grummelte sie.

„Das ist mein Mädchen. Immer bereit, Neues auszuprobieren." Er legte einen Arm um ihre Schulter und führte sie aus dem Konferenzraum. „Komm, ich lade dich zum Lunch ein und bestelle auch Pommes frites dazu."

Hervorragend, dachte Taryn. Wenn ich sie nicht bestelle, zählen die Kalorien ja quasi gar nicht. Sie lehnte sich an Jack. „Du bist der Beste", sagte sie.

„Ja, ich weiß. Meine Großartigkeit war schon immer eine Last."

3. KAPITEL

Die ist eben für dich abgegeben worden."

Taryn schaute auf, als Larissa in ihr Büro kam. Sie trug etwas in der Hand, das aussah wie eine sehr exotische Orchidee. Eine, die Taryn noch nie zuvor gesehen hatte.

„Die ist wunderschön", murmelte sie und nahm ihr die Blume ab.

Larissa grinste. „Da ist auch eine Karte."

Taryn berührte die weichen Blütenblätter. Was für ungewöhnliche Farben, dachte sie. Rosa und ein bläuliches Violett. „Was steht darauf?"

„Ich habe sie nicht gelesen."

Taryn stellte die Orchidee behutsam auf ihren Schreibtisch und schaute dann ihre Freundin an. „Natürlich hast du das."

Larissa lachte. „Da stehen nur ein Ort und eine Zeit. Heute Abend."

Sie nahm die Karte und las sie. Und richtig, „Condor Valley Winery, 19.00 Uhr", stand da in kräftiger schwarzer Schrift.

Eine Einladung oder eine Anweisung, dachte sie fasziniert. Und was, wenn sie zufällig nicht konnte?

„Gehst du hin?", fragte Larissa.

„Ich weiß es nicht."

Larissa setzte sich auf den Stuhl neben dem Schreibtisch. „Du musst. Du hast gesagt, dass er echt sexy ist."

„Daran kann ich mich nicht erinnern."

„Okay, du hast es gedacht. Das ist das Gleiche." Sie legte ein schmales Heft auf den Tisch. „Das ist die Pflegeanleitung für deine neue Pflanze. Offensichtlich ist sie sehr selten und sehr empfindlich."

„Dann ist ja genau in den richtigen Händen bei mir", erwiderte Taryn.

„Tja, das stimmt wohl, aber sie gehört nun mal dir." Larissa beugte sich vor. „Also, was weißt du über diesen Angel? Außer, dass er dir eine sehr ungewöhnliche Blume geschenkt hat?"

„Er arbeitet an der Bodyguardschule, ist ein ehemaliger Scharfschütze und war mal verheiratet."

„Stimmt, er ist Witwer. Hat er Kinder?"

„Das weiß ich nicht. Zumindest nicht in dieser Stadt."

„Warum magst du ihn?"

„Ich bin mir nicht mal sicher, dass ich das tue."

Larissa schüttelte den Kopf. „Na gut. Warum bist du an ihm interessiert? Ich finde ihn ein wenig Furcht einflößend."

Taryn überlegte, ihr eine einfache Antwort zu geben. Weil er attraktiv und sexy war. Weil er den ersten Schritt gemacht hatte. Weil sie sicher war, dass zwischen ihnen die Chemie stimmte. Weil Jack recht hatte und sie mehr ausgehen sollte. Gut, genau genommen hatte Jack davon gesprochen, sich mit Frauen anzufreunden, und nicht, sich einen Liebhaber zu nehmen, aber trotzdem.

„Er braucht mich nicht, damit ich mich um ihn kümmere", sagte sie schließlich und sprach damit die Wahrheit.

„Anders als die Jungs." Larissa nickte. „Das ergibt Sinn. Ich habe dich nur immer irgendwie mit einem Banker gesehen."

„Noch ein Mann im Anzug? Nein danke. Das hatte ich schon oft genug."

Sie wollte nicht jemanden, der so war wie sie. Sie wollte niemanden aus ihrer Welt. Angel war auf alle erdenklichen Arten anders. Wenn er sie mit diesen kühlen grauen Augen anschaute, hatte sie keine Ahnung, was er dachte. Das war irgendwie gut. Zumindest, solange es sich nicht herausstellte, dass er ein Serienmörder war.

„Ich schätze, das ist okay", sagte Larissa langsam. „Jeder in der Stadt mag ihn, also muss er ein netter Kerl sein."

„Sag mir bitte, dass du dich nicht über ihn erkundigt hast."

„Nur ein bisschen."

Bei dem Gedanken, dass ihr Privatleben öffentlich diskutiert wurde, musste Taryn ein Stöhnen unterdrücken.

„Ich war sehr diskret", protestierte Larissa.

„Oh, oh. Gibt es irgendjemanden, mit dem du nicht sprechen würdest?"

„Nein. Und deshalb magst du mich so sehr."

Taryn machte früh Feierabend, um sich für ihr Date mit Angel fertig zu machen. Sie fuhr die kurze Strecke zu ihrem Haus und parkte in der Garage.

Normalerweise zog sie es vor, in einer Wohnung zu wohnen – da gab es weniger, um das sie sich kümmern musste –, aber als die Firma nach Fool's Gold gezogen war, hatte sie entschieden, es mal mit einem Haus zu versuchen.

Ihres war relativ klein – es hatte nur zwei Schlafzimmer, aber die hatten eine nette Größe. Das Haus war von Grund auf renoviert worden, sodass sie eine neue Küche und im Badezimmer eine schön große Dusche hatte. Überraschenderweise gefiel ihr an dem Haus der Garten am besten. Eine altmodische Steinmauer umgab den rückwärtigen Teil. Es gab eine Terrasse und mehrere Hochbeete. Sie hatte noch nie in ihrem Leben irgendetwas wachsen lassen, aber seit sie hier war, hatte sie ein wenig recherchiert und überlegte, ein paar Blumen und Gemüse anzupflanzen.

Jetzt ging sie durch die Küche. Sie schlüpfte aus ihren Pumps und ging barfuß über den Flur in ihr Schlafzimmer. Bei der Renovierung hatte man den alten Stil des Hauses so weit wie möglich unberührt gelassen, wie zum Beispiel das eingebaute Bücherregal, das den steinernen Kamin an der Wand gegenüber ihrem Bett umgab. Der Zaun draußen war hoch genug, dass sie die Vorhänge nicht zuziehen musste, um ihre Privatsphäre zu wahren, wodurch sehr viel Licht ins Zimmer fiel. Sie zog ihr Jackett aus, öffnete den Reißverschluss ihres Rocks und ließ ihn zu Boden gleiten. Dann zog sie die Bluse aus, schlüpfte in ihren Morgenmantel und ging ins Bad.

Sie trug ihr schwarzes Haar offen. Wenig Stylingprodukte, viel Conditioner und wöchentliche Kopfhautbehandlungen hielten ihre Haare in Schuss. Als sie gehört hatte, dass sie auch in Fool's Gold alle sechs Wochen dieselbe Kur für ihre Haare bekommen konnte wie in L. A., war sie angenehm überrascht gewesen.

Sie band die Haare mit einem Stoffband zurück und wusch sich das Gesicht. Dann erneuerte sie ihr Make-up, wobei sie besonderen Wert auf ihre Augen legte. Sie würde Schwarz tragen, also wollte sie Form und Farbe ihrer Augen betonen. Als sie damit fertig war, trug sie auf Brust, Schultern, Arme und Beine eine leicht schimmernde Bodylotion auf.

Nachdem sie sich die Lippen mit einem fast farblosen Lippenstift geschminkt hatte, kehrte sie ins Schlafzimmer zurück und trat vor den Kleiderschrank. Sie wusste bereits, was sie anziehen würde – die Entscheidung hatte sie getroffen, sobald sie die Einladung gelesen hatte. Wenn Angel spielen wollte, würde sie mitspielen. Aber sie war entschlossen, als Siegerin aus diesem Spiel hervorzugehen.

Also zog sie jetzt den BH aus und das schwarze Kleid an, das sie ausgewählt hatte. Von vorne war es ganz schlicht – es reichte ihr fast bis zu den Knien und war leicht tailliert. Aber der Rückenausschnitt ging beinahe bis zu ihrer Hüfte. Bei jeder Bewegung bewegte sich der Stoff, als würde der Betrachter in der nächsten Sekunde etwas zu sehen bekommen, das er nicht sehen sollte. Ein Mörderkleid, dachte sie mit einem Lächeln. Perfekt für einen ehemaligen Scharfschützen.

Das Beste war, sie würde zu dem Kleid einen klassischen Blazer anziehen. Mit diesem Oberteil war das Outfit konservativ genug, um es im Büro zu tragen. Aber ohne den Blazer …

Sie musterte ihre Schuhe und entschied sich für ein paar Spitzenpumps von Dolce & Gabbana mit zehn Zentimeter hohen Absätzen. Sie war eigentlich keine Frau für Spitze und Schleifchen, aber diese Schuhe waren gleichzeitig sexy und elegant. Wie sollten sie auch nicht, immerhin waren sie von D&G, damit konnte man gar nichts falsch machen.

Taryn schlüpfte in die Pumps und betrachtete sich im Spiegel. Der Schmuck hierzu sollte schlicht sein, dachte sie und griff nach den Diamantsteckern, die Jack ihr geschenkt hatte, nachdem ihre Scheidung endgültig durch gewesen war.

Sie steckte alles, was sie an diesem Abend brauchen würde, in eine schwarze Seidenclutch und verließ dann das Haus.

Das *Condor Valley*-Weingut lag am Fuß der Berge, umgeben von Weinfeldern. Obwohl das Schild auf dem Parkplatz sagte, dass sie zu dieser Jahreszeit schon um siebzehn Uhr schlossen, parkte Taryn an der Haupttür und ging den Kiesweg hinauf. Sie hatte keinen Zweifel, dass Angel ein spezielles Arrangement getroffen hatte. Er war ein Mann, der es gewohnt war, zu kriegen, was er wollte, und würde sich von so einer Kleinigkeit wie Öffnungszeiten nicht aufhalten lassen.

Und richtig, eine Frau Anfang zwanzig wartete drinnen auf sie. Lächelnd fragte sie: „Ms Crawford?“

„Ja.“

„Wenn Sie mir bitte folgen mögen?“

Sie führte Taryn zu einem Fahrstuhl, der sie in den dritten Stock hinauftrug. Dann gingen sie in einen Raum, der aussah wie eine Privatbibliothek – ein ganzes Zimmer voller eingebauter Bücherregale und bequemer schwarzer Ledermöbel. Die Flügeltür stand weit offen und ging auf einen Balkon hinaus, auf dem ein Bistrotisch und zwei Stühle standen. Von dort, wo sie stand, konnte Taryn das gesamte Tal überblicken, hinter dem gerade die Sonne unterging. Jeder Anflug von Kühle wurde von den Heizpilzen vertrieben, die um den Tisch herum aufgebaut waren.

„Ich bringe dann gleich die Vorspeisen“, sagte die Frau und entschuldigte sich.

Eine Minute später war sie mit zwei Tellern zurück, auf denen Häppchen arrangiert waren. Sobald sie diese auf den Tisch gestellt hatte, kehrte sie in die Bibliothek zurück und kam mit einer Flasche Rotwein und zwei Gläsern wieder. Gekonnt öffnete sie die Flasche, schenkte aber nicht ein, sondern lächelte Taryn nur kurz zu und ging dann wieder.

Taryn trat auf den Balkon hinaus und atmete die Abendluft ein. Vorfreude breitete sich in ihrem Unterleib aus, aber auch eine gewisse behagliche Ruhe. Es war lange her, dass ein Mann sich so um sie gekümmert hatte. Oder vielleicht lag die Schuld bei ihr – vielleicht war es zu lange her, dass sie einem Mann erlaubt hatte, sich so um sie zu kümmern.

„Guten Abend."

Sie dreht sich um und sah Angel in der Tür stehen. Er sah beindruckend aus in schwarzem Hemd und schwarzer Hose.

„Hallo." Sie blieb, wo sie war, und wartete darauf, dass er zu ihr kam.

Und er enttäuschte sie nicht. Mit wenigen Schritten hatte er die Lücke zwischen ihnen geschlossen und nahm ihre Hände in seine. „Sie sind gekommen."

„Sie wirken nicht überrascht."

Eine Augenbraue hob sich. „Vielleicht bin ich das doch."

Sie lachte. „Das bezweifle ich. Danke für die Orchidee. Sie ist wunderschön."

„Sie erinnert mich an Sie."

Seine Hände waren warm, sein Griff locker. Er versuchte nicht, sie an sich zu ziehen, und gab ihr auch nicht das Gefühl, sie nicht wieder loslassen zu wollen. Eine clevere Strategie, denn es weckte in ihr den Wunsch, näher zu treten.

Mit ihren zehn Zentimeter hohen Absätzen war sie fast so groß wie er, also müsste sie sich nicht strecken, um ihn zu küssen. Sie könnte sich einfach vorbeugen und herausfinden, ob einzig ihre Erwartungen diese Hitze verursachten, die durch ihren Körper floss, oder ob es für ihr Erbeben einen echten Grund gab.

Oder auch nicht, dachte sie und trat vorsichtig einen Schritt zurück.

Angel ließ ihre Hände sofort los und zeigte dann auf die Stühle am Tisch. „Sollen wir uns setzen?"

Als sie saßen, schenkte er ihnen Wein ein. „Dieser Cabernet ist aus der Bibliothekskollektion. Er ist länger gereift als die meisten Weine, die sie verkaufen. Er ist sehr weich mit einem überraschenden Abgang."

Sie hängte ihre Tasche über die Lehne des Stuhls und griff nach ihrem Glas. „Warum habe ich den Eindruck, dass Sie über mehr als nur den Wein sprechen? Obwohl ich es nicht sonderlich schmeichelhaft finde, als *gereift* bezeichnet zu werden."

„Vielleicht habe ich nicht über Sie gesprochen?", sagte er und ließ den Blick aus seinen grauen Augen auf ihrem Gesicht ruhen.

„Dann also über sich." Sie neigte den Kopf. „Ja, das sehe ich. Obwohl mich der überraschende Abgang ein wenig irritiert. Was soll das heißen? Ein kleiner Schrei? Ein Faustst0ß? Sollte ich mir Sorgen machen?"

Er lachte leise, dann stieß er mit ihr an. „Danke, dass Sie mir heute Abend Gesellschaft leisten."

„Danke, dass Sie mich eingeladen haben."

Sie nippte an ihrem Wein. Der Cabernet war weich, doch er hatte einen Hauch von Tannin am Ende. Ein reifes Beerenaroma, das jedoch nicht übermächtig war.

„Warum sind Sie nach Fool's Gold gekommen?", wollte sie wissen.

„Justice hat die Firma hierhin verlegt."

„War das gut oder schlecht?"

„Ich mag Kleinstädte. Ich bin in einer aufgewachsen." Angel richtete seine Aufmerksamkeit auf die Aussicht. „Sie stammen nicht aus einer Kleinstadt."

War das eine Frage oder eine Aussage? fragte sie sich. „Nein, ich bin durch und durch ein L. A.-Mädchen. Nach Fool's Gold zu ziehen war für mich eine ganz schön große Umstellung."

„Warum haben Sie Ihre Firma dann nicht im La-La-Land gelassen?"

„Ich bin überstimmt worden. Jack, Kenny und Sam haben hier an einem Golfturnier teilgenommen. Ich weiß immer noch nicht genau, was an jenem Wochenende passiert ist, aber als sie am nächsten Montag zur Arbeit kamen, haben sie verkündet, dass wir umziehen." Sie trank erneut von ihrem Wein. „Score wird demokratisch geführt und ich war in der Minderheit. Die Einzelheiten des Umzugs haben sie dann natürlich allein mir überlassen."

„Natürlich."

„Wo sind Sie aufgewachsen?"

„In West Virginia." Er sah sie an und lächelte. „In einem Ort, von dem Sie noch nie gehört haben. Eine kleine Bergbaustadt."

„In so einer bin ich noch nie gewesen", gab sie zu.

„Die Stadt hatte ihre guten und ihre schlechten Seiten. Sehr viel Armut, da es nur einen großen Auftraggeber gab. Und die Arbeit war verdammt hart. Meine Mom ist gestorben, als ich geboren wurde, also gab es nur meinen Dad und mich. Ich habe gesehen, wie er Tag für Tag aus der Kohlemine kam, und mir geschworen, etwas anderes zu machen."

„Was Sie dann ja auch getan haben."

„Ich bin zum Militär gegangen. Nachdem ich ausgeschieden bin, habe ich bei einer Sicherheitsfirma angefangen, wo ich die gleiche Arbeit machen konnte, aber weniger Regeln zu beachten hatte."

Sie war sich nicht sicher, was er damit meinte. Geheimoperationen? Das war für sie genauso unvorstellbar wie eine Bergbaustadt.

„Das mit Ihrer Mom tut mir leid", sagte sie.

„Danke. Ich habe sie nie kennengelernt." Ein leichtes Lächeln legte sich um seine Mundwinkel. „Die Frauen in unserer Straße haben beschlossen, ihren Platz einzunehmen. Sie haben sich immer um mich gekümmert. Es war, als hätte ich zwölf Mütter statt nur einer. Da war es schwer, ungezogen zu sein."

Sie lachte. „Was Sie aber gerne sein wollten."

Er fing ihren Blick auf und hielt ihn fest. „Beinahe ständig. Aber ich habe Geduld gelernt. Es gab Gelegenheiten, aber ich musste hart für sie arbeiten."

War das eine Warnung? Sie unterdrückte einen Schauder und rief sich in Erinnerung, dass er ein guter Mann war. Besser als die, die sie gewohnt war.

„Was ist mit Ihnen?", fragte er. „Vorstadt? Zwei Komma vier Geschwister und ein weißer Gartenzaun?"

Für die meisten Menschen ist das eine leichte Frage, dachte Taryn, und das eben noch so präsente Prickeln verschwand, als wäre es nie da gewesen. Spannung baute sich in ihr auf, aber sie ignorierte das Verkrampfen ihrer Schultern, während sie überlegte, wie viel sie ihm erzählen sollte. Und *wie* sie es erzählen sollte, damit er nicht merkte, dass sie log.

„Bei mir gab es auch nur meinen Dad und mich, so wie bei Ihnen", fing sie an, auch wenn sie sicher war, dass ihre Situationen unterschiedlicher nicht hätten sein können. „Meine Mom hat uns verlassen, als ich noch klein war."

„Das ist hart."

Taryn zuckte mit den Schultern, denn die Wahrheit – dass ihre Mutter ihr einziges Kind und ihren Mann einfach verlassen hatte – war schlimm genug. Noch schlimmer war, dass der Mann sie beide regelmäßig geschlagen hatte und nach dem Fortgang seiner Frau nur noch einen Menschen gehabt hatte, auf den er seinen Zorn richten konnte.

„Es war in L. A.", sagte sie leichthin. „Es gab genügend Ablenkungen. Und jetzt sind wir beide hier. Die Menschen in Fool's Gold sind sehr freundlich, wenn auch für meinen Geschmack ein wenig zu sehr am Leben der anderen interessiert."

„Das ist der Nachteil einer Kleinstadt. Es gibt nicht viele Geheimnisse."

Als er den Themenwechsel kommentarlos akzeptierte, entspannte sie sich. Jede neue Beziehung musste durch diese aufgewühlten Gewässer navigieren. Den Austausch von Informationen über die Vergangenheit. Das hatten sie nun erledigt und konnten sich interessanteren Themen widmen.

„Wie ist das für Sie?", fragte sie.

„Was meinen Sie?"

„Sie sind ein Mann mit Geheimnissen."

Angel lachte. „Ich habe weniger Geheimnisse, als Sie denken. Ich gehe zur Arbeit, verbringe Zeit mit meinen Freunden." Seine Augen funkelten amüsiert. „Ich lebe mit einer Frau zusammen."

„Das habe ich gehört. Consuelo Ly. Sie ist verlobt."

„Verdammt. Und ich hatte gedacht, ich könnte sie verunsichern."

„Es ist noch etwas zu früh, um die Eifersuchtskarte zu ziehen. Außerdem sind Sie kein Mann, der eine Frau betrügt." Sie nippte an ihrem Wein und wünschte, sie würden näher beieinandersitzen. Der Abend wäre noch viel interessanter ohne den Tisch zwischen ihnen.

„Woher wollen Sie das wissen?"

„Liege ich falsch?"

„Nein."

Taryn beugte sich vor. „Sie sind einfach nicht der Typ dafür. Nach meiner Erfahrung wird Betrug von Scham begleitet. Das ist ein Gefühl, das Sie niemals zulassen würden." Sie lächelte. „Meine Geschäftspartner sind ausschließlich Männer. Wir verbringen viel Zeit miteinander. Lassen Sie es mich so sagen: Alles, was ich vor diesem Job noch nicht über das männliche Geschlecht wusste, habe ich seitdem gelernt."

„Okay", sagte er langsam. „Sie haben recht. Ich betrüge nicht."

„Wie lange waren Sie verheiratet?" Sie fragte, weil sie zufällig mal gehört hatte, dass er verheiratet gewesen war. Es war nicht leicht, Informationen über diesen Mann herauszubekommen, ohne ihr Interesse zuzugeben. Und genau das wollte sie unbedingt vermeiden.

„Sechzehn Jahre."

Okay, damit hatte sie nicht gerechnet. „Das ist eine sehr lange Zeit", sagte sie. „Was ist passiert?"

„Sie ist bei einem Autounfall gestorben."

Sechs schlichte Worte neutral ausgesprochen. Aber Taryn hörte den Schmerz hinter jeder Silbe. Spürte die Wunde, als wäre sie ihr selber zugefügt worden.

„Das tut mir leid", sagte sie automatisch, obwohl sie wusste, dass diese Phrase lächerlich und wenig hilfreich war. „Wie lange ist das her?"

„Sechs Jahre."

So wie Angel die Worte aussprach, waren da offenbar noch immer Gefühle. Ihm lag immer noch etwas an seiner verstorbenen Frau. Es gefiel ihr, dass er sie nicht in eine dunkle Ecke seiner Erinnerung geschoben hatte.

„Was ist mit Ihnen?“, wollte er wissen.

„Ich war einmal kurz verheiratet. Mit Jack.“

Er hob eine Augenbraue. „Ihrem Geschäftspartner?“

Sie nickte. „Ich bin direkt nach der Highschool von zu Hause ausgezogen.“ Eine Lüge, aber eine, die sie immer erzählte. Niemand musste wissen, dass sie mit sechzehn davongelaufen war und auf der Straße gelebt hatte. Die Zeit war hart und beängstigend gewesen, aber sie hatte es überstanden.

„Nach einem oder zwei Jahren mit Jobs, die nirgendwo hinführten, habe ich erkannt, dass ich in meine Bildung investieren muss, wenn ich etwas aus mir machen möchte. Also habe ich gearbeitet und bin nebenbei aufs College gegangen. Mit sechsundzwanzig habe ich dann meinen Abschluss gemacht.“

Mit einer Tonne Schulden am Hals und einem Gefühl von Stolz, das sie nie zuvor erlebt hatte.

„Gut gemacht.“

„Danke.“ Sie schaute zum Horizont. Im Westen verschwand das letzte Licht. Am Himmel über ihnen funkelten bereits die ersten Sterne. Die Luft war jetzt kühler, aber dank der Heizpilze war ihr warm.

„Ich hatte Glück“, fuhr sie fort. „Ich habe einen PR-Job bei den L. A. Stallions bekommen. Ich war pleite und wohnte in meinem Auto, aber es war eine Chance, das Wissen aus meinem Studium anzuwenden.“

„Marketing?“, sagte er lachend. „Sie haben Marketing studiert.“

„Ich weiß. Nicht sonderlich praktisch. Ich habe versucht, mich davon zu überzeugen, Buchhaltung zu studieren. Ein solider, stabiler Beruf. Aber mir gefiel die kreative Seite des Geschäfts, und ich dachte, dann sollte ich auch mehr darüber lernen. Ich habe in einem Diner die Nachtschicht gearbeitet, bin zu meinen Kursen gegangen, habe gelernt und ungefähr vier Stunden pro Nacht geschlafen. Als ich einen Praktikumsplatz bekommen habe, wurde es noch schlimmer, aber das hat mir nichts ausgemacht. Ich wusste, was ich wollte."

Sie hatte sich auf ihre Ziele gestürzt und sich gesagt, zum Schlafen wäre noch genügend Zeit, wenn sie dreißig war.

„An meinem dritten Tag bei den Stallions hat Jack mich dabei erwischt, wie ich Reste von dem Mittagessen gegessen habe, das sie sich hatten liefern lassen." Sie hatte Sandwiches, die für den Müll bestimmt gewesen waren, in Servietten eingewickelt, um sich davon die nächsten Tage zu ernähren.

„Er hatte Mitleid mit mir und hat mich zum Abendessen eingeladen." Sie schaute auf. „Aus dem Abendessen wurde dann Frühstück. Und ein paar Tage später bin ich bei ihm eingezogen."

Sie wartete auf das unvermeidliche „Haben Sie ihn geliebt?". Die wenigen Menschen, denen sie ihre Geschichte bisher erzählt hatte, hatten genau das gefragt. Doch das war gar nicht so einfach zu beantworten. Sie hatte Jack damals nicht gut genug gekannt, um zu wissen, wie sehr sie ihn mochte, aber sie war obdachlos und hungrig gewesen und er ein guter Kerl.

„Er war ein Ausweg", sagte Angel ruhig und überraschte sie mit seiner Feinfühligkeit. „Besser, als im Auto zu wohnen."

„Er ist ein toller Kerl. Das weiß ich jetzt. Aber damals ..." Sie zuckte mit den Schultern. „Ja, es war besser, als im Auto zu leben." Sie hielt inne. „Jack hat eine sehr fürsorgliche Seite. Sobald er einen akzeptiert hat, gehört man zu seinem Leben. Und er hat mich akzeptiert. Im Laufe der nächsten Monate habe ich erkannt, dass ich ihn wirklich sehr gerne hatte. Dann bin ich schwanger geworden."

Sie atmete tief ein. Sie hasste es, wie dumm sie sich bei diesem Satz immer fühlte. Als sie damals bemerkt hatte, was los war, hatte sie befürchtet, Jack würde denken, sie wolle ihn in eine Falle locken.

„Also haben Sie geheiratet."

„Am gleichen Wochenende. Wir sind nach Las Vegas geflogen. Ich wollte es ihm ausreden. Nein." Sie schüttelte den Kopf.

„Ehrlich gesagt wollte ich das nicht. Ein Teil von mir wollte, dass er sich um mich kümmert." Denn das hatte bis dahin noch niemand jemals getan.

Sie merkte, dass sie zu viel sprach, zu viel sagte, aber irgendwie kamen immer mehr Worte.

„Zwei Wochen später habe ich das Baby verloren."

Es war so schnell passiert. Kaum hatte sie sich daran gewöhnt gehabt, dass ein Baby in ihr heranwuchs, da war es auch schon wieder weg. Sie hatte ihren Arzt aufgesucht, der bestätigte, dass sie eine Fehlgeburt erlitten hatte.

„Ich habe am nächsten Tag die Scheidung eingereicht", fuhr sie fort. „Ohne Baby gab es keinen Grund für uns, zusammenzubleiben, und ich wollte Jack nicht ausnutzen. Die Stallions haben das allerdings nicht so gesehen. Sie wussten nur, dass ihr Star-Quarterback sich scheiden ließ und es ihm unangenehm sein könnte, täglich seine Exfrau zu sehen, also haben sie mich gefeuert."

„Was für eine Woche", murmelte Angel.

Es gab schlimmere, dachte Taryn. „Jack versuchte, es ihnen auszureden. Als das nicht funktionierte, kam er zu mir und bot mir an, stiller Teilhaber in einer neuen PR-Agentur zu werden. Ich habe sein Angebot angenommen, und so wurde Score geboren. Ein paar Jahre später hat er Sam und Kenny an Bord geholt, und seitdem sind wir vier zusammen."

Sie hatten ihre Geschäftsbeziehung in eine Familie umgewandelt. Egal was passierte, Jack und sie würden immer füreinander da sein. Er war nicht die große Liebe ihres Lebens gewesen, aber er lag ihr mehr am Herzen als jeder andere. Sie würde ihn nie im Stich lassen, und er sie auch nicht. In gewisser Weise war das besser als eine romantische Beziehung, denn auf das, was sie hatten, konnte sie sich verlassen.

Angel lächelte sie an. „Okay, Sie haben gewonnen. Diese Geschichte kann ich nicht toppen."

„Sie könnten mir von dem Mann erzählen, der Ihnen die Kehle aufgeschlitzt hat."

„Der hatte auch eine ziemlich schlechte Woche. Aber genug davon. Was ist Ihr Lieblingsgeschäft in der Stadt?“

Er wechselte das Thema – worüber sie sehr froh war. Sie hatte bereits zu viel gesagt und wusste nicht einmal, warum. Ganz sicher lag es nicht am Wein, sie hatte ihr erstes Glas noch nicht einmal ausgetrunken.

„Das ist schwer zu sagen“, gab Taryn zu. „Ich mag sie alle. Welche Jahreszeit mögen Sie am liebsten?“

„Den Sommer.“

„Wegen der Mädchen im Bikini?“

„Ich laufe gerne, wenn es warm ist.“

„Im Sinne von draußen spazieren gehen oder als Sport?“

Er lachte. „Letzteres.“

„Meine Vorstellung von der Hölle.“

„Sie trainieren in einem Fitnesscenter.“

„Woher wollen Sie wissen, dass ich überhaupt trainiere?“

Sein Blick glitt über ihren Körper. „Ich werde mir nicht die Mühe machen, darauf zu antworten.“

„Ich mache auch Yoga“, murmelte sie.

Er lachte. „Ich Glücklicher. Und Ihr liebster James-Bond-Darsteller?“

„Pierce Brosnan. James-Bond-Filme sollten ein Augenzwinkern haben. Dieser neue Kerl ist zu ernst. Außerdem fehlen mir die ganzen technischen Spielereien.“ Sie schaute ihn an. „Sie hingegen sind da etwas altmodischer. Ihr Favorit ist garantiert Sean Connery.“

Angel beobachtete fasziniert, wie die letzten Sonnenstrahlen auf Taryns Gesicht tanzten. Für eine Sekunde blitzten sie auf ihren hohen Wangenknochen auf, und dann verschwand die Sonne hinter dem Horizont.

„Das stimmt“, gab er zu. „Ich mag Sean Connery.“

Um sie herum waren bereits die Lichter angegangen, trotzdem saß Taryn beinahe vollständig im Schatten. Ihre blasse Haut leuchtete, während ihre dunklen Augen geheimnisvoll wirkten.

Fast hätte er gelacht, als ihm klar wurde, dass er sich wie ein Teenager auf dem ersten Date mit der Ballkönigin benahm. Überwältigt von Hormonen und weit außerhalb seiner Liga spielend.

„Ich bin sehr altmodisch", sagte er, als Taryn plötzlich aufstand.

Bevor er wusste, wie ihm geschah, hatte sie ihren Blazer ausgezogen und ihn über die Rückenlehne ihres Stuhls gehängt. Was auch immer er als Nächstes hatte sagen wollen, entfiel ihm, als er ihren nackten Rücken und den Ausschnitt sah, der beinahe bis zu ihrer Hüfte ging.

Ihre Haut war glatt, ihre Taille schmal. Sie setzte sich wieder und beugte sich ein wenig zu ihm. Was anfangs nur ein schönes Kleid gewesen war, das ihre Kurven betonte, war plötzlich zu so viel mehr geworden. Sein Mund wurde trocken. Hunger flammte in ihm auf und schickte das Blut in seine Lenden.

„Sie sind vermutlich jemand, der lieber echte Bücher liest als auf einem E-Reader", sagte sie und nahm ihr Weinglas in die Hand.

„Ich mag es, wie sie sich in meinen Händen anfühlen", entgegnete Angel automatisch, wobei er den Blick nicht von ihr wenden konnte. „Den Geruch von Papier. Das sinnliche Erlebnis." Er sah ihr in die Augen. „Gut gespielt."

„Danke." Sie nickte leicht. „Ich mag es, dass Sie davon ausgehen, dass ich nicht leicht zu haben bin."

„Jeder Mann, der das annehmen würde, wäre ein Dummkopf."

„Von denen gibt es auf dieser Welt genug."

„Und wann haben Sie das letzte Mal zugelassen, dass ein Mann sich um Sie kümmert?"

Sie überlegte eine Weile. Etwas blitzte in ihren Augen auf. Eine Erinnerung, wie er vermutete. Aber eine gute oder eine schlechte? Schwer zu sagen.

„Das ist eine Weile her. Ich vertraue anderen nicht so schnell. Genau wie Sie mag ich es nicht, die Kontrolle abzugeben."

„Aber ich kann es."

„Ach so? Interessant. Wann haben Sie das denn zum letzten Mal gemacht? Irgendwann im Jahr 1998?"

Sie zog ihn auf. Aber die richtige Antwort wäre 1992 gewesen. Bei Marie. Doch darüber würde er nicht reden.

Er erhob sich und ging um den Tisch herum. Dann zog er Taryn sanft auf die Füße. Es gefiel ihm, dass sie beinahe gleich groß waren.

„Ich mag Ihre Schuhe", murmelte er. „Sie sind etwas lächerlich, aber effektiv."

Er legte seine Hände auf ihre Schultern und strich dann leicht an ihrem Arm entlang. Jeder Teil von ihr zog ihn an. Sein Schwanz war mehr als bereit, aber der Rest von ihm verkündete, dass es viel besser wäre, zu warten. Außerdem hatte er es versprochen. Aus Gründen, die er nicht erklären konnte, hatte er das Gefühl, dass zu viele Männer ihre Versprechen Taryn gegenüber gebrochen hatten. Er würde dafür sorgen, dass er seines hielt.

Sie hob ihr Kinn, als ob sie ihn herausfordern wollte. Angel betrachtete ihren Mund, die perfekte Form, die Unterlippe, die ein wenig voller war als die Oberlippe. Er wollte wissen, wie es sich anfühlte, sie zu küssen. Wie sie schmecken würde. Er wollte den Druck des Verlangens fühlen, der sich aufbaute, bis er keine andere Wahl mehr hatte, als sie beide auf das unausweichliche Ende hinzuführen.

Aber nicht heute.

Er trat beiseite und nahm ihren Blazer, dann half er ihr hinein. „Es ist schon spät. Ich bringe Sie zu Ihrem Auto."

4. KAPITEL

Nichts war passiert. Gar nichts!

Am nächsten Morgen bemühte Taryn sich immer noch, das zu begreifen. Sie konnte sich nicht entscheiden, ob sie Angel dafür bewundern sollte, dass er sie ohne einen Gutenachtkuss an ihrem Wagen hatte stehen lassen. Oder ob sie mit einem ihrer High Heels auf ihn einschlagen sollte, wenn sie ihn das nächste Mal sah. Ja, er hatte ihr gesagt, dass er gut darin war, zu warten. Aber sie hatte nicht angenommen, dass er *so* gut darin wäre. Verdammt.

Nach einer schlaflosen Nacht musste sie jetzt Concealer benutzen, um die dunklen Ringe unter ihren Augen zu kaschieren, und das war allein seine Schuld. Sie versuchte, sich wenigstens im Nachhinein ein paar schlaue Bemerkungen einfallen zu lassen, die sie ihm vor den Kopf knallen konnte – während sie sich gleichzeitig überlegte, ihn einfach zu ignorieren, falls er noch einmal versuchen sollte, sich ihr zu nähern. Das Dumme war nur, dass sie ihn gar nicht ignorieren wollte. Und selbst wenn sie es doch gewollt hätte, war das keine gute Idee. Ihn zu ignorieren, würde ihm nur viel zu viel Macht verleihen. Sie wollte nicht, dass er glaubte, etwas in ihr berührt zu haben, obwohl es so war. Mit Männern auszugehen, die Angst vor ihr hatten, war wesentlich einfacher. Auch wenn sie zugeben musste, dass das hier – trotz des wenigen Schlafs – wesentlich mehr Spaß machte.

Sie zog sich an und fuhr ins Büro, wo auf ihrem Schreibtisch bereits diese Orchidee auf sie wartete. Taryn überprüfte, wie feucht die Erde war, so wie es in der Anleitung stand, schaltete dann ihren Computer an und bereitete sich darauf vor, den Tag zu beginnen. Während sie darauf wartete, dass ihr Computer hochfuhr, hörte sie die Nachrichten auf ihrem AB ab. Nichts. Und ihr Handy hatte sie bereits vorhin zu Hause überprüft. Zwei Mal. Der Kerl hatte nicht angerufen. Er hatte sie nicht geküsst, und nun meldete er sich nicht. Sie und Angel würden eine ernsthafte Unterhaltung über die Regeln führen müssen. Er sollte sich anstrengen und sie sollte schwer zu erobern sein. Das wusste jeder. Sein dummer Plan, es andersherum zu machen, ging ihr jetzt schon auf die Nerven.

Was vermutlich seine Strategie war.

„Ich will nicht“, sagte Larissa mit leicht weinerlicher Stimme.

„Sehe ich so aus, als würde mich das interessieren?“, fragte Taryn, als sie den Wagen vor Jo's Bar parkte. Einer der Vorteile von Fool's Gold war, dass während der Woche die Leute überall zu Fuß hingingen. Also gab es immer genügend Parkplätze.

Theoretisch war das Restaurant nur eine Viertelmeile von ihrem Büro entfernt, aber in ihren Schuhen könnten das genauso gut fünfzig Meilen sein. Zehn Zentimeter hohe Absätze sahen umwerfend aus, aber es war die Hölle, in ihnen zu laufen.

Heute trug Taryn schwarze Lackpumps von Gucci mit drei dünnen Riemchen über dem Spann. Technisch gesehen war der Absatz zwölf Zentimeter hoch, doch vorne hatten die Schuhe eine zwei Zentimeter hohe Plateausohle. Sie waren elegant und schlicht und die perfekte Ergänzung zu ihrem Seidenblazer mit Krokodruck von Roberto Cavalli. Darunter trug sie ein schlichtes Etuikleid.

Sie liebte Mode – vermutlich, weil sie sich bis zu ihrem dreißigsten Geburtstag immer nur Secondhandkleidung hatte leisten können. Jetzt machte sie die verlorene Zeit wieder wett. Und es war ihr ganz egal, dass sich alle anderen in der Stadt leger kleideten. Sie tat es nicht, daran würden sich die Leute gewöhnen müssen.

Larissa blieb ihm Wagen sitzen. „Ich habe Angst“, gab sie zu. „Was, wenn mich keiner mag?“

Taryn drehte sich zu ihrer Freundin. „Du weißt, dass solche Gedanken dumm sind“, sagte sie sanft. „Alle werden dich lieben. Du bist süß und lustig und eine loyale Freundin. Was sollte man daran nicht mögen?“

Anstatt sich zu entspannen, funkelte Larissa sie an. „Du bist so nett. Was ist los mit dir? Werde ich bald sterben und weiß nur noch nichts davon?"

Taryn seufzte. „Du stirbst nicht. Und ich will dich nur unterstützen. Das kann ich nämlich auch."

„Ich weiß. Es liegt nicht an dir. Ich mag diese Stadt wirklich und möchte gerne hierher passen."

„Du passt viel besser hierher als ich, und selbst ich habe schon ein paar Freundinnen gefunden."

Bei dem Gedanken erhellte sich Larissas Miene. „Du hast recht. Ich bin viel netter als du. Okay, gehen wir."

Taryn nahm ihre Prada-Tasche. „Gib mir nur eine Sekunde, um in der Wärme deiner Freundschaft zu baden", murmelte sie und stieg dann aus dem Wagen.

Als sie beide auf dem Bürgersteig standen, schaute Larissa an sich herunter. Zu ihrer Jeans trug sie einen marineblauen Blazer über einem rosafarbenen T-Shirt. Ihr blondes Haar war wie üblich zu einem Pferdeschwanz zusammengebunden. „Bin ich richtig angezogen? Du siehst immer so gut aus."

„In dieser Stadt zieht sich niemand außer mir gut an", versicherte Taryn ihr. „Und der Bürgermeisterin, die allerdings schon über sechzig ist. Außerdem gehen wir nur zum Lunch in eine Bar."

„Verstehe. Wie kommt das überhaupt? Du kannst Bars doch nicht leiden."

„Das liegt nur daran, dass ich zwei Jahre gebraucht habe, um den Jungs die Gewohnheit abzutrainieren, sämtliche Meetings am Tresen abzuhalten." Taryn gab Larissa einen leichten Schubs in Richtung Tür. „Also los. Du wirst schon sehen, die Bar hier ist anders."

Als Taryn das erste Mal zum Lunch in Jo's Bar eingeladen worden war, hatte sie sich auch gesträubt. Sie hatte nicht verstanden, warum die Frauen der Stadt sich nicht in einem netten Café oder Teehaus treffen wollten. Aber sobald sie das erste Mal hier gewesen war, hatte sie die Anziehung von Jo's Bar verstanden.

Sie und Larissa betraten den großen, offenen Raum und blieben stehen, weil Larissa sich umschauen musste. Taryn waren die malvenfarbenen Wände bereits vertraut, das schmeichelnde Licht und die stummgeschalteten Fernseher, auf denen Style Network und HGTV liefen.

Es gab kleine Nischen mit Tischen, eine Schiefertafel mit den Angeboten des Tages, und im Hintergrund spielte leise Musik.

Larissa grinste. „Nett. Wo treiben die Jungs sich hier denn rum?"

„Die haben einen Raum im hinteren Bereich. Ich habe gehört, dass abends viele Pärchen herkommen, aber tagsüber haben nur Damen Zutritt."

Sie erblickte Dellina, Isabel und Noelle, die an einem runden Tisch saßen. „Da drüben", sagte Taryn und ging voran.

„Lächeln die?"

Taryn verdrehte die Augen. „Du bist ein Freak, weißt du das?"

„Ja, das ist kaum eine Neuigkeit."

„Hallo ihr alle", sagte Taryn, als sie sich dem Tisch näherte. „Das hier ist meine Freundin Larissa. Sie arbeitet für Score. Sie ist Jacks persönliche Assistentin und die Masseurin der Jungs. Und obwohl sie ein wundervoller Mensch ist, sagt ja niemals zu, ihr bei einem Projekt zu helfen. Larissa ist geboren worden, um die Welt zu retten. Ernsthaft, wenn ihr sie lasst, wird sie euch überreden, ihr zu helfen, irgendein gefährdetes Unkraut zu schützen oder eine Razzia in einer Grundschule durchzuführen, um Hamster zu retten."

„Ich würde niemals Schulkindern ihre Hamster wegnehmen", erklärte Larissa. „Ich traue ihnen durchaus zu, sich gut um ihre Klassentiere zu kümmern."

„Das sagst du jetzt." Taryn lachte und zeigte auf die Frauen am Tisch. „Dellina ist Eventplanerin. Noelle gehört The Christmas Attic, ein entzückender kleiner Laden an der Fourth Street. Dort gibt es natürlich Weihnachtsschmuck, aber auch alle möglichen saisonalen Geschenke. Da solltest du für deine Mutter einkaufen. Glaub mir, sie wird alles lieben, was du bei Noelle erwirbst. Isabel gehört das Paper Moon. Das war einmal ein Brautmodengeschäft, doch jetzt verkauft sie auch tolle Mode und ich gebe bei ihr viel zu viel Geld aus."

Alle drei Frauen begrüßten Taryn und Larissa. Isabel zog den Stuhl neben sich hervor.

„Taryn, dein neuer Anzug ist von der Schneiderin zurück", sagte Isabel. „Du kannst ihn jederzeit abholen."

„Danke." Sie setzte sich und sah zu, wie Larissa sich leicht zögerlich zwischen Noelle und Dellina niederließ.

Im letzten Herbst, als sie Fool's Gold das erste Mal besucht hatte, war Taryn überzeugt gewesen, es hier nicht aushalten zu können. Kleinstädte hatten so gar nichts, was sie anziehend fand. Aber inzwischen musste sie zugeben, dass der Ort ihr ans Herz gewachsen war. Sie hatte Freundinnen gefunden und sich mit dem gemütlichen Rhythmus eines Lebens angefreundet, dessen Lauf von dem jeweils nächsten Festival bestimmt wurde.

Sie hatte immer geglaubt, das Leben in L. A. vorzuziehen, wo sie ihrem Job unbeobachtet nachgehen konnte. In Fool's Gold gab es keine Geheimnisse. Was bedeutete, wenn etwas Schlimmes passierte, war sofort jemand da, um seine Hilfe anzubieten. Die Erkenntnis war ein wenig ungewohnt, aber irgendwie auch tröstlich.

„Ihr braucht dringend eine Rothaarige", erklärte Jo, die mit den Speisekarten an den Tisch trat.

Dellina lehnte sich zu Taryn hinüber. „Sie hat recht. Im Moment sind es wir beide gegen die drei Blondinen."

„Wir schaffen es schon, es mit ihnen aufzunehmen", erklärte Taryn mit einem Grinsen, dann stellte sie Larissa der Besitzerin der Bar vor.

Nachdem Jo ihnen die Angebote des Tages genannt hatte, nahm sie ihre Getränkebestellungen auf und ging wieder.

Noelle legte ihre Speisekarte aus der Hand. „Okay", sagte sie und lächelte Larissa an. „Wir wollen deine Lebensgeschichte hören. Wir erzählen dir dafür auch unsere. Ich fange mal an.

Letztes Jahr bin ich hierher gezogen. Davor habe ich als Anwältin gearbeitet, was, wie sich herausstellte, nicht so mein Ding war. Jetzt führe ich das Christmas Attic, wie Taryn schon gesagt hat. Ich bin mit Gabriel verheiratet, der hier in der Stadt als Arzt arbeitet." Sie zeigte auf Dellina.

Die atmete tief durch. „Ich, hm? Also, ich bin die Älteste in meiner Familie. Ich habe jüngere Zwillingsschwestern. Eine von ihnen ist Köchin. Die andere hat eine kleine Firma in der Stadt. Eine Agentur für Zeitarbeit. Wie Taryn schon gesagt hat, bin ich Eventplanerin. In meinem Leben gibt es keinen Mann, und auch wenn ich zu einem langen Wochenende mit heißem Sex nicht Nein sagen würde, habe ich kein Interesse an einer Beziehung. Meine zwei Kinder sind bereits groß." Auf Taryns fragenden Blick fügte sie hinzu: „Meine Schwestern und ich haben unsere Eltern verloren, als ich noch auf der Highschool war."

„Das mit deinen Eltern tut mir leid", sagte Taryn. „Das habe ich nicht gewusst."

„Ist ja auch schon lange her."

„Trotzdem." Taryn wusste, wie es war, auf sich alleine gestellt zu sein. „Ich arbeite bei Score, wo ich PR-Kampagnen plane und versuche, meine nervigen Geschäftspartner unter Kontrolle zu halten."

„Aber du liebst sie", sagte Larissa.

„Das tue ich." Sie hob beide Hände. „Nur als Brüder, das schwöre ich. Obwohl ich kurz mit Jack verheiratet war. Aber das ist schon Jahre her."

Dellina, Isabel und Noelle schauten sie fassungslos an.

„Was?", fragte Taryn. „Es waren nur ein paar Monate und hat nicht besonders gut funktioniert. Wir sind Freunde geblieben und arbeiten jetzt zusammen."

„Hast du das gewusst?", fragte Isabel Larissa.

„Klar. Sie sind Freunde. Es ist schön, dass sie einander immer noch mögen."

„Du wirst mit jedem Tag interessanter", murmelte Isabel. „Okay, nun ich. Ich bin in dieser Stadt geboren und aufgewachsen. Mit vierzehn war ich wahnsinnig in den Freund meiner Schwester verknallt. Als sie sich getrennt haben, war ich überglücklich, doch dann ist er zur Navy gegangen und ich wusste, dass ich sterben würde. Als das nicht passiert ist, habe ich angefangen, ihm zu schreiben. Vierzehn Jahre später kehrte ich in die Stadt zurück, kurz darauf kam auch er hierher, und der Rest ist, wie es so schön heißt, Geschichte." Sie seufzte. „Jetzt sind wir verheiratet und ich kann mein Glück immer noch nicht fassen."

Larissa schaute sie um. „Okay, dann bin nur noch ich übrig. Ich bin die Älteste von drei Schwestern. Ich mag meinen Job sehr, weil er mir die Zeit lässt, mich um andere zu kümmern. Durch Jack bin ich mit einem Programm in Kontakt gekommen, das sich um Organspenden kümmert. Außerdem helfe ich bei verschiedenen Tierschutzorganisationen."

„Sie ist eine echte Heilige", sagte Taryn. „Ich rede mir immer ein, dass meine Zuneigung zu ihr alle Karma-Minuspunkte wieder wettmacht, die ich in meinem Leben angesammelt habe."

Isabel wandte sich grinsend an Larissa. „Du bist also die Masseurin dieser Footballspieler. Wie ist das so?"

Taryn lehnte sich auf ihrem Stuhl zurück. Sie hatte das schon öfter erlebt. Frauen waren von den Jungs besessen. Kein Wunder. Die drei waren nicht nur attraktiv, sondern auch Sporthelden. Wenn man ihr gutes Aussehen noch dazu addierte, blieb es nicht aus, dass sie Aufmerksamkeit erregten. Auch wenn es auf Dauer etwas anstrengend war, immer wieder die Frage zu beantworten, ob die drei noch Single waren.

Taryn kannte für jeden von ihnen die Antwort, aber sie würde kein Wort sagen. Sie liebte ihre Jungs und hütete ihre Geheimnisse.

Noelle seufzte. „Wirklich? Sie so zu berühren …"

„Muss ich euch daran erinnern, dass ihr beide glücklich verheiratet seid?", fragte Taryn.

„Auf *diese* Weise bin ich nicht an ihnen interessiert", erklärte Isabel mit einem breiten Grinsen. „Ich bin nur neugierig. Ford ist ein ehemaliger SEAL. Ich kenne mich mit Männern aus, die regelmäßig Sport treiben. Und als die Frau, die mit ihm schläft, kann ich nur sagen, mit ihm zusammen zu sein ist ziemlich gut. Aber bei euren Jungs sprechen wir noch mal von ganz anderen Muskeln."

„Genau", warf Noelle ein. „Unsere Neugierde ist auf rein intellektueller Ebene."

Larissa lachte. „Ja klar." Sie hielt eine Sekunde inne. „Ich weiß nicht, was ich sagen soll. Sie sind alle professionelle Sportler gewesen. Sie haben Dinge getan, für die der menschliche Körper nicht gemacht ist. Sie waren alle erfolgreich und haben alle zu viel gegeben, und nun haben sie Verletzungen. Ich versuche nur, dafür zu sorgen, dass es ihnen besser geht."

Noelle seufzte. „Das ist so süß. Sind sie dabei nackt?"

Taryn grinste. „Endlich kommen wir zur wirklich wichtigen Frage." Sie schaute ihre neuen Freundinnen an. „Ja, sie sind nackt. Sie fühlen sich nackt sehr wohl. Ich kann euch gar nicht sagen, wie viele Meetings wir schon in der Umkleidekabine der Firma oder, schlimmer noch, in der Dampfsauna hatten."

Sie hielt inne, als drei Augenpaare weit aufgerissen wurden. „Ich bleibe dabei angezogen", fügte sie hinzu.

„Das muss komisch sein", sagte Isabel.

„Man gewöhnt sich dran", erwiderte Taryn.

Noelle schaute Larissa an. „Ja, für dich ist es sicher keine große Sache. Du bist ja Profi."

Larissa schüttelte den Kopf. „Ich besitze keine Lizenz als Masseurin, falls du das meinst. Ich habe ein paar Kurse belegt, hatte aber nie Lust, die Prüfung zu machen. Ich arbeite nicht offiziell, sondern nur an Sam, Kenny und Jack und manchmal an Taryn."

Jo brachte die Getränke. Als sie wieder gegangen war, griff Taryn nach ihrem Eistee. „Mir fällt auf, dass niemand darüber reden will, wie aufregend es ist, mich nackt zu sehen."

„Ich bin sicher, du siehst toll aus", sagte Noelle abwesend, während sie sich weiter mit Larissa unterhielt. „Ist es nicht komisch, sie erst nackt zu sehen und dann wieder ganz normal im Büro?"

Isabel verdrehte die Augen. „Kommen wir doch zu dem, was du eigentlich fragen willst: Wer hat mit wem geschlafen?"

Dellina verschluckte sich an ihrem Getränk. „Also das nenne ich mal direkt", murmelte sie, als sie wieder sprechen konnte.

Noelle warf ihr einen scharfen Blick zu. „Hast du dich wirklich verschluckt, oder war das ein Hinweis darauf, dass du Geheimnisse vor uns hast?"

Dellina hob abwehrend eine Hand. „Ich habe mich ehrlich verschluckt. Obwohl über nackte Männer zu sprechen durchaus lustig ist."

Taryn war sich da nicht so sicher. Die tollen Körper waren schön, aber ihrer Meinung nach war das, was ein Mann mit so einem Körper anstellen konnte, wesentlich faszinierender.

„Die Jungs sind wirklich süß", sagte Larissa. „Aber wir sind wie eine Familie. Wir lassen uns nicht auf diese Weise miteinander ein. Die drei schleppen allerdings immer wieder Mädchen an."

„Bis auf Sam", sagte Taryn.

Larissa nickte. „Stimmt. Sam ist etwas vorsichtiger. Was vielleicht daran liegt, dass er kein besonderes Glück mit den Frauen hat."

Dellina, die gerade einen großen Schluck getrunken hatte, fing wieder an zu husten. „Allergie", krächzte sie. „Wovon redet ihr? Was heißt das, kein besonderes Glück?"

Larissa seufzte. „Das ist eigentlich ganz schön traurig, wenn man es genau betrachtet."

„Und lustig", ergänzte Taryn.

„Okay, auch lustig. Aber nicht auf gemeine Art." Larissa atmete tief ein. „Sam scheint immer die einzige Frau im Raum zu finden, die eine echte Katastrophe ist. Seine Exfrau hat einen Enthüllungsroman über ihre Ehe geschrieben."

Noelle zuckte zusammen. „Ehrlich?"

„Ja. Dann gab es da die Stalkerin, die ihn ständig verfolgt hat, und erinnerst du dich noch an das Mädchen, das behauptet hat, schwanger zu sein?"

Taryn nickte.

„Er tut mir leid", gab Larissa zu. „Er ist ein toller Kerl, aber er hat sich schon oft die Finger verbrannt. Kein Wunder, dass er sich jetzt weigert, sich überhaupt noch auf eine Frau einzulassen. Und seine Familie ist da auch keine große Hilfe."

„Die kennen keine Grenzen", erklärte Taryn schlicht und beschloss, dass es an der Zeit war, das Thema zu wechseln. „Also, was gibt es Neues in der Stadt? Irgendwelche heißen Gerüchte?"

Jo brachte eine große Schüssel Tacos, dazu Salsa und Guacamole. „Das geht aufs Haus", sagte sie lächelnd. „Für das neue Mädchen."

Larissa schaute sie strahlend an. „Danke. Das ist so nett von dir."

„Ja, ich bin ein ziemlich netter Mensch. Lass dir ja nichts anderes einreden."

Taryns Blick fiel auf die Tacos und ihr Magen fing an zu knurren. Na gut. Sie würde nachmittags einfach fünfzehn Minuten länger trainieren. Fünfzehn hässliche, verschwitzte Minuten wären es wert, jetzt ein wenig über die Stränge zu schlagen.

„Klatsch", sagte Isabel und nahm sich einen der Tacochips. „Die Assistentin von Bürgermeisterin Marsha verlässt die Stadt, also sucht sie nach einer neuen. Das wird echt komisch. Marjorie hat viele Jahre lang für die Bürgermeisterin gearbeitet. Bestimmt schon seit der Highschool oder so."

„Ich frage mich, wer die neue Assistentin wird", sagte Dellina und lachte leise. „Ich werde Fayrene davon erzählen. Sie ist die Schwester mit der Zeitarbeitsfirma. Ich bin sicher, sie wird ihre Hilfe beim Bewerbungsprozess anbieten."

„Du musst mir ihre Nummer geben", sagte Taryn. „Wir brauchen bei Score ab und zu Hilfe bei größeren Projekten."

„Ich habe ihre Visitenkarte." Dellina wühlte in ihrer Handtasche.

„Bürgermeisterin Marsha macht demnächst wohl Urlaub", murmelte Noelle und tauchte einen Taco in die Guacamole. „Sie war vor ein paar Tagen da und kaufte ein paar Sachen für …"

Isabel und Dellina schauten sie beide fassungslos an.

„Was ist?" Noelle schrumpfte sichtbar auf ihrem Stuhl zusammen. „Was habe ich denn gesagt?"

„Die Bürgermeisterin macht Urlaub?", hakte Dellina nach.

„Sie macht niemals Urlaub", ergänzte Isabel. „Und damit meine ich nie."

Taryn verstand das Problem nicht. „Na und? Hat sie kein Recht, auch mal auszuspannen? Ich meine, soweit ich das beurteilen kann, arbeitet sie sehr hart für die Stadt. Mal rauszukommen wird ihr sicher guttun."

Dellina und Isabel tauschten einen Blick. „Vielleicht", gab Isabel zu. „Aber es ist komisch. Als würde sie vielleicht nicht zurückkommen."

Larissa schaut ebenso verwirrt drein, wie Taryn sich gerade fühlte. „Hat sie einen Ehemann?"

„Sie ist verwitwet."

Taryn nahm sich noch einen Taco. „Vielleicht gibt es da ja einen mysteriösen, gut aussehenden Mann, der sie auf ihrer Reise begleitet", versuchte sie es mit einem Witz.

Isabels Augen wurden noch etwas größer. „Bürgermeisterin Marsha und ein geheimer Liebhaber?"

Noelle schüttelte den Kopf. „Das sehe ich auch so. Natürlich wünsche ich ihr, dass sie glücklich ist. Aber Marsha und ihr Liebhaber auf Reisen? Das ist zu seltsam, um auch nur darüber nachzudenken."

„So viel Glück wünschen wir uns doch alle, wenn wir in ihrem Alter sind", sagte Taryn energisch. „Also ich stimme für den geheimen Liebhaber. Den hat sich die Bürgermeisterin verdient."

„Unruhestifterin", murmelte Dellina.

„Das weißt du doch."

Taryn war nackt. Angel starrte sie an und spürte, wie der Atem seinen Körper verließ. Was gut war, denn so blieb mehr Platz für das heiße Blut, das seine Lenden füllte. Sie war groß und langbeinig und total nackt. Ihr langes Haar fiel über ihre Brüste, und die harten Nippel spielten Kuckuck mit ihm. Und wo er gerade von hart sprach …

„Hoch mit dir."

„Ich bin schon oben", murmelte er, doch dann erkannte er, dass die leicht mürrische Stimme nicht von der Vision vor ihm kam, sondern irgendwo am Rande seines Bewusstseins lauerte. Und dass sie mit „hoch" nicht das Gleiche meinte wie er.

Er setzte sich abrupt auf, aber selbst in seinem noch schläfrigen Zustand achtete er darauf, dass die Bettdecke seine schmerzhafte Erektion verbarg.

Consuelo stand in der Tür zu seinem Schlafzimmer. Im Flur brannte Licht, und sie war bereits angezogen. Er schaute auf die Uhr und sah, dass es kurz vor sechs am Morgen war.

„Warum bist du so früh wach?", fragte er.

„Weil wir wo hinmüssen."

„Wohin?"

„Zu einem Basketballspiel. Bei Score. Das ist die PR-Agentur mit den Typen, die früher mal Football …"

„Ich weiß, wer das ist." Angel schickte ein paar beschwörende Gedanken an seinen Penis, sich zurückzuziehen. Auf keinen Fall konnte er aufstehen, solange Consuelo in seinem Zimmer war. Sie war keine Frau, die so tun würde, als sähe sie es nicht, und er hatte keine Lust, sich von ihr aufziehen zu lassen.

„Du bist schlecht gelaunt", sagte sie. „Wir fahren in fünf Minuten. Beeil dich."

„Ja, ja."

Er wartete, bis sie das Zimmer verlassen und die Tür hinter sich geschlossen hatte, bevor er aufstand. Dann zog er sich eine Jogginghose und ein T-Shirt an, dazu Tennissocken und Turnschuhe. Fünf Minuten später war er so präsentabel, wie es um diese Uhrzeit möglich war. Rasch lief er aus dem Haus.

Es war immer noch dunkel, aber die ersten Strahlen der Morgensonne reckten sich bereits über die Bergkuppen. Consuelo stand an ihrem Truck, den Autoschlüssel lässig in der Hand. Ihm fiel auf, dass sie ihren Verlobungsring abgenommen hatte.

„Hey", sagte er und blieb an der Beifahrertür stehen. „Habt ihr beide eigentlich schon ein Datum festgelegt?"

„Willst du, dass ich den Tag damit beginne, dich umzubringen? Denn das könnte ich, glaub mir."

Ihr ruppiges Benehmen störte Angel nicht. Schließlich kannte er den Grund dafür. Also packte er Consuelo an den Schultern und drehte sie so herum, bis er sie im Schwitzkasten hatte. Er strengte sich nicht sonderlich an, sie hätte sich jederzeit befreien können, aber das tat sie nicht. Stattdessen lehnte sie sich an ihn.

„Hab keine Angst", sagte er schnell. „Kent hat Glück, dich zu haben."

Consuelo löste sich von ihm und schaute ihn an. „Was, wenn ich nicht die sein kann, die er sich wünscht?"

„Süße, du bist sein Traum."

„Träume ändern sich."

„Er wird seine Meinung nicht ändern. Er liebt dich."

Unter anderen Umständen hätte er einen Satz wie: „Gott allein weiß, warum", angefügt, aber Consuelo war im Moment verletzlich, und er würde sie nicht ärgern, wenn sie am Boden war.

„Ja." Sie klang nicht sonderlich überzeugt. „Ich schätze schon."

Er zog sie an sich. Sie ließ sich in seine Umarmung fallen, und er stützte sein Kinn auf ihren Kopf. „Betrachte es mal so: Wenn er seine Meinung ändert, kannst du ihn immer noch umbringen, und ich helfe dir dann, seine Leiche zu verstecken."

Sie lachte leise. „Abgemacht."

Gemeinsam fuhren sie zu Score. Auf dem Weg dorthin fragte Angel sich kurz, ob er Taryn treffen würde, doch dann fiel ihm ein, dass sie nicht gerade der Typ für Mannschaftssport war. Er hatte genug von ihr gesehen, um zu wissen, dass sie Sport trieb, aber auf eine saubere, zivilisierte Weise. Crosstrainer oder so, würde er raten. Vielleicht ein paar Hanteln. Vermutlich pinkfarben und mit Designerlabel.

Die Vorstellung ließ ihn lächeln. Ja, so war Taryn. Nicht pingelig, nur ein wenig perfektionistisch. Was würde er dafür geben, sie mit einem kleinen Schmutzfleck auf der Wange zu sehen. Oder nackt. Ja, nackt war gut.

Sie fuhren vor dem Gebäude vor, und Consuelo machte einen U-Turn. Angel sah das große Basketballfeld und die dort schon wartenden Jungs.

Ford und Justice waren seine Geschäftspartner. Jack und Kenny hatte er auch schon öfter in der Stadt getroffen, und Sam kannte er vom Sehen. Als weitere Spieler warteten Ryan Patterson, ein ortsansässiger Ingenieur, Raoul Moreno und Josh Golden. Was bedeutete, dass sie zwei komplette Mannschaften hatten.

„Hey“, sagte er, als er und Consuelo auf den Platz zugingen.

Sie begrüßten einander und schüttelten sich die Hände. Beinahe rechnete Angel mit einem Kommentar über „das Mädchen“, aber Consuelos Ruf schien ihr vorausgeeilt zu sein.

Jack stellte sich in die Mitte der Gruppe. „Teilen wir uns in Mannschaften auf und sehen, wer heute den Arsch versohlt kriegt. Sam?“

Sam trat mit einem Stoffbeutel in der Hand vor. „Also los. Wir ziehen Marken. Consuelos Team spielt im T-Shirt.“

Kenny grinste. „Bin ich der Einzige, der findet, ihre Mannschaft sollte oben ohne spielen?“

Angel bereitete sich darauf vor, dazwischenzugehen, denn er wusste, dass Consuelo dem Mann schweren Schaden zufügen konnte. Es war egal, dass Kenny über zwei Köpfe größer und mindestens hundert Pfund Muskelmasse schwerer war. Innerhalb eines Herzschlags hätte sie ihn schreiend am Boden.

Aber Consuelo hob nur eine Augenbraue und murmelte: „Davon träumst du wohl, Frischling.“

Die Männer lachten und zogen dann ihre Marken aus dem Beutel.

Zwei Minuten später standen die beiden Mannschaften.

Angel zog sein T-Shirt aus und riet Kenny, Raoul und Sam, sich möglichst weit von Consuelo fernzuhalten. „Sie spielt, um zu gewinnen, und dafür ist ihr kein Trick zu schmutzig."

Justice, der ebenfalls in ihrem Team war, nickte. „Das ist kein Witz. Lasst euch nicht von ihrer Größe in die Irre führen."

Das Spiel fing hart und schnell an und lief genauso weiter. Angel hatte seit ein paar Jahren nicht mehr gespielt und merkte, wie die schnellen Tempowechsel seinen Herzschlag in die Höhe trieben. Das ist fast so gut, wie einen Berg hinaufzulaufen, dachte er, als er Ford den Ball klaute und ihn an Sam weitergab, der einen Treffer landete.

Die Sonne ging auf. Der frühe Morgen war zwar noch recht frisch, trotzdem schwitzten und fluchten sie bald alle. Zum Glück lag der Basketballplatz in einem Teil von Fool's Gold, der eher industriell genutzt wurde, dachte Angel belustigt, als Jack einen derartigen Strom von Schimpfwörtern losließ, dass Consuelo die Stirn runzelte und ihm mit dem Finger drohte.

„Küsst du etwa deine Mama mit diesem Mund?", fragte sie ihn.

„Sehr lustig." Er warf ihr den Ball zu.

Angel wirbelte herum, um ihm nachzujagen. In dem Moment stieß Kenny einen schrillen Pfiff aus und rief: „Du siehst gut aus, Taryn."

Obwohl er sich sagte, dass er sich aufs Spiel konzentrieren sollte, konnte Angel nicht anders, als hinzusehen. Taryn kam von der anderen Straßenseite über den Parkplatz auf das Score-Gebäude zu. Sie trug ein blassblaues Kostüm, das ihren Körper auf genau die richtige Weise betonte. Ihre langen Beine waren nackt, und sie trug wieder einmal ein Paar lächerlich hoher Schuhe. Dieses Mal waren sie beige mit weißem Absatz und riefen förmlich *Schlaf mit mir.* Tja, dachte Angel. Wie sollte er dem widerstehen?

Das Haar hing Taryn offen über den Rücken. An ihrem Arm baumelte eine Handtasche, und in der anderen Hand hielt sie eine Aktentasche. Ihre Schlüssel klimperten. Sie sah so mächtig aus, so sexy und …

Etwas knallte ihm hart gegen den Kopf. Er drehte sich um und sah, dass Ford ihn angrinste und der Ball gerade davonhüpfte.

„Tut mir leid, Mann", verkündete Ford, dem es ganz offensichtlich nicht im Geringsten leidtat. „Ich dachte, du passt auf."

Angel zeigte ihm den Mittelfinger und setzte dann dem Ball nach. Als er das nächste Mal zur Straße schaute, war Taryn weg und der Tag wirkte mit einem Mal etwas weniger hell.

5. KAPITEL

Taryn schaute zu dem Monitor an der Wand und runzelte die Stirn. Normalerweise erstellte einer aus ihrem Team die PowerPoint-Folien, aber sie war von Anfang an mit der Präsentation nicht glücklich gewesen, und das bei einem Projekt, das unbedingt perfekt werden sollte. Nach drei Versuchen von den Grafikern kümmerte sie sich jetzt lieber selbst darum. Was sie nicht verstand, war, wie etwas, das auf ihrem Computer so gut ausgesehen hatte, auf dem großen Wandmonitor nun auf einmal so mickrig wirken konnte. Natürlich hing es mit der Größe zusammen. Dazu sollte ich einen der Jungs befragen, dachte sie grinsend. Als Männer kannten sie sich mit diesem Thema bestimmt besser aus.

„Was ist so lustig?"

Sie schaute auf und sah, dass Sam den Konferenzraum betreten hatte. „Ich versuche, eine Präsentation hinzukriegen", erwiderte sie.

Er schaute auf die Folie an der Wand. „Ich sehe nicht, was da so lustig ist."

Sie presste ihre Lippen aufeinander, anstatt ihn damit aufzuziehen, dass er das nie tat. In Wahrheit hatte Sam einen ziemlich guten Sinn für Humor. Aber im Moment hatte er diese Miene aufgesetzt, die sagte: „Irgendwas stimmt hier nicht."

„Was ist los?" Sie stand auf und ging auf ihn zu.

Er schaute auf ihre nackten Füße. „Warum trägst du immer diese Schuhe, wenn sie so unbequem sind?"

Wieder einmal hatte sie ihre High Heels von sich geschleudert, sobald sie ihr Büro betreten hatte. „Sie haben zwölf Zentimeter hohe Absätze. Selbst mit ihrer zwei Zentimeter hohen Plateausohle vorne kann ich sie nicht den ganzen Tag tragen."

„Warum kaufst du sie dann überhaupt?"

Sie legte eine Hand an seine Wange. „Sam, hast du sie gesehen? Das sind Kunstwerke. Bi-Color-Peep-Toes von Prada.

Aus Wildleder. Irgendwo wird in diesem Moment gerade ein Gedicht über sie geschrieben."

„Aber du kannst in ihnen nicht laufen."

„Du kannst auch keinen Sex mit Miss April haben, das hält dich aber trotzdem nicht davon ab, den *Playboy* zu kaufen."

Sam nahm ihre Hand in seine und setzte einen Kuss auf die Handfläche. „Ich habe mir den Playboy nicht mehr gekauft, seit ich neunzehn war. Du bist eine sehr seltsame Frau, und deine Obsession mit Schuhen werde ich nie verstehen."

Taryn lächelte. „Aber darüber wolltest du auch gar nicht mit mir sprechen."

„Stimmt."

Sam trat an die Glastür des Konferenzraums und schaute in den Flur. Taryn glaubte nicht, dass er nach jemand Bestimmtem Ausschau hielt. Aber offensichtlich war das, worüber er reden wollte, schwer für ihn. Bei Sam konnte das alles Mögliche sein. Jack neigte dazu, ihr jede Einzelheit zu erzählen, und auch Kenny teilte einen Großteil seines Lebens mit ihr. Doch Sam neigte dazu, seine Gedanken für sich zu behalten.

„Wie war das Spiel heute Morgen?", erkundigte sie sich, einerseits, um ihn zu entspannen, und andererseits, weil die klitzekleine Chance bestand, dass er Angel erwähnte, was ihr sehr gefallen würde.

Sie hatte sich solche Mühe gegeben, diesen Mann nicht anzustarren, als sie ins Gebäude gegangen war. Aber drinnen hatte sie sich so hingestellt, dass sie das Spiel beobachten konnte. Angel hatte gut gespielt, und er sah in Shorts und mit freiem Oberkörper wirklich fantastisch aus. Gut genug, um die Fantasie eines Mädchens anzuregen.

„Bestens. Sehr intensiv. Hast du Consuelo schon kennengelernt?"

Taryn nickte. „Ja. Ich weiß, wer sie ist."

„Sie ist eine höllische Spielerin." Sam grinste. „Ich will sie ab jetzt immer in meinem Team haben."

Taryn hatte das Gefühl, dass Consuelo Ja sagen würde, wenn Sam sie darum bat. Und das, obwohl sie doch verlobt war. Frauen mochten Sam. Er war ruhig, aber eindringlich. Attraktiv. Für diejenigen, die große Männer einschüchternd oder einfach zu groß fanden, war Sam die perfekte Kombination aus schlank und muskulös.

Taryn kannte die Grundzüge seiner Vergangenheit. Sie wusste, dass er in einer eng zusammengeschweißten Sportlerfamilie aufgewachsen war. Dass sein Vater in den späten 1970er und frühen 1980er Jahren professioneller Basketballspieler gewesen war. Sams Mutter war olympische Dressurreiterin gewesen. Die Schwestern hatten im Sport auch immer Höchstleistungen erzielt, doch Sam, der Jüngste der Familie, war als Kind krank gewesen. So krank, dass er niemals irgendetwas machen konnte.

Erst auf dem College war er aufgeblüht, als er entdeckt hatte, dass er einen Football besser kicken konnte als beinahe jeder andere. Taryn hatte sich oft gefragt, ob der Übergang vom Stubenhocker zum Supersportler schwierig gewesen war. Mit all den Mädchen, die auf einmal zur Verfügung standen, war das Thema Vertrauen aufgekommen. Und Sam hatte auf die harte Tour gelernt, dass er das nicht jedem einfach so schenken durfte.

Sie musterte ihn, bevor sie fragte: „Gehst du mit jemandem aus?"

Er funkelte sie an. „Was? Nein. Und darüber rede ich nicht."

Er ist wirklich verschlossen, was das angeht, dachte sie. „Nun reiß mir doch nicht gleich den Kopf ab. Ich habe ja nur gefragt. Ist immerhin schon eine Weile her. Außer, du hattest zwischendurch eine Beziehung und wolltest nicht, dass wir es mitbekommen."

„Ja, hat letztes Mal doch auch so toll funktioniert", murmelte er.

Womit er nicht ganz unrecht hatte. Bei seiner letzten Beziehung war Sam entschlossen gewesen, niemandem zu sagen, dass es in seinem Leben eine Frau gab. Unglücklicherweise hatte er die Beziehung so geheim gehalten, dass nicht mal Kenny und Jack davon gewusst hatten. Als die fragliche Frau sich dann an die beiden herangemacht hatte, hatten sie keinerlei Grund gesehen, ihre Einladung abzulehnen, und waren mit ihr ausgegangen. Jeder für sich, natürlich. Erst später hatten sie herausgefunden, dass sie ungeplant beide mit der Freundin ihres besten Freundes geschlafen hatten.

Sam hatte die Frau verlassen, sobald er davon erfuhr, aber zum Glück die Entschuldigung seiner Freunde angenommen. Seitdem hatte er es allerdings ganz aufgegeben, sich mit Frauen zu verabreden. Taryn verstand das, aber sie glaubte, dass Sam dieses Trauma endlich hinter sich lassen musste. Wenn er nicht in einer Beziehung war, konnte er schnell einsam und mürrisch werden.

„Ist mit der Firma alles in Ordnung?“, fragte sie.

„Ja, alles gut. Wir haben eine solide Kundenbasis, und die meisten bezahlen ihre Rechnungen pünktlich.“ Er atmete tief ein. „Was die Party für die Kunden angeht …“, fing er an.

„Was? Ich dachte, ich hätte meine Position eindeutig klargemacht. Ihr drei habt entschieden, eine Party zu schmeißen. Ich wollte das nicht. Ich werde da sein. Ich werde lächeln. Ich werde hübsch aussehen. Aber das ist auch alles.“

Sam hob abwehrend beide Hände. „Das hast du bereits gesagt. Und ich sage jetzt, dass ich Hilfe benötige. Das ist eine ziemlich große Veranstaltung. Ich brauche Empfehlungen für Leute, dir mir helfen können. Und zwar nicht Dellina.“

„Warum nicht Dellina? Sie ist doch toll. Und tut mir leid, aber sie ist die Einzige in der Stadt, die dafür qualifiziert ist. Schau mal, Sam, ich weiß nicht, was für ein Problem du mit ihr hast, aber sie leistet gute Arbeit. Wir müssen die örtlichen Firmen unterstützen, damit wir dazugehören.“

„Seit wann interessiert es dich, dazuzugehören?“

„Schon immer. PR ist unser Geschäft. Die Unterstützung der Stadt ist wichtig für uns. Jemanden von außen zu beauftragen wäre ein Fehler, und das weißt du.“ So langsam hatte sie sich richtig schön in Rage geredet. Taryn stemmte die Hände in die Hüften und fuhr fort: „Dellina ist fähig – Partys wie diese sind genau ihr Ding. Was hast du für ein Problem mit ihr?"

„Das ist kompliziert."

„Dann mach es weniger kompliziert. Wenn du mir nicht sagst, was los ist, kann ich dir nicht helfen. Was bedeutet, es ist dein Problem, du musst es lösen."

Sein Kiefer spannte sich an. „Du bist nicht sehr hilfreich."

„Sehe ich so aus, als würde mich das interessieren?"

Er überraschte sie mit einem breiten Lächeln. „Das ist ja die Sache, Taryn. Dich interessiert es immer. Unglücklicherweise bist du im Moment allerdings die reinste Nervensäge."

„Gut. Dann ist meine Arbeit hier erledigt."

Angel war fünf Minuten vor Beginn des Treffens der Forstwächter im Rathaus. Er hatte vorher ein wenig Recherche im Internet betreiben wollen – um mehr über die Organisation und ihre Leiter zu erfahren –, aber ein kurzfristig erforderlicher Umbau des Hinderniskurses hatte ihn die letzten Tage auf Trab gehalten. Trotzdem wusste er, dass er noch alles, was er für das erste Treffen wissen musste, in Erfahrung bringen würde.

Er zögerte kurz und überlegte, wie es sein würde, mit den Jungen zu arbeiten. Würden sie ihn an Marcus erinnern? Trotz der Zeit, die inzwischen vergangen war, dachte er jeden Tag an seinen Sohn, vermisste ihn täglich. Manchmal waren die Erinnerungen leicht und manchmal schwer, aber sie waren immer da.

Marcus würde das hier gefallen, sagte Angel sich. Er hatte es gemocht, Zeit mit seinen Freunden zu verbringen.

Er nahm zwei Stufen auf einmal und ging in den Konferenzraum im ersten Stock. Als er eintrat, stellte er fest, dass die meisten Stühle um den langen Konferenztisch bereits besetzt waren. Von Frauen.

Er blieb in der Tür stehen und überlegte. Ja, klar, dachte er. Die Mütter wollten wahrscheinlich wissen, worauf sich ihre Söhne da einließen. Sie waren es, die sich traditionell um die

Familie kümmerten. Aber sollten nicht auch ein paar Väter dabei sein?

Es war nicht so, dass er Frauen nicht mochte. Sie waren toll. Seine Frau war eine großartige Mutter gewesen. Aber das hier war anders. Jungen im Teenageralter brauchten ein männliches Vorbild.

Eine Frau um die fünfzig kam lächelnd auf ihn zu. „Hallo Angel."

Er brauchte eine Sekunde, bis er sie erkannte. Denise Hendrix, Fords Mutter. Seit Angel letztes Jahr in die Stadt gezogen war, hatte er ein paarmal bei ihr zu Abend gegessen. Sie war nett und wurde von ihren sechs Kindern sehr geliebt.

„Mrs Hendrix", sagte er. „Schön, Sie zu sehen."

Sie schüttelte den Kopf. „Bitte nenn mich nicht Mrs Hendrix. Das lässt mich älter klingen, als ich bin. Denise."

„Gerne." Er schaute sich im Saal um. „Leitest du auch einen ZKM-Forst?"

„Nicht wirklich. Ich bin die Vorsitzende des Forstausschusses. Ich danke dir sehr, dass du dich freiwillig gemeldet hast. Wir sind alle ganz aufgeregt, dich dabeizuhaben. Frisches Blut und so. Wir hatten Angst, dich an die Pfadfinder zu verlieren, aber das haben wir nicht, worüber wir uns sehr freuen."

Sie geleitete ihn zu einem der leeren Stühle und stellte ihm auf dem Weg jede einzelne Person vor. Er nickte und verband im Kopf die Namen mit den Gesichtern. Dann setzte er sich.

Sobald er saß, spürte er ein Prickeln im Nacken. Irgendetwas stimmte hier nicht. Dass Denise die Pfadfinder erwähnt hatte, verwirrte ihn. Warum gab es den ZKM, um jungen Männern beim Erwachsenwerden zu helfen, wenn sie sich ebenso gut den Pfadfindern anschließen konnten? War Fool's Gold wirklich groß genug, um beide Organisationen zu unterstützen? Oder hatte er das, was die Bürgermeisterin ihm erzählt hatte, falsch verstanden?

Denise ging zu ihrem Platz am Kopfende des Tisches und begann, ein paar dicke Notizbücher zu verteilen. Als sie eines vor ihn legte, bemerkte Angel, dass es nicht nur rosa war, sondern quer über den Titel das Motto des ZKM stand.

Wir machen aus unseren Mädchen fähige Frauen.

Er stieß einen unterdrückten Fluch aus. Mädchen? Er konnte sich nicht um eine Gruppe von Mädchen kümmern. Er hatte nie eine Tochter gehabt, und was er über Frauen wusste, würde niemandem wirklich weiterhelfen.

Denise kehrte an ihren Platz zurück und wandte sich an die Gruppe. „Ich danke euch allen, dass ihr heute gekommen seid. Wie ihr wisst, hat Marjorie den Forstausschuss die letzten Jahre geleitet und ganz hervorragende Arbeit geleistet."

Angel sah Bürgermeisterin Marshas Assistentin vorne am Tisch sitzen. Sie winkte, als ihr Name genannt wurde. Obwohl sie offensichtlich immer noch traurig war, weinte sie gerade nicht, was er sehr zu schätzen wusste.

„Mit ihrem Umzug nach Portland gab es einen freien Platz im Komitee", fuhr Denise fort. „Alle drei meiner Mädchen waren einst Mitglieder im ZKM." Sie lächelte. „Obwohl das schon lange her ist, erinnere ich mich noch gut daran, wie aufgeregt sie waren, als sie von Eicheln zu Mächtigen Eichen wurden. ZKM hatte auf so vielfältige Weise einen positiven Einfluss auf sie. Als ich daher gebeten wurde, Marjories Stelle in diesem Komitee zu übernehmen, habe ich Ja gesagt."

Alle applaudierten, auch Angel. Um ehrlich zu sein, ihm war es egal, wer die Leitung hier innehatte. Denn immerhin hatte er gerade erfahren, dass er sich um *Mädchen* kümmern sollte. Was war mit den Teenagerjungen passiert? Mit denen könnte er umgehen.

„Angel, du wirst unsere neusten Mädchen unter deine Fittiche nehmen", sagte Denise lächelnd. „Am besten findet ihr gemeinsam heraus, wie ihr vorgeht. Das ist immer das Einfachste. Auch wenn deine Verpflichtung erst mal nur für ein Jahr gilt, hoffe ich, dass du uns erhalten bleibst, bis auch diese Mädchen Mächtige Eichen geworden sind."

All die Frauen im Raum schauten ihn an. Die meisten nickten und lächelten dabei. Ein paar wirkten zweifelnd, was durchaus Sinn ergab. Er zweifelte ja auch. Oder war panisch – je nachdem, wie man es betrachtete.

Denise ging die nächste „Wachstumsphase“ durch. Die anderen Forste hatten im September angefangen. Nur seine Saison wäre etwas kürzer, um die Mädchen an das Programm zu gewöhnen. Sie erwähnte einige Veranstaltungen, an denen alle Gruppen teilnehmen würden, dann beantwortete sie Fragen.

Angel blendete die Unterhaltung aus und griff nach dem Notizbuch. Dem *rosafarbenen* Notizbuch. Er schlug es auf und überflog den Inhalt. Es gab zu jedem ZKM-Stadium ein Kapitel mit mehreren Unterkapiteln.

Er las das Leitbild, dann entdeckte er, dass der Fortschritt der zukünftigen Kriegerinnen des Máa-zib in kleinen Holzperlen gemessen wurde, die sie für ihre Errungenschaften in verschiedenen Lebensbereichen verdienen konnten. Einige Lektionen waren eher praktisch, wie Knotenkunde und das Lesen von Landkarten. Andere hatten mit der Gemeinschaft zu tun. Von jedem der Mädchen wurde erwartet, dass sie sich für eine befristete Zeit einem sozialen Projekt widmeten. Außerdem gab es Perlen für Familie und Freundschaften.

Angel blätterte um und entdeckte, dass es auch typische Mädchenaktivitäten wie Gesichtsbemalung gab. Er fragte sich, ob es eine Perle für Stil gäbe, und ob er Taryn dazu bringen könnte, als Gastrednerin aufzutreten.

Ich kann das, sagte er sich. Vielleicht nur für die paar Monate bis zum Ende der Saison. Dann würde er Denise und der Bürgermeisterin erklären, dass er nicht der Richtige für ZKM war. Auf keinen Fall könnte er seinen Forst leiten bis zur …

Er blätterte weiter und hielt inne. Stumm fluchend sah er sich nach einem Fluchtweg um. Heilige Scheiße. Es gab eine Perle für den weiblichen Zyklus. Was hatte die Bürgermeisterin sich nur gedacht, als sie ihm vorgeschlagen hatte, sich hier zu engagieren? Wurde die alte Dame so langsam vielleicht etwas wirr im Kopf? Er konnte nicht zu einer Gruppe von – er schaute noch einmal nach, in welchem Jahr das Thema vorgesehen war – Zehnjährigen über Menstruation reden.

Langsam klappte er das Buch zu und blieb sitzen. Als das Meeting zu Ende war, ging er direkt zu Denise. Er wartete, bis die anderen Frauen gegangen waren, dann wandte er sich an Fords Mutter.

„Ich kann das nicht“, sagte er und legte das Buch vor sie auf den Tisch. „Ich bin nicht der Richtige für diesen Job.“

Sie überraschte ihn, indem sie lächelte. „Okay, lass mich raten: Der weibliche Zyklus hat dich erschreckt?“

Er spürte, dass er rot wurde. „Naja, Denise, ich habe in meinem Leben einiges erlebt. Es gibt Dinge, die ich weiß, Dinge, die ich gemacht habe. Zum Beispiel Zelten. Knoten und Kartenlesen. Darin bin ich gut. Aber der Rest? Auf keinen Fall. Das sind kleine Mädchen. Sie brauchen eine Frau. Oder wenigstens einen Mann, der eine Tochter in diesem Alter hat.“

Denises Lächeln schwand. „Angel, ich verstehe deine Angst.“ Sie hielt inne. „Okay, ich verstehe sie nicht, aber ich glaube, dass sie für dich echt ist.“

Das ist nicht sonderlich hilfreich, dachte er grimmig.

„Die meisten Mädchen, die sich dieses Jahr für den ZKM gemeldet haben, kommen entweder aus zerrütteten Familien oder haben irgendeinen Verlust erlitten. Obwohl ich gerne glauben möchte, dass in Fool’s Gold niemals etwas Schlimmes passiert, stimmt das leider nicht. Bürgermeisterin Marsha und ich haben ausführlich darüber gesprochen. Wir glauben, dass du der richtige Mann für den Job bist.“

Sie legte eine Hand auf seinen Unterarm. „Angel, du hast gesagt, dass du das machst, und ich werde dich an dein Versprechen erinnern. Ich denke, es wäre gut für dich. Außerdem werden wir so kurzfristig keinen Ersatz mehr für dich bekommen. Bitte leite den Forst für diese erste Saison. Danach kannst du immer noch aufhören.“

Er zögerte, hin und her gerissen von Schuldgefühlen. Verdammt, er hatte sein Wort gegeben. „Okay. Zwei Monate, dann bin ich durch."

„Das besprechen wir, wenn es so weit ist." Sie holte eine Karteikarte aus ihrer Handtasche. „In der Zwischenzeit habe ich hier ein hervorragendes soziales Projekt, das meiner Meinung nach perfekt für die Mädchen ist. Max Thurman leitet den K9Rx-Therapiehundezwinger gleich außerhalb der Stadt. Hast du schon von ihm gehört?"

Er nickte langsam. „Hunde, die kranke Menschen besuchen und so."

„Es ist ein wenig komplizierter als das, aber ja, so in der Art. Max hat einen neuen Wurf Welpen, die erzogen werden müssen. Ich glaube, die Gruppe mit den siebenjährigen Mädchen ist dafür prädestiniert. Meine Tochter Montana arbeitet für Max. Sie wird sich bezüglich der Termine mit dir in Verbindung setzen."

Sie ratterte noch weitere Informationen herunter, die Angel sich in sein Handy speicherte. Als sie fertig waren, schnappte er sich sein rosafarbenes Notizbuch und flüchtete, so schnell er konnte.

Er trat in den Nachmittag hinaus und sagte sich, dass es noch zu früh war, um sich zu betrinken.

Kleine Mädchen. Er war ab jetzt für eine Horde von siebenjährigen Mädchen verantwortlich. Am Randstein blieb er stehen und starrte sein Motorrad an. Er fuhr eine Harley. Was, wenn es Ausflüge mit den Mädchen gab und man erwartete, dass er fuhr? Menschen konnten bei Autounfällen sterben. Sein vernarbtes Herz war der lebendige Beweis dafür. Er fluchte erneut, dieses Mal laut und mit Wucht.

Dann zog er sein Handy aus der Tasche und wählte eine Nummer.

„Ich bin's. Wie sieht dein Nachmittag aus?"

Er wartete darauf, dass Consuelo ihm sagen würde, sie hätte viel zu viel zu tun, um sich um ihn zu kümmern, aber zu seiner

Überraschung erwiderte sie nach einer kleinen Pause: „Was ist los?"

„Nichts. Alles. Ich bin am Arsch."

„Was brauchst du?"

Er sah zu seiner Harley. Er liebte es, mit ihr zu fahren. Liebte das Gefühl von Wind und Geschwindigkeit. Das Gefühl von Freiheit.

„Ich muss ein Auto kaufen."

„Was?"

„Ich brauche etwas, das sicher ist. Wo viele mitfahren können. So was wie einen SUV." Oder einen Minivan. Nur brachte er es nicht über sich, das Wort auch nur auszusprechen. „Eins von den Dingern mit drei Sitzreihen."

Er spürte, wie die Wände um ihn herum immer näher rückten.

„Will ich wissen, wieso?", fragte Consuelo.

„Nein."

„Okay. Wir treffen uns in fünfzehn Minuten zu Hause."

Taryn betrachtete den schlichten schwarzen Schokoladentrüffel, der gemeinsam mit einer Nachricht ins Büro geliefert worden war. Die Nachricht enthielt wieder nur den Namen eines Restaurants und eine Uhrzeit. Keine Unterschrift, keinen Gruß. Nur „Henri's, 19 Uhr". Entweder wollte Angel beweisen, dass er sich wirklich bemühte, oder er mochte es nicht, zu telefonieren.

Bevor sie sich entscheiden konnte, was es war, traten Kenny und Jack ein. Kenny ließ einen schweren Rucksack auf ihren Schreibtisch plumpsen und grinste.

„Ihr seid zurück", sagte sie.

„Wir sind zurück, und wir sind die Besten", bestätigte Kenny.

Jack setzte sich auf die Schreibtischkante und zuckte mit den Schultern. „Wir können nichts dafür", sagte er bescheiden. „Wir sind einfach so gut."

„Ich Glückliche."

Jack und Kenny waren zu einem Treffen mit dem Inhaber von Living Life at a Run in Los Angeles gewesen.

„Also ist euer Termin gut gelaufen?", erkundigte sich Taryn.

„Das weißt du doch. Du wirst Cole lieben." Jack schlug mit der flachen Hand auf den Rucksack und grinste. „Und er wird dich lieben."

Kenny nickte enthusiastisch. „Wir haben natürlich über Sport geredet. Er ist ein großer Footballfan."

„Wer ist das nicht?", fragte Taryn und versuchte, nicht zu dem Rucksack zu schauen, der den Großteil ihres Tisches einnahm. Er war riesig und sehr schwarz. An den Seiten waren ein paar Stangen befestigt. Wenn sie es nicht besser wüsste, würde sie denken, dass sie zur gleichmäßigen Verteilung schwerer Lasten diente, die eng am Körper des Trägers befestigt wurden. Was für eine fürchterliche Vorstellung.

Aber das LL@R-Logo zeigte zu ihr, also war es unwahrscheinlich, dass *diese* Seite am Körper anlag. Trotzdem wäre sie nicht sonderlich begeistert, etwas tragen zu müssen, das so schwer war, dass es einen Gewichtsstabilisator benötigte.

„Er läuft Ski", fügte Kenny beeindruckt hinzu. „Und er kennt Kipling Gilmore."

Taryn hatte vor langer Zeit gelernt, dass es einfacher war, sich ihren Geschäftspartnern anzupassen, als gegen das Unvermeidliche zu kämpfen. Außerdem waren sie zu dritt und sie ganz allein. Also hatte sie die Sportlersprache gelernt. Sie konnte intelligent über beinahe jedes Spiel plaudern, das mit einem Ball oder Puck gespielt wurde. Sie wusste, wo es Innings, Viertel und Halbzeiten gab. Jedes Jahr schaute sie zusammen mit den Jungs den Auswahlprozess der NFL und hörte sich an, wie es für sie gewesen war, als sie das damals hatten durchmachen müssen. Was bedeutete, sie wusste genau, wer Kipling Gilmore war.

Kipling Gilmore war ein US-Skiläufer, der die Olympischen Winterspiele dominiert hatte. Er hatte sowohl im Super-G als auch in der Kombination die Goldmedaille gewonnen.

„Ich bin sicher, Cole und Gilmore kämmen einander gerade die Haare, während wir hier miteinander sprechen“, sagte sie.

Kenny schüttelte den Kopf. „Warum nur beeindrucken dich Promis aus der Sportwelt so gar nicht?“

„Weil ich bereits dich und Jack und Sam habe. Was könnte besser sein?“

„Gute Antwort.“ Jack tätschelte erneut den Rucksack. „Cole freut sich schon auf unser Meeting. Der Plan ist, dass er für uns eine Einführungspräsentation hält. Dann gehen wir über das Wochenende zelten, um danach im Detail darüber zu sprechen, was wir für ihn tun können.“

Taryn nickte. Das war nicht das erste Mal, dass ein Kunde eine solche Forderung stellte. Viele von ihnen wollten sichergehen, dass die PR-Agentur ihr Produkt verstand. Sie hatten einmal eine großartige Zeit in Cabo, Mexiko, mit einem Klienten verbracht, der Tequila herstellte. Camping- und Sportausrüstungen würden vermutlich nicht ganz so angenehm werden. Wobei sie nicht vorhatte, sich so stark einzubringen.

Sie wollte den beiden gerade viel Spaß wünschen, als ihr auffiel, dass Kenny und Jack überall hinschauten, nur nicht zueinander. Oder zu ihr.

„Was ist?“, wollte sie wissen. „Was verschweigt ihr mir?“

Kenny stieß Jack an. „Sag du es ihr.“

„Du hast gesagt, du würdest das machen.“

„Du warst mit ihr verheiratet.“

Jack seufzte. „Feigling.“

„Damit kann ich leben“, verkündete Kenny und lächelte sie dann an. „Jack muss dir etwas sagen.“

Der Ton dieser Unterhaltung gefiel Taryn gar nicht. „So viel habe ich schon erraten.“ Sie schaute Jack fragend an. „Ja?“

„Cole möchte, dass wir einen Wochenendausflug mit ihm machen.“

„Das sagtest du bereits.“

„Wir alle.“

„Klar. Du, Kenny und Sam." Sie hielt inne, als sie seinen Blick bemerkte. Dann stand sie auf und trat hinter ihren Stuhl, um etwas Abstand zwischen sich und den Rucksack zu bringen. „Nein."

„Taryn, du bist Partnerin der Firma. Er sagte, alle Partner. Es ist doch nur für ein paar Tage."

„Ja, aber es geht um Zelten. Draußen. Absichtlich. Es ist eine Sache, wenn man die Kontrolle über sein Auto verliert und in einem Graben landet. Das kann jedem passieren. Dann draußen zu schlafen, bis man gerettet wird, ist keine große Sache, weil man es nicht ändern kann. Aber das hier ist mit voller Absicht. Im Dreck."

„Wir gehen auf einen Zeltplatz", beeilte Kenny sich, hinzuzufügen. „Ganz zivilisiert. Mit Waschräumen."

Jack stieß ihm den Ellbogen in die Seite. „Okay, allerdings welche ohne fließend Wasser."

„Das ist ekelhaft. Ihr könnt im Stehen pinkeln. Die Option habe ich nicht."

Taryn verbrachte keine Zeit in der Natur. Sie mochte es einfach nicht. Wenn sie mit der Natur in Verbindung treten wollte, bestellte sie sich im Restaurant einen Tisch auf der Terrasse. Oder kaufte sich eine Pflanze. Bis zu diesem Zeitpunkt bestand ihr ehrgeizigstes Projekt mit Mutter Natur darin, zu planen, wie ihr Garten einmal aussehen sollte. Bislang stand das jedoch alles nur auf dem Papier und sie hatte noch nicht ein einziges Mal Erde an ihren Händen gehabt.

„Habt ihr meine Schuhe gesehen? Sehe ich wie eine Camperin aus?"

Jack kam um den Tisch herum auf sie zu. Er legte seine großen Hände auf ihre Schultern und schaute ihr in die Augen. „Taryn, das ist ein wichtiger Kunde. Nicht so sehr, was seine Größe angeht, aber sein Potenzial. Wir sind schon im Vertrieb tätig gewesen, aber noch nie im Einzelhandel. Das ist unsere Eintrittskarte. Es geht um ein Wochenende zelten. Wir werden alle bei dir sein. Das hier ist für unsere Firma sehr wichtig."

Sie schaute ihn an und wusste, dass er recht hatte. Und zwar mit allem. Sie seufzte. „Okay. Ich mach's."

„Wirklich?", fragte Kenny überrascht. „Das ist super. Wir können dir gerne helfen, dich darauf vorzubereiten, wenn du willst."

„Nein danke. Darum kümmere ich mich selber."

Auf keinen Fall wollte sie, dass die Jungs zusahen, wenn sie sich abmühte, zu lernen, was auch immer man fürs Zelten lernen musste. Es war so schon schwer genug, sie unter Kontrolle zu halten, da würde sie ihnen nicht freiwillig noch mehr Munition liefern. Außerdem, dachte Taryn und sah vor ihrem geistigen Auge ein paar breite Schultern und kühle graue Augen, habe ich bessere Ressourcen.

„Du wirst es nicht bereuen", sagte Jack grinsend. „Das wird super. Wir kriegen den Kunden, und dann hält uns nichts mehr auf."

Er und Kenny verließen das Büro. An der Tür drehte Jack sich noch einmal um und zeigte auf den Rucksack. „Den kannst du behalten", sagte er großzügig. „Darin findest du alles, was du für unser Wochenende brauchst."

„Na toll."

Sie wartete, bis die beiden gegangen waren, bevor sie an ihren Schreibtisch trat. Dann stieß den Rucksack mit dem Finger an und wollte ihn hochheben. Er rührte sich keinen Millimeter.

Sie versuchte es erneut, dieses Mal mit beiden Händen, und schaffte es kaum, ihn vom Tisch zu heben.

„Sehr lustig", murmelte sie und öffnete den Verschluss. Ohne Zweifel hatten Kenny und Jack Steine hineingepackt, um sie auf den Arm zu nehmen.

Aber als sie den Rucksack öffnete, sah sie nur Dinge, die aussahen, als bräuchte man sie zum Zelten. Nicht, dass sie persönliche Erfahrungen damit hätte, aber sie hatte Bilder gesehen.

Sie versuchte ein drittes Mal, den Rucksack anzuheben, und brach sich nicht nur einen Nagel ab, sondern verspürte auch einen scharfen Schmerz in der Schulter.

„Das", murmelte sie in den leeren Raum, „wird ein Problem."

6. KAPITEL

Das Henri's war ein Fünfsternerestaurant, das sich in dem luxuriösen Gold Rush Ski Lodge und Resort befand. Der Name ließ Taryn jedes Mal zusammenzucken. Was hatte der Besitzer sich nur dabei gedacht? Der Name war so lang, dass er auf Schildern immer komisch aussah, und sie schätzte, die Visitenkarten waren das reinste Buchstabengewirr. Wenn es um Namen ging, war weniger definitiv mehr. Trotzdem, das ist nicht mein Problem, sagte sie sich, als sie aus dem Wagen stieg und dem Parkwächter ihre Schlüssel reichte. Ihr Problem war der mannsgroße Rucksack, der immer noch auf ihrem Schreibtisch stand.

Sie ging auf das Gebäude zu, blieb aber dann kurz stehen. Die feinen Haare in ihrem Nacken richteten sich auf. Das war kein vertrautes Gefühl, und genau das erregte ihre Aufmerksamkeit. Wenn sie es nicht besser gewusst hätte, hätte sie geschworen, dass sie verfolgt wurde. Oder zumindest beobachtet. Sie drehte sich um und sah, dass ein schwarzer SUV hinter ihrem Wagen vorgefahren war.

Die Fenster waren getönt, sodass sie den Fahrer nicht erkennen konnte. Wäre es ein anderes Auto gewesen, hätte sie angenommen, dass es Angel war. Denn so wenig sie es auch zugeben mochte, er schien der einzige Mann zu sein, der die Macht hatte, sie nur mit einem Blick vor Lust erbeben zu lassen. Aber sie hatte gesehen, was er fuhr, und die große, laute, *aggressive* Harley, mit der er sonst unterwegs war, hatte nichts mit dem Chevy Traverse vor ihr zu tun.

Sie wollte gerade weiter aufs Hotel zugehen, als sie doch noch eine Sekunde zögerte. Dann sah sie den Fahrer und blinzelte überrascht. Es war tatsächlich Angel. Wieder einmal ganz in Schwarz gekleidet und ganz der Lebemann.

Sie wartete, bis er bei ihr war, dann schaute sie dem SUV hinterher, der nun vom Parkwächter weggefahren wurde.

„Das ist unerwartet", sagte sie.

„Vor allem ist es eine ziemlich lange Geschichte. Ich erzähle sie Ihnen beim Abendessen."

„Sagen Sie mir nicht, dass Sie Ihre Harley verkauft haben."

„Niemals. Die habe ich immer noch."

Er nahm ihre Hand und musterte Taryn von Kopf bis Fuß. Sie nahm eine Modelpose ein und drehte sich dann herum, sodass er ihren Rücken sehen konnte.

Sie hatte das Kleid letztes Jahr gekauft, doch es war immer noch eines ihrer liebsten. Ein weißes Halston-Heritage-Strickkleid mit schwarzen Einsätzen an den Seiten und einem schwarzen Abschluss am Kragen. Als Schmuck hatte sie sich für schlichte Goldohrringe mit Onyxsteinen und einen Armreif von Tiffany entschieden.

Dazu trug sie ihre Lieblingsschuhe. Vero-Pumps von Jimmy Choo. Vorne waren sie weiß, hinten schwarz, und ein schmaler Goldstreif verlief quer über den Spann und verschwand an der Ferse.

„Verdammt", sagte Angel. „Sie machen keine Gefangenen."

„Was?", fragte sie und schaute an sich hinunter. „Das ist doch ganz leger."

Er lächelte. „Nackt ist leger. Das hier ist eine Show."

„Tja. Dann hoffe ich mal, dass Sie sich gut dabei unterhalten."

„Mehr, als Sie ahnen."

Er ließ ihre Hand los und legte seine an ihren Rücken. „Sollen wir?"

Sie gingen durch die Lobby in den hinteren Bereich des Hotels, wo sich das Henri's befand. Es war ein Restaurant, das durch sein Ambiente und das Essen beeindruckte, nicht durch die Aussicht. Taryn sah sich um, als sie zu einem Tisch in einer ruhigen Ecke geführt wurden.

Der Raum war raffiniert beleuchtet, im Hintergrund spielte leise Musik, und den Kellnern sah man an, dass sie einen exzellenten Service boten.

Sobald sie saßen, nahm eine Frau um die vierzig ihre Getränkebestellungen auf und verschwand dann genauso leise, wie sie gekommen war.

Taryn lehnte sich zurück und schlug die Beine übereinander. Der einzige Nachteil an diesem Kleid war, dass der Saum dazu neigte, ein wenig hoch zu rutschen, wenn sie nicht aufpasste. Obwohl das heute Abend vielleicht ganz gut war. Angel spielte das Spiel gut. Vielleicht zu gut. Sie hatte eigentlich erwartet, diejenige zu sein, die die Kontrolle innehatte.

Ganz schön vertrackt, dachte sie. Wenn sie die Kontrolle hatte, fiel es ihr schwer, interessiert zu sein. Sie war schon tagsüber der Boss. Sie wollte dieselbe Rolle nicht auch noch am Abend spielen. Aber die Kontrolle abzugeben weckte in ihr ein Gefühl der Verletzlichkeit, also vermied sie Beziehungen, in denen der Mann die Kontrolle haben wollte. Vielleicht weil sie vierunddreißig und noch nie in ihrem Leben verliebt gewesen war. Dieses Gefühl verlangte zu viel von ihr.

„Das sind ganz schön viele Gedanken", sagte Angel und musterte sie aus seinen grauen Augen.

„Ich überlege nur." Sie neigte den Kopf. „Erklären Sie mir den SUV."

Sein tiefer Seufzer überraschte sie. „Sie kennen das Sprichwort, keine gute Tat bleibt ungesühnt?"

Sie nickte.

„Vor ein paar Wochen habe ich mit Bürgermeisterin Marsha darüber gesprochen, dass ich mich gerne in der Stadt einbringen würde. Ich wollte mich ehrenamtlich engagieren."

Noch eine Überraschung, dachte Taryn.

Angel wirkte ein wenig verlegen. „So bin ich erzogen worden. In einer kleinen Stadt kümmern sich die Menschen umeinander. Sobald ich wusste, dass ich hierbleibe, wollte ich helfen. Sie hat mir als Projekt die zukünftigen Krieger der Máa-zib vorgeschlagen, auch ZKM genannt."

Taryn lachte. „Die zukünftigen was? Ist das Ihr Ernst? Handelt es sich dabei um Schießtraining für Teenagerjungen?"

„Ich wünschte, es wäre so. Ich bin davon ausgegangen, dass

es sich um ein Programm für Jungs handelt.“ Er zögerte kurz, was in ihr den Verdacht weckte, dass er ihr nicht alles erzählte, doch dann fuhr er fort: „Es gibt dabei verschiedene Stadien. Eicheln, Schösslinge und so weiter bis zu den Mächtigen Eichen. Der Leiter einer Gruppe heißt Forstwächter.“

Angel war ein großer, starker Mann. Er hatte Narben und Geheimnisse und war der letzte Mensch, von dem sie sich vorstellen konnte, dass er freiwillig mit Kindern zusammenarbeitete. Die Tatsache, dass er genau das vorhatte, machte ihn in ihren Augen nur noch interessanter.

„Das freut mich für Sie. Worin genau besteht denn das Problem? Ich kann mir nicht vorstellen, dass ein paar ungezogene Jungs Ihnen Angst machen.“

Angel rutschte nervös auf seinem Stuhl hin und her. „Es sind keine Jungs. Sondern Mädchen. Kleine Mädchen. Meine Eicheln sind siebenjährige Mädchen. Sie erhalten Perlen für ihre Aktivitäten. Das Handbuch für den Forstwächter ist rosa.“ Er sprach immer schneller, und seine Stimme klang immer angespannter. „Sie sollen normale Sachen lernen wie Knoten machen und Kartenlesen, aber es gibt auch Perlen für Gesichtsbemalung und Familie und …“ Er hielt inne und schüttelte sich. „Den weiblichen Zyklus.“

Taryn war erleichtert, dass ihre Getränke noch nicht da waren, denn wenn sie gerade etwas getrunken hätte, wäre sie daran erstickt, das wusste sie. Doch so platzte nur ein Lachen aus ihr heraus. „Der weibliche Zyklus?“

Er funkelte sie an. „Das ist nicht witzig.“

„Oh doch, das ist es.“

„Dieses Jahr sprechen wir noch nicht darüber.“

„Gut, denn sieben scheint mir ein wenig früh zu sein. Also sind Sie jetzt ein Forstwächter.“

Ihre Kellnerin kehrte mit einem Wodka-Martini für sie und einem Scotch für ihn zurück und fragte, ob sie sich noch etwas Zeit mit ihrer Bestellung lassen wollten. Taryn nickte, während sie versuchte, ihr Lachen in den Griff zu bekommen.

„Ich habe versucht, aus der Nummer wieder rauszukommen“, gab Angel zu, als sie wieder alleine waren. „Was zum Teufel hat Bürgermeisterin Marsha sich dabei gedacht? Ich weiß gar nichts über kleine Mädchen. Die Sache ist eine Nummer zu groß für mich. Die erste Saison dauert nur zwei Monate, und sie will, dass ich das durchziehe. Dann kann ich aufhören und sie suchen einen Ersatz für mich.“

„Also ist es nur für zwei Monate. Das ist doch schon mal was.“

Aus seinen Augen blitzte es noch immer. „Ich bin nicht der Typ für Perlen.“

Sie strich leicht über seinen Oberarm und gab sich mental die Erlaubnis, kurz das Gefühl der warmen Haut über den starken Muskeln zu genießen. „Sie schaffen das. Es sind nur kleine Mädchen.“

„Sie haben leicht reden. Sie waren schließlich selber mal eins.“

Körperlich vielleicht, dachte Taryn. Aber emotional war sie nie jung und naiv gewesen. Die Möglichkeit hatte sie nicht gehabt. In ihrem Haus war verletzlich zu sein gefährlich gewesen. Sie war schnell erwachsen geworden und hatte gelernt, wie wichtig es war, sich so unsichtbar wie möglich zu machen.

Doch das war nicht Angels Problem und sie würde ihm auch nichts über ihre Vergangenheit erzählen. Niemand wusste von ihrem Vater – nicht einmal Jack.

Er griff nach seinem Scotch, stellte ihn aber gleich wieder ab. „Deshalb habe ich mir den SUV gekauft. Für den Fall, dass ich die Mädchen irgendwo hinfahren muss.“

„Ihre Eicheln?“, neckte sie ihn.

„Ich kann sie ja schlecht auf den Rücksitz meiner Harley stapeln. Also habe ich mich im Internet informiert, welcher Wagen der sicherste ist. Der Traverse hat hohe Werte erzielt und bietet Platz für bis zu acht Personen.“

„Sie klingen wie eine Fußballmutter.“

„Nur zu, treten Sie mich, wenn ich schon am Boden liege."

Es ist süß, wie besorgt er ist, dachte sie. Das zeigte eine Tiefe, die sie nicht erwartet hätte. Er war …

Ihr kam unvermittelt ein Gedanke. Ein Gedanke, der so verrückt war, dass er ihnen beiden vielleicht helfen konnte.

Sie beugte sich leicht in seine Richtung. „Jack und Kenny umgarnen gerade einen neuen Kunden", sagte sie. „Living Life at a Run. Das ist eine kleinere Version von REI. Eher Ausrüstung als Kleidung, aber trotzdem ein netter Zugewinn für uns. Wir waren bisher noch nie im Einzelhandel tätig."

„Herzlichen Glückwunsch."

„Noch haben wir ihn nicht, aber wenn wir ihn kriegen könnten, wäre das toll. Der Besitzer ist ein großer Outdoor-Fan. Er besteht darauf, mit allen Partnern der Agentur ein Wochenende lang zelten zu gehen, bevor er unterschreibt."

Angel schaute sie an. „Zelten?"

Sie nickte.

„Sie?"

„Ich weiß. Das ist überhaupt nicht mein Ding."

Er lachte leise. „Warten Sie nur ab, bis er Ihre Schuhe gesehen hat."

„Ich weiß, dass ich zum Zelten keine High Heels tragen kann."

„Was wissen Sie noch?"

„Gar nichts. Aber Sie sind doch so ein Naturbursche."

Er hob eine Augenbraue. „Wollen Sie mit mir zelten gehen?"

„Nein, ich möchte Ihnen einen Deal anbieten."

Mit Lichtgeschwindigkeit glitt seine Hand vom Tisch zu ihrem nackten Knie. Sie spürte die Wärme seiner Haut auf ihrer, was zu einem leichten Ziehen in ihrem Unterleib führte. Und dabei legte er es noch nicht einmal darauf an. Sie mochte sich kaum vorstellen, wie es wäre, wenn er auch nur ein wenig zielgerichteter vorging.

Sie wusste, dass sie sich räuspern sollte, bevor sie sprach. Sonst würde er gleich merken, welchen Effekt er auf sie hatte.

Also trank sie einen Schluck von ihrem Martini und hüstelte dann leicht.

„Ich helfe Ihnen mit den Eicheln, und Sie helfen mir, alles übers Zelten zu lernen, was ich wissen muss, um mich durch ein Wochenende in der Natur zu schummeln", sagte sie.

„Abgemacht."

Sie lachte. „Sie wollen nicht noch mal darüber nachdenken?"

„Verdammt, nein. Sie reden davon, zu lernen, wie man wandert und Kajak fährt. Ich habe zwei Monate wöchentlicher Sitzungen mit siebenjährigen Mädchen vor mir. Für Sie ist das kein fairer Tausch, aber das ist mir egal. Sie haben es angeboten und ich sage Ja."

„Sie sind ganz besessen vom Alter der Mädchen."

„Das sind noch Babys."

Taryn tat, als wäre sie besorgt. „Sie wissen aber schon, dass Siebenjährige heutzutage schon mit Jungs ausgehen, oder?"

Er riss die Augen auf. „Sie machen Witze."

Sie lachte. „Ja. Sie machen es mir aber auch leicht."

Die Hand auf ihrem Knie rutschte auf ruhige, aber entschlossene Weise immer weiter nach oben. Seine Hand war groß, die Finger lang. Plötzlich wollte sie nicht mehr lachen, sondern fragte sich, ob sie oben wohl noch ein Zimmer bekommen konnten. Nur für eine Stunde oder zwei. Oder fünf.

Am Saum ihres Kleides hielt er an. Einfach so. Rührte sich nicht, deutete nicht an, dass mehr kommen würde. Doch selbst so beschleunigte sich ihr Atem ein wenig. Sein Blick hielt ihren fest.

„Wo waren wir gerade stehen geblieben?", fragte er.

„Ich habe keine Ahnung."

„Gut."

Sie nickte. „Es gefällt Ihnen, was Sie in mir auslösen." Normalerweise hätte sie so etwas nie zugegeben, aber warum sollte sie das Offensichtliche verleugnen?

„Damit wären wir dann quitt."

„Wollen Sie damit sagen, ich löse auch etwas in Ihnen aus?"

Denn jede Frau hat so ihre Zweifel, dachte sie und legte ihre Hand auf seine. „Und nun?"

„Jetzt bestellen wir uns was zu essen."

Er zog seine Hand zurück, streckte den Arm aus und schob eine Haarsträhne hinter Taryns Ohr. Dann beugte er sich so weit vor, dass sie seinen Atem auf ihrer Wange spürte, und sprach sehr leise.

„Natürlich will ich Sie, Taryn. Ich atme schließlich noch, oder nicht? Denn ich müsste schon tot sein, um Sie nicht zu wollen. Sie haben mir gesagt, dass ich mich dafür anstrengen muss, und ich bin gewillt, das zu tun. Ich warte darauf, ihre Haut an meiner zu spüren, Ihren Mund, Ihre Brüste, alles. Aber wenn wir zusammen sind, dann auf meine Weise. Es wird ganz langsam sein. Ich möchte alles lernen, was Sie mögen, und dann herausfinden, wie ich es so gut machen kann, dass ich Sie jederzeit und überall zum Orgasmus bringe. Und das werde ich."

Das ist gleichzeitig eine Herausforderung und ein Versprechen, dachte sie. Ein Schauer lief ihr über den Rücken. Ihre Brüste spannten und schienen schwerer zu werden, und ihr Zentrum fing an, schmerzhaft zu pulsieren.

Sie drehte sich so, dass sie ihn anschauen konnte, und stellte fest, dass seine Lippen nur wenige Zentimeter von ihren entfernt waren. „Das ist ein ehrgeiziges Ziel."

„Entweder ganz oder gar nicht."

Seine Augen glänzten in tausend Grauschattierungen. Auf seinen Wangen und seiner Stirn hatte er mehrere kleine Narben. Sein Mund hatte die perfekte Form.

Sie hob ihre Hand und strich mit dem Daumen behutsam über die Narbe an seinem Hals. „Er ist tot, oder?"

„Ja."

Angel ließ seine Finger durch ihr langes schwarzes Haar gleiten und umfasste dann ihren Hinterkopf. „Ich will dich", hauchte er. „Und ich kann warten."

Ein Teil von ihr wollte protestieren. Nicht zu warten schien eine viel bessere Idee zu sein. Aber der Rest von ihr wollte sehen, wohin das hier alles führte. Ihre romantischen oder sexuellen Beziehungen waren bisher immer nach Schema F abgelaufen. Doch was auch immer mit Angel geschehen würde, sie wusste, es würde ein höllischer Ritt werden. Vielleicht war das die Lösung.

Was nicht heißen sollte, dass sie vorhatte, es ihm leicht zu machen.

Sie drehte sich noch ein wenig mehr zu ihm herum. Dann zog sie ein Bein ein wenig an und öffnete ihre Schenkel. Ihr Kleid rutschte gehorsam nach oben.

Sie nahm seine Hand, die noch eben auf ihrem Bein gelegen hatte, und legte sie zurück auf ihre nackte Haut. Dann führte sie sie immer höher, bis seine Finger mit dem Hauch von Seide in Berührung kam, das sich ihr Höschen nannte.

Sie hatte erwartet, ihn damit zu schockieren. Doch statt zu zögern, glitt er mit zwei Fingern unter den Stoff und strich zielsicher über ihre heiße, hungrige Mitte.

Hitze und Lust schossen durch ihren Körper. Sie hatte das dumpfe Gefühl, rot anzulaufen, und keuchte, als er drohte, die Kontrolle zu übernehmen. Er berührte sie noch einmal, etwas fester, strich zweimal, dreimal über ihre Perle, bevor er seine Hand zurückzog.

„Glauben Sie, Sie spielen mit einem Kind?" Selbstbewusstsein strahlte aus seinen Augen.

Sie drehte sich wieder zum Tisch und zog ihren Rock herunter. „Nein. Ich wollte nur einen Punkt machen."

„Ich auch."

Und er hatte gewonnen. Verdammt. Statt ihn die Fassung verlieren zu lassen, war sie es, die sich jetzt auf ihrem Stuhl winden wollte. Sie musste sich mit beiden Händen an ihrem Martini festhalten, um nicht seine Hand zu packen und sie unter den Tisch zurückzudrücken, damit Angel sie weiter berührte. Noch nie in ihrem Leben hatte sie Sex an einem öffentlichen Ort haben wollen, aber jetzt hätte sie nichts lieber getan.

Lag es an dem, was er ihr gerade gesagt hatte? Dass er lernen würde, sie überall und jederzeit zum Orgasmus zu bringen? So viel zum Größenwahn, dachte sie grimmig. Denn nach dieser kurzen Demonstration zu urteilen, schien Angel ein Mann zu sein, der zu seinem Wort stand.

„Was?", fragte Larissa am nächsten Morgen, als Taryn sich mit ihr zum Frühstück traf. „Hast du nicht geschlafen?"

Tja, das mit der neuen Concealer-Technik, die für ein frisches Aussehen sorgte, hatte dann wohl nicht geklappt, dachte Taryn. „Nein. Ich hatte zu viel im Kopf."

„Arbeit?", fragte Larissa mitfühlend.

Taryn zögerte. Obwohl sie nicht gerne über ihr Privatleben sprach, waren sie und Larissa Freundinnen.

„Nein, der Kerl", murmelte sie schließlich.

Larissa rutschte auf ihrem Stuhl nach vorne. „Wirklich? Wow. Normalerweise lässt du sie nicht so nahe an dich heran, dass sie dich die ganze Nacht wach halten können. Also: Fang ganz von vorne an. Du hast Hi gesagt, und er hat Hi gesagt." Sie wartete gespannt.

Taryn lachte. „Wie wir uns kennengelernt haben, ist nicht so wichtig."

„Für mich vielleicht schon. Ich habe kein Liebesleben. Ich muss es indirekt durch dich vermittelt bekommen."

„Das ist einfach nur traurig." Taryn nippte an ihrem Kaffee.

„Es ist der Orchideenmann, oder?" Larissas Laune stieg. „Der Kerl von der Bodyguardschule. Du hast gesagt, er darf keinen Lebensmittelladen besitzen, was ich unfair fand, weil das einfach eine so schöne Geschichte gewesen wäre."

Taryn seufzte. „Du weißt, dass du ein wenig verrückt bist, oder?"

„Ich weigere mich, das zu akzeptieren. Also was ist passiert?" Larissa hielt inne. „Oder was ist nicht passiert?"

„Ich bin mir nicht sicher. Beides." Taryn dachte an das Abendessen. Es hatte weder an anregender Unterhaltung noch an sexueller Spannung gemangelt. „Er verwirrt mich."

„Ich hätte nicht gedacht, dass das möglich ist."

„Ich auch nicht. Und um die Sache noch interessanter zu machen, hilft er mir bei einem unerwarteten Projekt."

Sie erzählte Larissa von den ZKM und Angels Aufgabe als Forstwächter. „Da Kenny und Jack den LL@R-Account gewinnen wollen, muss ich da durch und mit zelten gehen. Also tauschen Angel und ich unser Wissen aus."

Taryn wartete darauf, dass Larissa in Lachen ausbrach. Immerhin wusste Taryn überhaupt nichts über kleine Mädchen. Oder generell über Kinder.

Doch Larissa lachte nicht, sie seufzte nur. „Das ist doch super! Die Mädchen werden dich anbeten."

„Wirklich? Ehrlich gesagt bin ich ein wenig nervös. Gestern Abend dachte ich noch, es wäre bestimmt nett, aber dann ist mir eingefallen, dass Kinderbetreuung nicht gerade zu meinen Stärken gehört."

„Hör auf", unterbrach Larissa sie. „Hier sind keine Zweifel erlaubt. Du wirst ehrlich zu ihnen sein, und sie werden dich dafür lieben. Außerdem, wenn es zu ruhig wird, zeige ihnen deine Schuhe; damit wirst du ihre Herzen im Sturm erobern."

„Ich hoffe, du hast recht."

Taryn hatte nie viel über Kinder nachgedacht. Ihre kurze Schwangerschaft hatte ihr Angst gemacht, und bevor es ihr gelungen war, herauszufinden, wie man einem Kind ein gutes Zuhause gab, auch wenn man selbst nie eines gehabt hatte, war ihr Baby bereits tot gewesen.

„Genug von mir", sagte sie entschlossen. „Wie geht es dir?"

„Toll. Meine Wohnung ist fertig eingerichtet, und ich bin gerade dabei, die Stadt kennenzulernen. Die Menschen sind hier sehr freundlich, das gefällt mir."

„Ja, das dachte ich mir", sagte Taryn. „Ich muss sagen, den Jungs geht es wesentlich besser, seit du hier bist."

„Ich lebe, um zu dienen." Larissa grinste. Dann schwand ihr Lächeln. „Kenny wird sich erneut am Knie operieren lassen müssen. Es ist so schlimm, dass ich es kaum berühren kann. Ich muss zugeben, ich verstehe die Anziehung des Spiels nicht. Klar, es ist schön, während man auf dem Platz ist, aber danach müssen die Jungs mit den Konsequenzen leben."

Ja, da wartete eine Menge Schmerz, dachte Taryn. „Du weißt, sie würden das, was sie hatten, für nichts in der Welt eintauschen."

„Die glorreichen Tage." Larissa schaute sich um, dann senkte sie ihre Stimme. „Aber findest du es nicht merkwürdig, dass keiner von ihnen verheiratet ist?"

„Sam hat es versucht, und es war die reinste Katastrophe."

Larissa presste ihre Lippen zusammen, als müsste sie sich zurückhalten, nicht zu lachen. „Ich weiß", brachte sie hervor. „Das ist sehr traurig."

„Hör auf", schalt Taryn sie. „Komm schon. Der arme Kerl hat echt eine Pause verdient, was die Frauen angeht. Oh, wo wir gerade von Sam sprechen, hast du irgendetwas über ihn und Dellina gehört?"

Larissa schüttelte den Kopf. „Ich wusste nicht, dass sie zusammen waren."

„Ich glaube auch nicht, dass sie es waren. Nicht auf romantische Weise zumindest. Aber irgendetwas ist da los. Du weißt, dass die Jungs dieses große Partywochenende mit den Kunden organisieren wollen, oder?"

Larissa verdrehte die Augen. „Natürlich. Sam hat mich gefragt, ob ich ihnen helfen würde, das auf die Beine zu stellen. Aber das ist definitiv eine Nummer zu groß für mich. Ich bin gut in dem, was ich tue, aber eine superteure Party in einem Fünfsternehotel ist nicht wirklich mein Ding."

„Tja, wenn es darum ginge, Hamster zu retten …", zog Taryn sie auf.

„Jetzt hör endlich mit den Hamstern auf. Aber ja, genau das wollte ich damit sagen." Larissa runzelte die Stirn. „Dellina ist Expertin. Und Sam liebt Experten."

„Nicht wahr?" Taryn beugte sich vor. „Ich sage dir, dahinter steckt irgendein Geheimnis. Sam sagt es mir nicht, also werde ich wohl Dellina fragen müssen."

„Das musst du mir danach haarklein erzählen."

„Oh, das werde ich, denn ich habe das Gefühl, es wird sehr spannend."

Die Kellnerin brachte ihr Frühstück. Taryn wollte sich heute etwas gönnen und hatte mit Apfelmus gefüllte French Toasts bestellt. Sie hatte Hunger, weil sie am Vorabend nicht wirklich was gegessen hatte. Mit einem Mann zusammen zu sein, der in ihr solche Gefühle weckte, wie Angel es tat, hatte ihr den Appetit verdorben.

Sie nahm ihre Gabel in die Hand und lächelte ihre Freundin an. „Also, wen rettest du diesen Monat? Offensichtlich keine Hamster."

Larissa schüttelte den Kopf. „Nein, du liegst meilenweit daneben. Ich werde ein paar gefährdete Reptilien transportieren."

Taryn schüttelte sich. „Freiwillig?"

„Es sind nur ein paar Fahrten zu einer Einrichtung, die sich besser um sie kümmern kann."

„Wie finden dich alle diese Organisationen nur immer? Du musst auf jedem E-Mail-Verteiler in diesem Staat stehen."

„Ich helfe eben gerne", sagte Larissa ruhig. „Für mich ist es einfach das Richtige."

„Für mich wäre das einfach nur beängstigend. Reptilien? Kannst du dich nicht an Tiere halten, die ein Fell haben?"

„Reptilien brauchen auch Liebe."

„Nicht von mir."

Angel klickte gereizt mit seiner Maus. Er hatte ein ganz einfaches CAD-Programm benutzt, um einen Hindernisparcours für einen Firmenkunden zu entwerfen. Leider fand Justice, dass die Hindernisse für den durchschnittlichen Schreibtischtäter zu schwierig waren. Obwohl Angel durchaus verstand, dass die Kunden den Kurs überleben sollten, damit sie irgendwann wiederkamen, fragte er sich, wo denn der Spaß blieb, wenn es nie wirklich gefährlich wurde.

„Memmen", murmelte er und fügte noch ein paar Änderungen ein. Er war nicht gewillt, alle guten Hindernisse rauszunehmen, aber er konnte sie so platzieren, dass die Kunden, die nicht so gut in Form waren, drum herumgehen konnten.

Zu schade, dass Justice ihm nicht erlaubte, echte Granaten am Rande des Parcours zu werfen. *Das* wäre mal eine zusätzliche Motivation, das wusste er aus persönlicher Erfahrung. Seine beste Zeit für die Viertelmeile war er in Afrika gelaufen – während er von einem wütenden Rhinozeros gejagt worden war. Den Tod vor Augen zu haben machte das Training gleich viel effektiver.

Er veränderte noch ein paar Dinge, dann sicherte er sein Werk und leitete eine Kopie zur Freigabe an Justice weiter. Er hatte sich gerade in sein E-Mail-Programm eingeloggt, als es an seiner Tür klopfte.

Er schaute auf und sah eine große Rothaarige in der Tür stehen. Mitte, Ende zwanzig, schätzungsweise. Ihre Augen waren grün und ihre blasse Haut mit leichten Sommersprossen gesprenkelt.

„Mr Whittaker?“, fragte sie mit weicher Stimme.

„Angel.“ Er erhob sich. Was sie hier wohl wollte? Sie sah nicht aus, als wäre sie hier, um sich um einen Job bei CDS zu bewerben. Die meisten ihrer Bewerber waren schlank und muskulös. Diese Frau trug ungefähr fünfundzwanzig Pfund zu viel mit sich herum – obwohl er zugeben musste, dass die Kurven ihr gut standen. Ihr fehlte außerdem das Selbstbewusstsein, das man hatte, wenn man wusste, man konnte es jederzeit mit jedem aufnehmen.

„Ich bin Bailey Voss. Meine Tochter Chloe wird in Ihrem Forst sein.“

Er unterdrückte den Fluch, der ihm sofort auf der Zunge lag. Eine gute Übung, dachte er, wo er doch bald viel mit kleinen Mädchen zu tun haben würde.

„Ja, Mrs Voss. Bitte kommen Sie doch herein.“

Sein Büro war klein und hatte kein Fenster. Es gab nur einen Tisch und ein paar Stühle. Er hätte auch ein größeres Büro haben können, aber wozu? Er mochte es nicht, drinnen zu arbeiten, und weder Fenster, Pflanzen noch sonstige Dekoration würden daran etwas ändern. Er war lieber aktiv, als hinter dem Schreibtisch zu sitzen und auf einen Computer zu starren.

„Danke." Die Frau schenkte ihm ein schüchternes Lächeln. „Nennen Sie mich doch bitte Bailey."

Sie setzte sich und wartete, bis auch er sich wieder gesetzt hatte.

Dann knetete sie nervös ihre Finger. „Also, meine Tochter ist ganz aufgeregt, endlich zu den ZKM zu gehören", fing sie an, ohne ihm in die Augen zu sehen. „Sie ist sieben. Und wirklich klug und süß, aber …" Sie biss sich auf die Unterlippe.

Angel wollte gerade fragen, was mit ihr los sei, als er erkannte, dass sie gegen Tränen ankämpfte. Leider vergeblich. Sie fluteten ihre grünen Augen und rollten ihr bereits aus dem Augenwinkel.

Die Frau räusperte sich. „Tut mir leid. Ich bin ein wenig durcheinander. Die Sache ist die, Chloe ist schon seit einiger Zeit nicht mehr sie selbst. Ihr Dad, mein Mann, war in der Army." Sie ließ ein zittriges Lächeln sehen. „Er ist der Grund, warum wir hierher gezogen sind. Er hatte hier einen Onkel, und Will und ich haben sonst keine Familie. Er wollte Chloe und mich gut aufgehoben wissen, wenn er bei einem Einsatz ist. Also hat er vorgeschlagen, dass wir nach Fool's Gold ziehen, um näher bei seinem Onkel zu sein. Und in einer Gemeinschaft zu leben."

Sie hielt kurz inne. „Anfangs war alles toll, und Chloe hat schnell Freunde gefunden. Sie war wirklich glücklich. Dann ist ihr Vater vor neun Monaten getötet worden, und ein paar Wochen später verstarb auch Wills Onkel. Das war für uns beide schwer. Sobald die Schule im September wieder angefangen hatte, schien es Chloe besser zu gehen, aber über die Feiertage …" Sie schluckte. „Wir hatten eine schwere Zeit."

„Ihr Verlust tut mir sehr leid", sagte Angel automatisch und schaute zur Tür. Er wollte flüchten. Da das nicht ging, hoffte er, jemand würde hereinkommen und sie unterbrechen. Alles wäre besser als das hier.

„Danke. Ich dachte, vielleicht wären die ZKM gut für Chloe, und als sie davon ganz begeistert war, habe ich sie angemeldet." Sie schaute ihn an und mehr Tränen füllten ihre Augen. „Ich mache mir solche Sorgen um meine Tochter. Sie ist still und verbringt kaum noch Zeit mit ihren Freundinnen. Sie ist erst sieben. Ich will, dass sie glücklich ist und ihre Kindheit genießt. Doch nach dem Verlust ihres Vaters bin ich nicht sicher, ob das überhaupt möglich ist."

Angel wusste, dass das hier weit über seine Kompetenzen hinausging. Kleine Mädchen waren schon schlimm genug, aber nun verlangte man von ihm auch noch, sich um eines zu kümmern, das seinen Dad verloren hatte? Auf keinen Fall. Auf *gar* keinen Fall.

„Ich will nur nicht, dass Sie denken, Chloe wäre komisch", gab Bailey zu. „Sie benötigt vielleicht ein bisschen länger als andere, um sich einzugewöhnen. Es tut mir leid, Sie zu bitten, besonders auf sie achtzugeben, aber ich weiß nicht, was ich sonst tun soll." Sie wischte ein paar Tränen fort. „Als Bürgermeisterin Marsha mir gesagt hat, dass Sie auch in der Army waren, habe ich beschlossen, mit Ihnen zu reden. Weil ich hoffe, dass Sie es verstehen."

Er musste sich sehr bemühen, sitzen zu bleiben. Denn was er wirklich wollte, war, so schnell wegzulaufen, wie er nur konnte, und niemals zurückzuschauen. Doch das war keine Option. Nicht wenn Bailey ihn mit ihren großen, tränenerfüllten Augen anschaute. Und Bürgermeisterin Marsha war eine alte Dame. Auf keinen Fall konnte er ihr sagen, was er wirklich dachte.

„Keine Sorge", erklärte er deshalb. „Chloe bekommt alle Zeit, die sie braucht. Die erste Saison geht nur zwei Monate. Ich bin auch neu dabei. Zusammen kriegen wir das schon hin."

Bailey lächelte. Obwohl er etwas ältere und vor allem etwas schwierigere Frauen vorzog, musste er zugeben, dass das ein verdammt schönes Lächeln war.

„Danke", sagte sie. „Sie sind sehr freundlich."

Er wollte sagen, dass er vieles war, aber nicht freundlich, doch stattdessen nickte er nur und stand auf. „Ich werde ein Auge auf Chloe haben und Sie wissen lassen, sollte es irgendwelche Schwierigkeiten geben. Alle Mädchen sind neu bei den ZKM, also machen sie sich sicher alle Sorgen, wie sie in die Gruppe passen."

„Sie haben recht. Daran hatte ich nicht gedacht. Danke."

Er nickte und wartete, bis sie gegangen war, bevor er zur Wand schaute und sich fragte, ob es helfen würde, seinen Kopf dagegenzuschlagen.

Consuelo schlenderte in sein Büro. Ihre erhobenen Augenbrauen reichten, um ihn wissen zu lassen, dass sie zumindest einen Teil der Unterhaltung mit angehört hatte.

„Sie haben mir kleine Mädchen zugeteilt", grummelte er. „Acht von ihnen. Ich dachte, ich bekäme Teenagerjungen."

Consuelo setzte sich auf die Schreibtischkante. „Du solltest dankbar sein."

„Ich weiß, wie man mit Jungs umgeht."

„Wegen Marcus?"

Er nickte.

„Aber du hast seit seinem Tod nichts mehr mit ihnen zu tun gehabt", sagte sie leise. „Ich denke, du irrst dich. Jungen in diesem Alter wären für dich wesentlich schwerer, Angel."

Er wischte ihre Worte beiseite. „Was weiß ich denn schon über junge Mädchen? Sie sind klein und zierlich."

Sie grinste. „Aber nicht zerbrechlich, falls du das meinst. Du machst das schon. Du kannst gut mit Kindern umgehen."

Er schaute sie an. „Woher willst du das wissen? Du hast mich nie mit einem Kind gesehen."

„Ich habe dich mit Ford gesehen. Das ist so ziemlich das Gleiche."

„Lustig", grummelte er. „Sehr lustig."

7. KAPITEL

Mädchen", sagte Jack. „Kinder."

Taryn hängte ihren Blazer auf einen Bügel und knöpfte ihren Rock auf. Sie waren in der Umkleidekabine der Frauen. Sie wollte Jack auf das Wort *Frauen* aufmerksam machen, doch da sie sich ständig in der Männerumkleide aufhielt, wusste sie, dass er sie dann nur aufziehen würde.

„Ja, siebenjährige Mädchen, die, der Definition nach, noch Kinder sind."

„Und du."

Sie öffnete den Reißverschluss an ihrem Rock und ließ ihn zu Boden fallen. Dann trat sie aus ihm heraus, hob ihn auf und hängte ihn auf einen zweiten Bügel neben ihren Blazer. Immer noch in ihrer Seidenbluse, drehte sie sich zu Jack um.

Er lehnte an einem Spind, ganz der große, harte Kerl. Ohne die Absätze war sie wesentlich kleiner als er, was sie normalerweise hasste. Trotzdem ging sie zu ihm und legte ihre Hände auf seine Brust.

„Es war nicht so, dass ich unser Baby nicht wollte", sagte sie leise.

Sein dunkler Blick ruhte auf ihrem Gesicht. „Du wolltest es nicht."

Sie zuckte innerlich zusammen. „Ich war jung und wir kannten einander nicht gut, Jack. Ich hatte ein schlechtes Gewissen, weil ich schwanger geworden bin. Das ist etwas anderes."

„Nicht wirklich."

Sie überlegte, ihm zu sagen, dass er über den Verlust auch nicht sonderlich betrübt gewesen war. Ein Kind zu haben hätte bedeutet, sich emotional aufeinander einzulassen. Was etwas war, das Jack, so gut es ging, vermied. Doch darum ging es hier nicht.

„Ich helfe Angel, und die Mädchen gehören nun mal dazu. Ich denke, das wird lustig."

Auf eine verdrehte Art und Weise freute sie sich sogar drauf, Teil der ZKM zu werden, auch wenn es nur für ein paar Monate war.

„Du wirst das fabelhaft machen", sagte er.

Sie musterte ihn. „Geht es dir gut?"

„Bestens."

Sie lächelte nicht. „Manchmal mache ich mir Sorgen um dich."

„Das musst du nicht. Ich lande immer auf den Füßen."

„Es ist auch mehr dein Herz, das mir Sorgen macht", erwiderte Taryn, ohne nachzudenken, dann schüttelte sie den Kopf. „Tut mir leid. Ich meinte …"

Er legte ihr einen Finger an die Lippen. „Entschuldige dich nicht. Ich weiß, was du meinst."

Sie lehnte sich an ihn, und er schloss die Arme um sie. „Ich werde dich immer lieben, mein Großer", flüsterte sie.

„Ich werde dich auch immer lieben. Trotz deines knochigen Hinterns."

„Mein Hintern ist nicht knochig. Ich bin fit. Ich mache Pilates."

„Du bist so ein Mädchen."

„Was es dir leichter macht, unsere sexuelle Vergangenheit zu erklären."

Er lachte leise und ließ sie los. Dann zeigte er auf die Uhr an der Wand. „Du beeilst dich besser, sonst kommst du noch zu spät."

Sie folgte seinem Blick und stöhnte. „Ich bin bereits zu spät. Weißt du, wo die ZKM-Hütte ist?"

„Ich habe keine Ahnung."

Okay, dachte Angel. Er war gewillt, es zuzugeben. Nichts hatte ihm jemals solche Angst eingeflößt, wie sich bei seinem ersten ZKM-Treffen acht siebenjährigen Mädchen zu stellen.

Es war drei Uhr am Dienstagnachmittag. Vor ihm lagen zwei lange Stunden, die er irgendwie füllen musste. Dazu verfügte er über ein Handbuch, eine Kiste mit allerlei Kram und einen großen offenen Raum in der ZKM-Hütte, die nicht weit vom Chinarestaurant Hunan Palace entfernt lag.

Die Mädchen saßen vor ihm auf dem Teppichboden. Sie trugen Jeans und T-Shirts und schauten ihn aufgeregt an. Ihre Eltern hatten sie hier abgesetzt und ihnen viel Spaß gewünscht. Erwartung lag in der Luft, und Angel hatte keine Ahnung, was er tun sollte, um diese Erwartungen zu erfüllen. Erneut wünschte er, Bürgermeisterin Marsha wäre vierzig Jahre jünger und ein Mann, damit er seine Frustration auf eine Weise an ihr auslassen konnte, die für ihn Sinn ergab.

„Hallo“, sagte er und war sich der Tür am anderen Ende des Raumes und der dahinter liegenden Freiheit sehr bewusst. „Ich bin Angel.“

Sie starrten ihn an. Er fluchte stumm. Alte Dame hin oder her, er würde diese verflixte Bürgermeisterin umbringen.

Genau in dem Moment wurde die Tür zur Hütte geöffnet, und Taryn trat ein. Sie trug Jeans und eine Seidenbluse, die sie in den Bund ihrer Hose gesteckt hatte. Anstatt Turnschuhen, wie die Mädchen sie anhatten, trug sie schwarze Stiefel mit acht Zentimeter hohen Absätzen.

Als sie die Tür hinter sich schloss, lachte sie. „Ich habe mich verfahren. Ist das zu glauben? Alle reden immer davon, wie klein Fool's Gold ist, aber für mich nicht. Ich war unten am Park und habe nach der Hütte gesucht. Das hier ist übrigens keine Hütte. Es ist ein Gebäude. Warum nennen es alle Hütte? Und ganz sicher liegt diese angebliche Hütte nicht am Park.“

Sie ging nach vorne und ließ sich elegant auf dem Boden nieder. „Okay, was habe ich verpasst? Oh, ich bin übrigens Taryn. Habt ihr euch bereits alle vorgestellt?“

Angel spürte, dass er wieder anfing, zu atmen. Die Mädchen schauten Taryn fasziniert an. Er wusste, wie sie sich fühlten. Sie war großartig, und in ihrer Nähe zu sein, gab einem sofort das Gefühl, dass gleich etwas Gutes geschehen würde.

„Nein, das haben wir noch nicht“, sagte eines der Mädchen.

„Ausgezeichnet." Taryn lächelte sie an. „Wie wäre, wenn ich anfange? Ich bin Taryn. Ich bin eine Freundin von Angel. Ich werde ihn diese Saison unterstützen. Da ich noch nie in einer ZKM-Gruppe war, bin ich ganz aufgeregt, alles zu lernen, was es zu lernen gibt."

Die Mädchen stellten sich nacheinander vor. Chloe kam als Letzte und sprach sehr leise. Taryn schien ihr keine besondere Aufmerksamkeit zu widmen, aber Angel hatte sie angerufen und ihr von den Umständen erzählt, also wusste er, dass sie die Kleine im Auge hatte.

Als die Vorstellungsrunde vorbei war, setzte Taryn sich auf die Knie und beugte sich über die Kiste. „Ich habe gestern Abend in meinem Handbuch gelesen und glaube, es gibt für heute ein Projekt, um das wir uns kümmern sollten."

„Wir spielen ein Kennenlernspiel", sagte ein kleines Mädchen namens Allison. Sie war blond und trug eine Brille.

„Stimmt", erwiderte Taryn. „Liebt ihr Spiele auch so sehr wie ich?" Sie schaute zu Angel auf. „Wir sollen zwei Gruppen bilden", fing sie an.

„Oder wir könnten einfach eine große Gruppe machen", sagte er schnell.

Um ihre Mundwinkel zuckte es. „Ist das der Moment, wo ich mit der Zunge schnalzen sollte?", fragte sie leise, bevor sie die Mädchen anlächelte. „Also okay, irgendwo hier drin sollte ein Ball sein."

Sie holte einen großen roten Ball heraus und bedeutete den Mädchen dann, im Sitzen einen Kreis zu bilden. „Ich werde den Ball zu einer von euch rollen und muss dabei ihren Namen sagen. Wenn ich es richtig hinbekomme, darf ich eine Frage stellen. Diejenige, die den Ball gefangen hat, rollt ihn dann zur nächsten Person, sagt ihren Namen, stellt ihr eine Frage und so weiter."

Sie setzte sich in den Schneidersitz und wartete, bis die Mädchen im Kreis saßen. Dann rollte sie den Ball zu dem Mädchen ihr gegenüber.

„Charlotte, die sich lieber Char nennt", sagte Taryn. „Richtig?"

Char Adelman, eine zierliche Brünette, nickte heftig.

Taryn grinste. „Dann darf ich dir jetzt eine Frage stellen. Hast du eine Zwei? Oh warte, das ist das falsche Spiel."

Die Mädchen lachten. Angel verstand den Witz nicht. Chloe, die neben ihm saß, beugte sich zu ihm.

„Das ist vom Quartett", sagt sie. „Ein Kartenspiel."

Chloe war groß und dünn mit flammend roten Haaren und genauso lebhaften Sommersprossen. Als er sie anschaute, senkte sie den Kopf.

„Danke", flüsterte er.

Sie nickte, ohne aufzuschauen.

„Meine Frage", sagte Taryn langsam. „Hast du Geschwister?"

Char rümpfte die Nase. „Zwei Brüder, die beide älter sind. Sie ärgern mich immer und versuchen, mich zum Weinen zu bringen. Wenn ich groß bin, werde ich stark genug sein, um sie zu verhauen."

Angel wollte gerade sagen, dass er ihr gerne dabei helfen würde, doch bevor er den Mund öffnen konnte, legte Taryn ihm eine Hand auf den Arm, um ihn davon abzuhalten.

Gute Idee, dachte er. Solche Lektionen sollte er den Mädchen vermutlich nicht beibringen. Zumindest nicht am ersten Tag.

Char rollte den Ball. Er kam direkt auf Angel zu, und er fing ihn auf.

„Hi, Angel", sagte Char mit einem schüchternen Lächeln. „Hier ist die Frage: Bist du mit Taryn verheiratet?"

„Nein."

Er schickte den Ball zu einem anderen Mädchen und stellte seine Frage. Sie rollte den Ball zu ihm zurück. „Hast du Taryn schon mal geküsst?"

Die anderen Mädchen lachten.

„Hier scheint ein Thema in der Luft zu liegen", sagte Taryn und nahm ihm den Ball ab. Ihre Augen funkelten amüsierte.

„Angel und ich sind erwachsene Freunde. Wir sind nicht verheiratet. Ich wollte mehr über die ZKM erfahren, und er lässt mich dabei sein. Jetzt machen wir weiter, und ihr stellt einander Fragen, okay?“

Die Mädchen protestierten ein wenig, doch dann stimmten sie zu. Am Ende der halben Stunde wussten sie alle wesentlich mehr übereinander. Angel fiel auf, dass nur ein Mädchen den Ball zu Chloe gerollt hatte. Er war nicht sicher, ob Chloe erleichtert oder verletzt war.

Taryn griff in die Kiste und holte ein paar große Blätter Papier sowie einige Wachsmalstifte heraus. Am Rande des Raums standen Stühle und Tische. Taryn erhob sich elegant und verteilte die Blätter auf den Tischen. Angel fing an, die Stühle aufzustellen und die Wachsmalstifte zu verteilen. Die Mädchen rappelten sich auf, um zu sehen, was als Nächstes kam.

Als alle sich gesetzt hatten, sah er, dass es auf den Blättern Linien gab, um darauf die Namen aller Mädchen und ein paar Stichpunkte über jede von ihnen zu schreiben. Angel sah zu Chloe hinüber. Die einzige Frage an sie war gewesen, ob sie Haustiere hatte. Sie hatte geflüstert: „Nein, aber ich hätte gerne einen Hund.“ Nicht gerade die Information, die man brauchte, um eine dauerhafte Freundschaft einzugehen.

Er wartete, bis die Mädchen die Stifte genommen und angefangen hatten, dann zog er Taryn in eine Ecke.

„Was ist mit Chloe?“, fragte er flüsternd.

„Wieso? Was soll mit ihr sein?“

„Die anderen wissen nichts über sie, außer, dass sie gerne einen Hund hätte. Weißt du, wie schlecht das aussehen wird? Char hat zwei Brüder, und Chloe hat nicht mal einen Hund.“

Taryn sah die Gefühle in Angels normalerweise so kühlen grauen Augen schimmern. Er machte sich schreckliche Sorgen, was sie irgendwie süß fand. Der große, böse Mann, von einer Gruppe kleiner Mädchen in die Knie gezwungen. Es mochte ein Klischee sein, aber es war ein gutes. Gerade als sie sich darauf vorbereitet hatte, für immer im Land des Zynismus zu leben, passierte so etwas und gab ihr den Glauben an die Menschheit zurück.

Sie legte eine Hand auf seinen Oberarm und drückte sanft zu. „Sie hat seit Langem mit wesentlich Schlimmerem zu kämpfen“, sagte sie leise. „Wir werden ihr helfen, sich einzugliedern, aber wir können ihre Probleme nicht innerhalb von einer Stunde lösen. Bleib ganz ruhig.“

„Ich bin ruhig.“

Sie hob eine Augenbraue.

Er stieß den angehaltenen Atem aus. „Okay“, knurrte er. „Ich bin nicht ruhig. Und du solltest es auch nicht sein. Ich hatte nie eine Tochter. Und du hast gar keine Kinder. Wir sind für das hier überhaupt nicht qualifiziert.“

„Vermutlich nicht, aber ich denke, wir werden auch keinen großen Schaden anrichten. Versuch, dich zu entspannen. Die Mädchen beten dich bereits an.“

Er sah sie grimmig an, was total sexy war, wie sie fand.

„Das kannst du nicht wissen“, fluchte er leise.

„Wir werden es sehen.“

Die Mädchen arbeiteten an ihren Listen, die dann an die Wände der Hütte gehängt wurden. Taryn freute sich, zu sehen, dass diejenigen, die Chloe von der Schule kannten, Dinge wie „kann gut lesen“ und „malt am besten von der Klasse“ hinzugefügt hatten.

Sobald alle Listen an der Wand hingen, gingen sie als Gruppe von einer zu anderen und sprachen darüber. Taryn fiel auf, dass die Mädchen sich schon viel mehr miteinander unterhielten und alle – bis auf Angel vermutlich – wesentlich entspannter waren.

Sie kehrte zu der Kiste zurück und nahm die letzten beiden Päckchen heraus. Das erste enthielt schlichte Lederarmbänder mit verstellbaren Verschlüssen. Taryn betrachtete die Lederbänder und erkannte, dass sie stabil genug waren, um einiges auszuhalten. Was gut war, denn die Mädchen sollten sie für die nächsten fünf Jahre tragen. In dem zweiten Päckchen befanden sich kleine Holzperlen. Sie waren mit schlichten Schnitzereien von zwei miteinander verbundenen Händen verziert. Das Schild auf der Plastiktüte sagte: „Freundschaftsperlen – Eicheln“.

Sie setzte sich auf den Boden, und die Mädchen gesellten sich zu ihr. Dann wartete sie, bis Angel neben ihr Platz genommen hatte, bevor sie die Tüte mit den Armbändern öffnete und sie verteilte.

„Ihr habt heute eure erste Perle verdient“, sagte sie lächelnd. „Das ist die Perle für Freundschaft.“

Angel schüttete sich die kleinen Perlen in die Hand, und jedes Mädchen nahm sich eine. Sie fädelten sie auf ihre Lederbänder auf und halfen sich dann gegenseitig, die Armbänder anzulegen.

„Willst du keines tragen?“, fragte Angel grinsend.

Taryn klapperte mit den Wimpern. „Nur, wenn du auch eines trägst.“

„Das müsst ihr“, sagte Char. „Alle Forstwächter tragen Armbänder.“

Plötzlich richteten sich acht Augenpaare auf ihn. Taryn sah die Anspannung in seinem Kiefer und wusste, dass er innerlich einen Kampf ausfocht. Widerstrebend nahm er das Band, das sie ihm hinhielt, und fädelte eine Perle auf. Die Mädchen jubelten, als er es an seinem Handgelenk befestigte.

Taryn fiel auf, dass es kaum zuging. Mit ziemlicher Sicherheit würde Angel keine weiteren Perlen darauf fädeln können, wenn er sich nicht die Blutzufuhr zu seinen Fingern abschneiden wollte.

„Wir müssen mit jemandem reden, um dir ein längeres Armband zu besorgen“, murmelte sie.

„Au ja, bitte.“

Sie lachte. „Sarkasmus vor deinen Eicheln?“

Sie schaute auf die Uhr an der Wand. „Wir haben noch ungefähr fünfzehn Minuten“, sagte sie und griff nach ihrem Rucksack. „Wer will, dass ich ihr die Haare flechte?“ Sie zog ihre Bürste heraus.

„Ich!“

„Ich auch.“

Die Mädchen rutschten herüber, sodass sie in einer Reihe saßen. Allison saß mit dem Rücken zu ihr direkt vor ihr und wartete. Taryn bürstete ihr vorsichtig das Haar und fing dann an, es zu flechten.

„In der Außentasche habe ich ein paar Zopfbänder“, sagte sie zu Angel und nickte in Richtung des Rucksacks. „Kannst du mir die herausholen?“

Er sah aus, als hätte sie ihn gebeten, seinen Kopf in das Maul eines Alligators zu legen, kam ihrer Bitte dann aber nach.

Taryn arbeitete schnell. Sie flocht Allison einen französischen Zopf und band ihn mit einem pinkfarbenen Gummi zusammen.

„Du könntest auch ein paar machen“, sagte Taryn zu Angel.

Panik blitzte in seinem Gesicht auf. „Ich weiß nicht, wie das geht“, sagte er schnell und versteckte seine Hände hinter seinem Rücken.

„Ich bringe es dir bei.“ Wahrscheinlich würde es noch ein paar Gelegenheiten geben, bei denen sie Zeit totzuschlagen hätten, und das hier war eine Beschäftigung, die sich dafür geradezu anbot.

Taryn betrachtete die Mädchen. Ihr Blick fiel auf Chloe, die eher am Rande der Gruppe saß.

Sie lächelte sie an. „Chloe, meinst du, du wärst geduldig genug, dass Angel das Flechten an dir üben kann?“

Chloe riss überrascht die Augen auf. „Okay“, sagte sie leise und setzte sich vor Angel.

Taryn nahm eine zweite Bürste aus ihrer Tasche. Sie verlor ständig welche, also hatte sie immer eine Ersatzbürste dabei. Nach dem heutigen Tag würde sie sich noch zwei oder drei weitere anschaffen und dazu eine Handvoll Zopfgummis.

„Du weißt, wie man flicht, oder?“, fragte sie Angel.

„Natürlich.“

„Dann ist das ganz leicht.“

Während Chloe still dasaß und die anderen Mädchen fasziniert zuschauten, erklärte sie ihm, wie man einen französischen Zopf flocht.

Angels Finger waren ein wenig ungelenk, aber er hielt durch und brachte am Ende einen einigermaßen geraden Zopf zustande.

„Nicht schlecht für einen Anfänger", lobte Taryn. „Was meinst du, Chloe?"

Das Mädchen berührte ihren Zopf und lächelte Angel dann schüchtern an. „Danke", flüsterte sie.

Die Hüttentür öffnete sich, und die ersten Eltern traten ein. Eifrig sprangen die Kinder auf die Füße und fingen an, von ihrem Nachmittag zu erzählen. Die neuen Armbänder und Perlen wurden gezeigt. Taryn erhob sich und stellte sich genau wie Angel den Eltern vor. Fünfzehn Minuten später waren sie allein.

„Wir haben es überlebt", sagte sie, während sie ihre Bürsten und die restlichen Gummibänder einsammelte.

„Ich brauche einen Drink."

Sie schaute ihn an und sah, dass er völlig verstört aussah. Er war blass und hatte einen glasigen Glanz in den Augen.

„Geht es dir gut?", fragte sie.

„Ich kann das nicht."

„Du hast das hervorragend gemacht. Die Mädchen lieben dich."

„Ich habe einen französischen Zopf geflochten."

Sie konnte nicht sagen, ob er stolz oder entsetzt war.

Sie grinste. „Siehst du? Das erste Initiationsritual auf dem Weg zur Frau hast du schon überstanden. Bald werden dir Brüste wachsen."

„Sehr lustig."

Sie ging zur Tür. „Ich habe eine Idee. Du hältst am Hunan Palace an, um uns etwas zu essen zu besorgen. Und ich hole uns in der Bäckerei ein paar Cupcakes. Dann feiern wir unseren Sieg bei mir zu Hause."

„Was hast du zu trinken da?", fragte er.

„Ausreichend Bier."

Als er fragend die Augenbrauen hob, lachte Taryn. „Du vergisst, dass ich mit Männern arbeite. Ich habe immer Bier im Kühlschrank und Steak in der Tiefkühltruhe. Das steht in meinem Arbeitsvertrag."

„Das sollte ich in meinen auch aufnehmen lassen."

Das Essen zu besorgen dauerte länger, als Angel geplant hatte. Im Hunan Palace gab es eine lange Schlange von Wartenden, die etwas zum Mitnehmen bestellen wollten. Offensichtlich war gerade ein Baseballspiel der Kinder zu Ende gegangen. Er gab seine Bestellung auf und wartete, dann fuhr er zu Taryn.

Er parkte vor ihrem kleinen, einstöckigen Haus und ging die Stufen zur Tür hinauf. Bevor er da war, öffnete sie bereits, und bei ihrem Anblick hätte er beinahe das Essen fallen lassen.

Taryn hatte die dunkle, ausgewaschene Jeans und die Stiefel gegen eine hellblaue, abgetragene Jeans und nackte Füße eingetauscht. Die Seidenbluse war von einem Shirt der L. A. Stallions mit Sams Nummer darauf ersetzt worden. Ihr langes Haar fiel ihr lose über die Schultern und sie war ungeschminkt. Sie sah so unglaublich jung aus.

„Was für eine Verwandlung", murmelte er.

Sie lächelte, und ihre blauen Augen funkelten. „Das ist mein wahres Ich."

„Gefällt mir."

Sie trat zur Seite, um ihn hereinzulassen. Angel folgte ihr ins Wohnzimmer. Dort standen ein Ledersofa und zwei Sessel. Ein Flachbildfernseher hing über dem Kamin, und zur Linken zierte ein Bild von Jack im Warhol-Stil die Wand.

Angel trat näher an das Bild heran. Jack trug seine Spieleruniform und kniete mit einem Bein auf dem Feld. Sein Helm lag neben ihm. Jack schaute geradeaus, als wenn er dem Betrachter direkt in die Augen sah.

Er drehte sich zu Taryn um, die ihn beobachtete. „Hübsch", sagte er.

„Das war ein Geschenk."

Wie das Shirt? Wenn er je einen Zweifel daran gehabt hatte, dass die Jungs, mit denen Taryn arbeitete, ein wichtiger Teil ihres Lebens waren, so verflogen die in diesem Moment. Eine Sekunde hielt er inne und fragte sich, ob es ihn störte. Dann erinnerte er sich daran, was Taryn ihm über ihre Vergangenheit mit Jack erzählt hatte. Sie waren verheiratet gewesen und immer noch befreundet. Aber nicht mehr zusammen. Das konnte er verstehen – immerhin teilte er sich eine Wohnung mit Consuelo. Obwohl die Situation bei ihnen etwas anders war – er und Consuelo waren nie verheiratet oder auf romantische Weise verbunden gewesen. Doch das Prinzip war das gleiche.

Er lächelte Taryn an und hielt die Tüte hoch. „Hast du Hunger?", fragte er.

„Ich sterbe fast."

Sie zeigte auf den Durchgang. Angel entdeckte, dass der Tisch im Esszimmer bereits gedeckt war. Neben Tellern und Besteck standen auch mehrere Bierflaschen bereit. Im Hintergrund spielte leise Musik.

Sie setzten sich und begannen, ihre Teller zu füllen. Taryn griff nach einer Frühlingsrolle.

„Du hast dein erstes Treffen überlebt", sagte sie grinsend. „Darüber musst du doch glücklich sein."

„Es war hart", gab er zu. „Ich bin froh, dass du da warst. Die Idee mit dem Zöpfeflechten war brillant."

„Wir könnten eine Tradition daraus machen."

Er war nicht sicher, ob er dafür schon bereit war. „Ich bin wirklich kein Experte für kleine Mädchen."

Sie sah ihn an. „Dir wären Jungen lieber gewesen?"

Eine einfache Frage, dachte Angel, die er mit Ja beantworten sollte. Denn er war davon ausgegangen, sein freiwilliger Einsatz hätte mit Jungen zu tun. Doch jetzt, nachdem es anders gekommen war, fragte er sich, ob das stimmte.

Sie legte ihre Gabel ab. „Angel?"

Ihre Stimme war sanft, forschend. Er hatte das Gefühl, wenn er die Frage nicht beantwortete, würde sie nicht nachhakten.

„Ich hatte einen Sohn", sagte er langsam und lehnte sich auf seinem Stuhl zurück. „Marcus."

Sie musterte ihn weiter, sagte jedoch nichts. Als wenn sie ihn seinen Weg finden lassen wollte.

„Ich bin direkt nach der Highschool in die Army eingetreten. Mein Dad ist ein paar Wochen vorher gestorben. Die Kohleminen haben ihn umgebracht, und er hat mich schwören lassen, mehr aus meinem Leben zu machen. Ich wollte nicht aus der Stadt wegziehen, in der ich aufgewachsen war, aber ich wusste, dass er recht hatte. Wenn ich geblieben wäre, hätte ich festgesessen. Also bin ich gegangen."

„Das muss schwer gewesen sein."

„Ja. Ich habe die Grundausbildung absolviert und bin dann ausgerechnet in Louisiana gelandet."

Wo er ein Mädchen kennengelernt hatte, dachte Taryn, denn inzwischen war ihr klar, welchen Weg die Geschichte nehmen würde. Sie fragte sich kurz, wie Angel wohl früher gewesen war – bevor er den Mann getroffen hatte, der versucht hatte, ihm die Kehle aufzuschlitzen. Vielleicht sogar, bevor er die Arbeit aufgenommen hatte, die ihn erst in diese Situation gebracht hatte.

„Wie hieß sie?", fragte er.

„Marie. Sie war wunderschön. Eine zierliche Südstaatenschönheit – und unglaublich dickköpfig." Er ließ ein Lächeln aufblitzen. „Sie hat mir genauso viel Angst gemacht, wie sie mich fasziniert hat. Zum Glück haben wir uns beide auf den ersten Blick verliebt. Innerhalb weniger Monate waren wir verheiratet."

Liebe auf den ersten Blick? Daran glaubte Taryn nicht. Sie hatte das noch nie erlebt – weder bei sich noch bei Freunden. Sie wusste, dass die Lust beinahe aus dem Nichts erblühen konnte – jedenfalls deuteten darauf die Frauen hin, die ständig unvermittelt in den Hotelzimmern der Spieler aufgetaucht waren. Aber das war etwas anderes. Da ging es um Macht. Darum, angeben zu können.

Liebe war anders. Sie war …

Sie griff nach ihrem Bier und lehnte sich zurück, als die Puzzleteile endlich an ihren Platz fielen. Angel hatte seine Frau geliebt und jetzt war er nicht verheiratet. Er sagte, er hatte ein Kind, aber das war bis jetzt für sie nicht real gewesen.

„Dann habt ihr beide Marcus bekommen."

Er nickte.

Sie sah den Gefühlen zu, die sich auf seinem Gesicht spiegelten, und fragte sich, was er gerade dachte. Sie erkannte Liebe und Schmerz und das Gefühl von einem großen Verlust.

Sie wartete geduldig, weil sie wusste, dass Angel die wichtigste Frage erst dann beantworten würde, wenn er dazu bereit war.

„Sie sind gestorben", sagte er schließlich. „Marcus war vierzehn und mit Marie auf dem Weg zu einem Baseballspiel. Es gab ein Unwetter. Nach allem, was die Polizei herausfinden konnte, hat sich ihr Auto mehrmals überschlagen. Der Leichenbeschauer hat gesagt, sie waren sofort tot."

Ja, das passte zu Angel, sich danach zu erkundigen. Weil er sich mit Leid auskannte und sichergehen wollte, dass die, die er liebte, niemals leiden mussten. Sie wusste, dass es für diesen Moment keine Worte gab, also streckte sie den Arm über den Tisch aus und berührte sanft seine Hand.

„Ich wusste nicht, was ich tun soll", gab er zu. „Ich habe die beiden zu Grabe getragen, das Haus verkauft und alles, was ich besaß, eingelagert. Dann bin ich weggegangen."

„Hat das geholfen?", fragte sie.

„Nein." Er drückte ihre Finger und zog seine Hand dann zurück. „Ich habe ein paar Monate damit verbracht, mich zu betrinken. Hab meinen Job gekündigt und ernsthaft überlegt, endgültig mit allem Schluss zu machen." Er zuckte die Schultern. „Aber ich wusste, wie sehr Marie das gehasst hätte. Also bin ich irgendwann wieder zur Arbeit zurückgekehrt. Aber ich war nicht mit dem Herzen dabei. Eines Tages ist Justice aufgetaucht und hat mich gefragt, ob ich herkommen will. Ich hatte die Stadt vorher schon mal besucht und wusste, dass es das Richtige ist. Fool's Gold erinnert mich an den Ort, wo ich aufgewachsen bin. Hier kann ich mich einbringen."

Und gleichzeitig Distanz wahren, dachte sie.

Die Vorstellung, dass es in Angels Vergangenheit ein tragisches Ereignis gegeben hatte, überraschte sie nicht. Sie war sich ziemlich sicher gewesen, dass man nicht tun konnte, was er getan hatte, ohne Verluste zu erleiden. Aber die Art des Verlustes war unerwartet. Eine Frau und ein Sohn. Eine Frau, die er jahrelang geliebt hatte. Wie musste es sich anfühlen, sein Herz so vollständig zu vergeben? Das hatte sie noch nie getan. Niemand in ihrem Umfeld hatte damit je Erfolg gehabt. Die Jungs hatten es versucht. Na ja, Jack nicht wirklich, aber Sam und Kenny ... Okay, Kennys Situation war ziemlich speziell. Aber Sam war verliebt gewesen, als er geheiratet hatte. Und seitdem hatte er mehr als einmal versucht, die wahre Liebe zu finden.

„Dann sind die Mädchen eine gute Wahl", sagte sie schließlich. „Gleich und doch anders. Es hätte schwer sein können, mit Jungen im Teenageralter zu arbeiten."

Er nickte langsam. „Wenn sie mich an Marcus erinnert hätten ... ja, dann hast du vermutlich recht."

„Und jetzt weißt du immerhin, wie man einen französischen Zopf flicht."

Er entspannte sich sichtlich und lächelte sie an. „Eine wichtige Fertigkeit für einen Forstwächter. Das sollten sie ins Handbuch aufnehmen."

Sie grinste. „Das Handbuch ist rosa. Ich denke, sie sind davon ausgegangen, dass du es bereits kannst."

Sie unterhielten sich über die verschiedenen Mädchen im Forst. Wie einige sofort einen bleibenden Eindruck hinterlassen hatten, während es bei anderen ein wenig dauern würde, sie besser kennenzulernen.

„Chloe war süß“, sagte Taryn. „Ich hoffe, die Gruppe kann ihr helfen, sich zu öffnen. Ich glaube, sie möchte sich gerne mehr einbringen; ab und zu blitzte das bei ihr auf. Aber es war beinahe so, als erinnere sie sich nicht mehr daran, wie man Freundschaften schließt.“

„Sie könnte sich schuldig fühlen, wenn sie Spaß hat“, wandte Angel ein. „Wenn sie lacht, vermisst sie ihren Dad nicht.“ Er hielt inne. „Es hat eine Weile gedauert, bis ich das an mir erkannt habe.“

„Dir müssen Marie und Marcus schrecklich fehlen.“

„Ja, das tun sie. Ich denke jeden Tag an sie. Der Schmerz ist nicht mehr ständig da, aber die Schuldgefühle schon. Ich hätte da sein müssen, um sie zu beschützen.“

„Weil du das Auto bei einem Unwetter besser im Griff gehabt hättest?“

„Nein. Weil es keinen Sinn hat, die Welt zu retten, wenn du nicht einmal die Menschen retten kannst, die du liebst.“

Eine interessante Wendung, wie sie fand.

Sie musterte den Mann, der ihr gegenübersaß. Die Narben, diese kühlen grauen Augen. Angel war gefährlich und anziehend. Seine Trauer über die Vergangenheit zu kennen, machte ihn nur noch attraktiver. Und dennoch …

Um ihn zu zitieren: Sie war keine Expertin auf diesem Gebiet. Aber wenn sie raten müsste, würde sie sagen, damit Angel heilen konnte, musste er zu seinem Glauben zurückfinden. Und sie war der letzte Mensch, der ihm dabei helfen konnte. Glaube war in ihren Augen ein überbewertetes Gut. Das hatte sie auf die schwerste Art gelernt.

Wir sind schon ein Paar gebrochener Seelen, dachte sie und reichte ihm die Spare Ribs. Ein Mann, der geliebt und verloren hatte. Und eine Frau, die nicht an die Liebe glaubte.

8. KAPITEL

Taryn verbrachte eine unruhige Nacht, was den Morgen nicht besser machte. In der vorherigen Nacht hatte sie sich Gedanken über ihr erstes Treffen mit den Eicheln gemacht. Letzte Nacht hatte sie darüber nachgedacht, was Angel ihr über seine Vergangenheit erzählt hatte. Sie sagte sich, dass jeder Mensch seine Geister hatte, die ihn verfolgten. Aber irgendwie schienen die von Angel greifbarer zu sein als ihre. Oder vielleicht lag es daran, dass er ihnen als Erwachsener begegnet war, während ihre Überbleibsel aus der Kindheit waren.

Im Büro war Taryn immer noch verwirrt über das, was passiert oder auch nicht passiert war. Ihre Unterhaltung hatte nicht gerade als Auftakt zu einem romantischen Intermezzo getaugt. Doch als Mann hatte Angel weitere faszinierende Facetten hinzugewonnen. In anderen Worten: Es schien am sichersten und sinnvollsten, den Kontakt mit ihm abzubrechen und wegzulaufen. Was leider keine Option war.

Sie schaltete ihren Computer an. Ein paar Sekunden später erschien auf dem Bildschirm ihr Kalender mit einem großen roten Kasten mitten in ihrem Tag.

„Warum habe ich davon nichts gewusst?", fragte sie laut, wobei ihr im selben Moment einfiel, dass sie den Termin selber eingetragen hatte. Aber das war bereits ein paar Wochen her und irgendwie hatte sie es vergessen.

Taryn rief in der Grafik an und bat einen der Mitarbeiter, im Konferenzraum alles vorzubereiten. Dann rief sie Isabel an und schilderte ihr das Problem.

„Ich brauche ganz dringend Essen und Bier", sagte sie. „Kann ich Jo anrufen? Liefert sie auch?"

„Ruf Ana Raquel an", sagte Isabel. „Dellinas Schwester. Sie und ihr Verlobter haben einen Cateringservice. Die beiden haben auch das Fool's-Gold-Kochbuch geschrieben, das letztes Jahr erschienen ist. Sag ihr einfach, was du brauchst, und sie bringt es dir."

Taryn notierte sich die Nummer, legte auf und wählte sofort neu. Ana Raquel versprach, alles rechtzeitig zu liefern. Gerade als sie aufgelegt hatte, kam Larissa mit einem Stapel DVDs in der Hand in ihr Büro.

„Für nachher", sagte sie.

„Du hast daran gedacht?", fragte Taryn.

„Klar. Alle reden schon seit Wochen davon. Du weißt, wie sehr es sie nervt."

„Wieso hat mich niemand daran erinnert?"

Larissa riss die Augen auf. „Es ist nichts vorbereitet? Du weißt, wie sie sind."

„Ich weiß sehr gut, wie sie sind, und die Vorbereitungen laufen. Oder so in der Art. Wir werden ausreichend zu essen und Bier haben, wenn es so weit ist." Sie warf einen Blick auf die DVDs in der Hand ihrer Freundin. „Stecken wir die in den Player."

Sie gingen nach oben in den Konferenzraum. Der war mit gemütlichen Sofas und Sesseln ausgestattet, dazu gab es einen riesigen Fernseher und Poster von den Jungs an den Wänden. Außerdem war ausreichend Platz für Essen und Bier. Larissa lud die erste DVD und drückte auf Play. Nach ein paar Sekunden füllten Bilder den schwarzen Monitor.

Ein sehr junger Jack stand vor einem Reporter. Sein Anzug wirkte ganz neu und das Jackett spannte über seinen breiten Schultern.

Der Reporter, ein erfahrener Mann, der Anfänger gewöhnt war, führte Jack durch das Interview.

„Die L. A. Stallions haben deutlich gemacht, dass sie Sie haben wollen", sagte er. „Das muss Ihnen beim Auswahlprozess sehr geholfen haben."

Taryn sah zu, wie der zweiundzwanzigjährige Jack versuchte, nicht zu breit in die Kamera zu grinsen. Aber was zum Teufel … er war gerade in der ersten Runde in das Team seiner Traummannschaft gewählt worden. Er hatte es verdient, zu feiern.

Während des folgenden Interviews sagte Jack immer genau die richtigen Sätze. Es war klar, dass jemand ihn sorgfältig vorbereitet hatte. Damals hatte man Jack als Rettung für die Stallions betrachtet, deren Team schon seit einiger Zeit alle wichtigen Spiele verlor. Doch dann war der ältere Quarterback zurückgekommen und hatte Jack für beinahe drei Jahre auf die Bank verbannt. Der ungeduldige junge Spieler war außer sich gewesen. Erst im Nachhinein hatte er begriffen, dass er die erzwungene Wartezeit benötigte, um sein Spiel zu verfeinern. Und das Warten hatte sich wirklich gelohnt: Denn als Jack die erste Chance auf dem Spielfeld erhielt, war er selbstsicher und bereit für die Verantwortung. Er hatte seine Mannschaft sechs Jahre in Folge in die Play-offs geführt und mit ihr den Super Bowl gewonnen.

Taryn hatte Jack in der Zeit zwischen seiner ersten und zweiten siegreichen Saison kennengelernt. Er war heiß gewesen – in jedem Sinne des Wortes.

Jetzt schaute sie sich den jungen Mann von einst an und dachte über den Unterschied zu dem Jack nach, den sie heute kannte.

„Er war damals noch so ein Baby“, sagte Larissa lachend.

„Ja, das war er.“

Die DVD lief weiter. Die gleiche Situation spielte sich erst mit Kenny, dann mit Sam ab, obwohl Kenny erst in der zweiten Runde gewählt wurde und Sam direkt nach ihm. Was für einen Kicker selten war.

Taryn hatte die Interviews schon Dutzende Male gesehen, doch es machte immer noch Spaß, sie anzuschauen. Sam, der nichts von sich preisgeben wollte, und Kenny, der gleichzeitig aufgeregt und besorgt wirkte. Aufgeregt, weil er ein Star wurde, und besorgt wegen dem, was bei ihm zu Hause los war.

Zweiundzwanzig, dachte Taryn und rechnete rasch im Kopf nach. Kenny stand damals kurz davor, Vater zu werden. Das hatte er zumindest geglaubt.

Die Tür zum Fernsehzimmer öffnete sich, und die Jungs traten ein. Sie waren jetzt älter. Alle Mitte dreißig. Ehemalige Spieler in Anzügen, die teurer waren und besser passten als damals. Sie waren nicht mehr so muskulös, aber immer noch fit.

Jack kam zu Taryn. „Du hast daran gedacht."

Sie dachte an den roten Eintrag in ihrem Kalender und bemühte sich, nicht zusammenzuzucken. „Ich weiß, dass dieser Tag schwer für euch ist."

„Ja. Viele Erinnerungen."

Sie reichte ihm die Fernbedienung. Die Jungs würden sich jetzt gemeinsam noch einmal die Berichterstattung über ihre Auswahl ansehen, bevor sie zu der aktuellen Auswahl rüberschalten würden. Sie würden Bier trinken und Geschichten von früher erzählen und den ganzen Tag nicht arbeiten. Was okay war. Diese Pause hatten sie sich verdient.

Taryn ließ sie allein und kehrte in ihr Büro zurück. Sie schaute auf ihr Handy und sah, dass sie eine SMS von Angel erhalten hatte. Ein Bild von einer Kletterwand. Zumindest nahm sie an, dass es sich um eine Kletterwand handelte. Sie hatte so etwas bisher nur im Kino oder Fernsehen gesehen. Daneben standen ein Ort und eine Zeit.

Sie lächelte. „Du bringst es einfach nicht über dich, den Telefonhörer in die Hand zu nehmen, oder?"

Eine zweite SMS kam. „Du hast mir geholfen. Jetzt helfe ich dir."

Ein Mann, der Fair Play mag, dachte sie. Keine so schlechte Eigenschaft.

Am späten Samstagvormittag fuhr Angel zum Sportzentrum am Lucky Lady Casino and Resort. Soweit er gehört hatte, war die Kletterwand erst vor Kurzem eingeweiht worden. Vor dem Gebäude parkten viele Autos. Er manövrierte die Harley an ihnen vorbei zum seitlichen Parkplatz, dann klemmte er sich den Helm unter den Arm und ging zum Haupteingang. Dort kam Taryn gerade an.

Sie war angemessen gekleidet – ein lockeres T-Shirt und enge Sporthosen, die wirklich nichts der Fantasie überließen. Sein Blick blieb an ihren langen Beinen und dem knackigen Hintern hängen. Er bemerkte kaum ihre Turnschuhe oder dass sie ihre

Haare zum Pferdeschwanz zusammengebunden hatte. Erst als sie stehen blieb und die Hände in die Hüften stemmte, schaute er ihr ins Gesicht.

Sie hatte beide Augenbrauen gehoben. „Wirklich?“, fragte sie. „Kannst du nicht etwas subtiler sein?“

Erwischt, dachte er und grinste. „Tja, nicht meine Schuld. Du bist eine größere Versuchung, als der durchschnittliche Mann ertragen kann.“

„Mist. Ich hatte auf mehr als nur durchschnittlich gehofft.“

In flachen Schuhen war Taryn einige Zentimeter kleiner als er, was ihm gefiel. Er nahm ihr Handgelenk und zog sie daran ums Gebäude herum. Dort legte er seinen Helm auf den Bürgersteig, nahm ihr Gesicht in beide Hände und küsste sie.

Sie befanden sich mitten am Tag an einem öffentlichen Ort. Nicht gerade optimal, um miteinander rumzumachen, aber na und? Seit er Taryn im letzten Herbst das erste Mal gesehen hatte, hatte er sie küssen wollen. Er hatte sein Bestes gegeben, um seine Karten gut auszuspielen, aber wie sollte er ihr widerstehen, wenn sie so aussah, wie sie aussah, und ihn regelmäßig in den Wahnsinn trieb?

Ihr Mund war weich und nachgiebig. Was ihn doch etwas überraschte, aber vielleicht war sie gar nicht so tough, wie sie immer vorgab. Sie legte ihre Hände an seine Hüften. Die Berührung war ganz leicht. Mehr als wollte sie ihn spüren, und nicht, als müsse sie sich an ihm festhalten. Was perfekt zu ihr passte.

Er strich mit seinen Lippen über ihren Mund, erkundete sie, entwickelte ein Gespür dafür, wie es zwischen ihnen sein würde. Dann, als sie den Kuss vertiefen wollte, zog er sich zurück. Er blickte in ihre schimmernden blauvioletten Augen und stellte erfreut fest, dass sie genauso fasziniert zu sein schien wie er. Er wollte sie gerade erneut küssen, als neben ihnen ein Minivan parkte und gefühlte sechzig Kinder aus dem Auto purzelten.

Taryn folgte seinem Blick. „Mein absoluter Albtraum“, sagte sie.

„Kinder?“

„Ein Minivan.“ Sie schüttelte sich.

„Weil er ein Zeichen dafür wäre, dass du dich aufgegeben hast?“

„Weil niemand so viele Becherhalter benötigt. Die Kinder meiner Assistentin sind alle schon erwachsen und trotzdem fährt sie einen Minivan, weil sie es liebt. Sie erzählt ständig von den zwölf Becherhaltern. Wann immer sie einkaufen fährt, prahlt sie damit, wie viel sie mitbringen kann. Das ist nicht normal.“

Er lachte leise und legte einen Arm um sie. „Das Gleiche könnte man über deine Schuhsammlung sagen. Brauchst du wirklich so viele? Und diese Absätze können unmöglich gut für dich sein.“

Sie schaute ihn an. „Angel?“

„Ja.“

„Hast du ein Lieblingspaar unter meinen Schuhen?“

Er dachte darüber nach, wie sie in den Pumps aussah, und schüttelte den Kopf. „Nein. Die sind alle toll.“

„Stell dir vor, ich würde nur meine High Heels tragen … und sonst nichts.“

Sie gingen auf den Haupteingang zu. Angel stolperte und hatte Mühe, sich zu fangen, während das Bild, das sie ihm gerade eingepflanzt hatte, in seinen Gedanken zu voller Größe heranwuchs und immer verlockender wurde. Lag es nur an ihm, oder war es hier draußen unglaublich heiß? Eine nackte Taryn auf zwölf Zentimeter hohen Absätzen … die Vorstellung hatte die Macht, einen Mann zu töten.

Er fluchte leise. Sie lächelte.

„Wirst du dich jemals wieder über meine Schuhe lustig machen?“, fragte sie mit zuckersüßer Stimme.

„Verdammt, nein.“

„Dann würde ich mal sagen: Projekt erfolgreich abgeschlossen.“

„Erinnere mich daran, deine Partner zu beglückwünschen, weil sie so lange überlebt haben“, grummelte er.

Sie lachte immer noch, als sie die Sporthalle betraten.

Obwohl in der Stadt gerade ein Festival stattfand, gab es genügend Leute, die Squash spielen oder Baseballschläge üben wollten. Angel führte Taryn in den hinteren Teil, wo sie sich für die Kletterwand anmelden konnten, die in der Mitte der Halle aufragte.

„Hast du so etwas schon mal gemacht?", fragte er.

„Nein. Und ich sehe auch jetzt noch keinen Sinn darin. Der Typ von Living Life on a Run wird nicht von uns verlangen, eine Felswand hochzuklettern."

„Das kannst du nicht wissen."

„Ich bin mir aber ziemlich sicher. Solche Berge haben wir hier gar nicht."

Damit hatte sie recht, was ihn beeindruckte. Er hätte nicht gedacht, dass sie so auf ihre Umgebung achtete.

„Klettern verbessert die Koordination und stärkt den Oberkörper", sagte er. „Außerdem wirst du wie eine echte Sportlerin wirken, wenn du dich über derartige Themen unterhalten kannst."

Sie rümpfte die Nase. „Welche Freude. Bisher war mein Leben so leer und öd."

Fünfzehn Minuten später waren sie eingetragen. Taryn zögerte, bevor sie die Verzichtserklärung unterschrieb, doch dann kritzelte sie ihren Namen darunter. Sie schluckte kurz, als sie sah, dass sie geliehene Kletterschuhe würde tragen müssen.

„Das ist ja wie beim Bowling", murrte sie. „Entzückend. Einfach entzückend."

Aber derjenige mit dem Problem war dann er, als sie ihre Schlüssel und ihr Handy in das Schließfach legte und das locker sitzende T-Shirt auszog. Denn darunter trug sie ein eng anliegendes Tanktop, das tief genug ausgeschnitten war, um seine Konzentration nachhaltig zu stören. Das wird ein langer Tag, dachte er.

Na schön, dachte Taryn. Sie hatte die geliehenen Schuhe akzeptiert, den Lärm, der aus den anderen Bereichen der Halle kam, und das Geschirr, das an Stellen ihres Körpers eng anlag, die seit langer Zeit keine Action mehr gesehen hatten. Nach dem kurzen, aber sehr intensiven Kuss vor der Halle hegte sie jedoch die Hoffnung, dass sich das bald ändern würde. Was sie allerdings nicht akzeptieren konnte, war Angels leises Lachen, als sie auf halber Höhe an dem dummen Felsen hing und weder vor noch zurück kam.

„Streck den Arm aus", sagte er neben ihr. „Weiter."

Was sooo leicht klingt, dachte sie grimmig. Sie sagte sich, dass sie gesichert war. Dass da unten ein breitschultriges Collegekind stand und das Seil festhielt, das an ihrem Geschirr befestigt war. Sollte sie ins Rutschen kommen, würde sie sofort aufgefangen werden. Oder der Typ da unten würde wenigstens das Seil festhalten und sie langsam zur Erde runterlassen. Trotzdem konnte sie es nicht. Sie konnte sich nicht zum nächsten Griff strecken. Sie konnte nicht genügend Vertrauen aufbringen, um den jetzigen Griff loszulassen.

Angel kam näher und legte seine Hand auf ihre. „Komm", sagte er sanft. „Ich helfe dir."

Sie wollte seine Hilfe nicht. Sie wollte überhaupt nicht hier sein.

„Ich schaff das", sagte sie und versuchte, seine Hand abzuschütteln, ohne ihren Griff zu lockern. Was unmöglich war.

„Es sind nur ein paar Zentimeter", erklärte er.

Ihre Arme und Schultern schmerzten von den ungewohnten Bewegungen. Ihre Beine zitterten. Um sie herum kletterten Kinder wie Äffchen in Lichtgeschwindigkeit die Wand hinauf und unterhielten sich dabei auch noch miteinander. Sie erblickte ein älteres Pärchen, das wesentlich bessere Fortschritte machte als sie.

„Ich werde Kenny und Jack umbringen", fluchte sie und streckte ihren Arm aus, um den nächsten Griff zu packen. „Ich besorge mir irgendetwas Hartes und schlage damit auf sie ein, bis sie …"

Die Schwerkraft war eine unerbittliche Geliebte. In der einen Sekunde hatte Taryn den Griff noch fest in der Hand, in der nächsten fiel sie in Richtung Erde. Sie hatte keine Ahnung, wie weit der Boden weg war oder wie sehr es schmerzen würde, wenn sie auf ihm aufschlug. Doch weit vor dem Aufprall kam sie ruckend zum Halten, als der Junge unten beherzt stoppte.

Das Geschirr schnitt ihr in den Schritt, in die Hüfte und die Seiten. Ihr Körper brannte an Stellen, die nicht für so viel Reibung gemacht waren. Sie hing in der Luft und ruderte verzweifelt mit Armen und Beinen, und dann bewegte sie sich auf einmal wieder, doch dieses Mal wesentlich langsamer, bis sie wieder sicheren Boden unter den Füßen hatte.

In der gleichen Sekunde eilte der Junge, der sie gesichert hatte, auf sie zu.

„Geht es Ihnen gut?“, fragte er. „Sie haben nicht geschrien. Wenn Menschen fallen, schreien sie immer.“

Adrenalin rauschte durch ihre Adern, und Taryn wusste, es war nur eine Frage der Zeit, bis sie sich nach einem stillen Plätzchen umschauen würde, an dem sie sich zusammenrollen und für die Welle der Übelkeit bereit machen konnte, die nun sicher folgen würde. Angel seilte sich geschickt ab und lief zu ihr.

„Alles okay?“

Sie nickte, fest entschlossen, niemanden sehen zu lassen, wie mitgenommen sie war. „Ich bin abgerutscht, aber es geht mir gut.“

Er schaute sie kurz an und nickte. „Klettern ist nicht dein Sport.“ Er griff nach dem Verschluss ihres Geschirrs.

Sie trat zurück. „Nein. Ich gehe noch mal rauf.“

„Taryn, du bist abgestürzt.“

„Ich weiß. Jetzt muss ich an die Spitze dieses dummen Felsens klettern, und dann komme ich nie mehr wieder.“ Sie warf ihrem Sicherungsmann einen Blick zu. „Nicht persönlich gemeint.“

„Hab ich auch nicht so verstanden.“

Angel erinnerte sich an das erste Mal, als er Taryn gesehen hatte. Sie trug eines ihrer Kostüme und diese lächerlich hohen Schuhe.

Sie hatte die Straße überquert, aber nicht am Zebrastreifen. Mit ihrem selbstbewussten Gang, den langen dunklen Haaren und dem sicheren Blick hatte sie die Aufmerksamkeit eines jeden Mannes erregt, der sich in Sichtweite befand. Er hatte halb damit gerechnet, dass es einen dieser Auffahrunfälle geben würde, wie man sie aus Filmen kannte, denn wenn Taryn in der Nähe war, war es schwer, auf irgendetwas anderes zu achten.

Sie führte eine erfolgreiche Firma, also wusste er, dass sie klug war, aber bis zum heutigen Morgen hatte er nicht gewusst, dass sie außerdem ein Rückgrat aus Stahl hatte. Denn trotz ihres Sturzes war sie an die Kletterwand zurückgekehrt und hatte es bis ganz nach oben geschafft. Das war ihr weder schnell noch sonderlich elegant gelungen, aber sie hatte es getan. Nachdem sie wieder auf dem Boden angekommen war, hatte sie das Geschirr ausgezogen, war zu einem in der Nähe stehenden Abfalleimer gegangen und hatte sich übergeben.

Diese Frau hat das Herz einer wahren Kriegerin, dachte er, als er vor ihrem Haus vorfuhr. Sie erledigte den Job und kümmerte sich später um ihre Angst.

Die Haustür wurde geöffnet, und Taryn trat heraus. Sie hatte ihre hautengen Sportklamotten gegen eine hautenge Jeans eingetauscht. Nett. Er wünschte, sie würde sich umdrehen, damit er ihren Hintern angucken konnte. Ihre Kurven zu betrachten löste ganz wunderbare Gefühle in ihm aus.

Zu ihrer Jeans trug sie eine Art Twinset. Das untere Teil war eng genug, um interessant zu sein, aber nicht so eng, dass sie nicht zu den Familien passte, die die Innenstadt bevölkern würden. Sein Blick glitt an ihr herunter und er sah, dass sie Stiefel mit einem relativ kleinen Absatz anhatte.

Sie folgte seinem Blick und hob die Augenbrauen. „Wolltest du sichergehen, dass ich auch lange Strecken zurücklegen kann?“

„Ich wusste nicht, ob du erwartest, getragen zu werden.“

„Es mag dich ja überraschen, aber ich verstehe das Konzept von Stadtfesten durchaus“, erwiderte sie und überprüfte, ob die

Tür abgeschlossen war, bevor sie zu ihm auf den Bürgersteig trat. „Ich war schon auf einigen. Zum Beispiel habe ich beim großen Auflaufwettbewerb im Februar auf meinen Favoriten gesetzt."

„Und, hast du gewonnen?"

Sie neigte den Kopf. „Das musst du wirklich fragen?"

„Offensichtlich nicht. Wie geht es dir?"

„Gut. Ich habe ein paar Cracker gegessen und Wasser getrunken, jetzt fühle ich mich besser." Sie verzog den Mund. „Ist das hier der unangenehme Teil unserer Unterhaltung, bei dem ich dir sagen muss, dass ich mir die Zähne geputzt habe, als ich nach Hause kam?" Sie wandte den Blick ab. „Ich kann nicht glauben, dass ich mich übergeben habe. Oder runtergefallen bin. Oder überhaupt irgendetwas davon."

„Du dachtest, du würdest auf dem Boden aufschlagen, und dein Körper hat entsprechend reagiert. Das ist uns allen schon mal passiert."

„Du bist schon mal von einem Kunstfelsen runtergefallen? Wohl kaum."

„Weißt du, das Wichtige ist nicht der Fehler", sagte er und nahm ihre Hand. „Das Wichtige ist, was du tust, sobald du erkennst, dass du es vermasselt hast. Du steigst wieder aufs Pferd – oder in diesem Fall auf den Berg."

Sie wollte ihre Hand wegziehen, dann hielt sie jedoch inne und sah ihn an. Er spürte, dass sie kurz davor stand, eine Entscheidung zu fällen. Er wollte, dass sie sich für ihn entschied. Nach einer gefühlten Ewigkeit entspannte sie sich etwas und verschränkte ihre Finger mit seinen.

„Ich komme mir vor wie der letzte Idiot."

„Das ist der beste Idiot, der man sein kann."

Sie schlugen den Weg Richtung Stadt ein.

„Als ich Marie das erste Mal traf, stand sie am Straßenrand und hat einen platten Reifen gewechselt." Er erinnerte sich daran und lächelte. „Obwohl, das stimmt nicht ganz: Zwei Männer hatten angehalten, um ihr zu helfen oder sie anzumachen, da bin ich mir nicht ganz sicher. Wie auch immer, sie unterhielten sich mit ihr, und sie schien darüber nicht sonderlich glücklich zu sein."

„Lass mich raten", erwiderte Taryn. „Du hast Marie ignoriert und den Reifen gewechselt, während die anderen beiden versucht haben, sie einzuwickeln."

„Genau!" Er war erstaunt, dass sie es erraten hatte. Obwohl er das nicht sein sollte. Taryn sah Dinge, die andere Menschen nicht sahen. „Als ich fertig war, hat Marie den anderen beiden gesagt, sie sollen verschwinden. Sie war nur an einem Mann interessiert, der die Dinge in die Hand nahm, nicht an welchen, die lediglich davon redeten."

Er blieb stehen, überrascht, welche Wendung ihre Unterhaltung genommen hatte. Er hatte noch nie über Marie geredet, und ganz sicher nicht mit einer Frau. Und doch schüttete er Taryn gerade sein Herz aus.

Toller Trick, wenn es um Sex geht, dachte er grimmig. Über seine verstorbene Frau zu sprechen würde Taryn bestimmt ganz heiß machen.

Aber jetzt war er nun mal in dieses Meer gesprungen, also würde er versuchen, wieder zur Küste zu schwimmen.

„Marie war tough", fuhr er fort. „Selbstbewusst, aber mit einer weichen Seite. Du erinnerst mich sehr an sie."

Sie schaute ihn an. „Danke. Ich weiß, was du für sie empfindest, also ist das wirklich ein Kompliment."

Er nickte, froh darüber, dass Taryn ihn verstand.

Sie erreichten das Stadtzentrum. Die Parade war vorbei, aber überall waren Buden aufgebaut.

„Das hier war mein erstes Festival, als ich letztes Jahr hierherkam", sagte er. „Hat mir einen ziemlichen Schock versetzt."

„Das kann ich mir vorstellen. Und jetzt sieh dich an, ein ZKM-Forstwächter."

„Ja. Ich habe immer noch nicht ganz kapiert, wie es dazu kommen konnte."

„Du hast dich freiwillig gemeldet."

Taryn lächelte ein paar Leuten zu, die sie kannte. Sie kam sich extrem nackt vor, so Hand in Hand mit Angel hier herumzulaufen. Sie wollte sich ihm entziehen, etwas Distanz zwischen sie legen, aber sie tat es nicht – hauptsächlich, weil es sich auf eine etwas verdrehte Art gut anfühlte, so zu sein wie alle anderen. Selbst wenn es nur für einen Nachmittag war.

An einem Stand der Trockengestecke und Seidenblumen anbot, blieben sie stehen. „Du könntest dir einen Strauß für deinen Esszimmertisch kaufen“, schlug Angel vor.

Sie verdrehte die Augen. „Ist das dein Ernst?“

Er grinste. „Nein, du bist nicht der Blumentyp. Du hast mehr Ecken und Kanten. Vielleicht nur die Stiele als Statement über modernen Minimalismus.“

„Ich bin überrascht, dass du überhaupt weißt, was Minimalismus ist – modern oder nicht.“

Er ließ ein Lächeln aufblitzen. „Weiß ich nicht. Ich hab nur so getan.“

Sie kamen am Park vorbei. Angel kaufte ihr Butterkaramellen, die so köstlich waren, dass Taryn gern die zusätzliche Zeit auf dem Crosstrainer in Kauf nahm. Im Laden von Morgan's Books blätterten sie in den aktuellsten Bestsellern und machten sich dann auf in Richtung Brew-haha.

Bevor sie den Coffeeshop erreichten, zog Angel sie jedoch über die Straße in den Park. Er machte einen Bogen um die spielenden Kinder und Familien, die auf Decken in der spätnachmittäglichen Sonne saßen.

Taryn überlegte, zu fragen, wohin er wollte, doch dann stellte sie fest, dass es ihr egal war. Heute war irgendetwas mit ihr passiert. Sie nahm an, es lag daran, dass Angel sie in ihrer schlimmsten Verfassung gesehen und nicht einmal mit der Wimper gezuckt hatte. Sie war noch nicht so weit, zu behaupten, sie würde ihm ihr Leben anvertrauen, aber sie wusste, dass sich zwischen ihnen etwas verändert hatte. Und er wusste es auch. Dass er ihr mehr über Marie erzählt hatte, war der Beweis dafür.

Sie war nicht wirklich überrascht, als er schließlich unter einem großen Baum stehen blieb, der sie vor den Blicken der anderen abschirmte. Er streckte die Arme nach ihr aus, und sie ließ sich willig in diese Umarmung sinken. Sie wollte seinen Mund auf ihrem spüren und die Wärme seines Körpers.

Er enttäuschte sie nicht. In der Sekunde, in der sie vor neugierigen Blicken geschützt waren, presste er seine Lippen auf ihre. Doch dieser Kuss hatte nichts mit dem vom Vormittag gemein. Er war keine zarte, vorsichtige Erkundung. Dieses Mal küsste sie Angel hart und heiß, eroberte ihren Mund. Sie öffnete die Lippen und er ließ seine Zunge hineingleiten. Taryn schlang ihm die Arme um den Hals und drängte sich an seinen durchtrainierten Körper.

Er bestand nur aus Muskeln – nichts an ihm gab nach. Das akzeptierte sie ebenso wie die leidenschaftlichen Zungenschläge, mit denen er sie küsste. Nein, genauer gesagt akzeptierte sie es nicht nur, sie genoss es in vollen Zügen und erwiderte leidenschaftlich sein Zungenspiel, weil sie wollte, dass er genau das fühlte, was sie empfand.

Verlangen füllte ihren Unterleib aus und verteilte sich von da aus in alle Richtungen. Sie spürte, wie ihr heiß wurde, bis sie kurz davor war zu schmelzen. Am liebsten wäre sie jetzt in Angel hineingekrabbelt. Wie er wohl im Bett war? Sie war die höflichen Männer so leid, die zu viele Fragen stellten. Sie wollte nicht sagen müssen, was sie wollte, oder beurteilen müssen, wie gut sich etwas anfühlte. Sie wollte auch nicht dominiert werden, sie wollte einfach nur … genommen werden.

Er zog sich zurück und schaute ihr in die Augen. „Ich will dich", hauchte er. „Nackt, feucht und meinen Namen schreiend."

Ihr wurde der Mund ganz trocken. „Das wäre schön."

Er hob eine Augenbraue. „Aber jetzt noch nicht."

„Was?", stieß sie hervor, bevor sie sich zurückhalten konnte. Offensichtlich würden sie es nicht hier im Park tun, aber … was?

Er zwinkerte ihr zu. Der Mistkerl hatte ihr tatsächlich zugezwinkert. „Ich habe dir doch gesagt, ich bin gut im Warten."

Dann dämmerte ihr, dass sie ziemlich genau das bekam, worum sie gebeten hatte. Einen Mann, der gewillt war, nach ihren Regeln zu spielen. Verdammt. Da sie nicht wusste, was sie sonst tun sollte, fing sie an zu lachen. Angel fiel mit ein, und sie kehrten zum Festival zurück.

„Jetzt brauche ich einen Drink", sagte sie.

„Ich auch, meine Süße, ich auch."

Taryn lehnte sich auf dem Stuhl zurück und nippte an ihrem Kaffee. Das Meeting mit ihren Partnern war für neun Uhr morgens angesetzt worden, aber bislang war Kenny noch nicht aufgetaucht. Er hatte auch das morgendliche Basketballspiel verpasst – das hatte Sam zumindest gesagt.

Jack schaute auf die Uhr. „Wollen wir ohne ihn anfangen oder einen neuen Termin ausmachen?"

Bevor Taryn etwas erwidern konnte, kam Kenny herein. Er sah zerknittert aus und seine Augen waren blutunterlaufen. Seine Schultern waren verspannt, als wenn ihm sein gesamter Körper wehtäte – aber nicht aufgrund seiner Verletzungen als Footballspieler.

Sam schaute ihn an und grinste. Jack klopfte ihm auf den Rücken und sagte laut: „Sieht so aus, als hättest du einen mächtigen Kater."

Kenny schenkte sich eine Tasse Kaffee ein und ging zum Tisch.

„Ich sagte …", setzte Jack noch lauter an.

Kenny funkelte ihn an. „Ich habe dich schon beim ersten Mal gehört."

„Dann hättest du etwas sagen sollen."

„Später bringe ich dich um. Nur damit wir uns klar verstehen."

Sam lachte. „Eine Blondine oder eine Flasche?"

„Beides, und das wird nie wieder passieren."

Taryn gähnte übertrieben. „Wenn ich einen Nickel für jedes Mal hätte …" Sie schaute ihn an. „Du siehst furchtbar aus."

„Ich fühle mich auch furchtbar."

„Du bist zu alt, um die Nächte durchzumachen", erklärte Jack ihm. „Der Preis dafür ist zu hoch."

„Findest du?" Kenny ließ sich in seinen Stuhl sinken und schloss die Augen. „Warum treffen wir uns heute?"

„Wir bringen Sam und Taryn auf den neuesten Stand bezüglich der Sache mit Living Life on a Run."

Kenny öffnete ein Auge und sah Taryn an. „Das wird super", murmelte er und schloss das Auge wieder.

„Danke. Da fühle ich mich doch gleich viel besser." Taryn öffnete die Mappe vor sich. All das hier kann warten, dachte sie. Zumindest, bis Kenny wieder unter den Lebenden weilte. Er feierte nicht oft, aber wenn, war das am nächsten Tag kein schöner Anblick.

Sie wandte sich an Sam. „Wie steht es mit der Party?"

Sams Körper verspannte sich. „Ich kümmere mich darum."

„Heißt das, du hast immer noch nicht richtig losgelegt? Weil ich nämlich keine Einzelheiten höre. Ich will ja nicht pingelig sein, aber die Uhr tickt."

„Lass mich in Ruhe."

Sie schaute Jack an, der nur mit den Schultern zuckte. „Was verheimlichst du mir?", fragte sie Sam.

„Nichts, was die Party angeht."

Sie musterte ihn, und ihr fiel auf, dass er sie nicht anschaute. Super. Kenny war ein Wrack und Sam hatte Geheimnisse.

„Ich schwöre", murmelte sie und stand auf, „dass jede Herde von Pavianen kooperativer wäre als ihr drei." Sie zeigte auf Kenny. „Geh nach Hause. Du bist total dehydriert. Trink viel Wasser und schlaf. Ich schicke Larissa später vorbei, um nach dir zu sehen."

Kenny schaffte es, die Augen zu öffnen. „Danke." Er rappelte sich auf und flüchtete dann.

Taryn wandte sich an Sam. „Also gut. Früher oder später werde ich schon noch herausfinden, was hier los ist. Das weißt du, oder?"

Er sammelte die Papiere ein und ging, ohne ein Wort zu sagen.

Blieb nur noch Jack übrig. „Du wolltest was sagen?“, fragte sie.

Er lächelte. „Ja. Justice Garrett hat angerufen. Er möchte sich mit uns über eine Kampagne für CDS unterhalten.“

„Die Bodyguardschule?“

„Genau die. Nichts Besonderes. Keine Werbung. Nur eine kleine Auffrischung ihres Promo-Materials. Ich dachte, das wäre mal eine nette Abwechslung für uns. Wir sitzen in einer kleinen Stadt, wir brauchen ortsansässige Kunden.“

Sie wartete darauf, dass er einen Witz über Angel machte, doch das tat er nicht. „Gut. Ich stelle einen Termin ein.“

„Das habe ich bereits für dich getan. Er ist in einer Stunde.“

Sie seufzte. „Natürlich ist er das.“

9. KAPITEL

Taryn verbrachte die nächste Stunde damit, sich hektisch auf ihr Treffen mit Justice vorzubereiten. Ihr Wissen über die Firma beschränkte sich auf die Gerüchte, die sie von ihren Freunden aufgeschnappt hatte, und auf das, was Angel ihr erzählt hatte. Sie wusste, dass die anderen Partner auch beim Militär gewesen waren und dass CDS zwei verschiedene Kundengruppen ansprach. Ihr Angebot richtete sich zum einen an professionelle Bodyguards, zum anderen an Firmen, die Team-Building-Events veranstalteten. Außerdem boten sie ein paar Kurse für die Bewohner von Fool's Gold an, doch das schienen sie eher aus gutem Willen zu tun und nicht, um damit Geld zu verdienen.

Als ihre Assistentin in ihr Büro kam, um ihr zu sagen, dass Justice gekommen war, hatte Taryn ein, wie sie hoffte, gutes Wissen über diesen Geschäftsbereich im Generellen und CDS im Besonderen zusammengetragen.

Jack kam ihr im Flur auf dem Weg zum Konferenzraum entgegen. „Soll ich mit reinkommen?", fragte er.

„Ich glaube, du hast für heute schon genug Schaden angerichtet", sagte sie.

Er grinste, ohne auch nur eine Spur von Reue zu zeigen.

Taryn betrat den Konferenzraum und begrüßte Justice lächelnd. „Schön, dich zu sehen", sagte sie und schüttelte seine Hand.

„Danke, dass du dir die Zeit für mich nimmst."

Er war über eins achtzig groß, hatte dunkelblondes Haar und dunkelblaue Augen. Attraktiv, dachte sie abwesend, aber für ihren Geschmack zu geschniegelt. Es schien, dass sie sich neuerdings zu Männern hingezogen fühlte, die offenkundig gefährlicher waren.

Außerdem war Justice gar nicht mehr zu haben. Er war glücklich mit Patience verheiratet, ihrer Freundin, der das Brew-haha gehörte. Aber es war nett, dass sie Justice ansehen konnte und nicht innerlich gähnen musste.

Sie setzten sich, und Taryn hörte zu, als Justice ihr seine Firma vorstellte.

„Als wir letztes Jahr eröffneten, haben wir uns hauptsächlich darauf konzentriert, die Firma zum Laufen zu bringen", sagte er. „Obwohl mir unser Logo gefällt, bin ich mit den sonstigen Werbemaßnahmen nicht zufrieden. Das schließt unsere Visitenkarten und die Website mit ein. Wir haben zwei klar voneinander abgegrenzte Geschäftsbereiche, und keiner von beiden wird angemessen dargestellt."

Taryn machte sich ein paar Notizen. Sie hatte sich die Website angeschaut und wusste, was Justice meinte. Sie nahm die Visitenkarte, den Briefbogen und das Rechnungsformular, das er ihr reichte.

„Ihr wollte den Eindruck von Erfolg und Macht erwecken", sagte sie ihm. „Für die Firmenkunden darf es etwas lauter sein. Für die andere Hälfte eures Geschäfts müsst ihr etwas gedämpfter auftreten. Ich denke an Understatement. Nicht zu viele Informationen. Jeder, der nach einer Firma sucht, die gute Bodyguards ausbildet, will Diskretion. Das ist nicht der richtige Ort für Testimonals. Ich nehme mal an, eure Bodyguardkunden finden euch durch Mundpropaganda. Wenn sie mehr wissen wollen, fragen sie vermutlich einfach."

Justice entspannte sich sichtlich. „Gut zusammengefasst."

Sie lächelte. „Jack und Kenny verkaufen, was wir anbieten. Ich bin diejenige, die dafür sorgt, dass der Kunde zufrieden ist. Lass mich ein paar Ideen entwickeln und dann melde ich mich wieder bei dir. Wer sind bei euch die Entscheider?"

Justice hob eine Schulter. „Ich kümmere mich um das Tagesgeschäft, aber wenn es um derartige Dinge geht, stimmt das ganze Team gemeinsam ab. Ford, Angel und Consuelo."

Taryn nickte, ohne auf einen der Namen zu reagieren. Ihr war nicht klar, ob Justice von ihrer Beziehung zu Angel wusste, und sie war garantiert nicht diejenige, die ihm davon erzählen würde. Angel küsste, als wüsste er, was er tat, aber er hatte trotzdem genügend Selbstbeherrschung, um rechtzeitig aufzuhören und nicht bis zum Äußersten zu gehen. Sie wusste nicht, ob sie das beeindruckend fand oder lieber jemanden suchen sollte, der ihn mal ordentlich verprügelte.

Doch das war definitiv kein Problem, mit dem Justice behelligt werden musste.

„Ich bringe eine entsprechende Anzahl an Kopien mit", sagte sie.

„Ich freue mich schon auf eure Vorschläge."

Taryn betrat das Brew-haha und sah, dass Dellina schon da war. Vor ihr auf dem Tisch stand ein geöffneter Laptop, auf dem sie wild herumtippte. Taryn bestellte sich einen Latte macchiato und setzte sich Dellina gegenüber, die überrascht aufschaute.

„Sitz du schon lange da?"

Taryn lächelte. „Ich bin gerade erst gekommen."

„Gut. Wenn ich mich konzentriere, versinkt die Welt um mich herum." Dellina sicherte ihre Arbeit, schloss den Laptop und schob ihn in die Aktentasche. „Ich muss noch ein paar Schreiben für einen Job fertig machen, den ich gerade abgeschlossen habe. Das ist immer der schlimmste Teil. Alle Rechnungen zusammensuchen und herausfinden, warum ich nicht so viel daran verdient habe, wie ich gehofft hatte." Sie lachte. „Die Herausforderungen der Selbstständigkeit."

„Das kenne ich", sagte Taryn. „Danke, dass du dich mit mir triffst. Es tut mir leid, dass ich dich von der Arbeit abhalte."

Dellina schüttelte den Kopf. „Das muss es nicht. Ich bin froh, mal aus dem Haus zu kommen. Ich liebe mein Büro daheim, aber ab und zu muss ich auch mal raus. Also, was ist los?"

„Ich habe eine Frage", fing Taryn an. „Du weißt doch von der Party, die Score in ein paar Monaten für die Kunden geben will."

„Ja, du hattest mir den Auftrag in Aussicht gestellt", erwiderte Dellina.

„Ich sagte, dass wir dich dafür engagieren werden", korrigierte Taryn sie, weil sie wusste, dass sie das auch immer noch tun würden. „Jack, Kenny und ich wollen jemanden hier aus der Stadt. Du kennst die Gegend, du kennst die Lieferanten, und du kannst uns vor allem bewahren, was der Stadt Probleme bereiten würde."

Sie hielt inne, weil sie nicht wusste, wie sie das in Erfahrung bringen sollte, was sie wirklich wissen wollte. Dann entschied sie sich, einfach geradeheraus zu fragen: „Aber Sam hat irgendein Problem damit, und ich will wissen, welches."

Dellina zog ihren Blazer aus und beugte sich dann vor. „Liegt es an Sam, dass es nicht weitergeht?"

„Ja. Er ist derjenige, der sich um die Party kümmert. Nur hat er immer noch nicht angefangen, und er weigert sich, mit dir zusammenzuarbeiten." Während sie sprach, musterte Taryn ihre Freundin eindringlich. „Weißt du, warum?"

Sie hätte erwartet, dass Dellina unbehaglich dreinschauen oder nach einer Entschuldigung suchen würde, um sich sofort zu verabschieden. Beides wären Warnzeichen gewesen. Doch stattdessen zuckte es amüsiert um ihre Mundwinkel und ihre Augen leuchteten auf.

„Ja, ich habe eine Ahnung, was sein Problem sein könnte."

Taryn seufzte. „Ich möchte das so genau hören, wie du es erzählen magst."

Dellina lachte unterdrückt auf. „Okay, aber da gibt es ein paar Dinge, die du vorher wissen solltest."

„Ich höre."

Dellina nahm ihren Teebecher in die Hand und stellte ihn gleich wieder ab. „Ich habe zwei jüngere Schwestern. Letztes Jahr hat Fayrene diesen tollen Mann kennengelernt – Ryan. Er ist ein Ingenieur, der hier in Fool's Gold arbeitet. Fayrene und Ana Raquel sind Zwillinge und vier Jahre jünger als ich. Sie sind beide sehr ehrgeizig. Fayrene hat eine Firma hier in der Stadt. Eine Zeitarbeitsagentur und nebenbei noch einen Hundesitter-Service."

„Sehr vielseitig."

„Du machst dir keine Vorstellung. Wie auch immer, sie hat sehr spezifische Ziele, und sich zu verlieben war keines davon.

Als sie und Ryan letztes Frühjahr zusammenkamen, hat sie ihm erzählt, dass sie in den nächsten vier Jahren nicht heiraten will."

„Das ist ziemlich vernünftig." Taryn war beeindruckt, dass jemand in dem jungen Alter schon so viel Selbstdisziplin hatte.

„Das ist es, nur, dass sie jetzt entschieden hat, nicht mehr warten zu wollen. Sie glaubt aber, Ryan nicht sagen zu können, dass sie ihre Meinung geändert hat. Sie will, dass er ihr aus eigenem Antrieb einen Antrag macht. Ryan ist ein guter Kerl und will, dass sie glücklich ist, also respektiert er ihren Wunsch, zu warten."

Taryn erkannte das Problem. „Das Liebesparadox: Eine unaufhaltsame Kraft trifft auf ein unbewegliches Objekt."

„Ganz genau. Fayrene hat sich tausend Gedanken gemacht, wie sie Ryan dazu bewegen kann, ihr einen Antrag zu machen. Inzwischen beschäftigt diese Frage unsere gesamte Familie. In meinem Büro habe ich eine Tafel, auf der eine Liste steht ..." Sie malte mit den Fingern Gänsefüßen. „Zehn Möglichkeiten, wie sie ihn dazu bringt, ihr einen Antrag zu machen."

„Nicht mein Stil, aber warum nicht." Taryn fragte sich, was das alles mit Sam zu tun haben sollte.

„Um den Spaß noch größer zu machen", fuhr Dellina fort, „nutzt Isabel im Moment mein Büro zu Hause als Lager für ihre Hochzeitskleider."

Taryn nickte. Isabel baute das Paper Moon aus. Zusätzlich zu Brautkleidern wollte sie zukünftig auch Designermode anbieten. Taryn wollte gar nicht darüber nachdenken, wie viel Geld sie bereits im Paper Moon gelassen hatte.

„Am letzten Valentinstag bin ich mit einigen meiner Freundinnen etwas trinken gegangen", sagte Dellina. „Ich bin chronischer Single und dachte, beim Anblick all der glücklichen Paare würde ich mich entweder wieder kopfüber in die Datingszene stürzen oder meinen Singlestatus für die nächsten fünf Jahre zementieren."

„Das ist eine Logik, die ich durchaus nachvollziehen kann", sagte Taryn.

„Nun, irgendwann sah ich dann diesen attraktiven Mann auf der anderen Seite des Raums sitzen."

Taryn richtete sich auf. „Sam?"

Dellina nickte. „Ich würde gerne sagen, dass ich nicht der Typ für One-Night-Stands bin. Zusammen mit besagtem Valentinstag hatte ich genau einen. Aber ich fand ihn süß, und er musste doch wissen, was er da tat, oder? Ich meine, Sam ist ein berühmter Footballspieler. Es muss doch unzählige Mädchen gegeben haben." Dellina hielt inne und errötete.

Taryn spürte, wie das Lachen in ihr aufstieg. „Du hast Sam mit nach Hause genommen?"

Dellina nickte.

„In das Haus mit den Brautkleidern und der Liste, wie man einen Mann dazu kriegt, einen Antrag zu machen?" Bei der Vorstellung, was als Nächstes passiert sein musste, grinste Taryn. Sie wünschte, sie wäre dabei gewesen.

Dellina seufzte schwer. „Ja. So war das."

Taryn kicherte.

„Nicht lachen", sagte Dellina. „Egal. Ich weiß, du kannst nicht anders. Ja, wir haben es getan, und ja, der Sex war toll. Sam stand irgendwann auf, um ins Bad zu gehen, und auf dem Rückweg ging er ins falsche Zimmer und sah die Liste und die Kleider und ist total ausgeflippt."

Taryn brach in Lachen aus, als sie sich Sams Gesichtsausdruck vorstellte. Das wäre für jeden Mann eine schwierige Situation gewesen, aber für Sam musste es der totale Albtraum gewesen sein. „Hat er sich wenigstens angezogen, bevor er geflüchtet ist?"

„Nicht wirklich. Er war beinahe nackt, als er über meinen Rasen gestolpert ist." Um Dellinas Mundwinkel zuckte es. „Ich habe versucht, ihn anzurufen, um es ihm zu erklären, aber er wollte nicht mit mir sprechen."

Taryn hatte Mühe, wieder ernst zu werden. „Natürlich nicht. Sam hat mit Frauen bisher nur Pech gehabt. Das waren die reinsten Katastrophen. Oh Süße, es tut mir so leid, wenn dich das verletzt hat."

„Das hat es nicht. Es war eher ziemlich komisch. Wie schon gesagt, ich habe die Nacht mit ihm sehr genossen, aber als Sam aus der Tür stürmte, war das doch ein kleiner Stimmungskiller." Dellina schaute sie an. „Du wirst ihn damit jetzt aber nicht aufziehen, oder?"

„Jeden Tag für den Rest meines Lebens."

„Ich komme inzwischen ganz gut damit klar." Dellina seufzte. „Jetzt weißt du, warum er nicht sonderlich erpicht darauf ist, mit mir zu arbeiten."

Taryn atmete tief ein. „Natürlich. Er hat Panik vor dir. Du wirst diese Party so was von planen. Und ich werde genussvoll zusehen, wie er sich windet."

„Du könntest ihm das Missverständnis erklären."

Taryn schüttelte den Kopf. „Auf gar keinen Fall. Er soll seinen Mann stehen und dich selber fragen. Bis dahin hat er es verdient zu leiden."

„Erinnere mich daran, dir nie in die Quere zu kommen", murmelte Dellina.

„Ja, das ist ein guter Rat", bestätigte Taryn grinsend.

„Therapiehunde helfen Menschen auf unterschiedlichste Arten", erklärte eine offensichtlich schwangere Montana Bradley. „Wer von euch hat schon mal einen Therapiehund gesehen?"

Angel und seine Eichel-Truppe saßen auf einer großen Wiese. Sie waren alle zum K9Rx-Therapiehundezwinger außerhalb der Stadt gefahren, um mehr über ihr soziales Projekt zu erfahren. Wie versprochen hatte Denise Hendrix alles organisiert. In den nächsten zwei Monaten würden die Mädchen die Welpen einmal die Woche besuchen. Sie würden mit ihnen spielen, lernen, wie sie ihnen einfache Kommandos beibringen konnten, und generell einfach Spaß mit den Hunden haben.

Taryn war auch da. Sie saß umgeben von Mädchen und Welpen im Gras.

„Natürlich müssen alle Hunde sozialisiert werden", fuhr

Montana fort. „Aber für Therapiehunde ist es noch viel wichtiger. Wer kann mir sagen, warum?"

Mehrere Mädchen hoben die Hand. Angel fiel auf, dass Chloe ihre nur bis zu Schulter hob, als wüsste sie die Antwort, wollte aber keine Aufmerksamkeit auf sich ziehen.

Montana erzählte noch mehr über Hunde und die anderen Hilfsprogramme der Gemeinde. Sie erwähnte ein Leseprogramm, und eines der Mädchen sagte, dass der Bruder ihrer besten Freundin daran teilgenommen hatte. Angel wartete, bis sich alle erhoben und die Welpen unter ihnen aufgeteilt wurden, bevor er zu Montana ging.

Leise erklärte er ihr die Situation mit Chloe, und Montana deutete auf einen der Welpen, der sich ein wenig von den anderen abzusondern schien. Angel hob den kleinen gelben Labradormischling hoch und brachte ihn zu Chloe.

„Hey", sagte er und setzte sich neben sie. „Ich brauche mal deine Hilfe."

Chloe schaute ihn aus ihren großen grünen Augen an, die eher traurig als selbstbewusst wirkten.

„Das hier ist Riley", sagte Angel. „Er ist ein wenig schüchterner als die anderen Welpen. Ich habe mich gefragt, ob du ihn zu deinem besonderen Projekt machen könntest. Er braucht mehr Aufmerksamkeit als die anderen, um sozial sicher zu werden. Montana meint, er hätte Potenzial, aber nur, wenn er ein wenig mehr aus sich herauskommen kann."

Chloes Augen weiteten sich. „Aber was passiert denn mit ihm, wenn er es nicht ins Programm schafft?"

„Nichts Schlimmes", versicherte Angel ihr. „Dann wird er an eine Familie vermittelt. Er ist ein hübscher kleiner Kerl – der wird leicht ein Zuhause finden."

Chloe nahm ihm den Welpen ab und legte ihn sich über ihre Beine. „Hey, Riley. Bist du traurig, weil dir deine Familie fehlt?"

Der Welpe rollte sich auf den Rücken und wedelt mit dem kleinen Schwanz. Chloe kicherte. „Er ist lustig."

„Er ist ein guter Kerl."

Chloe streichelte ihn. „Ich werde Riley helfen, mutiger zu sein, wenn er mit den anderen Welpen zusammen ist." Sie stand auf und klopfte sich ans Bein. „Komm, Riley. Drehen wir eine kleine Runde."

Angel sah ihr nach, wie sie Riley über das Gras führte. Der Welpe hoppelte erst hinter ihr her, dann fing er an zu rennen. Die anderen Hunde gesellten sich zu ihm. Als Riley stehen blieb, verwirrt darüber, was er mit all der Aufmerksamkeit anfangen sollte, ging Chloe direkt neben ihm auf Hände und Knie. Ein paar der Mädchen machten es ihr nach, und bald tobte ein großer Haufen kleiner Mädchen und kleiner Hunde über den Rasen.

Angel war aufgefallen, dass Chloes erste Frage an den Hund gewesen war, ob er seine Familie vermisse. Er nahm an, das kam daher, dass ihr der Vater fehlte. Dieser Verlust … nun, er konnte ihn mitfühlen.

War es für Marcus genauso gewesen? fragte er sich. Hatte sein Sohn sich auch einsam gefühlt, wenn sein Vater mal wieder wegmusste? Marie hatte nie versucht, ihm Schuldgefühle zu machen, wenn er entsendet wurde, und sie hatte Marcus beigebracht, stark zu sein. Doch es war schwer für ein Kind, wenn ein Elternteil ständig fortging.

Eine Sekunde überlegte Angel, etwas zu Chloe zu sagen. Darüber, wie es war, Soldat zu sein. Doch würde sie sich dadurch wirklich besser fühlen?

Er ließ seinen Blick zu Taryn schweifen, die Montana und den Eicheln half, einigen Welpen das „Sitz" beizubringen. Dabei schien es mehr darum zu gehen, zu lachen, als wirklich etwas zu bewerkstelligen.

Taryn schnappte sich einen der Welpen und hielt ihn in die Luft, dann beugte sie die Arme, sodass er ihr die Nase lecken konnte.

„Zu süß", sagte sie seufzend.

Das stimmt, dachte Angel. Auch wenn sein Interesse nichts mit den Eicheln oder den Welpen zu tun hatte.

Er stand auf und sah kurz bei jeder Mädchengruppe nach dem Rechten. Sie spielten gerade Fangen mit den Hunden. Bald war die Luft von Gelächter und Jaulen erfüllt. Als die Welpen müde wurden, brachten die Mädchen ihnen Wasser und legten sich dann mit ihnen auf den Rasen.

Die zwei Stunden vergingen wie im Flug. Ein paar Minuten bevor die Eltern kamen, um die Kinder abzuholen, zog Angel die Tüte mit den Perlen heraus und verteilte sie an die Mädchen.

„Die Perle für euren Dienst an der Gemeinschaft", sagte er. „Wenn die Zeit mit den Welpen um ist, bekommt ihr noch eine."

Die Mädchen fädelten die Perlen auf ihre Lederarmbänder auf, dann schauten sie zu, wie er und Taryn es ihnen nachmachten. Sobald sie fertig waren, begleitete er sie zum Parkplatz.

Als das letzte Mädchen an seine Eltern übergeben war, drehte Taryn sich zu ihm um und richtete sein Armband.

„Zum Glück sind Armbänder für Männer dieses Jahr der Hit", sagte sie.

Ihre Berührung war federleicht, aber dennoch erregend. Sie stand nahe bei ihm, doch er wollte sie noch näher an sich spüren. Bald, dachte er und erinnerte sich an ihren letzten Kuss. Vorfreude war toll, doch irgendwann würden sie beide mehr wollen.

Sie lächelte und ließ ihre Finger noch einen Moment auf seinem Arm ruhen. „Ich bin beeindruckt. Du lässt dich von einem Wald kleiner Mädchen nicht mehr einschüchtern."

„Du meinst, die meisten Männer hätten länger in ihrer Angst verharrt?"

„Ich weiß es. Und ich weiß, dass es nur wenige Männer gibt, die so etwas tragen würden." Sie tippte auf das Armband. „Und apropos wissen: Du weißt, dass ich bald für einen Termin zu CDS komme, oder?"

„Ja, Justice hat es erwähnt." Offenbar ging es um ihre Werbung und wie ihre Kunden sie sahen.

„Also macht es dir nichts aus, dass ich dieses Projekt leite?"

Er lächelte träge. „Darüber machst du dir Sorgen? Nein, Taryn, du schüchterst mich auch nicht ein. Ich mag es, dass du in deinem Job gut bist. Und ich mag es, dass du deine Footballspieler herumkommandierst."

Er mochte *sie*, doch das auszusprechen würde sie auf eine Ebene führen, für die sie noch nicht bereit waren. Sie wollten beide etwas Spaß, aber keine Romantik. Sie wollten die Herausforderung, nicht den Absturz.

„Heißt das, dass ich dich auch herumkommandieren darf?", fragte sie.

„Das wird nie passieren."

„Du klingst sehr selbstsicher."

„Das bin ich auch."

Sie lehnte sich eine Sekunde an ihn, dann trat sie einen Schritt zurück. „Gut."

Taryn hatte einen Punkt in ihrer Karriere erreicht, an dem sie vor Kundenterminen nur noch selten nervös war. Aber zu CDS zu gehen war etwas anderes. Sie kannte auch den Grund dafür – ein gewisser Mann mit grauen Augen und einer Art, sie anzusehen, bei der sie sich ganz weiblich fühlte. Sie würde sogar sagen, unsicher, doch das war kein Gefühl, das sie jemals zuließ.

Trotzdem wählte sie ihre Kleidung sorgfältig aus. Eine Hervé-Léger-Jacke in Schwarz und Weiß und ein passender Bleistiftrock. Dazu offene Valentino-Rockstud-Pumps mit einer fünf Zentimeter hohen Plateausohle und zwölf Zentimeter hohen Absätzen. Sie wollte so groß sein, wie nur irgend möglich. Denn Größe bedeutete Macht. Diese Lektion hatte sie von Kenny gelernt. Sie war nicht gewillt, sich Muskeln anzutrainieren, aber hohe Absätze waren mindestens genauso gut.

Sie ging über den Parkplatz zum Eingang und betrat das Büro. Justice wartete bereits am Empfang auf sie. Er begrüßte sie und schüttelte ihr die Hand, bevor er sie zum Konferenzraum führte.

Als sie saßen, bot er ihr Kaffee an und schaltete dann den Computer ein und startete die PowerPoint-Präsentation.

„Wie gesagt", begann er, „hat unsere Firma zwei Hauptgeschäftsbereiche. Wir bieten professionelles Training für Leute an, die in den Sicherheitssektor wechseln wollen."

Taryn schaute ihn an. „So nennt ihr das nicht wirklich, oder?"

Er ließ ein Lächeln aufblitzen. „Nein." Das Bild eines Mannes in Cargohosen und T-Shirt wechselte zu einer Gruppe von Frauen und Männern im Anzug. „Wir bieten außerdem Firmenevents an. Die Möglichkeit, als Team etwas auszuprobieren, was außerhalb der eigenen Komfortzone liegt. Das ermöglicht es ihnen, zu einer Einheit zu werden. Wir sind der gemeinsame Feind."

Justice erklärte ihr die Struktur der Firma. Er selbst führte die Geschäfte. Ford brachte die Kunden, während Angel die verschiedenen Aufgaben, Hindernisparcours und Trainingsprogramme entwickelte. Consuelo leitete die meisten der Kurse.

Er zeigte ihr verschiedene Anzeigen, die sie bislang geschaltet hatten, und übergab ihr Kopien des Materials.

Taryn holte einen Laptop aus ihrer Tasche und fuhr ihn hoch. Justice nannte ihr das WLAN-Passwort und sie loggte sich ins Internet ein.

„Schauen wir uns mal eure Website an", sagte sie und strich mit ihrem Finger über das Touchpad. Dann klickte sie die Seite an. „Das hier sind meiner Meinung nach die Probleme, die angegangen werden sollten."

Zwei Stunden später hatten sie und Justice alle Werbematerialien und jede Seite des Internetauftritts besprochen. Taryn machte Notizen von allem, was wichtig war, und sagte ihm, wo ihrer Meinung nach Verbesserungsbedarf bestand. Sie schlug einen geschlossenen Bereich für die Sicherheitskunden vor, zu dem man nur mithilfe eines Passwords gelangte. Mit der richtigen Verschlüsselungstechnik konnten hier Informationen ohne Sicherheitsrisiko geteilt werden.

„Das sind wichtige Punkte, die du da ansprichst", sagte Justice. „Bist du bereit für die Demonstration?"

„Darauf habe ich mich am meisten gefreut“, sagte sie grinsend.

Es würde das erste Mal sein, dass sie Angel in seiner Arbeitsumgebung sah. Normalerweise interessierte sie so etwas nicht, aber Angel arbeitete ja auch nicht in einem Büro.

Justice nahm den Telefonhörer ab und wählte drei Nummern. „Wir sind dann so weit“, verkündete er.

Sie folgte ihm den Flur hinunter und in eine große Sporthalle. Weit oben an den hohen Wänden waren Fenster angebracht, sodass Licht in die Halle fiel, aber von draußen niemand hereinschauen konnte. Es gab Gewichte, Seile und einige Matten auf dem Boden. Alles wirkte sehr archaisch und nirgendwo war auch nur ein einziger Crosstrainer zu sehen.

Ford, Consuelo und Angel betraten die Halle. Sie trugen grüne Cargohosen und schwarze T-Shirts beziehungsweise in Consuelos Fall ein schwarzes Tanktop. Taryn trieb vier- oder fünfmal die Woche Sport. Sie brachte ihre dreißig Minuten Kardiotraining hinter sich und machte danach eine halbe Stunde Pilates, um sich in Form zu halten. Sie hielt sich für ganz gut trainiert. Aber neben diesen stahlharten Körpern fühlte sie sich wabbelig und schwach.

Ihre Jungs waren ebenfalls Männer mit Muskeln, aber Angel und Ford hatten eine breitere und … härtere Brust. Consuelo war auf eine Weise muskulös, von der Taryn nicht geahnt hatte, dass sie für Frauen möglich war. Sie nahm an, das hatte etwas mit dem Hintergrund des Trainings zu tun. Ihre Jungs trainierten für ein Spiel. Die Mitarbeiter von CDS fürs Überleben.

„Taryn würde gerne eine Demonstration sehen“, sagte Justice.

Ford stieß Angel an, der ihr zuzwinkerte. Consuelo funkelte sie beide an und sagte: „Ich bin dabei.“

Angel und Ford stellten sich einander gegenüber. Taryn war nicht sicher, was sie erwartet hatte, aber ganz sicher keine Runde von Schnick-Schnack-Schnuck. Ford verlor mit seinem Stein gegen Angels Papier. Angel kam herüber und stellte sich neben Taryn, während Ford sich Consuelo näherte.

„Kämpfst du nicht gegen Frauen?“, fragte Taryn leise. „Ist das der Grund, warum du …“

Consuelo packte Ford am Arm. Bevor Taryn ihren Satz zu Ende gesprochen hatte, flog der große, starke Mann durch die Luft. Schneller als sie es fassen konnte, stand Consuelo über ihm, den Stiefel auf seinen Hals gesetzt. Selbst ohne eine militärische Ausbildung erkannte Taryn, dass Consuelo mit einem ganz leichten Druck seine Kehle zusammenquetschen und ihn umbringen konnte.

Angel grinste. „Ich kämpfe nicht so gerne mit ihr, weil sie mit schmutzigen Tricks arbeitet und meistens gewinnt.“

Taryn zuckte zusammen. „Das kann ich gut verstehen. Erinnere mich dran, niemals einen ihrer Selbstverteidigungskurse zu besuchen.“

„Mit Zivilisten geht sie freundlicher um.“

„Ich schätze, wir haben unterschiedliche Auffassungen davon, was freundlich in diesem Fall bedeutet.“

Er lachte immer noch, als er sich zu seinen Freunden gesellte.

Die Demonstration dauerte ungefähr eine Viertelstunde. Die CDS-Mitarbeiter konnten mit ihren Körpern Dinge anstellen, bei denen Taryn der Mund offen stehen blieb. Das Wettklettern am Seil hinauf war atemberaubend. Sie hatte nicht gewusst, dass echte Menschen sich so schnell bewegen konnten.

Als sie fertig waren, begleitete Angel sie zum Auto.

„Schöne Schuhe“, sagte er, als sie an ihrem Wagen angekommen waren.

Sie drehte sich auf dem Fußballen herum. „Ich weiß, sie sind umwerfend.“ Sie stellte ihre Tasche auf den Rücksitz und schaute Angel an. Im hellen Sonnenlicht war die Narbe an seinem Hals noch auffälliger.

„Ich bin es gewohnt, von starken Männern umgeben zu sein“, sagte sie. „Aber du bist anders. Kenny, Jack und Sam könnten mich in der Mitte durchbrechen, ohne sich groß Mühe zu geben.

Du könntest das auch, aber dazu könntest du die Leiche verstecken und zwanzig Meilen weit laufen, ohne in Schweiß auszubrechen."

„Ich schwitze auch." Er lächelt schief. „Nur nicht so viel."

„Warst du gerne Soldat?"

Er überlegte kurz. „Ja. Das war ich. Meinem Land zu dienen kam mir richtig vor. Der Krieg nicht, aber ich bin dazu ausgebildet worden, keine Fragen zu stellen. Ich weiß, dass ich es gut gemacht habe."

Sie nahm eine seiner Hände und drehte sie um. Der Mann ist Scharfschütze gewesen, schoss es ihr durch den Kopf. Er hat getötet, weil er dazu ausgebildet wurde und die entsprechenden Befehle erhalten hat. Das war etwas, das sie nicht nachempfinden konnte. Angel war aber auch der Mann, der ein Lederarmband mit Perlen trug, weil er der Forstwächter seiner ZKM war. Ein Mann voller Gegensätze.

Sie dachte an seine Frau und an seinen Sohn. Wie er sie geliebt und verloren hatte. Sie schätzte, ein Großteil seines Herzens war mit ihnen gestorben.

Sie schaute in seine grauen Augen. „Du musst dir keine Sorgen machen. Ich suche nicht nach ‚sie lebten glücklich bis an ihr Lebensende'."

„Warum nicht?"

„Weil ich nicht glaube, dass das möglich ist."

„Liebe? Oder Liebe, die anhält?"

„Beides."

Er schloss seine Finger um ihre. „Du irrst dich. Es gibt sie."

Vielleicht, dachte Taryn. Aber das würde ein Maß an Vertrauen erfordern, das sie nicht aufbringen konnte. Jeder trug Lektionen aus der Kindheit mit sich herum, und das war nun einmal ihre.

„Du suchst doch auch nicht nach einer Gelegenheit, dein Herz zu verschenken", sagte sie.

Er schüttelte den Kopf. „Nein, das tue ich nicht."

„Dann passt es ja für uns beide."

10. KAPITEL

Jack streckte den Arm über den Konferenztisch aus und nahm sich einen Donut. „Sind wir hier fertig?"

Taryn verdrehte die Augen. „Meine Güte, können wir nicht mal ein Meeting haben, in dem du dich nicht darüber beschwerst, wie lang es dauert?"

„Es ist langweilig."

Taryn schaute auf ihre Notizen. „Kann ihn bitte mal jemand hauen."

Stühle wurden geschoben, dann gab es ein paar polternde Geräusche, gefolgt von einem Schlag und einem: „Dafür wirst du bezahlen, Kenny."

Kenny lachte nur. „Ich tue nur, worum die Lady mich gebeten hat."

Taryn schaute auf, als die Jungs auf ihre Plätze zurückkehrten. Sie wartete, bis sie wieder saßen, um sie dann bezüglich der Termine für die LL@R-Kampagne auf den neuesten Stand zu bringen.

„Übst du schon für dein Wochenende mit Cole?", wollte Jack wissen.

„Ja. Ich war klettern, und dieses Wochenende gehe ich Kanufahren."

Sam sah sie fragend an. „Wirklich?"

„Natürlich." Sie lächelte selbstgefällig. „Ich habe es euch doch gesagt – ich komme mit allem klar, was der Kunde verlangt."

Dank ihres Deals mit Angel und ihrer abendlichen Übungseinheiten, in denen sie den schweren Rucksack herumtrug, fühlte sie sich immer sicherer, was ihre Outdoor-Fähigkeiten anging.

Sie war nicht sonderlich erfreut gewesen über die Aussicht, auf einem Fluss herumzupaddeln, bis ihr klar geworden war, dass sie dann wenigstens nicht mit dem tonnenschweren Rucksack herumlaufen musste. Stattdessen konnte sie ihn einfach in ihrem Kanu transportieren. Ein wesentlich einfacheres Vorhaben.

Sie überflog den Rest ihrer Liste. „Das war es von meiner Seite aus. Habt ihr noch irgendetwas, das ihr besprechen wollt?"

Jack hatte mit seinem Stuhl gekippelt, jetzt setzte er sich gerade hin. „Ja. Wir müssen den Slogan der Stadt ändern. Der war bislang ja ganz in Ordnung, aber nun wohnen wir hier."

Taryn starrte ihn an. „Wie bitte? Wovon redest du?"

„Die Stadt hat einen Slogan", erklärte Sam. „Weißt du das nicht?"

„Ich schätze schon." Sie überlegte. „Fool's Gold. Land der Happy Endings. Was gibt es damit für ein Problem …" Dann verstand sie die doppelte Bedeutung des Wortes Happy Ending.

„Siehst du?", sagte Kenny. „Es ist auf eine Weise lustig, die sie bestimmt nicht beabsichtigt haben."

„Ich bin sicher, nur ihr drei seht das so", widersprach Taryn. „Ihr seid im Kopf immer noch Teenager. Niemand sonst denkt, was ihr denkt."

„Du schon", sagte Jack. „Jetzt wirst du den Slogan nie mehr anders verstehen können."

Taryn wollte es nicht zugeben, aber er hatte recht. „Happy Ending" war eine umgangssprachliche Bezeichnung für den Orgasmus. „Ach, verdammt. Okay. Ich werde das der Bürgermeisterin gegenüber erwähnen."

„Kann ich da zuhören?", fragte Kenny eifrig.

„Nein, kannst du nicht. Es wird so schon schwierig genug, einer Frau um die sechzig diese Doppeldeutigkeit zu erklären. Da kann ich es nicht gebrauchen, dass du kichernd in der Ecke sitzt."

Wie zum Teufel sollte sie *diese* Unterhaltung mit der Bürgermeisterin einläuten?

„Vielleicht würde es ja helfen, wenn wir vorab ein paar bessere Ideen entwickeln", schlug Jack vor.

Taryn musterte ihn. „Meinst du das ernst oder machst du dich über mich lustig? Denn ich habe genügend andere Dinge zu tun."

„Einst hat es hier einen gravierenden Männermangel gegeben", sagte Kenny. „Aber den gibt es nicht mehr."

Sam räusperte sich. „Fool's Gold – wo die Männer endlich kommen."

Die drei Jungs fingen an zu lachen. Taryn sammelte ihre Unterlagen ein und verließ den Raum. Kinder, dachte sie. Sie arbeitete mit Kindern.

Sie ging zu ihrem Büro, wurde aber auf dem Weg von Larissa aufgehalten.

„Du hast Besuch", sagte sie und wirkte eher besorgt als erfreut. „Ich wusste nicht, wie ich sie aufhalten sollte."

„Das klingt unheilvoll. Über wen reden wir hier?"

Larissa warf einen Blick über ihre Schulter in Richtung Taryns Büro. „Zwei alte Damen. Eddie und Gladys. Ich habe sie schon in der Stadt gesehen. Nur zu gerne würde ich dir versichern, dass die beiden völlig harmlos sind, aber ehrlich gesagt habe ich da meine Zweifel."

„Ich bin sicher, die beiden sind nur hier, weil sie wollen, dass unsere Firma irgendetwas sponsert", sagte Taryn und ging weiter. „Ein Rennen oder vielleicht das Footballendspiel." Oder vielleicht wollten sie, dass die Jungs persönlich auftraten. Drei ehemalige Footballspieler, die so gut aussahen wie Kenny, Sam und Jack, zogen definitiv die Massen an.

Sie betrat ihr Büro und sah, dass die beiden älteren Damen bereits an ihrem Schreibtisch warteten. Eine trug eine Bluse mit Blümchenmuster zu einer Stoffhose, während die andere einen kreischgelben Jogginganzug aus Samt anhatte.

„Guten Morgen", sagte sie lächelnd. „Ich bin Taryn Crawford. Wie kann ich Ihnen helfen?"

„Ich bin Eddie", sagte die Frau im Jogginganzug. „Das hier ist Gladys. Wir wollten mit Ihnen über das Basketballspiel sprechen."

Taryn war nicht sicher, was sie meinte. „Welches Spiel?"

Gladys und Eddie tauschten einen Blick. Wüsste Taryn es nicht besser, hätte sie geschworen, dass sie einander stumm sagten, sie hätten sie für klüger gehalten.

„Das morgens. Mit den Jungs von der Bodyguardschule. Wir wollen wissen, wann das immer stattfindet."

Taryn setzte sich hinter ihren Tisch. „Fühlen Sie sich von dem Lärm belästigt?"

Die Frauen tauschten erneut einen Blick. Eddie seufzte und sagte dann ganz langsam und deutlich: „Wir wohnen nicht in der Nähe, also nein, es stört uns nicht. Wir wollen nur wissen, wann sie spielen, damit wir zum Zugucken kommen können."

„Das Spiel, das die Jungs morgens nur so zum Spaß spielen?"

„Ja." Eddie klang ein wenig gereizt. „Genau das. Die eine Hälfte von ihnen spielt ohne T-Shirts. Das wollen wir uns gerne angucken."

Taryn spürte, dass ihr der Mund offen stand. Sie schloss ihn hastig und nickte dann. „Natürlich", sagte sie, nicht sicher, ob sie es beeindruckend oder gruselig finden sollte, dass diese älteren Damen zusehen wollten, wie halbnackte Männer Basketball spielten. „Wenn Sie mir Ihre E-Mail-Adresse geben, schicke ich Ihnen gerne die Termine."

„Das wäre sehr nett." Eddie und Gladys erhoben sich.

Taryn begleitete die beiden hinaus und kehrte in ihr Büro zurück. Als sie sich hinsetzte, überlegte sie, ob sie den Jungs von dem Gespräch erzählen sollte. Sie schüttelte den Kopf. Besser, wenn sie es alleine herausfanden.

Angel sah zu, als Taryn neben seinem SUV einbog und den Wagen parkte. Er hatte ihr angeboten, sie mitzunehmen zu dem Ort, an dem sie die Kajaks ins Wasser lassen wollten, doch sie hatte noch ein unerwartetes Kundentelefonat gehabt.

„Tut mir leid." Sie schloss den Wagen ab und kam auf ihn zu. „In der Welt der Sushi-Restaurants gibt es eine Krise. Zumindest für die drei, für die wir arbeiten. Sasha Anderson, der Schauspieler, behauptete, er hätte sich bei einem von ihnen eine

Lebensmittelvergiftung geholt, was für ein Restaurant das Todesurteil sein kann. Glücklicherweise war ihm nur schlecht, weil er zu viel getrunken hatte, und er hat sich inzwischen entschuldigt. Trotzdem mussten wir ein wenig Schadensbegrenzung betreiben."

Angel nickte, während sie sprach, doch er war mehr an dem interessiert, was sie trug, als was sie sagte. Wieder einmal hatte Taryn gründlich recherchiert. Heute war sie in eine wasserabweisende Laufhose und ein langärmliges T-Shirt gekleidet. Ihre Haare waren zu einem Zopf gebunden, und unter ihrem einem Arm klemmte eine Baseballkappe.

Ihr Portemonnaie hatte sie bereits in eine Tasche auf der Innenseite des Hosenbeins gesteckt, in der sie jetzt auch ihren Schlüssel verstaute.

„Die Sushikrise tut mir leid", sagte er.

„Das ist dir doch eigentlich ziemlich egal", neckte sie ihn.

„Ziemlich, aber nicht ganz."

Sie trat zu ihm, stellte sich auf die Zehenspitzen und gab ihm einen leichten Kuss auf den Mund. „Interessierst du dich nicht für Promiklatsch?"

„Nein."

„Ah, das ist mein Machosoldat."

Sie tätschelte seinen Arm. Nach dem kurzen Kuss spürte Angel das dringende Verlangen, von ihr noch an ganz anderen Stellen berührt zu werden, aber sie hatten einen langen Tag vor sich. Erst die Arbeit, dann das Vergnügen.

Er führte sie zu den beiden Kajaks, die an dem niedrigen Steg angebunden waren. „Was weißt du übers Kajakfahren?"

Sie schaute ihn an. „Ernsthaft? Vertraust du mir nicht?"

„Ich frage aus Sicherheitsgründen."

„Das sagen sie alle. Okay – es gibt Kajaks in unterschiedlichen Größen für unterschiedliche Zwecke. Einige sind besser für offene Gewässer, andere für Seen. Es gibt außerdem größere Kajaks für Übernachtungstouren, was für mich überhaupt keinen Sinn ergibt. Das ist viel zu sehr wie Zelten."

Angel unterdrückte ein Grinsen. Wie er schon vermutet hatte, hatte sie ihre Hausaufgaben gemacht. Das gefiel ihm. Taryn erklärte ihm die Grundzüge des Steuerns, das An- und Ablegen und wie man am besten in ein Kajak ein- und ausstieg.

„Es hat alles mit dem Schwerpunkt zu tun", erläuterte sie. „Womit sie deinen Hintern meinen. Wenn du deinen Hintern sicher ins Boot bekommst, ist der Rest ein Kinderspiel. Von dem, was ich auf den Videos gesehen habe, scheint Einsteigen deutlich einfacher zu sein als Aussteigen. Soll ich dir noch die unterschiedlichen Paddeltechniken vorführen?"

„Später vielleicht", erwiderte er.

Er hob die Kühltasche an, die ein Picknick enthielt. Dann gingen sie zum Steg.

„Wir werden ein paar Meilen den Fluss hinunterfahren", sagte er. „Ich bin die Strecke gestern abgegangen, und das Wasser ist ziemlich ruhig. Denk nur immer daran, es ist gerade Schneeschmelze, es ist also kalt."

„Also sollte ich besser nicht reinfallen." Einen Moment lang betrachtete sie den Fluss. „Du weißt, dass das Wasser nur in eine Richtung fließt, oder? Wie kommen wir zu unseren Autos zurück?"

„Wir werden am anderen Ende abgeholt. Ich muss nur anrufen, dann kommt jemand. Wir laden die Kajaks auf und fahren hierhin zurück."

„Wir könnten auch einfach beide Wege mit dem Auto fahren und die Aussicht aus dem Fenster genießen."

„Das könnten wir, werden wir aber nicht."

„Hatte ich mir schon gedacht."

Er verstaute die Kühlbox in einem der Kajaks und reichte Taryn dann eine Schwimmweste. Sie zog sie an. Er zog seine über und stellte einen Fuß auf ihr Kajak, um es ruhig zu halten.

„Ladys first", sagte er.

„Ich Glückliche."

Sie stellte sich neben das Kajak und hielt kurz inne. Dann schüttelte sie den Kopf, setzte sich parallel zum Boot auf den

Steg, packte die Seitenränder des Kajaks und schwang ihren Hintern über den Rand, bis sie beinahe mittig war. Dann ließ sie sich auf den Sitz sinken. Das Boot bewegte sich kaum. Taryn zog die Beine nach, setzte sich und grinste.

„Siehst du?"

„Anfängerglück", sagte er und reichte ihr das Paddel. „Warte auf mich."

Sie lachte. „Glaubst du etwa, ich will alleine den Fluss hinunterschwimmen?" Sie legte das Paddel quer über ihre Knie und hielt sich am Steg fest.

Angel stieg in sein Kajak und löste die Leinen. Dann stieß er sich ab und ließ sich von der Strömung ein Stück treiben, bis er neben ihr war. Die Strömung war etwas rauer, als er erwartet hatte, aber immer noch gut zu bändigen.

„Bereit?"

Sie nickte und stieß sich ebenfalls vom Steg ab.

Er blieb bei ihr und beobachtete, wie sie mit dem Paddel umging. Sie war ein wenig unsicher, aber nicht sehr. Mit jedem Schlag wurde sie selbstbewusster, und ihr Boot kam schnell voran.

Der späte Morgen war hell und klar. Überall um sie herum hörten sie Vögel zwitschern, und die Bäume standen in vollem Laub. Es war Mitte Mai. Nur auf den höchsten Bergen lag noch Schnee.

„Das ist besser, als mit diesem dummen Rucksack zu wandern", sagte sie.

„Ist er immer noch zu schwer?"

„Ich trage ihn jeden Abend für eine halbe Stunde. Es wird langsam besser. Aber ich schwöre dir, sobald wir diesen Kunden an Land gezogen haben, suche ich mir einen Schuhhersteller als Kunden. Oder vielleicht eine Firma, die Süßigkeiten herstellt. Im Süßigkeitenprobieren bin ich Meisterin."

Er schaute nach vorne. „Da kommt gleich eine Kurve. Wir müssen an den Rand paddeln."

Sie rümpfte die Nase. „Weil der Fluss außen langsamer fließt als in der Mitte? Super. Als Nächstes lässt du mich noch Bruchaufgaben lösen."

Sie hatte kaum zu Ende gesprochen, als ihr Boot von einer Unterströmung erfasst wurde und sich einmal halb um die eigene Achse drehte. Taryn schrie auf. Instinktiv steckte sie das Paddel ins Wasser, um das Boot in die Richtung zu drehen, in die sie fahren wollte. Das Heck brach kurz aus, bevor das Kajak sich wieder richtig ausrichtete.

Angel kam zu ihr. „Alles okay?"

Sie schnaufte kurz durch. „Mir geht es gut. Aber das hat mir nicht gefallen."

Er dachte an die Wolken, die sich am Abend zuvor an den Bergen aufgetürmt hatten. In der Stadt hatte es nicht geregnet, aber weiter oben garantiert.

„Es kann sein, dass letzte Nacht noch mehr Schmelzwasser abgegangen ist. Dann ist der Fluss schneller als sonst. Bleib dicht bei mir."

„Wie schon gesagt, ich habe nicht vor, das hier alleine zu meistern."

Sie paddelten zum äußeren Rand der Kurve und ließen sich treiben. Dabei sah Angel, dass an einer Stelle, die gestern noch ganz ruhig gewesen war, das Wasser nun aufgewühlt über die Steine floss. Er fluchte leise.

„Das habe ich gehört", sagte sie, schaute aber nach vorne und nicht ihn an.

Sie wurden bereits schneller. Er zeigte aufs Ufer. „Paddel dahin. Wir tragen die Boote über diesen Abschnitt des Flusses."

Taryn nickte und fing an zu paddeln. Nur kam sie nicht vorwärts. Mit jedem Schlag wurde sie weiter auf die Stromschnelle zugetragen. Angel lenkte sein Kajak neben ihres und streckte seine Hand aus.

„Komm", sagte er. „Pack zu. Ich ziehe dich in Sicherheit."

Sie runzelte die Stirn und schüttelte den Kopf. „Ich schaff das schon."

„Nein, tust du nicht. Du bist unerfahren. Nimm meine Hand.“

Sie schaute ihn an. „Das werde ich nicht, Angel. Denn wenn ich jetzt aufhöre zu paddeln, werde ich …“

Ihr Boot wirbelte herum, und sie schrie. Angel tauchte sein Paddel tief ein und glitt so schnell er konnte zu ihr. Doch Taryn war in einer Strömung gefangen, die er nicht sehen konnte, und egal, wie sehr er sich auch bemühte, sie wurde immer weiter und weiter davongetragen.

„Taryn!“, rief er, wütend, weil sie nicht seine Hand genommen hatte – und weil er nicht besser auf sie aufgepasst hatte.

Sie bemühte sich, die Spitze ihres Kajaks flussabwärts und in Richtung Ufer zu halten. Das Wasser wurde immer schneller. Plötzlich neigte sich ihr Boot erst nach links, dann nach rechts. Es drehte sich einmal komplett herum, und sie hätte beinahe ihr Paddel verloren. Taryn holperte über einige Steine und schrie erneut, um dann hinter einer engen Kurve zu verschwinden.

Angel paddelte so schnell er konnte und suchte die Wasseroberfläche nach ihr ab. Er fragte sich, wie lange es wohl dauern würde, bis er ein umgedrehtes Kajak vor sich treiben oder ans Ufer schlagen sah.

Er erinnerte sich daran, dass Taryn eine Schwimmweste trug und das Wasser nicht tief war. Sicher, es war kalt, aber ein paar Minuten würde sie das überleben, bis er sie herausziehen und in Sicherheit bringen konnte. Nur die Enge in seiner Brust warnte ihn, dass es tausend Arten gab, auf die sie sich im Fluss in Sekundenschnelle verletzten könnte. Oder schlimmer.

Er fluchte und betete abwechselnd, während er den Fluss hinunterpaddelte und ihren Namen rief. Er sah weder links oder rechts am Ufer etwas, noch vor sich im Wasser. Dann erblickte er das Kajak am Rand und Taryn, die danebenstand.

Er legte einen Sprint ein, zwang das Boot mit reiner Gedankenkraft, schneller zu fahren. Der Bug hatte kaum Land berührt, als er auch schon heraussprang und auf Taryn zulief. Sie blieb reglos stehen, das Gesicht blass, die Arme vor der Brust verschränkt. Als er ihre Schulter packte und sie schüttelte, fiel ihm auf, dass sie trocken war.

„Was zum Teufel ist mir dir los?“, fragte er mit lauter, barscher Stimme. „Du hättest tot sein können. Du weißt nicht, was du tust. Warum hast du nicht meine Hand genommen? Verdammt, das war alles, was du hättest machen müssen.“

Rein logisch betrachtet wusste Taryn, dass das Zittern irgendwann aufhören würde. Das Adrenalin würde abebben, und sie würde wieder atmen, sprechen und denken können. Aber im Moment war ihr die Logik völlig egal. Es gab nur dieses Zittern und die Erschöpfung, die zurückblieb, als die Angst langsam versickerte.

Angel funkelte sie an. Seine Wut war beinahe greifbar. Sie hatte keine Angst vor ihm – sie verstand, dass sie ihm Angst *gemacht* hatte. Sie hatte sich ja selber Angst gemacht. Als sie von der Strömung erfasst worden war, hatte sie sich kurz gefragt, ob sie wohl in einem blöden Fluss irgendwo in der Wildnis außerhalb von Fool's Gold ertrinken würde.

Sie hatte hart gekämpft, um die Kontrolle über ihr Kajak zu behalten. Zum Glück hatte sie diese Videos auf YouTube gesehen. Sie hatte versucht, den Bug in die Richtung zu halten, in die sie trieb – was ein wenig so war, wie ein schlingerndes Auto wieder auf die Spur zu bringen. Nur war der Fluss wesentlich stärker gewesen und hatte sie davongetragen.

Sobald sie um die zweite Kurve geschossen war, war das Wasser langsamer geworden und sie hatte ans Ufer paddeln können. Die ganze Angelegenheit war ihr wie eine Ewigkeit vorgekommen, hatte in Wahrheit aber vermutlich weniger als dreißig Sekunden gedauert. Jetzt blieben nur die körperlichen Nachwirkungen und der verängstigte, wütende Mann vor ihr.

„Verdammt, vertraust du mir nicht?“, fragte er.

Sie presste die Lippen aufeinander. „Ich würde ja so gerne“, brachte sie mit nur leicht zitternder Stimme hervor. „Aber ich kann nicht.“

Er ließ seine Hände sinken und schaute sie an. Sie las Verwirrung und vielleicht auch ein wenig Schmerz in seinen Augen. Weil er es nicht verstand. Er glaubte, es wäre etwas Persönliches. Dass sie *ihm* nicht vertraute, wo sie doch in Wahrheit niemandem vertraute.

„Es tut mir leid“, sagte sie.

Er drehte sich weg. „Kein Problem. Ich versuche mal, herauszufinden, wo wir hier sind, damit der Typ mit dem Anhänger uns abholen kann. Dann kannst du nach Hause gehen.“

Er entließ sie einfach. Nichts war mehr übrig von dem spöttischen, attraktiven Mann, der sie fasziniert und begeistert hatte. Und auch wenn sie nicht auf der Suche nach einem Happy End war, wollte sie sich weiter mit Angel treffen. Wollte ihn besser kennenlernen. Wollte mit ihm Liebe machen und Zeit mit ihm verbringen. Sie wollte lachen und reden, denn mit ihm war beides herausfordernd und leicht.

Sie war noch nicht bereit, das hier aufzugeben.

Er holte sein Handy heraus und guckte, ob er Empfang hatte. Nachdem er den Kopf geschüttelt hatte, ging er zu seinem Kajak und zog es höher ans Ufer. Er nahm die Kühlbox mit dem Essen und noch eine andere kleine Kiste heraus. Darin befand sich ein professionell aussehendes Telefon. Vermutlich eines, das über Satelliten funktioniert und nicht nur über einen Sendemast, dachte sie.

Er fing an, zu wählen.

„Hör auf“, sagte sie. „Hör auf.“

Er hob den Kopf.

Sie schlang die Arme fester um ihren Oberkörper. Das Zittern war verebbt, aber das Adrenalin hatte sich noch nicht ganz abgebaut. Sie fühlte sich schwach und verängstigt, aber auch irgendwie stark. Sie hatte überlebt. Waren das nicht gute Neuigkeiten? Sie hatte das hier überlebt, und es war nicht das erste Mal, dass die Chancen schlecht für sie gestanden hatten.

Sie reckte das Kinn und holte dann tief Luft. „Mein Dad war ein gemeiner Alkoholiker. Als ich klein war, hat er sich alle paar

Monate auf Sauftour begeben. Danach hat er meine Mom und mich grün und blau geschlagen, aber vor allem sie. Manchmal hat sie nur ein paar Prellungen abbekommen, aber manchmal musste sie ins Krankenhaus. Wir haben in Los Angeles gelebt. Da gibt es viele Krankenhäuser, also kam sie jedes Mal zu einem anderen Arzt. Sie hat niemandem erzählt, was wirklich passiert ist, und keiner hat die Puzzleteile zusammengefügt."

Angel ließ das Satellitentelefon wieder in die Kiste zurückgleiten und sah sie an. Taryn versuchte, zu erkennen, was er dachte, konnte es aber nicht. Sie wusste, es hatte keinen Sinn, es zu versuchen. Wenn er nicht wollte, dass sie wusste, was in seinem Kopf vor sich ging, würde sie es niemals erraten können. Besser, es einfach auszuspucken, solange sie noch konnte.

„Er hat mich nicht oft geschlagen", fuhr sie fort und senkte den Blick. So ist es besser, dachte sie. Sicherer. Schmutz und Laub und ein paar Zweige. „Zumindest anfangs nicht. Aber als ich zehn war, hat meine Mutter uns verlassen. Ich bin nach der Schule nach Hause gekommen, und sie war fort."

Taryn erinnerte sich an den Schock, als sie durch ihr kleines Haus gegangen war und gesehen hatte, dass alle Sachen ihrer Mutter fehlten. Es war, als wäre sie nie da gewesen. Sie hatte geweint, als ihr Vater zur Tür hereinkam. Sie war zu ihm gegangen und hatte gehofft, er würde sie trösten.

„Das war der erste Abend, an dem er mich geschlagen hat", sagte sie leise. „Ich hatte Angst. Weil ich wusste, wozu er fähig war. Ich wusste, was als Nächstes passieren würde."

„Wie oft?", fragte Angel.

Sie hielt den Blick auf die Erde vor sich gerichtet. „Ein paarmal im Monat. Meistens hatte ich nur blaue Flecken, aber ab und zu war es schlimmer und ich musste in die Notaufnahme. Als ich älter war, wurde das leichter. Wenn der Arzt mir nicht glaubte, dass ich die Treppe hinuntergefallen bin, habe ich behauptet, es wäre mein Freund gewesen."

Sie schluckte, erinnerte sich an den Schmerz, die Demütigung, die Versuche, zu verbergen, wie verletzt sie war.

„Mit fünfzehn bin ich weggelaufen. Mein Vater hat mich innerhalb eines Tages gefunden und wieder mit nach Hause geschleppt. Dann hat er mich geschlagen, bis ich nicht mehr laufen konnte, und mich für beinahe eine Woche ans Bett gefesselt. Er meinte, wenn ich noch einmal weglaufe, würde er mich finden und umbringen. Ich habe ihm geglaubt."

Es gäbe noch so viel zu sagen, dachte sie. Zum Beispiel, wie sehr ihr Vater von den Nachbarn respektiert worden war. Dass er keiner der Verrückten war, die sich über ungespültes Geschirr in der Spüle aufregten. Dass er sie nie missbraucht hatte und nicht darauf geachtet, ob sie ihre Hausaufgaben gemacht hatte oder nicht. Dass er, wenn er nicht trank, Sport guckte, den Rasen mähte und zur Kirche ging. Aber dass er zum Teufel wurde, wenn er mit dem Trinken anfing.

„Als ich beinahe siebzehn war, ist er auf unser Dach gestiegen, um ein paar Schindeln zu reparieren. Er bat mich, ihm eine Schachtel mit Nägeln zu bringen." Sie erinnerte sich, dass sie sich sicher gefühlt hatte, weil sie dachte, er hätte noch keinen Tropfen getrunken. Er hatte vor, später am Tag mit seinen Freunden zu einem Spiel der Dodgers zu gehen. Also wusste sie, dass alles gut sein würde.

Mit den Nägeln in der Hand war sie die Leiter hinaufgeklettert. Doch sobald sie oben ankam, hatte sie die leeren Bierflaschen gesehen. Ihre Angst hatte sie gelähmt. Sie hatte nicht gewusst, was sie tun sollte, und durch ihre Unentschiedenheit war sie ausgerutscht.

Sie erinnerte sich, geschrien zu haben. Erinnerte sich, wie sie versucht hatte, auf der Leiter zu bleiben. Und daran, wie sie die Hand nach ihrem Vater ausgestreckt hatte, damit er sie festhielt.

Er hatte auch seinen Arm ausgestreckt, doch statt ihre Hand oder wenigstens ihr Handgelenk zu packen, hatte er nach seiner Bierflasche gegriffen und einen tiefen Schluck genommen. Dann war Taryn auf dem Boden aufgeprallt und hart auf ihrem Arm gelandet. Sie hatte gehört und gespürt, wie er brach.

Die Nachbarin von gegenüber hatte ihren Sturz mitbekommen und darauf bestanden, sie ins Krankenhaus zu fahren. Die ältere, verwitwete Frau war bei ihr geblieben und hatte behauptet, ihre Tante zu sein. Nachdem Taryns Arm schließlich eingegipst worden war, hatte die Frau – Lena – ihr fünfhundert Dollar in bar gegeben.

Das ist deine Chance, hatte Lena gesagt. *Verschwinde, Kind. Verschwinde, bevor er dich umbringt.*

Taryn hatte sie angestarrt. *Sie wissen davon?*

Wir wissen es alle. Aber wir haben vor ihm genauso viel Angst wie du. Geh, solange es möglich ist. Geh und komm nie mehr zurück.

Taryn kehrte in die Gegenwart zurück und erzählte Angel so emotionslos wie möglich, was an jenem Tag geschehen war.

„Ich habe ihren Rat befolgt und bin verschwunden. Per Anhalter bin ich nach San Francisco gefahren und habe eine Reihe schlecht bezahlter Jobs angenommen, die mich gerade so über Wasser gehalten haben. Jede Woche bin ich in die Bücherei gegangen und habe die Zeitungen gelesen. Eines Tages fand ich einen Artikel über einen Mann, der sich selbst in den Kopf geschossen hat. Es war mein Vater."

Der Rest der Geschichte war einfacher zu erzählen. Wie sie nach Los Angeles zurückgekehrt war und ihren Abschluss gemacht hatte. Wie sie sich durchs College gekämpft hatte. Wie das Geld immer knapp gewesen war und sie ein paar Semester freinehmen musste, um genügend zu verdienen, damit sie ihre Studiengebühren bezahlen konnte. Wie sie aus alten Büchern gelernt hatte, die andere Studenten weggeworfen hatten.

Endlich schaute sie Angel wieder an und bemerkte dankbar, dass seine Miene so undurchdringlich war wie zu Anfang.

„Niemand weiß davon", sagte sie. „Weder Jack noch sonst wer. Ich sage immer, dass meine Eltern tot sind. Ich weiß nicht, ob das bezüglich meiner Mom stimmt. Ich habe nie versucht, sie zu finden. Warum auch? Sie hat mich mit einem Monster allein gelassen, als ich gerade mal zehn Jahre alt war. Sie wusste, was passieren würde, und hat es trotzdem getan."

Taryn hielt inne, um die Emotionen zu unterdrücken, die in ihr aufzusteigen drohten. Sie hatte gelernt, dass es einige Dinge gab, die sie nicht zulassen durfte. Nicht, wenn sie stark sein wollte. Wenn sie sich erlaubte, über die Vergangenheit nachzudenken, zu viele Fragen zu stellen, würde sie es niemals schaffen.

Also hatte sie ihre Vergangenheit ignoriert und nur nach vorne geschaut. Sie war hart geworden und hatte gelernt, alleine zu überleben. Bis eines Tages ein gut aussehender Footballspieler sie dabei überrascht hatte, wie sie übrig gebliebene Sandwiches gegessen hatte, als wären sie seit drei Tagen ihre erste Mahlzeit.

Sie atmete tief durch. „Deshalb habe ich meine Hand nicht ausgestreckt. Ich konnte es nicht. Nicht deinetwegen, sondern wegen ihm."

Angel schaute sie an. „Ich verstehe", sagte er schließlich.

Er kam zu ihr. Als er bei ihr war, legte er seine Arme um sie und zog sie an sich. Er hielt sie so fest, dass sie kaum Luft bekam, aber das war in Ordnung. Sie wollte ihm nah sein. Wollte gehalten werden. Und als die Tränen kamen, versuchte sie nicht, sie zu unterdrücken.

11. KAPITEL

Taryn war nicht sicher, wie lange Angels starke Arme sie bereits umfangen hielten. Das stete Klopfen seines Herzens tröstete sie. Er war warm und verlässlich, und sie wusste, dass er niemals jemanden schlagen würde, der schwächer war als er. Dieser Mann war nicht wie ihr Vater. Das waren sowieso nur wenige Männer. Aber die Narben gingen tief.

Angel richtete sich ein wenig auf, um ihr die Tränen abzuwischen, dann senkte er den Kopf und küsste sie. Sein Mund war so weich. Tröstend, dachte Taryn. Ja, der Kuss sollte ihren Kummer verscheuchen. Aber sobald sie Angels Lippen auf ihren spürte, wollte sie etwas anderes. Mehr.

Sie verlagerte das Gewicht, sodass sie die Arme um seinen Nacken schlingen konnte, und stellte sich auf Zehenspitzen. Dann drängte sie sich an ihn und öffnete ihre Lippen. Hitze schoss durch ihren Körper und ließ sie hungrig zurück. Lust folgte. Sie neigte den Kopf und strich mit der Zunge sanft über seine Unterlippe.

Sofort veränderte sich sein Körper. Sie spürte, wie die Muskeln sich anspannten, und auch das leichte Zögern, als wäre Angel sich nicht sicher. Denn er will mich nicht traurig machen oder ausnutzen, dachte sie.

Sie zog sich ein wenig zurück und schaute ihn an. „Wählst du wirklich diesen Augenblick, um dich wie ein Gentleman zu verhalten?“, fragte sie und schlüpfte aus ihrer Schwimmweste.

Ein kleiner Muskel an seinem Kiefer zuckte. Ohne ein Wort zu sagen, ging er zum Kajak und holte etwas heraus, das wie eine Decke aussah. Vermutlich hat er sie als Unterlage für unser Picknick mitgenommen, dachte sie. Wie praktisch.

Taryn sah Angel dabei zu, wie er seine Schwimmweste zu Boden fallen ließ. Anschließend schnürte er seine Stiefel auf und zog sie aus. Sie verspürte einen Anflug von Enttäuschung. Also gehen wir es ganz zivilisiert an, dachte sie. Irgendwie hatte sie auf mehr gehofft als darauf, dass sie sich beide auszogen, gefolgt von einer Runde höflichem Sex ohne Nebenwirkungen.

Sie wusste, dass sie aufgrund der Ereignisse auf dem Fluss und durch ihr Geständnis immer noch aufgewühlt war. Aber meine Güte, warum musste es denn so sein? Wo war die Leidenschaft? Warum konnte sie nicht einen Mann finden, der sie von den Füßen riss und …

Er blieb vor ihr stehen. „Bist du sicher?"

Sie seufzte und nickte dann.

Angel griff nach ihr und zog sie an sich. Zielstrebig senkte er den Kopf und eroberte ihren Mund. Doch sein Kuss hatte nichts Höfliches. Er war heiß und tief und in seiner Leidenschaft vollkommen überraschend. Seine Zunge stieß in ihren Mund und umkreiste ihre auf eine Weise, dass Taryn sich näher an ihn drängte.

Seine Arme umfingen sie, aber nicht, um sie festzuhalten, sondern um über ihren Rücken zu streichen, als müsse er in dieser Sekunde jeden Zentimeter ihres Körpers erkunden. Als könnte er nicht genug bekommen. Fieberhaft wanderten seine Finger und Hände über ihren Rücken, ihren Po, ihre Hüften.

Die Lust regte sich in ihr, erhitzte ihren Körper und machte es ihr leicht, nicht nachzudenken. Ich will nur fühlen, dachte sie und ließ sich in seinen Kuss fallen. Sie wollte ihn überall spüren. Seine Hände, seinen Körper – alles von ihm und alles von sich. Sie wollte sich in dem verlieren, was sie einander geben konnten.

Er zog am Saum ihres T-Shirts. Sofort hob sie die Arme, damit er ihr es ausziehen konnte. Sekunden später folgte ihr BH. Angel umfasste ihre Brüste, erkundete die weiche Haut mit seinen Fingern, bevor er ihre Brustwarzen berührte. Geschickt rollte er die aufgerichteten Perlen zwischen Daumen und Zeigefinger, und Verlangen schoss direkt von Taryns Brüsten in ihren Unterleib. Ihre Muskeln spannten sich an, während ihr Fleisch anschwoll.

Sie griff nach seinem T-Shirt. Er lehnte sich gerade weit genug zurück, dass sie es ihm über den Kopf ziehen und zu Boden werfen konnte. Seine bloße Brust war breit, überspannt von Muskeln und mindestens einem Dutzend Narben. Narben, die ich später erkunden werde, beschloss sie und beugte sich vor, um ihm einen Kuss aufs Brustbein zu geben.

Er schenkte ihr ein kurzes, wölfisches Grinsen, bevor er auf ein Knie sank und ihr die Stiefel auszog. Immer noch kniend, öffnete er ihre Hose und zog sie mit einer schnellen Handbewegung herunter, bei der ihr Slip gleich mitkam. Angel hielt sie, als sie aus beidem heraustrat.

Kurz blitzte in ihr das Bewusstsein auf, dass sie gerade nackt im Wald stand. Sie wusste nicht, wo sie waren oder wie weit die nächste Straße entfernt war. Sie wusste nicht einmal, ob der Mann, der sie und die Kajaks abholen sollte, vielleicht gleich hier auftauchen würde. Dann erkannte sie, dass es ihr egal war. Sie wollte das, was auch immer jetzt mit Angel passieren würde, die Konsequenzen waren ihr gleichgültig.

Sie wartete darauf, dass er wieder aufstand, doch das tat er nicht. Stattdessen legte er einen Arm um ihre Hüfte und zog sie näher an sich heran. Er berührte die weichen Falten, die ihr weibliches Zentrum beschützten, und teilte sie. Taryn hatte kaum Zeit, sich zu wappnen, als er ihr einen Kuss gab, der sie aufkeuchen ließ.

Der erste Schlag seiner Zunge war sanft, forschend. Mit dem zweiten fand er ihre Klit, und beim dritten musste sie sich an Angels Schultern festklammern, um nicht umzufallen.

Okay. Wahrscheinlich gibt es keine würdevolle Weise, barfuß und nackt hier im Wald zu stehen, während ein Mann mich bis zum Orgasmus leckt und saugt, dachte sie, während sie die Beine ein wenig weiter spreizte und ihre Finger in seine Schultern grub. Aber es war ihr egal. Sie schloss die Augen, ließ den Kopf nach hinten fallen und gab sich ganz seinen Zärtlichkeiten hin.

In einem steten Rhythmus umkreiste er sie. Jedes dritte oder vierte Mal wurde er ein wenig schneller und fester. Er nahm ihre Hände und positionierte sie so, dass sie sich selber für ihn offen hielt. Sie spürte seinen warmen Atem auf der Haut, und ab und zu strich seine Zunge über ihre Fingerspitzen.

Die Muskeln in Taryns Beinen begannen zu zittern. Ihre Brüste schmerzten, als jeder Teil von ihr sich auf das konzentrierte, was Angel gerade mit ihr anstellte. Die Anspannung wuchs, drängte sie auf das ultimative Ziel zu. Mit einer Hand umfasste er ihren Po und presste die Finger in ihre Haut. Die andere Hand strich an der Innenseite ihres Oberschenkels hinauf, bis er schließlich zwei Finger in sie hineinschob.

Dieses Eindringen fühlte sich himmlisch an. Taryn wollte sich auf ihn sinken lassen, ihn tiefer in sich hineinziehen, doch sie konnte sich nicht bewegen. Sie hatte so schon Mühe, stehen zu bleiben – die Beine gespreizt, die Muskeln zitternd, und immer noch verwöhnte er sie mit der Zunge.

Sie kam näher. So nah, dachte sie, als ihr Atem immer schneller wurde. Nur noch ein paar Berührungen mehr.

„Angel“, keuchte sie.

Er schob seine Finger tief in sie hinein und zog sie zurück. Wieder und wieder tat er das. Sie war fast da. Sie konnte den Höhepunkt schon spüren.

Dann hörte er auf. Mit allem. Seine Finger verharrten, seine Zunge bewegte sich nicht. Sie stand da, ihr Körper bereit, doch ohne eine Möglichkeit …

Er presste seine Lippen auf ihre Klit und saugte fest. Im gleichen Moment schob er seine Finger wieder in sie, krümmte sie leicht nach vorne, fand ihren G-Punkt und rieb ihre geschwollene Mitte. Sie kam ohne jede Vorwarnung, zitternd, keuchend, schreiend. Sie hatte Angst, zu fallen, konnte aber nichts tun, als sich von ihm wieder und wieder über den Abgrund treiben zu lassen.

Der letzte Schauer war kaum verebbt, da zog er sich zurück. Er packte sie und legte sie sanft auf die Decke am Boden. Sie zitterte und war wie benommen. Da war eine Bewegung. Vage war sie sich bewusst, dass Angel sich die Klamotten vom Leib riss. Seine Jeans landete an ihrer Hüfte. Während Taryn den weichen, abgetragenen Stoff befühlte, fragte sie sich, wann sie sich das letzte Mal so befriedigt gefühlt hatte.

Dann lag er zwischen ihren Schenkeln. Mit einem geschmeidigen Stoß war er in ihr. Sie riss die Augen auf. Angel war über ihr und drängte in sie hinein.

Sie sah sein Gesicht, seine Schultern, seine von Leidenschaft erfüllten Augen und lächelte. Das hier würde sehr gut werden.

Und er enttäuschte sie nicht. Der Mann hatte Kontrolle und Stil. Er fand einen Rhythmus und eine Tiefe, die sie im Innersten berührten. Gerade als sie sich in das Gefühl fallen lassen wollte, verlagerte er leicht das Gewicht und sie musste zusehen, dass sie mit ihm Schritt hielt. Er bewegte sich langsam, dann schnell, dann wieder langsam. Sie war feucht, geschwollen und drängte der nächsten Erlösung entgegen.

Gerade als sie die Beine um ihn schlingen wollte, um ihn näher an sich zu ziehen, drehte er sie beide mit einer schnellen Bewegung so herum, dass er auf dem Rücken lag und sie auf ihm saß.

Sie rutschte ein wenig hin und her, um eine bequeme Stellung zu finden. Im nächsten Moment löste sie ihren Pferdeschwanz und schüttelte den Kopf, sodass ihr das Haar lose auf die Schultern fiel. Sie beugte sich vor, stützte sich links und rechts neben seinen Schultern ab und lächelte ihn an, während sie anfing, ihre Hüften kreisen zu lassen.

„Du glaubst wohl, du hast die Kontrolle?“, fragte er, als sie sich langsam, ganz langsam auf und nieder bewegte.

„Ich glaube es nicht, ich weiß es.“

Angel hob eine Augenbraue. Und schon umfasste er ihre Brüste und berührte die Spitze ihrer Nippel. Unter dieser leichten, neckenden Berührung zog sich alles in ihr zusammen und ihre Hüften bewegten sich unwillkürlich schneller. Er massierte ihre Brüste. Nach dem letzten Orgasmus war ihr ganzer Körper noch immer äußerst empfindlich, und es fiel ihr schwer, sich zu erinnern, warum sie sich zurückhalten wollte. Denn mal ehrlich, wo war da der Sinn? Angel war nackt und hart und in ihr.

Er fuhr fort, ihre Brüste zu streicheln. Sein Blick hielt ihren fest.

„Komm für mich."

Der Befehl war unerwartet sexy, und prompt begann ihr verräterischer Körper zu zittern, als der nächste Höhepunkt über sie hinwegbrandete. Sie ritt auf ihm und überließ sich ganz dem Drang, immer schneller zu werden, ihn immer tiefer in sich aufzunehmen, jede Sekunde ihres Liebesspiels mit allen Sinnen zu genießen.

Angel ließ seine Hände zu ihren Hüften gleiten und führte sie. Als sie schließlich wieder bei sich war, stieß er noch einmal tief in sie hinein und erschauerte dann unter seiner eigenen Erlösung.

„Wie stehen die Chancen, dass du nackt zu Mittag isst?", fragte Angel, nachdem er und Taryn sich in dem eiskalten Wasser kurz erfrischt hatten. Er kannte die Antwort bereits, aber fragen konnte man ja mal.

Er war ein Mann – er sah gern einen weiblichen Körper an. Taryn war groß und schlank. Er mochte ihre kleinen, vorwitzigen Brüste. Ihre Brustwarzen waren ein wenig zu groß und schienen immer hart zu sein. Was er äußerst erregend fand. Dass ihre Haare und ihre Brustwarzen mit ihm Verstecken spielten, machte dieses Vergnügen nur noch köstlicher. Ihre Beine waren lang, ihr Schamhaar getrimmt, aber nicht gewachst – genau, wie er es mochte.

Taryn schaute von ihren Kleidern, die in einem Haufen auf dem Boden lagen, zur Kühltasche und wieder zu ihm.

„Wieso nicht", sagte sie und ließ sich auf die Decke fallen.

Okay!

Er holte die Kühltasche und packte einige Sandwiches aus. Außerdem hatte er Wasserflaschen und etwas Obst mitgebracht. Taryn saß im Schneidersitz ihm gegenüber und griff nach einem Sandwich.

Er starrte sie an. Sie war vollkommen nackt. Ihre Haare bedeckten ihre Brüste zum Teil, aber nicht ausreichend, um ihn vor Ablenkungen zu schützen. Schlimmer noch, so, wie Taryn jetzt ihre Beine verschränkt hatte, konnte er *alles* sehen. Sie war immer noch feucht und geschwollen, und sofort war er wieder erregt.

Sie biss von ihrem Sandwich ab, kaute und schluckte. Um ihren Mund zuckte es. „Gibt es ein Problem?"

Er fluchte, packte ihr Sandwich und warf es in die Kühltasche. Dann beugte er sich über sie und fing an, sich an ihrem Hals entlang zu ihrer Brust zu küssen.

„Das hast du mit Absicht gemacht", beschwerte er sich, bevor er über ihre Brustwarzen leckte.

„Ich habe nur getan, worum du mich gebeten hast."

„Weil du wusstest, dass das hier passiert."

„Wusste ich das?", fragte sie lachend und schlang die Arme um ihn.

Am Montagmorgen ging Taryn von ihrem Wagen zum Eingang ihrer Firma. Auf der anderen Straßenseite war das Basketballspiel in vollem Gange. Sie blieb einen Moment stehen, um zuzusehen, und verspürte einen Anflug von Bedauern, als sie bemerkte, dass Angel in der Mannschaft mit den T-Shirts war. Zu schade, denn der Kerl sah ohne Klamotten fabelhaft aus.

Sie hatten sich noch einmal geliebt, sich angezogen und etwas gegessen, bevor ihr Fahrer gekommen war. Angel hatte den Rest des Wochenendes bei ihr verbracht, hauptsächlich in ihrem Bett. Sie hatten über alles gesprochen, außer darüber, was passiert war und was sie ihm erzählt hatte. Sie hatte das Gefühl, er würde das Thema ihres Vaters nie wieder anschneiden.

Aber es reichte, dass ein anderer Mensch die Wahrheit kannte.

Sie ging in ihr Büro und schaltete den Computer an. Als sie ihre Handtasche abstellte, sah sie einen schlichten weißen Umschlag mit ihrem Namen darauf. Sie öffnete ihn und fand eine Nachricht von Angel.

„Weil wir nie darüber gesprochen haben." Darunter befand sich die Kopie eines Bluttests, der erst wenige Monate alt war.

Taryn sank auf ihren Stuhl. Andere Männer hatten ihr nach einem gemeinsam verbrachten Wochenende Blumen oder Schmuck geschickt. Einige auch Kleider oder Tickets für einen Wochenendausflug auf eine einsame Insel. Aber das hier … das war etwas Besonderes. Aufmerksam, so wie der ganze Mann. Angel kümmerte sich um andere.

Sie nahm die Pille, also war eine Schwangerschaft ausgeschlossen. Aber sie hatten erst bei ihr zu Hause Kondome benutzt. Taryn hatte befürchtet, dass sie eine unbehagliche Unterhaltung darüber würden führen müssten, aber Angel hatte die Situation gut gehandhabt.

Sie steckte die Nachricht und den Test in eine Seitentasche ihrer Handtasche und packte dann die Unterlagen aus, die zu bearbeiten sie am Wochenende nicht geschafft hatte. Ich habe genügend Arbeit, die auf mich wartet, dachte sie, und keine Zeit, mich Tagträumen über einen Mann hinzugeben. Trotzdem, Angel war es mehr als wert, von ihm zu träumen. Und er war jemand, dem sie beinahe trauen konnte. Wobei *beinahe* hier das Schlüsselwort war.

Irgendwann gegen zehn kam Larissa mit zwei Bechern Kaffee in ihr Büro.

„Wie läuft's?", fragte sie.

Taryn zuckte leicht zusammen. „Heute Nachmittag habe ich einen Termin mit Bürgermeisterin Marsha. Ich muss einer alten Dame erklären, warum sie den Slogan ihrer Stadt ändern soll. Es wäre übertrieben, zu sagen, dass ich mich darauf freue."

Larissa stellte einen der Becher auf Taryns Schreibtisch und machte es sich dann auf dem Besucherstuhl gemütlich. „Wie war dein Wochenende?"

„Gut. Und deins?"

„Ich war auf einer Konferenz in Sacramento."

„Greenpeace?"

„Nein, aber es ging um Tierrettung und Tierschutz." Larissa lehnte sich vor. „Was weißt du über Seidenäffchen?"

Taryn schüttelte den Kopf. „Nein."

„Aber die sind ganz bezaubernd.“

„Nein. Denk nicht mal daran. Keine Affen. Nicht hier und nicht in deiner Wohnung. Nein.“

„Aber …“

„Ich meine es ernst, Larissa. Mach das nicht. Wir werden es alle bereuen.“

„Du solltest dich darüber freuen, dass ich mitkomme“, erklärte Jack, als sie durch die Straßen von Fool's Gold fuhren.

„Das werden wir ja sehen“, murmelte Taryn. Sie war sich nicht sicher, wieso es ausgerechnet an ihr hängen geblieben war, der Bürgermeisterin zu sagen, dass die Stadt einen neuen Slogan brauchte. Wobei, sie hätte Kenny und Jack nicht alleine gehen lassen können. Wer wusste schon, was die beiden gesagt hätten.

Jack parkte seinen Mercedes vor dem Rathaus und ging ums Auto herum, um ihr die Tür aufzuhalten. Als er eine Hand auf ihren Rücken legte und sie die Stufen hinaufgeleitete, musste sie zugeben, dass die Jungs trotz all ihrer Beschwerden eigentlich gute Männer mit hervorragenden Manieren waren. Besser noch, sie respektierten Frauen, bezahlten pünktlich ihre Rechnungen und – in Jacks Fall – nahmen es mit Larissas Wahnsinn auf.

„Übrigens“, sagte sie. „Falls Larissa mit Seidenäffchen anfängt, sag ihr Nein.“

Jack runzelte die Stirn. „Sind das echte Affen?“

„Ja, und sie beißen. Ich habe im Internet recherchiert. Es sind wilde Tiere, und wir wollen sie nirgendwo anders sehen als in ihrer natürlichen Umgebung. Wozu dein Haus im Übrigen nicht zählt.“

„Okay.“

Taryn schaute ihn an. „Wirklich?“

Jack zuckte mit den Schultern. „Klar. Ich kann mich ihr gegenüber behaupten.“

Taryn lachte. „Ja, das haben wir alle schon gesehen.“

„Willst du damit sagen, ich kann es nicht?“

„Ich will damit sagen, dass du es nicht tust. Das ist ein Unterschied.“

Sie betraten das alte Gebäude. Taryn blieb einen Moment lang stehen, um die Architektur zu bewundern. Es gab Wandgemälde und eine breite Treppe. Alles sehr hübsch, wenn sie nicht hier wäre, um schlechte Nachrichten zu übermitteln und sich ohne Zweifel in etwas hineinziehen zu lassen, das sie nicht tun wollte.

„Ich gebe dir hierfür die Schuld“, sagte sie zu Jack.

„Wir geben der Gemeinschaft etwas zurück. Das ist was Gutes.“

„Daran erinnere ich dich später, wenn ich dich mit einem Stock verprügele.“

Er blinzelte ihr zu und zeigte auf die Treppe. „Das Büro der Bürgermeisterin ist dort entlang.“

„Woher weißt du das?“

„Ich bin ein Mann voller Geheimnisse.“

„Du hast es vermutlich nachgeguckt, bevor wir losgefahren sind.“

„Das auch.“

Sie gingen in den ersten Stock. Als sie sich dem Büro der Bürgermeisterin näherten, kam eine Frau aus einer anderen Tür und ging auf sie zu. Taryn erkannte die hübsche, schwangere Rothaarige sofort. Felicia Boylan war die verantwortliche Festivalleiterin der Stadt. Sie und Taryn hatten sich bei ihrem ersten Besuch in Fool’s Gold kennengelernt. Felicia war extrem intelligent und mehr als nur ein wenig direkt. Taryn mochte beides an ihr.

„Hallo“, sagte Felicia im Näherkommen. „Bürgermeisterin Marsha hat mich gebeten, an dem Treffen teilzunehmen. Wenn sich der Slogan der Stadt ändert, müssen wir das in unserer Werbung für die Festivals berücksichtigen. Je nachdem, wie der neue Slogan lautet, können wir das für uns nutzen. Obwohl ich darauf hinweisen muss, dass das einige Kosten nach sich zieht. Drucksachen, Banner, Updates unserer Website.“

Jack wirkte ein wenig überrascht über die Flut von Informationen, die diese freundliche Begrüßung begleiteten. Taryn lächelte nur.

„Schön, dich zu sehen", sagte sie. „Du hast recht, es wird Geld kosten. Aber das wird es wert sein."

„Mir gefällt der Slogan", murmelte Felicia und ging voran zum Vorzimmer des Büros der Bürgermeisterin. „Ich lebe mein eigenes Fool's-Gold-Happy-End."

Jack gab einen erstickten Laut von sich. Taryn musterte Felicias Bauch und wusste, woran er dachte. Hastig stieß sie ihn mit dem Ellbogen an, um ihn zum Schweigen zu bringen.

Vor der Flügeltür, die in das Büro der Bürgermeisterin führte, saß eine ältere Frau an einem Schreibtisch.

„Hi, Marjorie." Felicia lächelte sie an. „Können wir schon rein?"

Marjorie nickte und deutete auf die halb geöffnete Tür.

Bürgermeisterin Marsha erwartete sie bereits. Sie schüttelte ihre Hände und führte sie dann zu einem kleinen Konferenztisch am Fenster. Die Bürgermeisterin trug ein Kostüm, ihren üblichen Dutt und eine Perlenkette.

„Wie kann ich Ihnen helfen?", fragte sie, als sich alle gesetzt hatten.

Taryn schaute zu Jack, der ihr ein Lächeln schenkte. Sie unterdrückte einen Seufzer. Offensichtlich hatte er vor, ihr das Reden zu überlassen.

Sie wünschte, sie hätte irgendwelche Unterlagen mitgebracht. Mappen zu verteilen war immer eine gute Ablenkung. Aber was hätte sie mitbringen sollen? Ein Diagramm über „Happy Endings"?

„Wir machen uns Sorgen um den Slogan der Stadt", fing Taryn an.

„Ja, das erwähnten Sie bereits in Ihrer Nachricht." Die Bürgermeisterin wirkte freundlich, aber nicht sonderlich interessiert. „Fool's Gold ist seit beinahe hundert Jahren das Land der Happy Endings. Ich bin nicht sicher, ob wir das jetzt ändern wollen."

Jack fing an zu kichern. Taryn schaute ihn an.

„Ich stimme der Bürgermeisterin zu“, schaltete Felicia sich ein. „Die Menschen kommen her und verlieben sich. Das Happy End ist …“

Sie erstarrte mit offenem Mund, als wollte sie fortfahren. Dann weiteten sich ihre Augen. „Oh nein.“ Sie wandte sich an die Bürgermeisterin. „Das stimmt. Das Land der Happy Endings geht nicht. ‚Happy Ending‘ ist ein Euphemismus für den männlichen Orgasmus. Wie bei diesen Massagen. Wenn die Masseurin den Penis des Mannes stimuliert, bis er …“

„Danke“, unterbrach sie Bürgermeisterin Marsha. „Ich verstehe schon.“ Eine leichte Röte schoss ihr in die Wangen. „Niemand hat das je so gesehen, aber jetzt, wo Sie darauf hinweisen, scheint es, dass uns das schon vor längerer Zeit hätte auffallen müssen.“

Taryn widerstand dem Drang, auf ihrem Stuhl hin und her zu rutschen. „Tja, nun, Jack, Kenny und Sam ist es aus offensichtlichen Gründen aufgefallen:“

„Weil sie in emotionaler Hinsicht noch Kinder sind und getrieben von ihrem Drang, zu ejakulieren?“, fragte Felicia.

Taryn grinste. „Ja, so könnte man das wohl sagen.“

„Hey.“ Jack klang verletzt. „Wir sind mehr als das.“

Felicia nickte. „Natürlich. Ihr habt auch emotionale Tiefe. Nur, der männliche Drang zur Ejakulation ist sehr mächtig. Er kann Konzentrationsprobleme hervorrufen und das Treffen wichtiger Entscheidungen negativ beeinflussen.“ Sie beugte sich zu ihm hinüber. „Mir ist aufgefallen, dass sich zu verlieben und eine Langzeitbeziehung einzugehen die männliche Energie umlenken kann. Wenn ein Mann eine Partnerin hat, die er wirklich liebt, kann er seine Energie in positive Bahnen lenken.“

Die Bürgermeisterin räusperte sich. „Vielleicht könnten wir uns jetzt erst einmal auf das vorliegende Thema konzentrieren. Der Slogan der Stadt.“

„Wir arbeiten derzeit an mehreren Alternativen“, sagte Taryn. „Die könnten wir Ihnen gerne zu einem späteren Zeitpunkt vorstellen. Oder falls Sie lieber mit ihren Mitarbeitern brainstormen wollen …“

„Ich denke, das überlassen wir den Profis. Haben Sie eine Ahnung, in welche Richtung Sie gehen werden?“

Jack wollte etwas sagen, aber Taryn brachte ihn mit einem scharfen Blick zum Schweigen. Auf keinen Fall wollte sie, dass er der Bürgermeisterin etwas sagte wie: „Fool’s Gold – das Land, wo die Männer endlich kommen.“

„Dafür ist es noch viel zu früh“, sagte sie. „Wie wäre es, wenn ich Ihnen eine Präsentation zusammenstelle?“

„Das wäre sehr hilfreich“, sagte Bürgermeisterin Marsha und erhob sich. „Die Arbeit wird allerdings pro bono sein.“

Das war eine Feststellung, keine Frage. Taryn nickte. Später würde sie mit den Jungs darüber sprechen. Aber da die drei das Problem mit ihren schmutzigen Gedanken überhaupt erst verursacht hatten, fand sie nicht, dass sie Grund hatten, sich zu beschweren.

Sie schüttelten einander wieder die Hände, dann gingen sie. Auf dem Flur wandte Felicia sich an Jack.

„Ich muss etwas mit Taryn besprechen. Es ist weiblicher Natur und würde dich nur aufregen. Ich schlage vor, du gehst schon mal.“

Jack schaute zwischen ihnen hin und her. „Das musst du mir nicht zweimal sagen.“ An Taryn gewandt fügte er hinzu: „Ruf mich an, wenn ich dich abholen soll.“

Er floh förmlich die Treppe hinunter.

Felicia zeigte auf eine Bank in dem breiten Flur. Taryn setzte sich neben sie und wartete. Sie hatte keine Ahnung, worüber Felicia mit ihr sprechen wollte. Vor allem, wenn das Thema „weiblicher Natur“ war.

Felicia beugte sich zu ihr. „Wie du weißt, bin ich schwanger.“

Taryn schaute auf Felicias Bauch und nickte. „Den Punkt, an dem du das verbergen kannst, hast du definitiv überschritten.“

Felicia lächelte. „Gideon und ich haben im Dezember angefangen. Ich glaube, ich bin sofort schwanger geworden. Am

Morgen unserer Hochzeit habe ich den Test gemacht und er war positiv.“ Ihr Lächeln schwand. „Ich bekomme ein Mädchen.“

„Ich verstehe nicht … Willst du lieber einen Jungen?“

„Nein. Ich freue mich genauso über ein Mädchen wie über einen Jungen. Mein Problem ist, dass Gideon einen Jungen hat. Carter ist sehr hilfsbereit und offen. Ich hatte gehofft, ich könnte seine Erfahrungen aus der Kindheit nutzen, um auf diese Wiese eine bessere Mutter zu werden. Aber er sorgt sich, dass seine Erlebnisse als Junge mir bei der Erziehung eines Mädchens nicht wirklich helfen.“

Taryn kannte Felicias Vorgeschichte nicht. Sie hatte nur dies und das gehört … dass Felicia als Kind so klug gewesen war, dass ihre Eltern Angst vor ihr hatten. Deshalb war sie in einem Labor einer Universität aufgewachsen. Irgendwie war sie dann zum Militär gekommen, wo sie als Logistikexpertin für Sondereinsatztruppen gearbeitet hatte. Jetzt leitete sie die Festivals der Stadt.

Bei einer so ungewöhnlichen Jugend verstand Taryn, warum Felicia sich nicht ausreichend auf ein Leben als Mutter vorbereitet fühlte. „Wie kann ich dir helfen? Ich habe keine Kinder. Und auch keine Erfahrung mit ihnen.“

„Das stimmt. Aber du und Angel, ihr arbeitet doch mit dem neuen ZKM-Forst zusammen. Ich habe mich viel mit Patience über die Erziehung von Lillie unterhalten, aber ich hätte gerne noch mehr Informationen. Wenn ich darf, würde ich zu einem eurer Treffen kommen und die kleinen Mädchen beobachten. Ich dachte, Zeit mit ihnen zu verbringen könnte mir helfen, sie besser zu verstehen.“

Wäre die Frage von einer anderen gekommen, hätte Taryn der Frau gesagt, sie solle sich zusammenreißen und einfach ihrem Gefühl folgen. Dass man lernte, wie man ein Kind erzog, indem man es tat, so wie viele Millionen Frauen im Laufe der Geschichte. Aber sie wusste, dass Felicia anders war. Und sie wusste, wie es war, nie wirklich dazuzugehören. Felicia hatte das erlebt, weil sie so intelligent war. Taryn war eine Außenseiterin gewesen, weil sie niemandem erlauben konnte, ihr nahe zu kommen und womöglich ihre Familiengeheimnisse zu entdecken.

Sanft berührte sie Felicias Arm. „Bald gibt es einen Mutter-Tochter-Tee. Das hat Angel mir gerade geschrieben." Sie lächelte. „Er flippt total aus, was sehr lustig ist. Wenn du dorthin kommst, kannst du sehen, wie die Mädchen mit ihren Müttern agieren."

Felicia nickte. „Das wäre schön und sehr informativ. Ich danke dir vielmals." Sie hielt inne. „Ich würde dich jetzt ja umarmen, aber ich weiß nicht, ob unsere Beziehung schon diesen Level an Intimität erreicht hat, und will nicht, dass du dich unbehaglich fühlst."

Taryn lachte und streckte die Arme aus. „Komm, wir sind mal ganz verrückt."

Felicia warf sich in ihre Arme, und Taryn hielt sie ganz fest. Als sie sich beide wieder aufrichteten, wischte Felicia sich eine Träne fort.

„Der Einfluss der Hormone ist ziemlich heftig. Ich heule zurzeit beim kleinsten Anlass. Das ist sehr verstörend. Andererseits ist mein sexuelles Verlangen stark gestiegen. Gideon sagt, ich lauge ihn völlig aus." Sie lächelte. „Was er großartig findet."

„Du bist wirklich eine seltsame Frau", erwiderte Taryn. „Ich mag dich, aber du bist komisch."

„Ich weiß, aber ich habe gelernt, damit zu leben."

12. KAPITEL

Angel stellte fest, dass Forstwächter zu sein wesentlich mehr Zeit in Anspruch nahm, als er gedacht hatte. Die Treffen mit den Mädchen waren nicht das Problem – es lag mehr daran, dass zusätzlich noch von ihm erwartet wurde, alle zwei Wochen an den Forstwächter-Meetings teilzunehmen. Dieses Mal hatte er Taryn mitgeschleppt. Er hatte gesagt, er bräuchte sie, um auch alle Einzelheiten bezüglich des anstehenden Mutter-Tochter-Tees richtig zu verstehen, aber in Wahrheit wollte er sie nur bei sich haben, weil sie ihn so schön ablenkte.

Er mochte es, mit ihr zusammen zu sein. Nicht nur, sie anzuschauen, sondern die gleiche Luft wie sie zu atmen. Er mochte, wie sie sich bewegte, wie sie sprach und wie sie lachte. Im Laufe der letzten Jahre hatte er bemerkt, dass ihm starke Frauen mit Haltung gefielen. Marie war auf ihre hitzige Südstaaten-Art genauso gewesen. Sie konnte ihn mit Worten verfluchen, die er noch nie gehört hatte.

Consuelo war tough, weshalb er sich gerne mit ihr ein Haus teilte. Sie hatte einfache Regeln, und wenn jeder ihnen folgte, war sie lammfromm. Wenn nicht, dann hatte die Gegenpartei eine fünfzig-fünfzig Chance, am nächsten Morgen mit einem Skorpion im Bett aufzuwachen.

Taryn war ebenso stark, aber auf eine völlig andere Weise. Sie führte eine Firma, die millionenschwer war, hielt drei ehemalige Footballspieler auf Kurs und konnte trotzdem den Nachmittag damit verbringen, Siebenjährigen zu zeigen, wie man einen französischen Zopf flocht.

Auf dem Weg zum Konferenzraum beugte er sich zu ihr und flüsterte: „Wo ist denn dein Power-Kostüm?"

„Ich wollte nicht auffallen."

Er unterdrückte ein Grinsen. Ihre Vorstellung davon, nicht aufzufallen, bestand aus weißen Caprihosen mit schwarzem Blätterdesign, einem engen weißen Pullover und schwarzen

Wedges mit Riemen. Ein Outfit, das mehr als das Durchschnittsgehalt der meisten Normalbürger gekostet hatte, wie er vermutete. Ihre große Handtasche hatte eine Schleife auf der Klappe und war offenbar von jemandem, der Valentino hieß. Er wusste nicht, wer Valentino war, aber er nahm an, dass er oder sie noch nie in Fool's Gold gewesen war.

Sie nahmen ihre Plätze an dem großen Tisch ein. Taryn beugte sich zu ihm. „Die Ladys mögen dich."

Er schaute sich unter den Teilnehmerinnen um. Es waren fast ausschließlich Frauen, aber das war zu erwarten gewesen. „Es gibt auch ein paar Väter, die zu den Meetings kommen."

„Ja, aber dich lächeln sie ganz besonders an."

Er ließ sein Lächeln aufblitzen. „Das ist die Narbe. Frauen stehen auf Narben."

Sie hob die Augenbrauen. „Ach, tun sie das?"

Denise Hendrix trat ans Kopfende des Tisches, setzte sich und eröffnete dann die Sitzung.

Jeder der Forstwächter musste über seinen oder ihren Forst berichten. Angel wartete, bis er an der Reihe war, dann stand er auf und sagte, dass seine Mädchen mit dem sozialen Projekt gut zurechtkämen. Die Welpen reagierten positiv auf die Aufmerksamkeit. Dann setzte er sich schnell wieder.

Taryn beugte sich zu ihm und tätschelte seinen Oberschenkel. „Gut gemacht", flüsterte sie ihm zu.

Als alle mit ihren Berichten durch waren, blätterte Denise in ihren Papieren und lächelte dann strahlend.

„Ich habe aufregende Neuigkeiten. Wie diejenigen von euch, die schon Forstwächter waren, wissen, versuchen wir, ein gemeinsames Zeltlager für alle Gruppen zu organisieren. Erst sah es so aus, als ob es uns dieses Jahr aus logistischen Gründen nicht gelingen würde, aber nun ist der Zeltplatz, den wir gerne hätten, doch noch frei geworden, und dem Vorhaben steht nichts mehr im Wege."

Einige der Frauen jubelten. Taryn presste die Lippen aufeinander.

„Zelten?", fragt sie leise. „Wie in: absichtlich draußen schlafen?"

Angel lachte leise. „Stell dir einfach vor, dass es eine gute Übung für dieses Wochenende mit dem Chef von Living Life at a Run ist."

„Lieber nicht. Du und ich wollten noch wandern gehen. Reicht das nicht?"

Er grinste.

„Ich werde euch allen die Einzelheiten heute Nachmittag per E-Mail senden", fuhr Denise fort. „Wie schon in der Vergangenheit werden wir einen zweiten Zeltplatz für die Eltern einrichten, die gerne in der Nähe ihrer Kinder wären." Ihre braunen Augen richteten sich auf Angel. „Angel, das betrifft insbesondere dich. Du hast den jüngsten Forst. Für viele deiner Mädchen wird es das erste Mal sein, dass sie zelten gehen. Und von gelegentlichen Übernachtungen bei ihren Freundinnen abgesehen vielleicht sogar das erste Mal, dass sie von ihrer Familie getrennt sind. Das kann zu sehr starken emotionalen Reaktionen führen."

Seine Vorfreude auf ein Campingwochenende löste sich augenblicklich in Rauch auf. „Emotionale Reaktionen?"

Einige der Frauen kicherten.

„Nichts, womit du nicht fertig wirst", versicherte Denise ihm.

Wollen wir wetten? Doch er dachte die Frage nur und sprach sie nicht aus.

„Ich würde vorschlagen, du ermutigst die Familien der Mädchen, sich auf dem nahe gelegenen Campingplatz einzuquartieren, sodass sie vor Ort sind, sollte es eine Krise geben." Sie hielt inne. „Mit den Kindern."

Krise? Was für eine Krise denn um Himmels willen?

Denise wandte sich anderen Themen zu. Kurz darauf waren sie fertig.

Der Rest der Gruppe verließ den Raum, aber Angel blieb sitzen. Taryn auch. Ihre blauvioletten Augen funkelten amüsiert.

„Du freust dich“, knurrte er.

„Ich bin amüsiert. Das ist etwas anderes. Jetzt bin ich nicht mehr die Einzige, die sich Sorgen wegen des Campingausflugs macht.“

„Ich will auf keinen Fall, dass meine Mädchen weinen.“ Er konnte mit Tränen nicht umgehen. „Oder traurig sind. Camping soll Spaß machen. Wir gehen wandern und lernen etwas über die Natur.“ Er kannte ein paar einfache Überlebenstricks, die er ihnen beibringen könnte.

„Ich bin sicher, die Mädchen finden das prima. Das war nur eine theoretische Möglichkeit, die Denise dir aufgezeigt hat. Damit du für alle Fälle gewappnet bist. Die Eltern in der Nähe zu haben ist eine gute Idee.“

Dem stimmte er zu, aber trotzdem. Weinen.

Taryn stand auf. „Wenn du dich dann besser fühlst, wir haben erst noch den Mutter-Tochter-Tee hinter uns zu bringen. Das wird lustig.“

Er erhob sich und legte ihr leicht eine Hand an die Taille. „Das ist also deine Vorstellung von Hilfe?“

„Magst du keinen Tee? Es gibt auch Kekse. Kekse helfen immer.“

„Ich bin nicht fünf. Du kannst meine Stimmung nicht mit einem Keks heben.“

„Gut zu wissen.“ Sie blieb im Türrahmen stehen und sah ihn an. „Was würde denn dann deine Stimmung heben?“

Er dachte daran, wie sie beim Fluss gewesen war. Wie sie alles genommen hatte, was er ihr bot, und ihn nach Luft schnappend zurückgelassen hatte. Er dachte an ihr gemeinsames Wochenende und daran, dass egal, wie oft er die Hände nach ihr ausgestreckt hatte, sie bereit gewesen war, das Spiel noch einmal zu spielen.

Er dachte an ihre verdammten High Heels, die Art, wie Taryn zugleich herrisch und sehr weiblich war, wie süß sie mit den Mädchen umging. Wenn er jemals daran denken würde, die Regeln zu brechen, dann mit ihr. Aber das würde nicht passieren.

Sie beugte sich vor und küsste ihn auf den Mund. „Gut zu wissen“, murmelte sie an seinem Ohr.

„Gut was zu wissen?“

„Wie ich deine Stimmung heben kann.“

Er lachte immer noch, als sie die Treppe hinunter und auf die Straße gingen.

„Wie sieht dein Nachmittag aus?“, fragte er.

„Ich muss noch ein wenig arbeiten, habe aber keine Termine mehr.“

„Hast du Zeit für einen Lunch?“

„Klar.“

Er nahm ihre Hand und sie gingen zur Fifth Street. „Warst du schon mal im Margaritaville?“, fragte er. „Die haben hervorragendes Essen.“

„Und Margaritas“, erwiderte sie. „Nicht, dass ich zum Lunch Alkohol trinke.“

„Du könntest eine Ausnahme machen.“

„Dann schaffe ich es nicht mehr zurück ins Büro.“

„Ich weiß.“

Sie lachte. „Versuchst du, mich zum Schwänzen zu verführen? Dazu bedarf es nicht viel.“ Sie zeigte auf die Blumenkästen an den Läden, an denen sie gerade vorbeikamen. „Sie bepflanzen die Kästen andauernd neu. Und immer mit blühenden Blumen, die zur Jahreszeit passen. Als die Jungs mich das erste Mal mit hierher geschleppt haben, dachte ich, ich bin in einer 50er-Jahre-Sitcom gelandet.“

„Dir hat es nicht gefallen?“ Was konnte man an Fool’s Gold nicht mögen?

„Ich fand die Stadt klein und provinziell“, gab Taryn zu. „Die Leute waren viel zu freundlich. Ich war schockiert darüber, dass mir alle fünfzehn Sekunden jemand Hallo sagte. Ich konnte nicht glauben, dass die Jungs mich mit dem Umzug hierher überstimmt hatten und ich von nun an hier leben sollte.“

„Und jetzt?“

Sie schaute sich um. „Sie wächst mir langsam ans Herz.“

„Wie ein Pilz?“

Sie lachte. „So in der Art. Aber ein guter Pilz. Eher ein Trüffel. Ein Geschmack, an den man sich gewöhnen muss.“ Sie drückte seine Hand. „Dir hat es hier natürlich von Anfang an gefallen.“

„Klar. Ford ist hier aufgewachsen und hat die ganze Zeit davon erzählt. Justice hat als Teenager ein Jahr hier gelebt. Was sie erzählten, erinnerte mich an die Stadt, in der ich groß geworden bin. Als Justice mich dann irgendwann gefragt hat, ob ich bei CDS einsteigen will, war ich gerade auf der Suche nach einem Ort, an dem ich Wurzeln schlagen konnte.“

„Wurzeln?“, fragte sie.

„Na ja, so was in der Art.“

Er hatte gewusst, dass er sich ein Stück weit von seinem gemeinsamen Leben mit Marie und Marcus verabschieden würde, wenn er Fool's Gold als neues Zuhause akzeptierte. Die beiden hatten nie hier gelebt und waren kein Teil mehr hiervon. Aber Marie hätte es hier bestimmt gefallen. Und was seinen Sohn anging, nun, den trug er in seiner Erinnerung sowieso immer bei sich.

Taryn blieb stehen und zog ihn mit sich zur Hauswand, damit sie nicht im Weg standen. Dann berührte sie seine Wange. „Geht es dir gut?“

„Ja, alles okay.“

Ihre blauen Augen schauten ihn an. „Ich meine, kann ich dir irgendwie helfen? Du verlierst dich gerade in der Vergangenheit und denkst an Marie und Marcus, oder?“

Er behielt eine neutrale Miene, weil er es konnte. Doch innerlich staunte er. Woher wusste sie das?

„Es ist nur logisch“, fuhr sie fort. „Ihr wart sehr lange zusammen. Ihr wart eine Familie. Marie wird immer ein Teil von dir sein. Wie Marcus.“ Sie lächelte. „Ich weiß, einiges in Bezug auf die Mädchen macht dir Angst, aber ich glaube, es ist leichter für dich, es mit ihnen zu tun haben. Teenagerjungen könnten viele Erinnerungen wieder hochbringen. Das könnte schwer sein.“

Er berührte ihr Haar. „Wann bist du so klug geworden?“

„Das war ich immer schon.“

Er nickte. „Sie fehlt mir. Und ich fühle mich schuldig.“

„Weil du dein Leben weiterlebst? Hätte sie das nicht gewollt?“

„Ja, das hätte sie. Daran liegt es nicht. Marie war sehr praktisch veranlagt. Sie hätte nicht gewollt, dass ich in meiner Trauer stecken bleibe.“ Er zögerte. „Es ist mein Fehler, dass sie gestorben sind.“

„Es war ein Autounfall. Du warst doch nicht einmal da.“

„Aber das hätte ich sein sollen. Ich hätte sie beschützen müssen.“

Da war sie – die Wahrheit. Unerwartet aus ihm herausgeplatzt. Es war sein Job, Leute zu beschützen, doch die beiden, die er am meisten liebte, hatte er nicht beschützen können. Ein Klischee, dachte er, während er gleichzeitig die darin liegende Wahrheit akzeptierte.

Er wartete darauf, dass Taryn ihm sagen würde, er irre sich. Oder dass sie versuchen würde, ihn umzustimmen. Stattdessen küsste sie ihn und zog ihn mit sich zum Restaurant. Als sie saßen, erzählte sie von ihrem Treffen mit Bürgermeisterin Marsha und brachte ihn zum Lachen, als sie nachmachte, wie Felicia erklärt hatte, was Happy Ending noch bedeuten konnte.

Sie mochte vielleicht nicht verstehen, was er durchgemacht hatte, aber sie akzeptierte seine Wahrheit und die Konsequenzen, die damit einhergingen. Eine seltene Kombination. Was für ein Glück er gehabt hatte, sie zu finden.

Nach dem Lunch mit Angel war Taryn zu rastlos, um ins Büro zurückzukehren. Sie schlenderte durch die Stadt und fand sich schließlich vor dem Paper Moon wieder. Als sie das vertraute Logo sah, fiel ihr plötzlich wieder Dellinas Geschichte über die Hochzeitskleider und Sams Reaktion darauf ein. Sie kicherte immer noch, als sie den Laden betrat.

Der Eingang in den neuen Bereich mit der Designermode war noch versperrt, was bedeutete, dass sie den Umweg durch die Welt der Hochzeitskleider nehmen musste. Eine junge Frau stand auf einer Plattform vor fünf Spiegeln. Sie trug ein Kleid aus Tüll und weißer Spitze, und eine Freundin, ihre Mutter und Großmutter bewunderten sie aus der Nähe.

Isabel erblickte Taryn und eilte zu ihr.

„Bitte rette mich", murmelte sie. „In dieser Familie ist alles kostbar. Sie ist ihre kostbare kleine Tochter. Sie wollen, dass sie auf ihrer Hochzeit kostbar aussieht. Die Familie des Bräutigams ist …"

„Kostbar?", fragte Taryn.

Isabel stöhnte. „Genau." Sie winkte Madeline, ihrer Verkäuferin. „Ich überlasse sie deinen fähigen Händen."

Madeline grinste. „Ich werde die Erfahrung so kostbar wie möglich gestalten."

„Ja, tu das."

Isabel tätigte noch einen schnellen Anruf, dann bedeutete sie Taryn, ihr nach nebenan zu folgen. Sie schoben die dicke Plastikplane zur Seite und betraten dann den neuen Verkaufsraum. Taryn blieb stehen und nahm die Veränderungen auf, die hier seit ihrem letzten Besuch vorgenommen worden waren.

Die Wände waren in einem blassen Blaugrau gestrichen, und der größte Teil der Einbauten stand schon. Der Büroraum ganz hinten musste noch fertiggestellt werden, und der Boden bestand noch aus rohem Beton, aber ansonsten sah es schon toll aus.

„Du hast es beinahe geschafft", sagte Taryn.

„Ich weiß. Nächste Woche kommt der Fußboden. Wir verlegen eine spezielle Dämmschicht, damit das ständige Hin- und Herlaufen für unsere Beine nicht so anstrengend ist. Das Soundsystem ist bereits eingebaut. Ford und ich haben es letzte Woche schon ausprobiert."

„Und bis zum Morgengrauen gefeiert?"

Isabel wackelte mit den Augenbrauen. „So in der Art." Sie zeigte auf einen Kleiderständer. „Komm, ich habe ein paar Sachen, die ich dir zeigen will."

Taryn folgte ihr willig. Isabel hatte mehrere neue Designer für Kleidung und Accessoires unter Vertrag genommen. Die Stücke waren frisch und modisch. Einige waren für Taryn zu ausgefallen, aber erstaunlich viele gefielen ihr ausnehmend gut.

Isabel hielt ihr eine smaragdgrüne Lederjacke mit schmal geschnittener Taille hin. Außerdem gab es ein flammend rotes Kleid mit Ausschnitten an der Taille und zwei auf Figur geschnittene Kostüme – eines mit etwas, das wie Applikationen aus Schlangenleder aussah.

„Ich bin beeindruckt", sagte Taryn. Sie stellte sich auf das Handtuch, das Isabel auf den Boden gelegt hatte, und schlüpfte aus ihren Sandalen. Dann zog sie Pullover und Hose aus und griff nach dem roten Kleid.

„Hey, ich bin's", rief jemand.

Patience Garrett, die mit Justice verheiratet und Besitzerin des Brew-haha war, kam um die Ecke. Sie sah Taryn in ihrer Unterwäsche und blieb stehen.

„Oh, tut mir leid", sagte sie und drehte sich um.

„Du bist schon ganz richtig hier", sagte Isabel. „Ich habe ein paar Sachen für Taryn herausgesucht, und für dich habe ich immer noch das tolle schwarze Kleid." Sie grinste Taryn an. „Justice und Patience planen einen romantischen Abend. Er hat ihr verraten, dass sie in ein nobles Restaurant gehen, und ich helfe ihr jetzt, ihre Garderobe ein wenig aufzupeppen."

Taryn trat ein Stück zur Seite, um Platz auf dem Handtuch zu machen. „Bitte, lass dich durch mich nicht stören", sagte sie und zog das rote Kleid über ihren Kopf und Körper, bis es richtig saß.

Als sie aufschaute, knabberte Patience an ihrer Unterlippe. Taryn fragte sich, ob sie enttäuscht war, weil sie bei der Anprobe ihres Kleides nicht alleine war.

„Ich kann später zurückkommen", sagte sie schnell.

Isabel schaute Patience an, die errötete.

„Das ist es nicht", versicherte Patience. „Es ist nur … du wirkst so entspannt, wie du da in deiner Unterwäsche stehst."

Taryn seufzte. „Tut mir leid. Das liegt an den Jungs. Sie haben mich schon so oft in der Umkleidekabine der Firma überrascht. Früher hat mich das gestört, aber inzwischen haben sie mich weichgekocht."

Patience nickte. „Das ist gut für mich. Ein wenig abenteuerlustig zu sein. Habe ich das richtig gesehen, du trägst einen String? Sind die nicht höllisch unbequem?"

Isabel lachte. „Du musst uns Unterricht darin geben, wie man eine starke, sexy Frau ist."

„Die Strings trägt", fügte Patience hinzu.

Sie war hübsch mit ihren braunen Haaren und braunen Augen. Entschlossen packte sie den Saum ihres Brew-haha-T-Shirts und zog es sich über den Kopf. Als Nächstes folgten ihre Jeans. Taryn sagte sich, dass sie den schlichten Baumwollslip und den noch schlichteren Baumwoll-BH nicht verurteilen sollte. Ohne Zweifel war diese Frau ein besserer Mensch, als sie es je werden würde.

Patience nahm das schwarze Kleid, das Isabel ihr hinhielt, und zog es an. Es war sehr schlicht, ärmellos, aber auf Figur geschnitten, und der Saum endete eine gute Handbreit über den Knien.

„Hübsch", sagte Taryn. „Es steht dir super."

„Es ist ein wenig eng", sagte Patience und zupfte am Saum. „Und kurz."

„Es ist sexy", korrigierte Taryn sie. „Du brauchst dazu einen guten Push-up-BH und einen passenden String." Sie grinste. „Nur lass ihn nicht zugucken, wenn du dich anziehst, sonst schafft ihr es nie ins Restaurant."

Patience atmete hörbar ein. „Du hast recht. Das Brew-haha hält mich auf Trab und er hat mit CDS so viel zu tun. Außerdem haben wir Lillie und alles andere, was so anfällt, wenn man einen

Haushalt führt. Ich muss mehr Abenteuer wagen." Sie wandte sich an Isabel. „Ich nehme es."

„Gute Entscheidung." Isabel strahlte. „Das liegt an Taryn. Sie inspiriert uns alle."

Taryn zog das rote Kleid aus und hängte es zurück auf den Bügel. „Also das hier will ich auf jeden Fall. Nun zu dem Kostüm mit dem Schlangenleder."

Isabel seufzte. „Dich muss ich gar nicht erst fragen, ob du dazu passende Schuhe hast. Ich habe gesehen, worin du täglich so herumläufst."

„Und wenn ich keine passenden Schuhe habe, kaufe ich sie mir eben. Ich liebe Kleider und Accessoires und es ist mir egal, wenn alle es wissen."

„Wie gerne würde ich mir deine Einstellung mal für einen Abend ausleihen", seufzte Patience. „Justice wüsste gar nicht, wie ihm geschieht."

„Ford auch nicht", gab Isabel zu.

„Eure Männer lieben euch so, wie ihr seid", erinnerte Taryn sie. „Und meine Einstellung hat auch ihren Preis."

Sie lächelte die beiden an, als hätte sie einen Witz gemacht, dabei war es die reine Wahrheit. Sie hatte sich diese Haltung zugelegt, weil sie sonst manchmal nicht durchgehalten hätte. Sie hatte früh gelernt, Menschen nicht zu vertrauen, und dass die Welt ein kalter, herzloser Ort sein konnte. Stärke vorzutäuschen hatte ihr mehr als einmal geholfen, schwierige Situationen durchzustehen. Jetzt, wo sie an einem Punkt angekommen war, an dem sie sich ein wenig entspannen könnte, wusste sie nicht, wie sie ihren Schutzschild ablegen konnte. Zumindest nicht komplett.

Sie hatte hier Freunde gefunden, und dafür war sie dankbar. Aber ab und zu sah sie Frauen wie Patience und Isabel an und beneidete sie. Sie wurden geliebt und konnten Liebe geben. Wie das wohl wäre? Keine freundschaftliche Liebe, sondern romantische Liebe. Wo sie die wichtigste Person im Leben eines anderen Menschen war. Wo es eine feste Bindung gab, geteilte Erlebnisse und das Versprechen auf immer und ewig.

Einige Sekunden lang dachte sie an Angel, dann schüttelte Taryn den Kopf. Sie wusste es besser. Er hatte klar kommuniziert, dass er nicht nach etwas Festem suchte, und sie hatte zu viel durchgemacht, um sich nach etwas zu sehnen, das sie nie haben konnte.

Sie passten gut zusammen, der Sex war beeindruckend, und er ging ihr nicht auf die Nerven. Für sie war das mehr, als sie jemals gehabt hatte, und sie würde es so lange genießen, wie es anhielt.

Die Einladung war unmissverständlich formuliert gewesen. Die jungen Damen sollten zum Mutter-Tochter-Tee Kleider tragen. Taryn verstand das so, dass die Anweisung auch für die älteren Damen galt.

Ehrlich gesagt war sie ziemlich erfreut über die Gelegenheit, ihr Cocktailkleid aus Organza von Naeem Khan anziehen zu können. Vor ein paar Monaten hatte sie sich auf den ersten Blick in das trägerlose schwarz-weiße Kleid verliebt und seitdem auf den passenden Anlass gewartet, es auszuführen. Okay, es mochte für diese Veranstaltung vielleicht ein wenig übertrieben sein, aber das war ihr egal. Der weit ausgestellte Rock gab ihr das Gefühl, Komparsin in einem Film aus den 1950er Jahren zu sein. Sie schlüpfte in ihre Pedro-Garcia-Candela-Sandalen und steckte ihre Haare zu einem lockeren Knoten hoch. Ein Paar schlichte Perlenohrringe vervollständigten ihren Look.

Alle ZKM-Gruppen saßen an Tischen in dem kleineren Ballsaal der Ronan's Lodge. Die meisten Mädchen trugen helle Pastelltöne. Einige Mütter hatten sich auch zurechtgemacht und sich schicke Kleider angezogen. Andere waren in Jeans und T-Shirt gekommen. Und es gab unter all den Frauen tatsächlich auch einen Mann. Ein dunkelhaariger Gentleman mit grauen Augen und gequältem Gesichtsausdruck.

Taryn ging zu Angel. „Hör auf, den Fluchtweg zu suchen", sagte sie zu ihm.

Er räusperte sich und fummelte dann an dem Kragen seines schwarzen Hemdes herum, als wollte er seine Krawatte lockern. Nur dass er gar keine trug.

„Tue ich ja gar nicht", sagte er.

„Du bist dreißig Sekunden davon entfernt, in Angstschweiß auszubrechen."

Seine kühlen grauen Augen schauten sie an. „Mir ist in meinem ganzen Leben noch kein Angstschweiß ausgebrochen."

„Für alles gibt es ein erstes Mal." Sie drehte sich um und lächelte, als Regan mit ihrer Mutter im Schlepptau auf sie zukam.

Die hübsche Siebenjährige strahlte Angel an. „Das ist meine Mom. Mom, das ist Angel, unser Forstwächter. Und Taryn. Sie hilft ihm."

Regans Mutter war vermutlich ein paar Jahre älter als Taryn und trug einen breiten Ehering. Aber das hielt sie nicht davon ab, Angel anzusehen und mit den Wimpern zu klimpern.

„Regan erzählt so viel von Ihnen", schwärmte sie. „Sie machen das mit den Mädchen ganz wunderbar." Während sie sprach, legte sie eine Hand auf Angels Arm. „Wenn Sie zusätzliche Hilfe benötigen, können Sie mich jederzeit anrufen."

Wenn Angel nicht so nervös gewirkt hätte, wäre Taryn vermutlich genervt gewesen. Seit wann war sie denn völlig unsichtbar? Aber schließlich siegte die Belustigung über ihren Ärger.

„Oh, sieh nur", sagte sie und schaute in Richtung Eingang. „Felicia ist hier. Ich bin gleich wieder da."

„Lass mich nicht allein", stieß Angel durch zusammengebissene Zähne hervor.

Taryn lächelte. „Regan, du und deine Mom, ihr könnt euch doch bestimmt um Angel kümmern, oder?"

Das kleine Mädchen nickte eifrig.

Angel bedachte Taryn mit einem Blick, der Rache schwor. Heimlich hoffte sie, er würde seine Drohung auch wirklich wahr machen. Sie ging zu Felicia, die an der Tür stand und die ganzen Mädchen und ihre Mütter aus großen Augen betrachtete.

„Fast alle Anwesenden tragen Pastellfarben", sagte sie und fingerte am Stoff ihres ärmellosen Kleids im Empirestil herum. „Ich war nicht sicher, was ich anziehen sollte."

„Du siehst toll aus." Taryn hakte sich bei ihr unter und führte sie zu einem Tisch am Rand. „Der eigentliche Tee fängt erst in einer Dreiviertelstunde an. Bis dahin sollen die Mädchen und die Mütter sich einfach nur miteinander unterhalten. Dort drüben an dem Tisch gibt es Punsch. Ich dachte, du hättest vielleicht Lust, den auszuschenken. So kannst du mit den Mädchen reden, ohne dass du komisch rüberkommst."

Felicia nickte. „Danke. Eine Aufgabe zu haben hilft bestimmt. Einfach nur hier zu stehen und die Kinder anzustarren würde vermutlich Misstrauen erregen, und das will ich nicht." Sie berührte ihren Bauch. „Ich habe viele Bücher gelesen, aber wenn es um Kinder geht, gibt es Dinge, die man sich nicht anlesen kann. Man muss sie erleben."

Taryn trat vor Felicia. „Ich kenne nicht deine ganze Geschichte. Aber ich weiß, dass du viel klüger bist als wir alle, und deshalb fühlst du dich vermutlich manchmal wie ein Freak."

Um Felicias Mund zuckt es. „Freak ist das perfekte Wort."

Taryn schüttelte den Kopf. „Aber darum geht es nicht. Hier ist mein Rat: Liebe dein Kind und lass es wissen, dass du es tust. Das ist es, was alle Kinder brauchen. Der Rest ergibt sich von allein."

Felicias Miene entspannte sich. „Deine Mutter hat dich nicht geliebt?"

„Sie hat mich im Stich gelassen. Das war nicht gut." Auf gewisse Weise war der Fortgang ihrer Mutter schlimmer gewesen als die Misshandlungen durch ihren Vater. Denn ihre Mutter hatte gewusst, was mit ihr passieren würde, und sie war trotzdem gegangen.

Felicia nickte. „Danke. Du hast recht. Carter, mein Stiefsohn, sagt das Gleiche. Und ich liebe sie bereits. Ich will nur immer alles richtig machen."

„Immer? Wie stehen die statistischen Chancen dafür?"

Felicia lachte. „Nicht gut."

Sie gingen weiter in Richtung der Punschschüssel. Felicia zeigte darauf. „Die Legende besagt, dass britische Seefahrer den Punsch in Indien entdeckt haben. Das Wort *Punsch* kommt von dem Hinduausdruck für *fünf*, wegen der fünf Zutaten, die zur Zubereitung verwendet werden. Ein Punsch soll etwas Süßes, etwas Saures, etwas Bitteres, etwas Schwaches und etwas Alkohol enthalten. Spätere Versionen haben Tee als Basis genommen."

Taryn betrachtete die rosafarbene Flüssigkeit. „Ich hoffe, in diesem Punsch ist kein Alkohol, sonst haben wir ein Problem."

„Ich bin sicher, das ist einfach nur ein zuckerhaltiges Getränk. Die Mädchen werden den Effekt fühlen, wenn die Sandwiches serviert werden."

„Das verspricht ein aufregender Nachmittag zu werden."

Taryn wies Felicia kurz ein, sah, dass Angel von noch mehr Müttern umringt war, und ging in die entgegensetzte Richtung. Soll er doch seine fabelhaften Machotalente nutzen, um sich aus der Situation rauszumanövrieren, dachte sie grinsend.

Sie erblickte Bailey und Chloe, die sich mit einer Gruppe unterhielten. Bailey sah sie und sagte etwas zu Chloe, dann kam sie auf Taryn zu.

Baileys grünes Kleid saß ein wenig eng. Ihr langes rotes Haar hing ihr über die Schultern, und sie war nur wenig geschminkt.

„Das ist nett", sagte sie ihm Näherkommen. „Ich finde es schön, wie ZKM die Mädchen zusammenbringt, damit sie sich anfreunden können. Wenn Chloe in die Mittelschule kommt, kennt sie die älteren Mädchen bereits." Sie senkte die Stimme. „Ich wollte Ihnen und Angel für die extra Hilfe danken, die sie Chloe gegeben haben. Sie ist ganz begeistert von all den gemeinsamen Aktivitäten. Ich sehe bereits jetzt einen Unterschied in ihr."

„Das freut mich", erwiderte Taryn. „Sie ist sehr süß. Als Angel sie gebeten hat, sich besonders um einen der Welpen zu kümmern, war sie mit ihm so sanft. Sie ist ein tolles Mädchen."

„Danke. Es ist für sie schwer ohne ihren Dad. Ich vermisse ihn auch, aber für mich ist es anders."

Taryn war nicht sicher, ob das den Umgang mit ihrem Verlust leichter machte, entschied sich aber, nichts zu sagen.

Bailey lächelte. „Chloe spricht immer darüber, wie Sie angezogen sind, und jetzt verstehe ich, warum. Das ist ein wunderschönes Kleid."

Taryn drehte sich hin und her und brachte den Rock zum Schwingen. „Es ist ein Laster", sagte sie fröhlich. „Aber es ist mir egal. Ich liebe dieses Kleid."

„Die Schuhe sind auch toll."

Taryns Blick fiel auf Baileys schlichte Ballerinas, die vom vielen Tragen schon ganz abgetreten waren. Plötzlich wurde ihr bewusst, dass ihr Kleid beinahe tausend Dollar gekostet hatte, und sie unterdrückte den Drang, sich entschuldigen zu wollen.

„Ich werde meine gemütlichen Mama-Jeans wohl auch bald gegen etwas Professionelleres eintauschen müssen", sagte Bailey.

„Steht ein Jobwechsel an?"

„Kein Wechsel, sondern überhaupt ein Job." Sie zuckte mit den Schultern. „Ich hatte bislang nur ein paar Teilzeitjobs. Vor allem, damit ich für Chloe da sein konnte. Aber ihr geht es besser, und wir brauchen das Geld. Es ist allerdings eine Weile her, dass ich auf dem Arbeitsmarkt war. Die Computerprogramme ändern sich alle paar Jahre. Ich muss mein Wissen erst noch ein wenig auffrischen."

„Vermutlich gibt es Kurse auf dem örtlichen Community College", schlug Taryn vor. „Die könnten Sie innerhalb weniger Tage auf den neuesten Stand bringen."

Bailey nickte. „Ich habe schon im Internet gesucht, aber die sind alle ziemlich teuer. Das Community College wäre leichter und billiger."

„Ja, stimmt. Außerdem lernen Sie Menschen kennen, die sich in der gleichen Situation befinden. Sie können sich ein Netzwerk aufbauen. Und dann ziehen Sie sich ein schickes Kostüm an und beeindrucken ihren zukünftigen Arbeitgeber."

Unterschiedlichste Gefühle huschten über Baileys Gesicht. „Das ist eine gute Idee." Sie lächelte, aber irgendetwas stimmte nicht. Die Wärme war verflogen. „Ich will Sie nicht länger aufhalten. Danke noch mal für Ihre Hilfe mit Chloe."

Taryn nickte und schaute ihr hinterher, als sie wegging. Sie spürte, dass sie etwas Falsches gesagt hatte, wusste aber nicht, was. Die Idee mit dem College ergab Sinn. Wie sonst sollte Bailey ihre Kenntnisse auffrischen? Wenn es das nicht war, dann war es …

„Das schicke Kostüm", murmelte sie.

Vielleicht war das Geld bei Bailey so knapp, dass sie sich keins leisten konnte. Taryn wurde ihr Kleid noch peinlicher. Was für eine lächerliche Summe für ein Stück Stoff. Sicher, sie verdiente genug, aber …

„Du siehst angespannt aus", sagte Angel, der mit einem Mal neben ihr stand. „Was ist los?"

„Nichts." Sie verschränkte ihre Finger fest ineinander. „Bin ich lächerlich? Mit meinen Klamotten und den Schuhen?"

„Wie kommst du darauf?"

„Das ist keine Antwort auf meine Frage."

„Ich weiß nicht, worauf du hinauswillst. Du bist eine schöne Frau. Du ziehst dich an, wie du dich anziehen willst. Warum sollte dich das lächerlich machen?"

„Ich habe Tausende von Dollar für meine Sachen ausgegeben. Weißt du, wie viel diese Schuhe kosten?"

„Nein. Und es ist mir auch egal. Gefallen sie dir?"

„Ja."

„Kannst du sie dir leisten?"

„Klar."

„Dann genieße sie."

Sie wusste, dass Angel recht hatte, aber so einfach war das nicht. Aus dem Augenwinkel beobachtete sie Bailey, die sich mit einigen anderen Müttern unterhielt. Dabei zog sich ihr

Magen auf seltsame Weise zusammen, und sie wusste, dass sie helfen musste.

„Das liegt an dieser Stadt“, grummelte sie. „Ich wollte mich nie einbringen. Ich bin nicht wie du. Ich gehe keine Beziehungen zu Menschen ein.“

Angel schenkte ihr ein träges, verführerisches Lächeln. „Ich bin nicht gerne der Überbringer schlechter Nachrichten, Taryn, aber du steckst bereits mittendrin.“

„Ich will, dass das aufhört.“

„Zu spät.“

13. KAPITEL

So langsam wurde Angel immer klarer, dass er offenbar auch zu diesen sexistischen Männern gehörte. Sicher, er wollte, dass Frauen im Job gleich bezahlt wurden, und fand, dass mehr Frauen Unternehmen leiten sollten. Er hielt auch Frauen in der Armee für eine gute Idee.

Doch diese Argumente saßen alle in seiner linken Gehirnhälfte. Im rationalen Bewusstsein. Sie hatten nichts mit seiner instinktiven Reaktion auf Taryn zu tun, die gerade ihre Ideen dem CDS-Team vorstellte.

Er selbst saß mit Ford und Consuelo im Hintergrund, während Justice vorne am Konferenztisch saß. Taryn hatte neben ihm Platz genommen und berührte alle paar Sekunden das Touchpad ihres Laptops, um das Bild auf der großen Leinwand vorne an der Wand zu ändern.

Sie hatte eine detaillierte Erklärung abgeliefert, warum ihr Logo funktionierte, der Rest ihres Werbematerials hingegen nicht. Sie hatte Marktforschungsergebnisse, Businesstrends und sogar ein paar Folien zur Bevölkerungsstruktur präsentiert. Zumindest glaubte Angel das, denn er hörte nicht wirklich zu. Er guckte nur.

Taryn trug ein tailliertes schwarzes Kostüm mit, wie es aussah, Applikationen aus Schlangenleder. So etwas kann auch nur sie tragen, dachte er bewundernd. Die Absätze ihrer Schuhe waren so dünn und hoch, dass man sie ohne jeden Zweifel als Waffen einstufen konnte. Ihr langes schwarzes Haar hing ihr glatt über den Rücken. Sie sah gleichzeitig mächtig und unglaublich sexy aus. Es war nicht schwer, sie sich mit einer Peitsche vorzustellen … oder mit Handschellen. Nicht, dass er auf solche Dinge stand, aber wenn sie mit ihm spielen wollte, hätte er vermutlich nicht die Kraft, ihr irgendetwas abzuschlagen.

Was hier zu sitzen und ihr zuzuhören zu einer eher unbequemen Erfahrung machte. Er versuchte zwar, sich zusammenzureißen, aber trotzdem hatte er den Großteil der letzten Stunde einen Steifen gehabt. Weshalb er darauf achtete, nicht allzu sehr auf seinem Stuhl herumzurutschen. Das Letzte, was er wollte, war, dass Ford es bemerkte und anfing, ihn damit aufzuziehen. Obwohl er seine Beziehung mit Taryn nicht geheim hielt, wollte er sie doch auch in keiner Weise unterminieren.

Ein neues Bild tauchte auf. Es zeigte den neuen Briefkopf und Visitenkarten. Es gab verschiedene Entwürfe – alles Varianten von ein und demselben Thema. Taryn sprach darüber, was ihr warum gefiel, und Justice stellte ein paar Fragen.

Angel ließ die Unterhaltung über sich hinwegrollen, während er sich fragte, wie Taryn wohl geworden wäre, hätte sie auch beim Militär gearbeitet. Sie wäre direkt für die Offiziersschule rekrutiert worden, dachte er. Die Disziplin und Herausforderungen hätten ihr gefallen, aber die Uniformen hätte sie gehasst.

Als das Meeting endlich beendet war, schüttelte Taryn allen die Hand. Justice sagte, sie würden die Ideen diskutieren und sich bis Ende der Woche bei ihr melden. Angel wusste, dass ihre Entwürfe seinem Freund gefallen hatten, er aber ohne das Feedback seiner Kollegen nichts sagen wollte.

„Dein Mädchen hat einen ziemlich klugen Kopf", sagte Ford.

Angel grinste. „Wem sagst du das. Wir sehen uns im Büro."

Ford nickte und verließ mit Consuelo die Agentur. Als Angel mit Taryn alleine war, nahm sie ihren Laptop und ging den Flur hinunter.

„Und, was meinst du?", fragte sie.

„Gute Präsentation. Sie war sehr klar, und du hast ganz offensichtlich deine Hausaufgaben gemacht."

Sie betraten ihr Büro. Angel schloss die Tür und ließ die Jalousien an den Fenstern herunter, sodass niemand hineinschauen konnte. Dann ging er auf sie zu.

„CDS ist ein interessanter Fall", sagte sie gerade und legte ihren Laptop auf die Dockingstation. Sie hatte nicht gemerkt, dass er näher gekommen war. Mit einer fließenden Bewegung zog sie sich ihr Jackett aus und warf es über einen Stuhl. „Die Firma hat zwei stark voneinander abgegrenzte Bereiche. Das ist normalerweise kein sonderlich erfolgreiches Geschäftsmodell, aber in diesem Fall …“

Er packte sie an den Oberarmen und drehte sie zu sich herum. In ihren verdammten High Heels war sie beinahe so groß wie er. Aber das war gut, denn so konnte er sie leichter küssen. Was er auch tat.

Taryn lehnte sich an Angel und schlang die Arme um ihn. Sein Mund war heiß und hungrig an ihrem.

„Ich hatte auf ein wenig mehr Feedback zu der Präsentation gehofft“, neckte sie ihn. „Aber ich schätze, das hier ist auch nicht schlecht.“

Er rieb seine Hüften an ihr. Sie spürte seine steinharte Erektion. „Du bist sexy, wenn du übers Geschäft sprichst. Oder überhaupt sprichst. Oder gehst. Oder atmest.“

Seine Erregung zu spüren weckte sofort die gleiche Lust in ihrem Körper. Ihr Unterleib zog sich zusammen, und sofort war sie genervt von den unnötigen Lagen Kleidung zwischen ihnen. Viel lieber hätte sie jetzt die Magie erlebt, die entstand, wenn seine Hände ihre nackte Haut berührten. Sie warf einen Blick zur Tür und sah, dass er sie abgeschlossen hatte.

„Ich bin eigentlich nicht für Sex im Büro“, murmelte sie an seinem Hals, als er schon nach dem Reißverschluss ihres Rocks griff.

„Ich auch nicht.“

Lächelnd atmete sie seinen Duft ein. „Auf dem Schreibtisch?“

„Oh ja.“

Sie lachte leise auf. Das ist so kitschig, dachte sie. Aber zugleich war es auch wunderbar.

Sobald er den Reißverschluss geöffnet hatte, fiel ihr Rock zu Boden. Sie war bereits dabei, sich die Bluse auszuziehen. Er kümmerte sich um ihren BH und den String, ließ die Schuhe aber, wo sie waren. Oh, sexy, dachte sie grinsend.

Als er die Hände nach ihr ausstreckte, schüttelte sie den Kopf und drohte mit dem Zeigefinger. „Du bist noch angezogen. So läuft das nicht."

Sie schob den Laptop beiseite, setzte sich auf den Schreibtisch und spreizte die Beine. „Ich warte."

Das musste sie ihm lassen, er ließ seinen Blick ungefähr fünf Sekunden über ihren Körper gleiten – von ihren prallen Brüsten bis zu der Stelle zwischen ihren Beinen. Seine Pupillen weiteten sich, sein Kiefer spannte sich an, als würde er sich zurückhalten. Doch sobald er anfing, sich auszuziehen, bewegte er sich so schnell, dass er nur ein verschwommener Fleck vor ihr war. Dann war er endlich nackt und nahm sie in seine Arme.

Sobald sein Mund ihren fand, drängte er mit der Zunge zwischen ihre Lippen. Gleichzeitig stieß er seine Erektion tief in sie hinein. Er erfüllte sie komplett und setzte bei jeder Bewegung all ihre Nervenenden unter Strom. Sie spannte die Muskeln an und umschloss ihn fest, als er sich zurückzog. Sie stießen beide ein leises Wimmern aus.

Taryn schlang ihre Beine um seine Hüften und zog ihn an sich. Angel küsste sie, umtanzte ihre Zunge mit seiner, während er zugleich ihre Brüste umfasste und die aufgerichteten, schmerzenden Brustwarzen rieb. Er zog sich zurück und stieß wieder in sie hinein, brachte sie mit jedem Stoß dem Höhepunkt näher. Dann ließ er eine Hand zwischen ihre Körper gleiten, presste die Handfläche auf ihren Bauch und fing an, mit seinem Daumen kleine Kreise um ihre Klit zu ziehen.

Das ist zu viel, dachte Taryn wild. Ihr Kuss, seine Hand, dass Angel genau wusste, wie hart und schnell er sie nehmen musste. Sie zog sich ein wenig zurück, damit sie ihm in die Augen schauen konnte. Hitze brannte in ihnen, als seine Muskeln sich erneut anspannten.

Sie war auf dem Weg zum Höhepunkt und spürte, dass auch er kurz davor stand. Doch sie wollte sich zurückhalten – nur für eine Sekunde. Nur, um die zitternde Vorfreude zu genießen, während sie …

Ihr Orgasmus überrollte sie. Ihr ganzer Körper erbebte, und sie holte tief Luft, um dann ihre Lust laut herauszuschreien. Auch wenn ihr Gehirn sie warnte, dass das angesichts des Ortes, an dem sie sich befanden, eine schlechte Idee war, verlor sie sich ganz in ihrer Erlösung und ließ sich die Kontrolle so weit entgleiten, bis ihr alles egal war.

Doch sobald sie den Mund öffnete, brachte Angel sie mit einem schmelzenden Kuss zum Verstummen. Er erschauerte, als sie die Zunge an seiner rieb, um ihn fühlen zu lassen, wie gut es war. Dann kam auch er, und sie klammerten sich auf dem Gipfel ihres gemeinsamen Höhepunkts aneinander.

Angel war froh, dass er alleine laufen gegangen war. Er wollte sein Dauergrinsen nicht erklären müssen. Auf dem Weg den Berg hinauf fühlte er sich entspannt, aber auch stark. Verdammt, mit Taryn hatte er wirklich eine gute Zeit.

Er hatte die Zeit für das Rendezvous in ihrem Büro gemessen, und von dem Moment, als er die Tür geschlossen hatte, bis sie beide wieder angezogen waren und wie die Teenager gekichert hatten, waren gerade mal vier Minuten vergangen. Unter anderen Umständen wäre ihm seine mangelnde Kontrolle peinlich gewesen, aber Taryn war genauso schnell zum Höhepunkt gekommen wie er. Sie war ungeduldig und empfänglich – eine Kombination, der er nur schwer widerstehen konnte.

Er joggte an einem Stoppschild und der Straße, die zum Highway führte, vorbei und wollte sich gerade östlich in Richtung eines kleinen Pfades wenden, als ihm ein Wagen am Straßenrand auffiel. Er war bestimmt zehn Jahre alt und hatte eine Beule in der Stoßstange. Daneben stand eine Frau.

Angel wurde langsamer und blieb dann stehen. Er brauchte eine Sekunde, um die Frau einzuordnen. Sie war blond und trug Yogahosen und ein mit lauter Blumen bedrucktes T-Shirt. Laura? Leslie? Er runzelte die Stirn. Larissa. Sie arbeitete bei Taryn. Irgendetwas mit Massage oder so?

Doch auch wenn er wusste, wer sie war, konnte er nicht davon ausgehen, dass sie genauso viel über ihn wusste. Er ging langsam weiter und ließ seine Arme locker hängen, um so wenig bedrohlich wie möglich auszusehen.

„Hi", sagte er. „Ich bin Angel. Ich arbeite bei CSD. Probleme mit dem Wagen?"

Larissa lächelte ihn an. „Ah, Sie sind also der geheimnisvolle Angel. Ich habe schon viel von Ihnen gehört. Schön, Sie endlich kennenzulernen."

Sie schüttelten einander die Hände. Er warf einen Blick zu ihrem Auto.

„Was ist los?"

Larissa seufzte. „Ich transportiere ein paar gefährdete Schlangen zu einem Reptilienasyl in der Wüste. Ich wollte die Interstate durch die Berge nehmen, weil ich dachte, das wäre eine schöne Strecke."

Sie erwähnte irgendwelche Wildblumen, die gerade ihre Blütezeit hatten, und wie wichtig diese für das gesamte Ökosystem wären. Angel wartete geduldig.

Als sie innehielt, um Atem zu holen, zeigte er auf ihren Wagen.

„Warum haben Sie angehalten?"

„Oh, stimmt. Ich bin nicht gerade ein Fan von Schlangen. Ich weiß, sie sind auch nur Menschen, aber ich ziehe alles mit Fell vor. Als ich also eben einen Blick zur Seite geworfen habe, fiel mir auf, dass der Deckel nicht ganz fest auf der Kiste saß. Ich bin sozusagen ausgeflippt. Ich glaube, eine von ihnen läuft frei im Auto herum." Sie hielt ihr Handy hoch. „Ich wollte gerade Jack anrufen."

Eine Sekunde überlegte Angel, sie genau das tun zu lassen. Taryn hatte ihn gewarnt, dass Larissa eine gute Samariterin war, die es liebte, alle in ihre Projekte reinzuziehen. Was sie gerade eindrucksvoll bewies. Aber er hatte in Wahrheit kein Problem mit Schlangen – und mal ehrlich, wie lange konnte es dauern, eine in einem Auto zu fangen?

„Ich kümmere mich darum“, sagte er. „Haben Sie den Deckel geschlossen, bevor Sie ausgestiegen sind?“

Larissa schüttelte den Kopf. „Ich habe irgendwie nur geschrien und sofort angehalten. Der Schlüssel steckt noch im Zündschloss.“

Er unterdrückte ein Lächeln. „Wenn Sie Angst vor Schlangen haben, wieso haben Sie sich dann gemeldet, sie durch die Gegend zu fahren?“

„Irgendjemand musste das doch tun. Sie brauchen ein Zuhause.“

Ja, kein Zweifel, ein guter Samariter. Taryn hatte recht – Larissa bedeutete Ärger. Aber sobald er die Schlange oder Schlangen wieder in ihre Transportbox geschafft hatte, wäre das nicht mehr sein Problem.

Er ging auf den Wagen zu. „Wissen Sie, ob die beißen?“ Er öffnete die Tür und beugte sich hinein.

„Ich bin mir nicht sicher. Aber irgendjemand hat erwähnt, dass sie giftig sein könnten.“

„Ich habe es dir doch gesagt“, sagte Taryn mit fester Stimme. „Ich habe mich sehr klar ausgedrückt. Aber hast du mir zugehört?“

Unter normalen Umständen hätte er ihre Fürsorge sicher sehr genossen, nur fühlte er sich leider gerade, als hätte ihm jemand mit dem Baseballschläger einen ordentlichen Schlag auf den Kopf verpasst. Aus irgendeinem Grund konnte er sich kaum konzentrieren, und sein gesamter Körper schmerzte wie bei der schlimmsten Grippe aller Zeiten.

„Ja, du hast es gesagt“, gab er zu.

Er lag im Bett, was bedeutete, er befand sich nicht mehr am Straßenrand. Aber er konnte sich kaum an die Fahrt hierher erinnern. Er sah einen Tropf an seinem Arm und wusste, dass dieses Bett nicht seins war.

„Ich bin im Krankenhaus, oder?“, fragte er.

„Ja. Du bist im Krankenhaus. Du wurdest von einer giftigen Schlange gebissen, was einfach nur lächerlich ist.“

„Ich fühle mich fürchterlich“, jammerte er. „Wie wäre es mit ein wenig Mitleid?“

„Ich bin mir nicht sicher, dass du das verdient hast.“ Aber noch während Taryn das sagte, setzte sie sich neben ihn aufs Bett und legte ihm ein kühles Tuch auf die Stirn.

„Ich dachte, Larissa macht Witze“, gab er zu, als die Ereignisse des Vortages in seinem Kopf langsam wieder Gestalt annahmen. Die Schlange, der Biss, Larissa, die einen Krankenwagen rief. „Immerhin: Ich habe die Schlange zurück in die Kiste geschafft.“

„Ja, das hast du. Larissa ist dir schrecklich dankbar und hat unglaubliche Schuldgefühle.“

Er schaute sie an. „Du wirst sie anschreien, oder?“

„Immer und immer wieder.“

„Das war nicht ihre Schuld.“

Sie streichelte seine Wange. „Du verteidigst sie auch noch? Larissa hat ohne vernünftige Vorkehrungen giftige Schlangen transportiert. Sie hätte sterben können. *Du* hättest sterben können. Ich bin sicher, wenn man die Grenze zu einem anderen Staat überschreitet, muss man entsprechende Papiere haben. Aber hat sie das gekümmert? Nein. Sie liebt ihre wohltätigen Zwecke, und manchmal denkt sie nicht richtig nach.“

„Mir geht es doch schon wieder besser.“ Er legte seine Hand auf ihre. „Du kannst ganz schön einschüchternd sein. Geh mit ihr nicht zu hart ins Gericht.“

Taryn funkelte ihn an. „Ich kann nicht glauben, dass du das sagst. Du hättest sterben können.“

„Bin ich aber nicht.“

Ihre Heftigkeit ist irgendwie nett, dachte er, während er versuchte, das Pochen in seinem Körper zu ignorieren. Ihre Berührung half. Die Sanftheit ihrer Hände. Er war nicht überrascht, dass Taryn eine fürsorgliche Seite hatte – er wusste, auch wenn sie sich oft über „die Jungs“ beschwerte, würde sie alles tun, um sie zu beschützen. Aber dennoch hatte er nicht damit gerechnet, jemals selber zum Objekt ihrer Sorgen zu werden.

Consuelo erschien in der Tür. „Draußen warten ein paar Besucher“, sagte sie.

Er schaute seine Mitbewohnerin an. „Was machst du hier?“

Sie zuckte mit den Schultern. „Ich habe gehört, was passiert ist. Ich konnte nicht glauben, dass du wirklich so dumm warst, also bin ich gekommen, um mich über dich lustig zu machen.“

Trotzige Worte, aber dennoch sah er die Besorgnis in ihrem Blick. „Ich bin zutiefst gerührt.“

„Später werde ich dich vermöbeln“, grummelte sie und wandte sich ab.

Taryn stand auf und setzte sich auf den Stuhl am Bett, als Bailey und Chloe hereinkamen. Chloe hatte ganz große Augen. Sie war ganz blass im Gesicht und ihre Sommersprossen stachen hervor. Als sie ihn im Krankenbett liegen sah, füllten sich ihre Augen mit Tränen. Da er nicht wusste, was er sonst tun sollte, streckte Angel die Hände nach ihr aus.

„Hey, Kleine.“

Sie lief zu ihm. Er schlang seine Arme um sie und war erstaunt, wie winzig sie sich anfühlte. Aber auch stark. Sie klammerte sich an ihn, als wolle sie ihn nie wieder loslassen.

„Ich hatte solche Angst“, flüsterte sie an seiner Brust. „Ich dachte, du würdest sterben.“

Bailey lächelte entschuldigend. „Ich habe ihr gesagt, dass Sie wieder gesund werden, aber sie musste es mit eigenen Augen sehen. Es tut mir leid, dass wir stören.“

„Sie stören nicht“, versicherte Angel ihr. „Es ist alles gut.“

„Es ist nur …“ Bailey hielt inne. „Wegen ihres Dads.“

Angel berührte Chloes Kinn, bis sie ihn anschaute. „Chloe, dein Dad war ein Held. Ich bin nur ein Kerl, der von einer Schlange gebissen wurde. Das war dumm von mir. Aber die Ärzte haben sich gut um mich gekümmert, und ich werde wieder gesund.“

Chloe schniefte. „Hat es wehgetan?“

„Oh ja.“

„Geht es der Schlange gut?“

„Ja. Es war nicht ihre Schuld. Sie hat nur gemacht, was Schlangen eben so machen. Deshalb müssen wir lernen, die Natur zu respektieren. Ich habe versucht, der Schlange zu helfen, aber das wusste sie nicht.“ Er sah sie an. „Ich werde nicht sterben.“

Sie presste die Lippen fest zusammen und nickte. Dann fing sie wieder an zu weinen. Er umarmte sie fester. Taryn überraschte ihn, indem sie zu Bailey ging und sie ebenfalls umarmte. Consuelo schüttelte den Kopf und ging zur Tür.

„Und wer umarmt mich?“, murmelte sie dabei, bevor sie auf den Flur hinaus verschwand.

Taryn funkelte Jack an, der auf einem ihrer Besucherstühle saß. Er machte keinerlei Anstalten, sich zurückzuziehen, was bedeutete, er hatte vor, ihrem Gespräch mit Larissa beizuwohnen.

„Das hat nichts mit dir zu tun“, sagte sie.

„Und ob es das hat. Du wirst wütend werden. Du wirst nicht oft wütend, also vergessen die Leute, wie du dann bist. Aber ich weiß, was passieren wird. Du wirst Larissa in Stück reißen, die sich schon schlecht genug fühlt. Dann wird sie weinend davonlaufen.“

„Du beschützt sie?“ Taryn stemmte die Hände in die Hüften. „Du weißt, was passiert ist.“

„Ja, das weiß ich. Sie hat einen Fehler gemacht. Es ist okay, ihr das zu sagen. Aber es ist nicht okay, ihr ein noch schlechteres Gewissen zu machen, als sie sowieso schon hat. Ich will nicht, dass sie kündigt.“

„Ach, darum geht es dir also. Wie du zurechtkommen sollst, wenn sie nicht mehr da wäre.“

„Dir würde sie auch fehlen.“

Da musste Taryn ihm widerstrebend zustimmen. „Ich werde sie nicht feuern oder dazu bringen, zu kündigen. Aber sie muss damit aufhören, Jack. Zumindest mit diesem Teil ihrer ehrenamtlichen Arbeit.“

„Ich weiß.“ Die Worte kamen von der Tür.

Taryn schaute auf und sah Larissa ins Büro kommen. Sie sah so blass aus wie Chloe tags zuvor, aber ohne die Sommersprossen. Ihre langen blonden Haare hatte sie zum Pferdeschwanz gebunden, und sie trug Jeans und ein T-Shirt. Unter ihren Augen lagen tiefe Schatten, und ihre Mundwinkel zeigten nach unten.

Sie betrat das Büro und setzte sich neben Jack. Bevor sie sprach, schluckte sie. „Es tut mir so leid", flüsterte sie. „Ich wollte nicht, dass jemand verletzt wird. Das musst du wissen."

„Das weiß ich auch." Taryn fiel es schwer, böse zu bleiben, jetzt, wo sie sah, wie erschüttert Larissa war. „Aber du kannst damit nicht weitermachen."

Larissa nickte. „Du hast vollkommen recht. Es ist eine Sache, Schmetterlinge zu retten, aber gefährliche oder giftige Tiere sind etwas völlig anderes. Ich habe nicht die entsprechende Ausbildung dafür." Tränen stiegen ihr in die Augen. „Es ist nur … als sie mich angerufen haben, klangen sie so verzweifelt."

„Das tun sie immer", knurrte Taryn.

Jack bedachte sie mit einem warnenden Blick, dann streichelte er Larissa über den Rücken. „Du hast nur versucht, zu helfen. Das ist einfach dein Ding."

„Angel hat sie nicht geholfen", gab Taryn gereizt. „Und das ist nicht das erste Mal. Erinnerst du dich noch an die Kampfhunde, die sie in deinem Haus gehalten hat? Du musstest in ein Hotel ziehen. Das hier ist genau das Gleiche."

Jack wollte etwas sagen, aber Larissa schüttelte entschieden den Kopf. „Es stimmt. Meinetwegen liegt Angel jetzt im Krankenhaus. Wenn der nächste Arzt weiter weg gewesen wäre, hätte er sterben können, und das ist alleine meine Schuld." Sie schluckte erneut und straffte dann die Schultern. „Ich muss mir genauer ansehen, was ich tue, und verantwortungsvollere Entscheidungen treffen. Es tut mir leid."

„Entschuldigung angenommen", sagte Taryn, die ihre Freundin nicht weiter quälen wollte. „Bitte sag mir, dass du es verstanden hast."

„Das habe ich. Versprochen. Ich kann nicht sagen, dass ich aufhören werde, zu helfen, aber in Zukunft werde ich vorsichtiger sein."

Jack schoss Taryn einen warnenden Blick zu, als wollte er sagen, dass sie weit genug gegangen waren. Taryn nickte.

„Das wollte ich hören", sagte sie und erhob sich. „Ich bin nicht sauer."

„Aber du warst es." Larissa stand ebenfalls auf.

„Nur ein bisschen."

Die beiden Frauen umarmten einander.

„Es tut mir wirklich leid", versicherte Larissa.

„Ich weiß."

Jack begleitete Larissa aus dem Zimmer.

Taryn stellte sich ans Fenster ihres Büros und starrte nach draußen. Sie war ziemlich sicher, äußerlich ganz normal zu wirken, aber innerlich zitterte sie immer noch. Auf Larissa wütend zu sein hatte ihr geholfen, ihre Sorgen in Schach zu halten, aber diese Ablenkung fehlte ihr jetzt. Sie hatte noch in den Nachwirkungen ihres überraschenden morgendlichen Treffens mit Angel in ihrem Büro geschwelgt, als der Anruf gekommen war, dass er nach einem Schlangenbiss im Krankenhaus lag.

Zu wissen, dass er in Gefahr schwebte, war schlimm gewesen, und sie war geschockt über das Ausmaß ihrer Sorge um ihn. Ihre Beziehung zu Angel sollte einfach nur Spaß machen. Zwei Erwachsene, die zusammen eine gute Zeit hatten. Keine Verpflichtungen, keine Versprechen. Da waren sie sich völlig einig. Keiner von ihnen wollte ein Happy End. Er hatte seines bereits gehabt, und sie würde auf keinen Fall jemals irgendjemandem ihr Herz anvertrauen.

14. KAPITEL

Taryn schaute auf, als ihre Assistentin ihr Büro betrat, und sah ihr sorgenvolles Gesicht.

„Was ist los?", fragte sie und stand auf. „Was ist passiert?"

Sie wusste, dass es nicht um Angel gehen konnte. Er war vor drei Tagen aus dem Krankenhaus entlassen worden, und jedes Mal, wenn sie ihn sah, ging es ihm besser. Er durfte wieder alles machen, was er wollte, und hatte vorgehabt, heute wieder zur Arbeit zu gehen. Womit nur die Jungs übrig blieben. Da sie die drei nur zu gut kannte, wusste sie, dass sie nicht mal ahnen konnte, in was für eine Katastrophe einer von ihnen mal wieder geschlittert war.

„Du hast Besuch", sagte Jude. „Sie hat keinen Termin." Sie zuckte mit den Schultern. „Um ehrlich zu sein, es macht mich ein wenig nervös, ihr zu sagen, dass sie einen machen muss."

Taryn entspannte sich. „Jetzt hast du mich aber neugierig gemacht, wer dich Unerschütterliche so erschüttert hat."

Sie folgte ihrer Assistentin in den Wartebereich und sah Consuelo auf und ab tigern. Die kleine Brünette trug ihr übliches Tanktop zu einer Cargohose. Sie sah aus wie ein gefangenes Tier, das nur darauf wartete, zuzubeißen.

Taryn grinste. „Keine Sorge. Mit ihr komme ich klar. Komm, Consuelo. Du machst meinen Mitarbeitern Angst."

Consuelo folgte ihr ins Büro und blieb dann vor Taryns Schreibtisch stehen. Sie verschränkte die Arme vor der Brust und reckte das Kinn.

„Du musst dafür sorgen, dass das aufhört", verkündete sie.

„Ähm, okay." Taryn setzte sich und bedeutete Consuelo, ebenfalls Platz zu nehmen. Doch die blieb stehen. „Was soll aufhören?"

„Die Leute. Das Essen. Weißt du, dass wir im Moment zwölf Aufläufe im Kühlschrank stehen haben? Und noch mehr in der Kühltruhe. Ständig kommen Frauen und Kinder vorbei, ohne vorher anzurufen. Sie wollen wissen, ob es Angel gut geht, und dann wollen sie mit mir reden."

Taryn machte sich nicht die Mühe, ihre Erheiterung zu verbergen. „Du Arme. Wie schrecklich. Das sind alles Schlampen."

Consuelo verengte die Augen. „Machst du dich über mich lustig? Glaubst du, dass das eine gute Idee für deine Gesundheit ist?"

„Ich fühle mich heute eben mutig."

„Dann bist du dumm."

„Das kann sein." Taryn überkreuzte die Beine. „Was soll ich deiner Meinung nach denn dagegen unternehmen? Angel ist ein Teil der Gemeinschaft hier. Die Menschen sorgen sich um ihn." Sie beschloss, dass dieser Moment zu gut war, um ihn ungenutzt verstreichen zu lassen. „Du weißt schon, dass sie das Gleiche für dich tun würden, wenn du krank oder verletzt wärst, oder?"

Consuelo machte einen Schritt zurück und schaute sich um, als erwartete sie, gleich von den feindlichen Truppen eingekesselt zu werden. „Mist. Du hast recht. Das wäre schrecklich. Sie sind so nett und so normal."

„Ja, ekelhaft", stimmte Taryn ihr zu.

Consuelos wütender Blick kehrte zurück. „Du weißt schon, dass ich dich auf der Stelle töten könnte, oder?"

„Ja. Aber das wirst du nicht tun. Genieß das Essen. Ich bin mir sicher, es ist sehr lecker."

„Das ist es", gab sie widerwillig zu. „Aber die sind in meinem Haus."

„Dann zieh für ein paar Tage zu Kent."

Consuelos Augenbrauen schossen in die Höhe. „In sein Haus? Wie du weißt, hat er ein Kind."

„Er hat einen Sohn im Teenageralter, der vermutlich ahnt, dass ihr zwei schon mindestens einmal miteinander geschlafen habt."

„Oh mein Gott. Das hast du gerade nicht gesagt."

Taryn genoss es, die normalerweise so schroffe Consuelo so nah am Rand ihrer Gefühle zu sehen. Seltsamerweise fühlte sie sich ihr dadurch verbunden.

Sie beugte sich vor und senkte die Stimme. „Wir haben das alle geahnt."

Consuelo ließ sich auf einen Stuhl sinken und stöhnte. „Ich hasse es hier."

„Nein, tust du nicht."

„Stimmt." Sie seufzte. „Es ist nur schwer, weißt du. Dazuzugehören."

Das konnte Taryn nachvollziehen. „Die Nettigkeit kann anstrengend sein."

„Ja, oder? Dass man immer alle grüßen muss. Nach der Familie fragen. Und sie sind alle schwanger oder wollen es werden. Oder sie haben gerade ein Baby bekommen. Kent und ich wollen keine Kinder."

„Ich wusste gar nicht, dass ihr das entschieden habt."

„Wir haben noch nicht darüber gesprochen, aber das wird auf keinen Fall passieren." Consuelos Lippen zuckten, und ihre Stimme nahm einen sehnsüchtigen Ton an. „Außer er möchte gerne, dass wir ein Baby kriegen."

„Du wärst eine tolle Mutter. Du würdest dir nichts gefallen lassen und dein Kind aus ganzem Herzen lieben. Das ist schön."

Consuelos Blick flog zu ihr. „Sag dieses Wort nicht, wenn du von mir sprichst."

Taryn war nicht sicher, ob sie *Mutter* oder *schön* meinte, aber wie auch immer, sie würde ihr den Gefallen tun. „Ja, Ma'am."

„Ich sollte Larissa umbringen. Das ist alles ihre Schuld."

„Das ist es, und sie hat sich dafür schon mehrfach bei Angel entschuldigt. Sie hat ihre Lektion gelernt. Lass sie in Ruhe."

Consuelo musterte sie. „Na, verteidigst du da eine der Deinen?"

„Ja." Es war eine Sache, wenn sie selber Larissa zur Schnecke machte, aber sonst hatte keiner außerhalb ihrer Familie das Recht dazu.

„Gut." Consuelo stand auf. „Du weißt, dass ich das hasse, oder?"

Taryn war nicht sicher, ob sie die Invasion der Stadt meinte, die Nettigkeit von allen oder die Erwartungen, von denen sie nicht sicher war, ob sie sie erfüllen konnte. Trotzdem nickte sie.

„Ich weiß. Und du wirst es überstehen."

„Das hoffe ich. Denn wenn nicht, werde ich nicht alleine untergehen."

Taryn lachte. „So gefällst du mir."

Eine Woche nach dem Schlangenbiss fühlte Angel sich wieder normal. Larissa hatte sich so oft bei ihm entschuldigt, dass er ihr nun aus dem Weg ging – was in einer Kleinstadt wie Fool's Gold nicht einfach war.

Als er jetzt die Straße überquerte, um zu einem Meeting zu gehen, schaute er nach links und rechts. Nicht wegen möglicher Autos, sondern wegen einer speziellen Blondine, die sich immer noch wegen des Schlangenbisses kasteite.

Er schaffte es ins Gebäude, ohne ihr zu begegnen. Das verbuchte er als Sieg.

Am Empfang nannte er seinen Namen. Ein paar Minuten später wurde er in Raouls Büro geführt.

Raoul Moreno war vor ein paar Jahren nach Fool's Gold gezogen. Er war ein ehemaliger Footballstar, der jetzt viel Zeit damit verbrachte, sich um vernachlässigte Großstadtkinder zu kümmern, für die er ein Sommercamp eingerichtet hatte – End Zone for Kids. Außerdem stellte er den Kindern Stipendien zur Verfügung, die vor allem durch seine Golfturniere finanziert wurden.

Als Raoul dieses Meeting einberief, hatte er nicht sagen wollen, worum es ging. Angel hatte sich ein wenig über ihn erkundigt, denn durch seine Ausbildung wusste er, dass eine gute Hintergrundrecherche lebenswichtig sein konnte. Aber er hatte nichts gefunden, das ihm einen Hinweis darauf gab, was Raoul von ihm wollte. Seine Firma war zu klein, um von einem der Teamevents von CDS zu profitieren. Und sowieso hätte Raoul sich in diesem Fall an Ford wenden müssen. Oder an die Jungs von Score, falls er eher nach Seinesgleichen suchte.

Angel trat ein und fand Raoul alleine in dem großen Raum sitzend vor. Es gab viele Schreibtische, aber keine abgeschlossenen Büros. Im hinteren Bereich sah er einen verglasten Kubus, in dem ein Konferenztisch stand.

Raoul erhob sich und kam auf Angel zu. Er war groß, mit dunklen Haaren und Augen. Er hatte den leichtfüßigen Gang eines Mannes, der mit sich selbst völlig im Einklang war. Raoul war gut in Form und konnte sich vermutlich im Notfall auf der Straße verteidigen, aber in einem echten Kampf würde er untergehen wie der Zivilist, der er war.

„Danke, dass du gekommen bist", sagte Raoul.

„Es hat dringend geklungen."

„Das ist es auch."

Die beiden Männer schüttelten einander kurz die Hand. Raoul ging zum Konferenzraum vor und bat Angel, Platz zu nehmen. Er setzte sich ebenfalls und klappte einen kleinen Laptop auf. An der gegenüberliegenden Wand hing ein Monitor.

Raoul beugte sich vor und stützte die Unterarme auf den Tisch. „Du hast von meinem Programm gehört? End Zone for Kids?"

Angel nickte. „Großstadtkinder kommen im Sommer für ein paar Wochen her, um dem Stress zu Hause zu entfliehen und in der Natur zu leben. Für die Kinder aus Fool's Gold gibt es ein Tagescamp. So können sie sich alle kennenlernen und das Leben mal aus anderer Perspektive betrachten. Und am Ende singen sie alle in höchsten Tönen ‚Kumbaya'."

Raoul grinste. „So in der Art. Allerdings ohne das Singen. Das ist unser viertes Jahr. Wir erweitern das Programm dauernd. Ich hatte die Idee, dass wir irgendwann eine Ganztagsschule daraus machen könnten und beispielsweise Unterricht in Naturwissenschaften anbieten oder so. Doch der Plan wurde vereitelt, als eine der örtlichen Grundschulen niedergebrannt ist."

Angel dachte an seine Begegnungen mit Bürgermeisterin Marsha. „Lass mich raten. Sie haben deine Einrichtung übernommen, bis die neue Schule gebaut war."

„Ja. Also haben wir uns auf das Sommercamp konzentriert. Jetzt gibt es eine neue Schule und ich habe mein Camp wieder. Ich bin trotzdem noch nicht sicher, was wir in den Wintermonaten tun sollen. Die Kinder haben es heutzutage mit Problemen zu tun, die wir nie hatten."

Angel nickte. „Stimmt. Wenn wir nach Hause gegangen sind, konnten wir abschalten. Das ist heute mit den Neuen Medien nicht möglich. Man steht ständig in Kontakt und nichts wird jemals vergessen."

„Ja, Mobbing hört leider nicht um drei Uhr auf." Raoul musterte ihn. „Darauf will ich mich als Erstes konzentrieren. Auf eine Anti-Mobbing-Kampagne. Es gibt viele Studien darüber, wie Kinder zu Rüpeln werden. Wenn es uns gelänge, den Kreislauf zu durchbrechen, und sei es nur an einer Schule, wäre das schon mal ein verdammt guter Anfang."

„Eine interessante Idee." Auch wenn Angel immer noch nicht wusste, was das mit ihm zu tun hatte.

„Das finde ich auch." Raoul lehnte sich zurück. „Ich habe eine Psychologin in meinem Team. Dakota studiert das Thema Mobbing schon seit fast zwei Jahren. Sie hat einige Theorien entwickelt, die ich gerne testen würde. Wenn wir eine Methode finden, die funktioniert, können wir ein entsprechendes Programm entwickeln, das wir dann wiederum an anderen Schulen im Land implementieren können."

„Das ist ein sehr ehrgeiziges Ziel."

Raoul zuckte mit den Schultern. „Ich habe in meinem Leben immer sehr viel Glück gehabt. Ich hatte eine erfolgreiche Karriere, aus der ich als wohlhabender Mann hervorgegangen bin. Jemand, der mir nahesteht, hat mir beigebracht, wie wichtig es ist, der Gemeinschaft etwas zurückzugeben. Deshalb habe ich mich entschlossen, genau das zu tun."

Angel wusste, dass die meisten Menschen das Sommercamp an sich schon ausreichend genug gefunden hätten.

„Ich möchte dich als einen meiner Freiwilligen rekrutieren", fuhr Raoul fort.

Angel war es nicht gewohnt, überrascht zu werden. „Warum ich?"

Raoul grinste. „Ich habe nur Gutes über dich gehört."

„Die Jungs von Score sprechen die Footballsprache. Ich nicht."

„Sie sind gute Männer, und ich habe auch an sie gedacht, aber ich glaube, du hast genau die Fähigkeiten, die ich brauche." Er lachte leise. „Zum einen jagst du jedem durchschnittlichen Teenagerjungen eine Heidenangst ein. Das bedeutet, sie werden dir zuhören."

Angel berührte die Narbe an seinem Hals. Er wusste, dass er einschüchternd wirkte. Oder zumindest hatte er das mal. Seit er in Fool's Gold wohnte, und vor allem seit seine Eicheln ihn so umschwärmten, gelang es ihm ab und zu, das zu vergessen.

„Das ist keine große Nummer", erklärte Raoul ihm. „Erst mal wären es nur zwei oder drei Stunden pro Woche. Das sehen wir dann, wenn es so weit ist. Sobald wir einigermaßen wissen, was funktioniert und was nicht, holen wir andere Freiwillige dazu und erweitern das Programm."

Angel dachte daran, dass er zuerst vorgehabt hatte, mit Teenagerjungen zu arbeiten. Wegen Marcus. Für seinen Sohn war er nicht da gewesen – er hatte ihn nicht beschützen können. Vielleicht würde er jetzt etwas zurückgeben und auf diese Weise den nagenden Selbstzweifel bekämpfen können, dass er versagt hatte – weil er diejenigen Menschen nicht beschützt hatte, die er liebte.

„Klar", sagte er. „Ich bin dabei."

„Super." Raoul stand auf. „Dann lass uns gehen."

Angel erhob sich. „Wohin?"

„Zur Highschool. Einige der Jungs haben in ungefähr fünfzehn Minuten Pause. Wir können sie rausholen und mit ihnen reden.“ Er ließ ein Lächeln aufblitzen. „Ich habe das schon vor ein paar Tagen mit ihrem Betreuer besprochen.“

„So sicher warst du dir, dass ich mitmache?“

„Ich habe mich umgehört. Du wirkst wie ein Mann, der dabei ist.“

Angel fragte gar nicht erst, was für ein Mann das sein sollte – hauptsächlich, weil er es nicht wissen wollte.

Keine Viertelstunde später betraten er und Raoul die Highschool von Fool's Gold. Sie trugen sich am Empfang ein und wurden dann in ein leeres Klassenzimmer geführt. Sie hatten sich kaum umgesehen, da gesellten sich auch schon fünf Jungen zu ihnen.

Die Schüler waren jünger, als Angel erwartet hatte. Sie waren immer noch schmal und schlaksig. Man sah, dass sie sich in ihren Körper mit den zu langen Beinen und Armen noch nicht wohlfühlten. Später würden sie ihre Figur ausfüllen, aber im Moment waren sie gefangen zwischen Kindheit und Mannsein. Er musterte ihre neugierigen Gesichter.

Schätzungsweise waren sie so alt, wie Marcus damals gewesen war. Marcus, der Baseball und Comics und „Halo 2“ geliebt hatte. Der gut in Mathe gewesen war, der Lesen geliebt und das Schreiben von Aufsätzen gehasst hatte. Marcus, der sich unbedingt einen Hund gewünscht hatte und der seiner Mutter jeden Sonntagmorgen geholfen hatte, das Frühstück vorzubereiten.

Die Zeit schien sich zu biegen und zu verschieben. Das Klassenzimmer verschwand. Angel war beruflich unterwegs gewesen, hatte irgendeinen reichen Banker beschützt, der sich mit den falschen südamerikanischen Drogenhändlern angelegt hatte. Er und sein damaliger Boss, Tanner Keane, hatten sich mit dessen Familie in einer abgelegenen Hütte in der Nähe von Asheville versteckt. Denn wer würde schon in North Carolina nach einem Banker und seiner Familie suchen?

Angel war im Ort gewesen, um Lebensmittel zu kaufen, als

der Anruf kam. Ein Statetrooper hatte ihm von dem Unwetter und dem Auto erzählt, das sich mehrere Male überschlagen hatte. Er sagte, dass sowohl Fahrerin als auch Beifahrer sofort tot gewesen seien. Sie hätten nicht gelitten.

Angel erinnerte sich, die Information gehört, sie aber nicht geglaubt zu haben. Er hatte nicht verstanden, dass Marie und Marcus fort waren. Später war er dankbar gewesen, zu wissen, dass es schnell gegangen war, aber damals hatte er dem Officer gesagt, dass er sich irrte. Er musste sich irren. Denn Angel hatte noch eine Stunde zuvor mit Marie telefoniert. Sie hatte nichts davon gesagt, dass es regnete.

Tanner hatte Angel mit dem Firmenjet nach Hause geschickt. Der Arzt der Familie, der auch ein enger Freund war, hatte die Leichen identifiziert, aber Angel hatte darauf bestanden, sie auch zu sehen. Er hatte das Blut und die gebrochenen Knochen ignoriert und sowohl seine Frau als auch seinen kleinen Sohn in den Arm genommen. Doch es war zu spät gewesen. Sie waren kalt, und was immer sie zu den Menschen gemacht hatte, die er geliebt hatte, war lange fort.

Tanners Frau hatte sich um die Organisation der Beerdigung gekümmert. Angel hatte angefangen, zu trinken, und für beinahe sechs Monate nicht wieder aufgehört. In der Zeit hatte er oft daran gedacht, sich eine Kugel in den Kopf zu schießen. Das Einzige, was ihn davon abhielt, war zu wissen, dass Marie dann fürchterlich enttäuscht von ihm wäre.

Er hatte versucht, sich durch all die verschiedenen Stadien der Trauer hindurchzuarbeiten, aber er kam immer wieder zur Wut zurück. Und der Mensch, dem er nicht verzeihen konnte, war er selbst. Denn wenn er da gewesen wäre – wenn *er* gefahren wäre –, wären sie beide noch am Leben.

„Angel?“

Angel fühlte mehr, dass Raoul seinen Namen sagte, als dass er es hörte. Er wurde mit einem Ruck in die Gegenwart zurückgeholt. Die Vergangenheit verblasste, und er stand wieder in einem Klassenzimmer mit fünf Jungen, die ihn anschauten.

Er zwang sich, in der Gegenwart zu bleiben, sich vorzustellen und den Jungen die Hand zu schütteln. Er hörte ihre Namen und ihre Geschichten. Doch die ganze Zeit konnte er nur an seinen Sohn denken. Den Sohn, den er nie wiedersehen würde. Den Sohn, den er nicht hatte retten können.

Taryn betrachtete die Grafiken der Vorabpräsentation für Cole und das LL@R-Team. Sie war nicht sicher, ob sie den Geist der Firma schon eingefangen hatten. Doch während sie die Bilder und Schriften auf sich wirken ließ, kam ihr der Gedanke, dass sie und Angel ein wenig brainstormen könnten, um ein Kunstprojekt zu entwickeln, das mit Computergrafiken arbeitete. Die Eicheln würden so etwas garantiert lieben. Außerdem gab es eine ZKM-Perle für Kreativität. Es schien überhaupt für alles eine Perle zu geben.

Aber keine Kunst um der Kunst willen, dachte sie. Es musste eine praktische Anwendung geben. Vielleicht Plakate für ein Festival. Oder eine Kampagne, die Aufmerksamkeit für ein bestimmtes Thema weckte. Es schien, dass hier jeden Monat irgendetwas gefeiert wurde. Sie könnten sich einen guten Zweck aussuchen und dafür Poster erstellen. Das würde den Mädchen bestimmt Spaß machen.

Taryn ging online und fing an, nach Listen zu suchen, wann in Fool's Gold was gefeiert wurde. Es gab den nationalen Eiscreme-Monat – etwas, dass sie aus vollem Herzen unterstützen konnte. Vielleicht wäre aber ein bestimmter Tag besser, dachte sie. Etwas, das mit gemeinnütziger Arbeit zu tun hat. Ein nationaler irgendwas …

Sie klickte sich weiter durch verschiedene Internetseiten. Erst als ihr Telefon klingelte, schreckte sie auf. „Hi, hier ist Taryn."

Es gab eine kurze Pause, bevor der Anrufer sich meldete. „Hier ist Justice."

Taryn hörte auf zu tippen. Es gab da ein Problem, das hörte sie an seiner Stimme. „Was ist los?"

„Ich weiß es nicht", gab er zu. „Angel hatte heute Morgen

einen Termin mit Raoul Moreno. Das ist ein ehemaliger Footballspieler, der hier im Ort wohnt."

„Ich weiß, wer er ist", erwiderte sie. Es war Raoul, der die Jungs überhaupt erst nach Fool's Gold gebracht hatte. Sie hatten an einem Golfturnier teilgenommen, bei dem Profis gegen Amateure antraten, und – Bingo! – kurz darauf war die gesamte Firma umgezogen. Eine Tatsache, die Taryn inzwischen allerdings deutlich weniger nervte als am Anfang.

„Angel ist von diesem Treffen zurückgekommen und dann direkt ins Studio gegangen. Dort schlägt er auf einen Sandsack ein."

„Okay", sagte Taryn langsam, nicht sicher, was sie mit dieser Information anfangen sollte.

„Du solltest so schnell wie möglich herkommen", sagte Justice.

Das war keine Frage.

„Gib mir fünf Minuten", erwiderte sie und legte auf.

Und genauso lange dauert es auch, ihre Tasche zu schnappen, zu ihrem Auto zu laufen und die paar Straßen zu CDS zu fahren. Dort parkte sie ihren Wagen und eilte ins Haus. Justice erwartete sie bereits an der Tür.

„Tut mir leid, dass ich dich damit belästige", sagte er schulterzuckend. „Er will weder mit mir noch mit Ford reden und ich kann Consuelo nicht finden. Also …"

„Ich bin froh, dass du angerufen hast."

Sie gingen einen Flur hinunter. Taryn hörte ein dumpfes Geräusch, das mit jedem Schritt lauter wurde. Als sie das große Studio betraten, sah sie Angel, der wieder und wieder auf einen Sandsack eindrosch. Selbst quer durch den riesigen Raum hindurch war zu erkennen, dass er seine Hände zwar mit Tape umwickelt hatte, was das Blut jedoch nicht davon abhielt, auf den Boden zu tropfen.

Was ihr allerdings wirklich Angst machte, war der Ausdruck in seinem Gesicht und in seinen Augen. Es war, als hätte er ein Monster gesehen. Nein, dachte Taryn. Kein Monster. Etwas wesentlich Größeres und Furchteinflößenderes. Er schien direkt in die Hölle hineingesehen zu haben, und was immer er dort gefunden hatte, jagte ihn jetzt.

Sie machte einen Schritt auf ihn zu. Mit ihren High Heels schwankte sie leicht auf der Matte. Sie beugte sich vor und zog sie aus, dann ging sie barfuß zu ihm, während er weiter den Sandsack bestrafte. Oder vielleicht auch sich selbst.

Sie blieb neben ihm stehen. „Angel."

Er schaute sie an. Doch er schien sie gar nicht zu sehen. Zumindest anfangs nicht. Dann klarte sein Blick auf.

„Taryn? Was machst du hier?"

„Ich bin hier, um dich abzuholen. Komm. Wir gehen zu mir."

„Was? Warum?"

Er war leichenblass, sein T-Shirt war schweißgetränkt. Als sie seinen Oberarm berührte, war seine Haut klamm. Sie zog sanft an ihm.

„Komm. Lass uns gehen."

Sie dachte, dass er sich widersetzen würde. Doch stattdessen nickte er und folgte ihr wortlos. Sie führte ihn über die Matten. Nachdem sie ihre Schuhe wieder angezogen hatte, ging sie in den Flur, wo Justice auf sie wartete. Er reichte Taryn einen kleinen schwarzen Seesack.

„Kleidung zum Wechseln", sagte er.

Sie nahm ihm den Beutel ab. „Ich rufe dich nachher an."

Sie und Angel verließen das Gebäude und gingen zu ihrem Wagen. Als sie die Beifahrertür öffnete, stieg er ein, ohne dass sie ihn darum bitten musste.

Er fummelte mit dem Gurt herum, doch seine Hände waren getaped und geschwollen, und er konnte seine Finger nicht bewegen. Sie beugte sich vor und schnallte ihn an, dann gab sie ihm einen Kuss auf die Wange.

Er drehte sich zu ihr herum. Für einen kurzen Moment hätte sie schwören können, dass da Tränen in seinen Augen standen. Doch dann blinzelte er, und es war, als hätten sie nie existiert.

15. KAPITEL

Auf dem kurzen Nachhauseweg sprach Angel kein Wort. Taryn warf ihm immer wieder Blicke zu, um zu sehen, ob es ihm gut ging, konnte aber an seiner Miene nicht viel ablesen. Als sie bei ihr ankamen, führte sie ihn hinein. Sie schaute in den Seesack und sah, dass Justice ihr einen ganzen Satz Kleidung mitgegeben hatte, also geleitete sie Angel ins Badezimmer und stellte die Dusche an.

Nachdem sie ihre Schuhe und ihren Blazer ausgezogen hatte, half sie ihm aus dem T-Shirt. Er streifte seine Turnschuhe ab und zog die Socken aus, dann stand er bewegungslos da, während sie vorsichtig das Tape von seinen Händen löste.

Sie machte das so behutsam und sanft wie möglich, aber sie wusste, dass es ihm wehtun musste. Seine Haut war aufgeplatzt. Blut sickerte aus offenen Wunden. Er sah aus, als hätte er einen höllischen Kampf hinter sich, und sie nahm an, dass es für ihn genau das gewesen war. Sie fragte sich, wer sein Gegner gewesen war, und vermutete, er selber. Aber warum?

Als sie mit dem Tape fertig war, öffnete sie die Tür zur Dusche. „Zieh dich aus", sagte sie. „Und stell dich unter die Dusche. Ich bin in fünf Minuten wieder da."

Er nickte. Sie ging und schloss die Badezimmertür hinter sich. Dann atmete sie langsam aus, als sie hörte, dass die Tür zur Dusche zufiel.

Sie zog sich schnell um und holte dann ihren Erste-Hilfe-Kasten heraus. Als sie wieder ins Bad zurückkehrte, war Angel gerade dabei, sich abzutrocknen. Sein Blut hinterließ Flecken auf dem Handtuch, aber das war ihr egal.

Nachdem er angezogen war, führte sie ihn ins Esszimmer, wo sie alles Nötige zurechtgelegt hatte. Sie benutzte ein antiseptisches Spray und die größten Pflaster, die sie hatte, um ihn zu verarzten.

„Reicht das so?", fragte sie. „Oder solltest du dich lieber von einem Arzt untersuchen lassen?"

„Das sind nur ein paar Schrammen“, sagte er.

Seine Stimme war tief und rau. Als wenn er seit Tagen nicht mehr gesprochen hätte. Oder als hätte er sich heiser geschrien. Sie legte ihre Hände ganz leicht auf seine, um keinen Druck auf seine Verletzungen auszuüben. Dann musterte sie ihn.

Sein Haar war zerzaust – es war noch feucht und stand in alle Richtungen ab. Er war blass. Seine Schultern waren immer noch breit. Kräftig. Aber er war nicht ganz bei ihr.

„Angel? Was ist passiert?“

Er schaute sie an. Da ist irgendetwas in seinen Augen, dachte sie. Eine Leere. Für eine Sekunde fragte sie sich, ob er überhaupt wusste, dass sie hier bei ihm war.

Er schluckte. „Wir waren beide so verdammt jung, Marie und ich. Eigentlich noch Kinder. Ich war Rekrut, und sie arbeitete im Laden ihres Onkels. Ihre Familie war nicht glücklich über unsere Beziehung. Zumindest am Anfang nicht. Aber ich war wie ein streunender Hund, der sich nicht abschütteln ließ. Egal was sie taten, ich ging nicht weg. Also haben sie das Unausweichliche akzeptiert, und wir haben geheiratet. Zwei Monate später bin ich ausgeschifft worden.“

Er starrte immer noch auf etwas, das sie nicht sehen konnte. Erzählte er die Geschichte ihr oder jemand anderem? Vielleicht sich selbst? Sie wusste, dass es egal war. Dadurch, dass er darüber sprach, würde er heilen – zumindest ein wenig.

Er fluchte. „Ich habe sie vermisst und gleichzeitig meine Arbeit geliebt. Das war eine schwierige Zeit. Als ich ein Jahr später nach Hause kam, hielt sie einen kleinen Jungen im Arm. Sie war bei meiner Abreise schwanger, aber hatte mir nichts davon erzählt. Sie meinte, sie hätte nicht gewollt, dass ich mir Sorgen mache. Dass ich gefährliche Dinge tat und mich darauf konzentrieren musste. Sie hatte ihn Marcus genannt, nach meinem Dad.“

„Das war bestimmt ein unglaublicher Moment“, sagte Taryn leise. „Du musst sehr glücklich gewesen sein.“

„Ja. Wir waren beide überglücklich. Wir waren eine Familie, und ich liebte Marie und Marcus mehr als alles auf der Welt.“

Sie legte ihre Hände auf seine Unterarme und drückte sanft zu. Sie wusste nicht, mit welchen Dämonen er heute zu kämpfen hatte, aber sie spürte seinen Schmerz. „Es war nicht deine Schuld. Es war ein Unfall."

„Wenn ich da gewesen wäre … Wenn ich gefahren wäre …"

„Es ist leider nicht möglich, einen anderen Menschen vor dem Leben zu beschützen."

„Ich weiß." Seine Stimme erfüllte den Raum, als er die Worte herausbrüllte und dann aufstand. „Ich weiß, dass ich sie nicht vor Unfällen und Schmerz hätte beschützen können. Aber ich hätte es wenigstens versuchen müssen. Ich hätte da sein müssen. Ich habe sie geliebt und habe sie nicht beschützt."

Mit einem Ruck drehte Angel sich um und ging zum Fenster hinüber. Blicklos starrte er in den Garten hinaus. Taryn beobachtete ihn, unsicher, was sie tun sollte. Rein rational verstand sie seinen Schmerz, aber sie konnte sich nicht vorstellen, wie er sich anfühlte. Schließlich hatte sie sich nie gestattet, so sehr zu lieben. Nicht einmal Jack, der sich tiefer in ihr Herz geschlichen hatte als jeder andere.

Sie war nie verliebt gewesen, hatte es auch nie sein wollen. Angesichts von Angels fürchterlicher Trauer fragte sie sich, ob es das wert wäre.

„Was ist heute passiert?", wollte sie wissen.

„Ich habe mit Raoul Moreno gesprochen. Er will, dass ich ihm bei seinem Anti-Mobbing-Programm helfe, das er gerade auf die Beine stellt. Ich habe zugesagt und bin mit ihm zur Highschool gegangen. Dort habe ich mich mit ein paar Teenagern unterhalten. Jungen."

Er drehte sich langsam um und sah sie an. Sein Kiefer verspannte sich, als hielte Angel sich so stark wie nur möglich zurück.

„Weißt du, was ironisch ist?", fragte er. „Als ich zu Bürgermeisterin Marsha gegangen bin, um meine Dienste als Freiwilliger anzubieten, und sie mir von den ZKM erzählt hat, bin ich davon ausgegangen, ich würde mit Jungen arbeiten. Das fand ich okay, weil ich dachte, wegen Marcus wüsste ich, wie das geht. Und als ich herausgefunden habe, dass es um Mädchen geht, habe ich Panik bekommen."

Sie lächelte. „Ja, ich war dabei."

Seine Mundwinkel hoben sich ein wenig, aber nur ganz kurz. „Ich habe mich geirrt. Denn mit diesen Jungen zu reden, hat mich total fertiggemacht. Alles, woran ich denken konnte, war Marcus. Wie er war, als er noch gelebt hat. Wie er gestorben ist. Ich konnte kaum etwas sagen. Raoul hat das für mich übernommen. Ich werde ihm sagen müssen, was passiert ist."

Und es hinter dir lassen, dachte sie. Denn auf keinen Fall würde Angel vor der Herausforderung zurückschrecken.

„Ich wusste nicht, was ich tun soll", gab er zu. „Der Sack ist ein sicherer Ort."

Mit „Sack" muss er den Sandsack meinen, dachte sie. Auf ihn einzuschlagen war sicherer, als zu schnell zu fahren oder sich zu betrinken und dann ins Auto zu steigen. Ihr Blick fiel auf seine bandagierten Hände. Das war definitiv kein leichter Weg, um mit seinen Gefühlen klarzukommen.

„Es tut mir leid, dass ich dich da mit reingezogen habe", murmelte er.

„Warum?" Sie stand auf und ging zu ihm. „Du fühlst, was du fühlst. Du hattest eine Frau und ein Kind. Du hast beide auf fürchterliche Weise verloren, und ab und zu findest du dich deshalb an einem dunklen Ort wieder."

Er schaute ihr in die Augen. „Das ist alles?"

„Was sollte da sonst noch sein?"

„Du könntest mir sagen, dass ich darüber hinwegkommen soll. Dass es an der Zeit ist, weiterzumachen."

„Das ist weder meine Aufgabe noch mein Stil", erwiderte sie.

Seine Liebe für seine Familie hatte nichts mit ihr zu tun. Außer vielleicht, ihr zu zeigen, dass fast jeder Mensch zu so einer tiefen Bindung in der Lage war – außer ihr. Liebe bedurfte Vertrauen, und so weit konnte sie auf keinen Fall gehen. Diese Entscheidung hatte sie vor langer Zeit getroffen, und sie sah keinen Grund, ihre Meinung jetzt zu ändern.

Angel streckte die Hand nach ihr aus und zog sie an sich. Seine starken Arme hielten sie fest.

„Danke", flüsterte er.

„Jederzeit."

Dann sagte er nichts mehr, was in Ordnung war. Denn wenn er es täte, wenn er auf ihre letzte Bemerkung zurückkommen würde, würden sie beide an einem Ort landen, an dem sie nicht landen wollten. Nein, so war es viel besser. Marie würde für immer Angels große Liebe sein. Und sie selbst, das wusste Taryn genau, würde ihr Herz niemals jemandem anvertrauen. Deshalb waren Angel und sie perfekt füreinander. Keiner von ihnen würde zulassen, dass es zwischen ihnen zu ernst wurde.

Diese Erkenntnis hätte eigentlich tröstlich sein sollen, stattdessen verspürte sie jedoch einen Anflug von Trauer. Als wenn sie etwas Wichtiges verloren hätte. Etwas, das sie beinahe hätte greifen können, bis es ihr irgendwie aus den Fingern geglitten und verschwunden war.

„Wenn du flache Schuhe tragen würdest, wäre das kein Problem", sagte Larissa, als Taryn vor Jo's Bar parkte.

Taryn schaute ihre Freundin an. „Du trägst doch flache Schuhe. Du hättest laufen können."

Larissa grinste. „Ich wollte dich nur unterstützen."

„Indem du mit mir fährst und dich dann über meine Schuhe beschwerst? Das ist eine sehr ungewöhnliche Art, Unterstützung zu zeigen."

„Ich bin ja auch ein ungewöhnlicher Mensch."

Als Taryn am Morgen zur Arbeit gekommen war und die Verabredung zum Lunch in ihrem Kalender gesehen hatte, hätte sie beinahe abgesagt. Seitdem sie Angel am Vortag abgeholt hatte, war sie das Gefühl nicht mehr losgeworden, dass ihre Welt irgendwie aus den Fugen geraten war. Schließlich hatte sie sich ermahnt, dass das Leben weitergehen musste. Und sich mit ihren Freundinnen zu treffen war das Lebensbejahendste, was ihr eingefallen war.

Sie nahm ihre Handtasche vom Rücksitz und stieg dann aus. Die Tasche aus Krokodilleder mit glänzenden Applikationen aus Schlangenleder war erst an diesem Morgen geliefert worden. Sie hatte sie einen Tag nachdem Angel von der Schlange gebissen worden war im Internet gesehen und in einer Geste der Solidarität gekauft. Bislang war sie Larissa noch nicht aufgefallen, was gut war. Denn Larissa hatte kein Verständnis dafür, Lebewesen für Handtaschen oder Schuhe zu missbrauchen. Obwohl sie selber ab und zu Leder trug, worauf Taryn sie dann auch jedes Mal ausführlich hinwies.

Sie betraten Jo's Bar und sahen, dass Isabel, Felicia und Dellina bereits einen Tisch besetzt hatten. Die drei Frauen winkten ihnen zu. Taryn setzte auf dem Weg zu ihnen ein Lächeln auf, weil sie keinen merken lassen wollte, dass sie nicht ganz auf der Höhe war.

Es gelang ihr einfach nicht, abzuschütteln, was gestern mit Angel passiert war. Nach dem Vorfall mit dem Sandsack war er bei ihr geblieben. Sie hatten zusammen geschlafen, und am Morgen hatte er sie geliebt – trotz seiner geschwollenen Hände. Es schien so, als wäre er wieder ganz der Alte ... nur *sie* war es nicht. Noch immer kämpfte sie mit den Gefühlen, die ihn so verstört hatten. Mit dem Schmerz und dem Leid.

Sie war nicht sicher, was sie selber empfand, deshalb wusste sie auch nicht, was sie unternehmen konnte, um sich besser zu fühlen. Und so suhlte sie sich weiter in etwas, das sie nicht verstand, und hatte immer mehr das Gefühl, dass ihr das alles über den Kopf wuchs.

Sie und Larissa hatten sich gerade hingesetzt, als Consuelo hinzukam. Dann erschien Jo mit der Speisekarte und erwähnte, dass sie eine neue Nachoplatte mit Pulled Pork im Angebot hatte, falls sie das probieren wollten.

Isabel stöhnte. „Ich versuche, fünf Kilo abzunehmen."

Dellina lächelte sie an. „Versteh mich nicht falsch, aber du versucht immer, fünf Kilo abzunehmen. Die Nachos mit dem Pulled Pork klingen fabelhaft."

Consuelo musterte Isabel. „Ich könnte dir ein Trainingsprogramm erstellen", bot sie an. „Das bringt dich auf Kampfgewicht."

Isabel schüttelte den Kopf. „Ich will nicht kämpfen. Um ehrlich zu sein, ich würde mich lieber weiter über die fünf Kilo beschweren, als etwas dagegen zu unternehmen. Ist nicht persönlich gemeint."

„Ich weiß." Consuelo wandte sich an Taryn. „Du solltest weniger Kardio- und mehr Krafttraining machen. Eine gute Grundspannung hast du ja, aber fünf Pfund mehr Muskelmasse würden Wunder für deinen Stoffwechsel wirken."

Taryn dachte an den Kraftraum bei Score und wusste, dass jeder der Jungs ihr nur zu gerne beim Training helfen würde.

„Lieber unterziehe ich mich einer Wurzelbehandlung", murmelte sie. „Und jetzt will ich auch Nachos."

Larissa wandte sich an Consuelo. „Du arbeitest also heimlich für Jos Nacho-Lieferanten?"

„Sieht so aus", murmelte Consuelo. „Jetzt will ich eine Margarita."

Dellina grinste. „Das klingt super. Aber ich möchte darauf hinweisen, dass wir erst Mittag haben. Alkohol zum Lunch bedeutet einen sehr langsamen Nachmittag."

Isabel legte ihre Speisekarte auf den Tisch. „Ich gehe zu Fuß."

„Ich bin schwanger", sagte Felicia. „Jo hat mir versprochen, mir einen gesunden Smoothie zu machen, der die Entwicklung des Fötus unterstützt."

„Wir sind mit dem Auto hier", sagte Larissa und warf Taryn einen Blick zu. „Wegen ihrer Schuhe."

Taryn griff nach ihrer Tasche und holte ein paar flache Schuhe heraus, die sie für Notfälle immer dabeihatte. „Ich kann zum Büro zurücktorkeln, wenn du es auch kannst."

Larissas Augen leuchteten auf. „Okay. Dann würde ich doch mal sagen, wir trinken jetzt Margaritas."

Consuelo stützte ihren Kopf in die Hand. „Ich bin dabei. Sich zu betrinken klingt nach Spaß."

Isabel winkte Jo. „Einen Pitcher Margaritas für unseren Tisch und dazu die Nachos."

Jo ließ den Blick durch die Runde schweifen. „Ihr Mädchen lasst es heute also krachen, wie? Sind alle zu Fuß da?"

Sie nickten.

„Dann also Margaritas. Und für Felicia einen Smoothie."

Keine fünf Minuten später nippte Taryn an dem kühlen, süßsauren Getränk und wartete darauf, dass der Tequila wirkte. Sie konnte sich nicht erinnern, wann sie das letzte Mal mit Freundinnen bei Drinks zusammengesessen und einfach nur Spaß gehabt hatte. Vermutlich, weil sie nie sonderlich gut darin gewesen war, Freundinnen zu finden. Nachdem ihre Mom von einem Tag auf den anderen verschwunden war, hatte sie sich emotional völlig abgeschottet. Sie hatte zu viel Angst vor ihrem Dad gehabt, um irgendjemanden zu sich einzuladen. Was, wenn er betrunken nach Hause gekommen wäre?

Nachdem sie weggelaufen war, hatte sie genug damit zu tun gehabt, sich um sich zu kümmern. Zeit für verschwendete Nachmittage blieb da keine. Irgendwann waren selbst die wenigen Small-Talk-Fähigkeiten, über die sie einmal verfügt hatte, verkümmert. Bis sie hierher gezogen war.

Sie würde es gegenüber den Jungs zwar nie eingestehen, aber so langsam hatte sie das Gefühl, in Fool's Gold wirklich angekommen zu sein.

„Ich stehe kurz vor der Eröffnung des neuen Paper Moons", sagte Isabel und griff nach ihrem Drink. „Ich bin wirklich zufrieden damit, wie alles geworden ist." Sie schaute Taryn an. „Das mit Madeline funktioniert auch super. Unter der Arbeit im Brautmodenbereich des Geschäfts ist sie richtig aufgeblüht."

„Das ist doch super." Taryn wusste, dass Isabel es vorzog, mit Designern zu arbeiten und Waren einzukaufen, statt sich um die emotionalen Aufs und Abs von zukünftigen Bräuten zu kümmern.

„Ja, das finde ich auch. Sie hat eine Engelsgeduld. Und sie hat die Mütter und Schwiegermütter im Griff, was wirklich eine Kunst ist." Sie hielt kurz inne. „Ich will sie wirklich behalten. Im Moment kann ich ihr leider keinen finanziellen Bonus geben, aber ich dachte, ich könnte ihr einen kleinen Prozentsatz am Umsatz überschreiben."

Dellina schaute zwischen ihnen hin und her. „Das klang eher wie eine Frage als wie eine Ankündigung, Isabel. Brauchst du Rat?" Sie wandte sich an Taryn. „Ich wusste gar nicht, dass du Erfahrungen im Einzelhandel hast."

Taryn spürte bereits die Wirkung des Tequilas – vermutlich, weil sie kurz vorm Verhungern war. Ohne Zweifel reagierte Isabel genauso. Ansonsten hätten sie diese Unterhaltung bestimmt unter vier Augen geführt.

„Die habe ich auch nicht", sagte Taryn, weil sie wusste, dass es keinen Sinn hatte, die Wahrheit zu verschweigen. Es war zwar nie ein Geheimnis gewesen, aber etwas, wovon nicht viele wussten. „Ich bin Miteigentümerin des Paper Moon."

„Mehr als das", erklärte Isabel. „Sie hat quasi den Umbau bezahlt. Ich habe alle meine Ersparnisse aufgebraucht, um die Anzahlung für den Laden zu leisten."

Consuelo hob die Augenbrauen. „Getreu dem Motto: Unterstützt eure Händler vor Ort?"

Larissa starrte sie mit großen Augen an. „Das ist so nett. Ich bin überrascht."

Dellina lachte leise. „Meinst du, dass sie sonst nicht nett ist?"

„Was?" Larissa schüttelte den Kopf. „Nein. Natürlich ist sie nett. Nur ist das meistens nicht so offensichtlich wie jetzt." Sie klatschte in die Hände. „Madeline muss Teilhaberin werden. Das wäre perfekt."

Das ist typisch Larissa, dachte Taryn zärtlich. Sich einfach kopfüber in etwas hineinzustürzen, ohne alle Fakten zu kennen, aber mit der Vorstellung, dass die Welt gerettet werden muss.

Taryn hätte den Vorfall mit dem giftigen Schlangenbiss erwähnen können, aber Larissa hatte endlich aufgehört, sich dafür zu entschuldigen, und sie wollte nicht, dass sie wieder damit anfing.

Jo kam mit zwei Tellern Nachos an den Tisch. Taryn schaute das dampfende Fleisch, den geschmolzenen Käse und den Berg Guacamole darauf an und wusste, dass sie morgen eine Extraeinheit auf dem Crosstrainer einlegen musste. Aber das war es auf jeden Fall wert.

Sie nahm den ersten Bissen und hätte fast vor Lust gestöhnt, als die Gewürze des zarten Schweinefleischs sich mit dem leicht scharfen Aroma der Salsa auf ihrer Zunge verbanden.

Felicia wandte sich an Consuelo. „Was ist los?", fragte sie.

„Nichts. Wieso fragst du? Warum muss immer etwas los sein?"

Das klang selbst für die zierliche Kämpferin extrem angespannt, fand Taryn. Sie sah, dass alle Consuelo anschauten, die wütend in die Runde funkelte.

Felicia schenkte ihrer Freundin eine zweite Margarita ein. „Du bist extrem angespannt, rutschst ständig auf deinem Stuhl hin und her und drehst so schnell an deinem Verlobungsring, dass ich Angst habe, du könntest dich verletzten. Du zeigst die klassischen psychologischen Anzeichen für Anspannung und Sorge."

Taryn war dankbar, dass sie gegenüber von den beiden saß, denn Consuelo war niemand, der eine solche Kritik gut auffasste. Halb erwartete sie, dass sie in Angriffsmodus übergehen würde, aber stattdessen sackte Consuelo auf ihrem Stuhl zusammen und seufzte schwer.

„Es ist wegen Kent", murmelte sie. „Er will, dass wir ein Datum für die Hochzeit festlegen."

Larissa runzelte die Stirn. „Das verstehe ich nicht. Wo ist das Problem? Seid ihr nicht bereits verlobt?"

Consuelo starrte den Diamantring an ihrem Finger an. „Ja, wir sind verlobt."

„Dann erscheint mir die Hochzeit der nächste logische Schritt", sagte Dellina leise. „Zumindest aus Sicht einer Expertin."

Consuelo nahm sich einen Nacho, kaute und schluckte. Dann trank sie einen Schluck. „Ich bin noch nicht so weit", sagte sie, nachdem sie das Glas wieder abgestellt hatte. „Er übt Druck auf mich aus. Warum tut er das?"

Felicia nickte. „Du hast Angst. Ja, das ist eindeutig Angst. Du fühlst dich nicht wegen der Planung eurer Hochzeit unter Druck gesetzt. Du machst dir Sorgen über die Ehe. Du glaubst nicht, dass du dich in einer so stabilen Situation wohlfühlen kannst. Du wirst bei Kent und Reese einziehen. Teil einer Familie sein. Das hast du seit Jahren nicht gehabt und vergessen, wie es ist."

Wieder wartete Taryn auf den Angriff, aber Consuelo nickte nur stumm und ihre braunen Augen füllten sich mit Tränen. „Ich weiß. Es ist schrecklich. Ich bin so emotional und launisch. Und ja, ich habe Angst. Ich hasse das!"

„Kent ist ein toller Mann", sagte Isabel. „Er ist verrückt nach dir. Wenn du dir Sorgen machst, was er von dir erwartet – das musst du nicht. Er ist nicht darauf aus, dass du seinen Haushalt übernimmst. Darum kann er sich sehr gut selber kümmern. Das hat er schließlich jahrelang gemacht."

„Ich weiß", sagte Consuelo. „Aber was, wenn ich es nicht schaffe?"

„Liebst du ihn?" Mit der Frage überraschte Taryn sich selbst.

Consuelo schniefte. „Hmm. Ich liebe ihn mehr als alles andere. Anfangs haben mir meine Gefühle Angst gemacht, aber jetzt habe ich mich an sie gewöhnt. An uns. Ich brauche ihn und kann nicht aufhören, ihn zu brauchen. Es ist mehr das Normalsein, mit dem ich nicht umgehen kann."

Das konnte Taryn nur zu gut verstehen. Normal zu sein gehörte auch nicht zu ihrer Welt. Genau wie Verletzlichkeit. Beides bereitete ihr Unbehagen.

„Kent hat dich gewählt", sagte Felicia zu ihrer Freundin. „Er wusste, dass du nicht normal bist, als er dich kennengelernt hat."

Consuelo lächelte. „Jetzt fühle ich mich schon ein bisschen besser. Aber ich will trotzdem keine große Hochzeit. Oder eine kleine. Ich will einfach nicht heiraten, sondern nur verheiratet sein. Wenn ich sicher wäre, dass er von mir nicht erwartet, normal zu sein, käme ich damit klar, glaube ich."

Felicia nickte bedächtig. „Aber du hast Angst, dass Kent die Zeremonie fehlt. Das Ritual vor seinen Freunden und seiner Familie."

„Und vor Reese", gab Consuelo zu.

„Ihr werdet einen Kompromiss finden müssen. Sprich mit Kent. Frag ihn, welcher Teil des Heiratens für ihn am wichtigsten ist. Ich glaube, die Zeremonie hat für ihn gar nicht so einen hohen Stellenwert, wie du denkst. Ich glaube, er will dich einfach nur immer bei sich haben und endlich sein gemeinsames Leben mit dir beginnen."

Taryn war beeindruckt von Felicias Verständnis für die Komplexitäten menschlicher Beziehungen. Neben ihrer außergewöhnlichen Intelligenz schien sie langsam auch Intuition zu entwickeln.

Ein weiterer Pitcher Margarita wurde bestellt, und gemeinsam machten sie sich über die Nachos her. Taryn spürte, dass sie sich langsam entspannte. Diese Frauen sind nett, dachte sie. Ihre Freundinnen. Sie konnte ihnen beinahe vertrauen.

Ihr kam der Gedanke, dass sie vermutlich mehr als das tun sollte. Sie sollte sich emotional öffnen. Diese Frauen waren ehrlich und fürsorglich. Sie würden ihr nicht wehtun – zumindest nicht absichtlich.

Ohne es wirklich zu wollen, erinnerte sie sich wieder den Tag, an dem sie von der Leiter gefallen war. Wie sie nach ihrem Vater gegriffen hatte, damit er sie aufhielt. Sie erinnerte sich an den Ausdruck in seinen Augen, als er ihren Hilferuf absichtlich überhört hatte und sie schreiend zu Boden gestürzt war. Und sie fragte sich, ob sie das jemals so weit hinter sich lassen könnte, dass sie erneut den Mut finden würde, die Hand nach einem Menschen auszustrecken – und sei es nur im übertragenen Sinne. Oder ob sie sich immer eher zurückhalten würde, als zu riskieren, zu fallen.

Taryn breitete mehrere Papiere vor Bürgermeisterin Marsha aus. Auf jedem stand ein anderer Slogan.

„Unsere Grafiker haben schon mal ein paar Entwürfe gemacht“, erklärte sie. „Nur damit Sie sehen, was alles möglich wäre. Im Moment müssen wir uns nur auf den Slogan an sich konzentrieren.“

Sie war für ihr Treffen ein paar Minuten zu früh da gewesen, sodass sie noch kurz ihre Aktentasche durchgehen konnte. Denn so ganz vertraute sie Kenny und Sam nicht, dass die ihr nicht irgendeinen Scherzslogan eingepackt hatten wie ihr beliebtes: „Fool's Gold – wo die Männer endlich kommen.“ Damit hatten sie seit Tagen gedroht, doch glücklicherweise hatten es nur die echten Slogans in ihre Tasche geschafft.

Taryn und die Bürgermeisterin lasen die Vorschläge gemeinsam durch: Fool's Gold – alles, was glänzt. Die Stadt mit dem Herz aus Gold. Genieße den Goldrausch. Lebe glücklich bis ans Ende deiner Tage. Hier hat Romantik ein Zuhause.

„Der gefällt mir.“ Die Bürgermeisterin zeigte auf das Blatt, auf dem stand: „Fool's Gold – hier hat Romantik ein Zuhause.“

„Es ist relativ nah an dem alten Slogan“, erwiderte Taryn. „Aber ohne die Doppeldeutigkeit. Wir können dazu gerne ein paar Entwürfe gestalten, wenn Sie mögen.“

„Lassen Sie mich das erst noch mit dem Stadtrat besprechen“, schlug die Bürgermeisterin vor. „Ich hoffe, ein übereinstimmendes Voting zu erzielen, bevor Sie weitere Arbeit hineinstecken. Aber glauben Sie mir, das kann eine Weile dauern.“

„Klar. Sagen Sie einfach Bescheid, wenn Sie bereit sind, weiterzumachen – oder wenn Sie neue Vorschläge benötigen.“ Obwohl sie eigentlich keine Lust hatte, sich zu diesem Thema noch mal mit Kenny und Sam zusammenzusetzen. Gott allein wusste, was ihnen dieses Mal alles einfallen würde.

„Das mache ich. Sie waren sehr gründlich. Vielen Dank."

Taryn griff nach ihrer Tasche, zog die Hand dann aber wieder zurück. „Haben Sie vielleicht noch einen Moment Zeit? Ich hätte da noch etwas anderes, was ich mit Ihnen besprechen wollte."

„Natürlich."

Taryn setzte sich an den langen Konferenztisch und wünschte sofort, sie wäre stehen geblieben. „Ich habe ein Problem …" Sie hielt inne. „Nein, nicht wirklich ein Problem. Ich möchte etwas tun, und bin nicht sicher, wie ich es anstellen soll."

Die Miene der Bürgermeisterin wurde weich. „Sie müssen mir schon ein paar Einzelheiten verraten, wenn ich Ihnen helfen soll."

Ja, das klang logisch. Taryn wrang ihre Hände. Larissas hätte an ihrer Stelle jetzt genau gewusst, was sie sagen sollte, dachte sie finster. Larissa hätte das Problem schon längst gelöst und nebenbei noch drei Kätzchen und einen Igel untergebracht.

„Kennen Sie Bailey Voss und ihre Tochter Chloe?"

„Ja. Es war sehr traurig, als Baileys Mann gestorben ist. Das ist alles nicht so gelaufen, wie ich es geplant hatte."

„Bailey hat mir erzählt, dass sie wieder anfangen möchte zu arbeiten. Ich habe in dem Gespräch etwas über ein Kostüm für die Bewerbungsgespräche fallen lassen. Ihrem Gesichtsausdruck nach schätze ich, dass sie keines hat und sich vielleicht auch keines leisten kann. Ich würde ihr gerne eines geben, weiß aber nicht, wie."

Die Bürgermeisterin musterte Taryn einen Moment, dann nickte sie. „Ja, ich verstehe das Dilemma." Sie stand auf. „Viel Glück damit."

Taryn blinzelte. „Wie? Sie haben keinen Tipp für mich? Ist das nicht eigentlich ihr Job? Anweisungen zu geben und Probleme zu lösen?"

Bürgermeisterin Marsha lächelte. „Ich bin keine Verkehrspolizistin. Und auch wenn ich dafür bekannt bin, ab und zu mal einzuspringen, glaube ich in diesem Fall, dass Sie das Problem besser lösen, als ich es jemals könnte. Es muss einen Weg geben, wie sie der süßen Bailey zu einem Kostüm verhelfen können. Und ich bin sicher, Sie finden ihn."

Als klar war, dass die Bürgermeisterin den Raum verlassen würde, erhob Taryn sich. „Das ist alles?"

„Für den Moment, ja. Ich plane, zu verreisen. Haben Sie davon gehört? In ein paar Wochen geht es nach Neuseeland. Das ist sehr aufregend." Sie ging zur Tür. „Viel Glück mit Ihrem Projekt."

16. KAPITEL

Ich verstehe das nicht“, sagte Taryn, während sie Erde in einen großen Blumentopf schüttete. „Bürgermeisterin Marsha hilft den Menschen. Das weiß jeder. Aber sie hat mich einfach abblitzen lassen. Meinst du, sie ist sauer auf mich oder so?“

Angel stellte die beiden kleinen Bäume ab, die er aus seinem SUV geholt hatte, und ging zu ihr. Er legte seine Hände an ihre Hüften und drehte Taryn herum, bis sie ihn anschauen musste. „Sie ist nicht sauer. Sie mag dich sehr. Sie mischt sich nun mal gerne ein.“

Taryn merkte, dass ihre Unterlippe sich trotzig hervorschieben wollte. „Aber sie hat sich ja eben nicht eingemischt.“

„Oh doch, das hat sie. Du hast recht. Normalerweise ist sie immer mittendrin, aber dieses Mal tritt sie einen Schritt zurück. Was dich wahnsinnig macht. Es ist nun mal ihr Stil, Menschen zu überrumpeln. Sie manipuliert die Situation genauso, als hätte sie dir gesagt, was du tun sollst.“

Auf diese Weise hatte Taryn das noch gar nicht betrachtet. Sie lehnte sich gegen Angel. „Vielleich hast du recht“, sagte sie und ließ sich von der Wärme und Stärke seines Körpers trösten. „Seitdem ich ihr Büro verlassen habe, befinde ich mich in einer mentalen Krise.“

„So etwas liebt sie.“ Er legte seine Hände an ihre Wangen. „Du findest schon noch den besten Weg, um Bailey zu einem Kostüm zu verhelfen.“

„Ich hoffe es. Es wäre nur so viel einfacher, wenn die Bürgermeisterin mir einen guten Vorschlag gemacht hätte.“ Sie lächelte ihn an. „Okay, ich bin offiziell durch mit dem Thema.“

„Das musst du nicht.“

„Hier warten Bäume darauf, gepflanzt zu werden.“

Sie hatten den Vormittag bei Plants for the Planet verbracht, dem örtlichen Gartenmarkt, und Taryn hatte sich drei unterschiedliche japanische Ahornbäume ausgesucht. Sie waren alle klein genug, um sich in Blumentöpfen wohlzufühlen. Jetzt mussten sie nur noch eingepflanzt werden.

Angel hatte die Töpfe an die richtigen Stellen gesetzt und die Böden mit einer Schicht Kieselsteine bedeckt, damit das Gießwasser sich nicht staute. Nun hielt Taryn die Bäume aufrecht, während er die Plastikhülle abzog. Nachdem er damit fertig war, lockerte er die Wurzeln ein wenig auf und hob die Bäume in die Töpfe.

„Du bist gut", sagte sie. „Ich hätte dich gar nicht für einen Gartenmenschen gehalten."

„Ich weiß halt das eine oder andere."

Das klang locker dahingesagt, aber sie sah die Spannung in seinen Schultern und wusste, dass er das Gesicht absichtlich von ihr abgewandt hielt. Sie nahm den Sack mit Blumenerde hoch und schüttete etwas in die Töpfe. Während sie die Erde glatt strich, sagte sie: „Ist schon okay. Du kannst gerne über dein Leben mit Marie und Marcus reden."

Angel richtete sich auf und wischte sich die Hände an der Jeans ab. „Das ist lange her."

„Aber es ist immer noch ein Teil von dir. Das verstehe ich. Wenn Marie nicht gestorben wäre, wärst du jetzt nicht hier. Wir hätten uns nie getroffen. Deine Gefühle für sie haben nichts mit mir zu tun."

Er schaute sie aus seinen grauen Augen an. „Das klingt sehr rational. Aber es ist kein rationales Thema."

„Warum nicht? Wir sind zusammen, weil sie nicht mehr da ist. Du musst nicht so tun, als würde sie dir nicht fehlen."

Sie wollten beide keine feste Beziehung, aber selbst wenn einer von ihnen ein Verfechter traditioneller Beziehungen gewesen wäre, hätten sie sich trotzdem mit den Geistern aus Angels Vergangenheit abfinden müssen. Mit seiner ersten großen Liebe. Es ging nicht darum, mehr geliebt zu werden oder gegen die Erinnerungen anzukämpfen. Seine Gefühle für Marie hatten ihn zu dem gemacht, der er war. Sie war genauso Teil von ihm wie Taryns Vergangenheit ein Teil von ihr war.

Wenn sie sich auf einem anderen Weg befänden, käme sie trotzdem mit dem klar, was vorher gewesen war. Denn die Alternative war, das zu bekämpfen, was sie doch nie ändern könnte.

„Ich will nicht, dass du so tust, als würdest du sie nicht lieben", erklärte Taryn ihm. „Mir gefällt, dass du es noch tust. Das macht dich zu einem der Guten."

Er zog sie erneut an sich. Dieses Mal hielt er sie so fest, dass sie Mühe hatte, zu atmen. Aber das war in Ordnung – denn irgendwie mochte sie es, dass Angel ihr das Gefühl gab, sie nie mehr gehen lassen zu wollen.

Taryn schaute auf die Zahlenkolonne. Sie hasste es, sich um die Buchhaltung zu kümmern. Das war einer der Gründe, warum sie Sam so schätzte. Er beschützte sie bei Score davor. Aber er hatte mit ihrer Partnerschaft im Paper Moon nichts zu tun und war außerdem immer noch beleidigt, weil sie darauf bestand, dass er für die Planung der Firmenfeier mit Dellina zusammenarbeiten sollte. Da er das nicht wollte, war sie sicher, dass er im Moment keine Lust hatte, ihr einen Gefallen zu tun.

Weshalb sie nun an Isabels Schreibtisch saß und bis über beide Ohren in Papieren steckte, sich durch die monatlichen Kontoauszüge wühlte und gegen aufkeimende Kopfschmerzen ankämpfte. Sie überflog die Rechnungen für den Umbau und dann die Forderungen und Verbindlichkeiten.

„Du bist mit dem Umbau knapp unterhalb des Budgets geblieben", sagte sie. „Sind das alle Rechnungen für die Einbauten?"

Isabel saß ihr gegenüber. „Ja. Einige meiner Regale habe ich zu einem sehr guten Preis bekommen. Technisch gesehen waren sie gebraucht, aber sie sind nie aus ihren Kartons genommen worden. Der Laden, für den sie gedacht waren, hat noch vor der Eröffnung Pleite gemacht."

„Eine Lektion für uns alle."

Sie hatten sich entschieden, die beiden Geschäftsbereiche des Paper Moon streng getrennt zu halten. Bräute auf der Suche nach ihrem Hochzeitskleid wollten ein besonderes Einkaufserlebnis mit sanftem Licht, romantischer Musik und riesigen Umkleidekabinen. Auf der „normalen" Seite war die Einrichtung wesentlich moderner, die Musik rockiger und es gab wesentlich weniger Tüll.

Taryn richtete sich auf. „Der Laden läuft sehr gut." Sie öffnete ihre Handtasche und holte den Scheck heraus, der die allerletzte Rate ihrer Einhundertausend-Dollar-Investition darstellte. Davon würde Isabel Waren einkaufen und für beide Seiten neue Mitarbeiter einstellen.

Isabel nahm den Scheck und seufzte. „Wir machen das wirklich."

„Ja, das tun wir." Taryn lächelte sie an. „Ich habe darüber nachgedacht, was du über Madeline gesagt hast. Sie zur Teilhaberin zu machen. Ich finde, das ist eine gute Idee. Mach sie zur Managerin des Brautladens. Wenn sie am Umsatz beteiligt ist, wird sie noch stärker motiviert sein. Obwohl du ihr sagen solltest, dass es am Anfang keine Profite geben wird, die du mit ihr teilen kannst."

Taryn öffnete eine Mappe und reichte Isabel die Kopie eines Diagramms, das sie erstellt hatte. Es zeigte, dass Madeline mit 2 % Beteiligung anfangen würde und sich über die nächsten fünf Jahre auf 10 % steigern könnte. Taryns Investitionen hatten ihr einen Anteil von 40 % gesichert. Ihr Vorschlag war, dass die 10 % am Ende der fünf Jahre anteilig von ihnen abgegeben werden würden. Damit gehörten dann Isabel 54 %, Taryn hätte noch 36 % und Madeline hätte die übrigen 10 %.

„Wenn es so weit ist, schauen wir uns alles noch mal an", sagte Taryn. „Vor allem du. In fünf Jahren willst du vermutlich anfangen, mich langsam auszuzahlen."

Isabels Augen weiteten sich. „Du willst aus der Partnerschaft aussteigen?"

„Nicht unbedingt, aber du wirst so weit sein, auf eigenen Füßen zu stehen. Vertrau mir – einen Partner zu haben, der dir ständig über die Schulter schaut, wird irgendwann langweilig."

„Vielleicht, aber im Moment weiß ich deinen Geschäftssinn sehr zu schätzen."

Isabel schrieb ihr eine Quittung für den Scheck aus, ging dann zu dem kleinen Kühlschrank und holte zwei Dosen Cola light für sie beide heraus.

„Irgendwelche Nachwirkungen von unserem Lunch von vor ein paar Tagen?", fragte sie.

Taryn grinste. „Ich war bis in den Abend hinein angeschickert, so viel steht mal fest. Aber heute geht es mir gut." Sie nahm die Dose und öffnete sie. „Consuelo hat mich überrascht."

Isabel setzte sich ihr wieder gegenüber. „Wegen ihrer Panik meinst du? Ihre Beziehung ist so unerwartet. Ich meine, Kent ist wirklich ein toller Kerl, aber so, wie Consuelo ihn anschaut, könnte man meinen, er hat Superkräfte."

„Vielleicht hat er die in ihren Augen ja", murmelte Taryn. „Es ist schön, dass sie so verliebt sind."

„Er ist Mathelehrer." Isabel schüttelte den Kopf. „Ich verstehe nicht so ganz, wie die beiden zusammenpassen. Aber auf der anderen Seite beweist es nur, dass es für jeden Topf den passenden Deckel gibt."

Taryn nippte an ihrem Getränk und weigerte sich, über das Offensichtliche zu spekulieren. Denn es war egal, ob es jemanden für sie gab. Sie war nicht interessiert.

„Es ist lustig, dass Consuelo sich so bemüht, konventionell zu sein", sagte sie. „Ich weiß nicht viel über ihre Vergangenheit, aber ich schätze, es ist das erste Mal, dass sie versucht, wie jeder andere zu sein."

„Du hast recht", bestätigte Isabel. „Ich schwöre dir, Ford hat panische Angst vor ihr."

„Angel würde das niemals zugeben." Taryn grinste. „Aber er macht einen großen Bogen um sie. Weshalb ich sie nur noch mehr mag. Und doch geht es am Ende nur darum, Kent zu gefallen und dazuzugehören. Ich kenne Männer, die sich ändern, wenn sie in einer Beziehung sind, aber Frauen scheinen sich weitaus mehr anzupassen. Oder leichter. Vielleicht generalisiere ich auch nur."

„Ich glaube nicht." Isabel beugte sich vor. „Frauen wollen eine Verbindung. Das ist uns sehr wichtig. Selbst für eine Frau wie Consuelo. Ich weiß auch nicht alles über ihre Vergangenheit, aber ich habe den Eindruck, dass sie immer ihren eigenen Weg gehen wollte."

„Vielleicht musste sie das auch einfach nur tun", überlegte Taryn leise. Sie wusste, dass Menschen oft von dem geprägt wurden, was sie durchgemacht hatten.

Sie erhob sich und ging zu dem Kleiderständer hinüber, den Isabel vorhin hereingeschoben hatte. Alles für sie zum Anprobieren. Und alles so schön, dachte sie und strich mit den Fingern über die Stoffe. Handgemacht von den heißesten jungen Designern. Preislich reichte die Bandbreite von ein paar hundert bis zu tausend Dollar.

Sobald der neue Bereich des Ladens eröffnet war, würde Isabel Kleider in verschiedenen Preissegmenten anbieten. Obwohl sie es niemals mit einer Kette aufnehmen könnte, würde trotzdem nicht alles bei ihr teuer sein. Sie hofften, gute Geschäfte mit den Touristen zu machen, die in die Stadt kamen, aber natürlich zählten sie auch auf einheimische Kundschaft.

Trotzdem – konnte jemand wie Bailey es sich leisten, hier einzukaufen?

„Fool's Gold braucht ein Sozialkaufhaus", sagte sie abwesend.

Hinter ihr gab Isabel ein ersticktes Geräusch von sich.

„W-was? Versuchst du etwa, mich aus dem Geschäft zu drängen, bevor ich überhaupt eröffnet habe?"

Taryn schaute Isabel an und sah ihre weit aufgerissenen Augen.

Sofort hob sie beide Hände. „Tut mir leid. Ich wollte dir keine Angst machen. Ich habe nur gerade daran gedacht, dass es viele Menschen gibt, die sich keine Handtasche für tausend Dollar leisten können."

„Dann müssen sie sich ja auch keine kaufen. Aber ein Sozialkaufhaus? Sag mir nicht, dass du da dein Geld investieren willst.“

„Nein.“ Taryn kehrte zum Schreibtisch zurück. „Ehrlich, es ist okay. Ich habe nur laut nachgedacht …“ Sie seufzte. „Ich habe diese Frau kennengelernt. Sie ist alleinerziehende Mutter und sucht nach einem Job. Soweit ich das beurteilen kann, hat sie für die Bewerbungsgespräche nichts Richtiges anzuziehen. Ich bin mir nicht sicher, dass sie sich etwas Neues leisten kann. Keine Ahnung, warum mich das stört, aber das tut es. Ich kann ihr aber auch nicht einfach was geben. Das würde sie niemals annehmen. Also habe ich gedacht, ein Sozialkaufhaus wäre die Lösung.“

Isabels Atem normalisierte sich. „Warum hast du das nicht gleich gesagt? Ich habe fast einen Herzinfarkt bekommen.“

„Was aus vielen Gründen niemals meine Absicht war.“ Sie dachte an Bailey. „Ich weiß nicht, was ich tun soll. Ich habe Bürgermeisterin Marsha davon erzählt, aber sie hat mich mehr oder weniger abblitzen lassen. Sie sagte, sie wäre sicher, dass ich schon eine Lösung finde.“

„Unsere Bürgermeisterin Marsha?“

Taryn nickte. „Schockierend, oder? Das habe ich auch gedacht. Ist sie nicht bekannt dafür, sich in alles einzumischen? Was bedeutet, ich weiß nicht, wie ich helfen kann. Wie schon gesagt, ich kann nicht einfach zu dieser Frau gehen und ihr ein Kostüm schenken. Das wäre komisch, und sie könnte sich beleidigt fühlen.“

Isabel trank einen Schluck. „Dann lass uns doch einfach eine Tauschparty organisieren.“

„Eine was?“

„Eine Tauschparty für Klamotten. Wir können sie hier abhalten. Wir laden einen Haufen Frauen ein, die alles mitbringen sollen, was sie nicht länger wollen. Das können sie dann untereinander tauschen. Wir können auch gerne um eine kleine Spende für eine örtliche Wohltätigkeitseinrichtung bitten, wenn es mehr nach einer Sache für den guten Zweck aussehen soll. So wird deine Freundin nicht misstrauisch."

„Es geht um Bailey Voss. Kennst du sie?"

„Ich glaube nicht."

„Sie ist toll. Wenn wir dieselbe Größe hätten, würde ich ihr eines meiner Kostüme geben."

Isabel musterte sie. „Gibt es überhaupt irgendjemanden, der deine Größe hat? Abgesehen von Supermodels?"

„Sehr lustig. Deine Idee von einer Tauschparty gefällt mir. Ich könnte ein paar Kostüme kaufen und so tun, als wären sie Teil des Ganzen. Wie finde ich ihre Größe heraus?"

„Darum kümmere ich mich", sagte Isabel und schrieb sich den Namen auf. „Nachdem ich so lange hier gearbeitet habe, kann ich die Größe einer Frau aus fünfzig Metern Entfernung schätzen." Sie sah Taryn wieder an. „Kauf nichts zu Modisches. Darin würde sie sich nicht wohlfühlen."

Taryn nickte. „Sollte ich das vielleicht lieber dir überlassen?"

„Nimm's nicht persönlich, aber ja. Ich könnte auch eine der Schneiderinnen bitten, auf der Party für Änderungen bereitzustehen."

„Die Kosten übernehme ich." Taryn erinnerte sich an Baileys ausgetretene Schuhe. „Wir sollten auch Schuhe und Handtaschen anbieten. Warum sagen wir nicht, dass jeder für jedes Teil, das er mitnimmt, fünf Dollar in einen Topf werfen muss? Kannst du auch Schuhgrößen schätzen?"

„Nicht ganz so gut", gab Isabel zu. „Wie groß ist sie?"

„Knapp eins siebzig."

„Also mindestens Schuhgröße sieben." Isabel grinste. „Du hast große Füße. Bring ein paar deiner alten Schuhe mit."

Taryn funkelte sie an. „Ich habe keine großen Füße. Ich bin groß. Meine Füße haben eine angemessene Größe."

„Du hast neun oder neuneinhalb. Das ist nicht klein."

„Ich ignoriere dich einfach", verkündete Taryn. „Okay, wir veranstalten eine Tauschparty. Jetzt müssen wir das nur noch verkünden. Oh, warte, ich engagiere Dellina, um alles zu organisieren. Wir können auch ein wenig Fingerfood und Musik anbieten." Sie dachte an ihre anhaltende Rangelei mit Sam. „Ist ja nicht so, als würde sie unsere Firmenparty organisieren."

„Eure was?"

„Nichts", seufzte Taryn. „Das hat mir Score zu tun. Wie auch immer, lass uns loslegen. Das wird bestimmt lustig."

„Okay, das ist heftig, selbst für Fool's Gold", sagte Taryn, als sie mit Angel durch das Stadtzentrum bummelte. „Ich kann ja akzeptieren, dass sie Feiertage, den Sommer, den Herbst und die Ernte feiern, aber ein Rosie-the-Riveter-Tag? Muss man die Werbeikone zur Anwerbung von Frauen für die Rüstungsindustrie während des Zweiten Weltkriegs wirklich heute noch ehren?"

„Hast du die Plakate nicht gelesen?", fragte Angel grinsend. „Sie stammte vermutlich aus dieser Gegend."

„Ich glaube nicht."

„Aber du kannst es nicht wissen. Außerdem feiern wir generell den Beitrag der Frauen in dieser Welt. Das solltest du unterstützen."

„Ich werde es mehr unterstützen, wenn Frauen endlich die gleichen Gehälter wie Männer bekommen." Sie betrachtete die Touristen, die die Straßen verstopften. „Nicht, dass ich was gegen ein gutes Festival hätte."

„Ach komm, du hasst sie", neckte er sie.

Taryn lächelte ihn an. „Langsam gewöhne ich mich an sie."

Es war ein sonniger Samstagmorgen. Angel hatte am Vorabend angerufen und vorgeschlagen, dass sie den Tag zusammen verbringen. Sie würden bis zum Mittag über das Festival schlendern und später vielleicht ins Kino gehen. Abends würde er Steaks für sie grillen und sie würden in ihrem Garten weiterarbeiten.

In der Einladung war stillschweigend das Versprechen enthalten, dass er die Nacht bei ihr verbringen würde – ein Plan, den sie vollkommen unterstützte. In letzter Zeit hatte sie festgestellt, dass sie mit Angel an ihrer Seite besser schlief. Natürlich könnte das auch an den Dingen liegen, die sie taten, *bevor* sie die Augen schlossen, aber dafür war sie auch offen.

Als er jetzt ihre Hand nahm, verschränkte sie die Finger mit seinen und spürte, wie eine tiefe Zufriedenheit sich in ihr ausbreitete. In Angels Nähe fühlte sie sich immer gut.

Sie ließen sich mit der Menge an den Ständen vorbeitreiben, die beide Seiten der Straße säumten. Später würde es noch Livemusik im Park geben.

„Angel, Taryn!“

Allison, ein kleines blondes Mädchen mit Brille, kam auf sie zugerannt. Sie trug ein pinkfarbenes T-Shirt und weiße Shorts. Als sie vor ihnen stand, schob sie ihre Brille auf der Nase nach oben.

„Hi. Ich habe euch gesehen und wollte euch meinen Onkel Ryder vorstellen.“ Sie zerrte einen gut aussehenden Mann hinter sich her. Er schien um die dreißig zu sein, hatte einen gebräunten Teint und ein schiefes Lächeln. Er war groß, bestimmt eins neunzig, und ragte hoch über dem kleinen Mädchen auf. „Er ist ein berühmter Fotograf.“ Sie strahlte. „Und mein Lieblingsonkel.“

Ryder schüttelte ihnen die Hand. „Hi“, sagte er. „Allison übertreibt gerne ein bisschen. So berühmt bin ich gar nicht.“

Taryn gefiel es, wie Ryder seine Hände auf Allisons Schultern legte und ihr damit seine Unterstützung und Liebe zeigte, anstatt von ihr genervt zu sein.

„Dein Lieblingsonkel also“, sagte Taryn.

„Ich bin ihr einziger Onkel.“

Allison schüttelte den Kopf. „Du wärst auch sonst mein Lieblingsonkel. Angel ist mein Forstwächter.“

Um Ryders Mund zuckte es. „Stimmt ja. Du bist ja eine Eichel.“ Er wandte sich an Angel. „Wie gefallen Ihnen die ZKM?“

„Sie wissen davon?“, fragte Angel erstaunt.

„Ich habe bis zu meinem zehnten Lebensjahr in Fool's Gold gelebt. Dann sind wir nach Denver gezogen." Er schaute sich um. „Es ist eine tolle Stadt. Ich bin nicht gerne weggezogen."

„Er besucht uns übers Wochenende", sagte Allison und lehnte sich an Ryder. „Ich habe ihm meine Perlen gezeigt."

Sie unterhielten sich noch ein paar Minuten, dann zog Allison ihren Onkel mit sich, damit er ihr ein Schweinsohr kaufte. Taryn schaute ihnen hinterher.

„Du kannst gut mit den Mädchen umgehen", sagte sie zu Angel. „Sie beten dich an."

„Ich bin der einzige Forstwächter, den sie kennen. Sie wissen es nicht besser."

„Ach so. Und deshalb ist es leichter, ihnen etwas vorzumachen? Das glaube ich kaum, mein Großer. Sie sind verrückt nach dir." Sie stieß ihn an. „Außerdem kannst du jetzt französische Zöpfe flechten. Du bist von unschätzbarem Wert."

„Ich habe schon lange nach einer neuen Fähigkeit gesucht, um meinen Lebenslauf abzurunden."

Taryn lachte immer noch, als sie an einem Ständer voller Hüte stehen blieben. Die Hüte waren aus Stoff mit einer Krempe, die man hochrollen oder herunterklappen konnte. Das Besondere an ihnen waren aber die schönen Seidenblumen. Einige Arrangements waren klein mit nur wenigen Blüten, andere waren richtige Sträuße.

Taryn zog an Angels Hand, doch er rührte sich nicht.

„Auf keinen Fall", sagte er. „Ich höre die ganze Zeit, dass dieses Jahr das Jahr der Accessoires ist, also werde ich dir einen Hut kaufen."

Einen Hut, den ich niemals tragen werde, dachte Taryn, während er ein paar Hüte auswählte und wieder verwarf. Dann nahm er einen weichen schwarzen Hut mit einer dunkelroten Rose und vielen grünen Blättern und setzte ihn ihr auf den Kopf. Er zupfte an der Krempe, bis sie so saß, wie er sie haben wollte, und drehte Taryn dann zum Spiegel herum.

„Was meinst du?", fragte er.

Der Hut war nichts, was sie jemals tragen würde, aber darum ging es nicht. Sie sah im Spiegel sich und einen Teil von Angel. Er zupfte weiter an dem Hut rum, und als seine Finger kurz ihre Wange streiften, verspürte sie auf einmal ein enges Gefühl in der Brust. Ein Gefühl, das sie noch nie zuvor empfunden hatte.

Ihr stockte der Atem, und die Welt drehte sich kurz, bevor sie sich wieder beruhigte. Und dann wusste Taryn es. Sie hatte sich in Angel verliebt.

Sie, die sich geschworen hatte, niemals ihr Herz zu riskieren, egal, was immer da auch kommen mochte. Sie, die ihre Welt darüber definierte, wie sehr sie sie unter Kontrolle hatte. Sie, die immer stolz auf ihre Unabhängigkeit gewesen war, hatte sich tief und ernsthaft verliebt.

„Taryn?" Angels Stimme klang scharf. „Was ist los?" Er drehte sie zu sich um. „Du bist auf einmal ganz blass geworden." Er berührte ihre Stirn, dann griff er nach ihrem Handgelenk, um ihren Puls zu fühlen. „Dein Herz rast ja. Bist du krank?"

Ja, das bin ich, dachte sie panisch. Krank vor Liebe. Oh Gott. Wie hatte das passieren können? Warum hatte sie nicht besser aufgepasst?

Doch nach der Panik kam die Gewissheit. Das hier ist richtig, dachte sie. Was auch immer passieren, wie auch immer das enden würde, sie hatte sich verliebt. Und indem sie ihr Herz verschenkt hatte, hatte sie die letzte Kette gesprengt, die sie mit ihrem Vater verband. Sie hatte die Angst überwunden.

Sie atmete tief ein und lächelte. „Mir geht es gut. Nur ein wenig schwindelig. Ich habe heute Morgen nichts gegessen."

Er gab der Verkäuferin das Geld für den Hut, legte einen Arm um Taryns Taille und führte sie zur Fressmeile. „Dann besorgen wir dir jetzt gleich etwas."

Seine Berührung fühlt sich so sicher an, dachte sie. Sie wusste, er würde sich um sie kümmern. Es war keine Liebe – er hatte sein Herz bereits einmal vergeben und konnte es nicht noch einmal tun. Das verstand sie. Um den Schmerz würde sie sich später kümmern. Aber im Moment reicht es völlig, zu wissen, dass sie nicht so ein Freak war, wie sie immer gedacht hatte. Sie war beinahe wie alle anderen.

Angel kaufte ihnen beiden einen Wrap und eine Limonade und achtete darauf, dass sie alles aufaß. Sie unterhielten sich gerade darüber, was sie am Nachmittag unternehmen wollten, als Consuelo zu ihnen kam und ihnen einen Zettel reichte. Auf dem stand eine Adresse.

„Fünf Uhr heute Nachmittag", sagte sie mit funkelnden Augen. „Im Haus von Kents Mutter. Es gibt was zu essen. Seid pünktlich und sagt mir nicht, dass ihr nicht könnt. Habe ich mich klar ausgedrückt?"

„Ja, Ma'am", sagte Angel.

Taryn lächelte. „Ich habe keine Angst vor dir, aber ja, ich werde auch da sein. Was gibt es denn?"

„Nichts, worüber ich sprechen will", grummelte Consuelo und ging.

Taryn war nicht sicher, was sie zu Consuelos nicht näher erläutertem Event anziehen sollte. Sie ging von etwas wie einem Barbecue aus und entschied sich für ein schlichtes Sommerkleid und eine Strickjacke, falls es abends kühler wurde. Da sie vielleicht auf dem Rasen laufen musste, wählte sie dazu Sandalen mit Plateausohle.

Angel holte sie um Viertel vor fünf ab, und gemeinsam fuhren sie die paar Straßen zum Haus von Denise. In der Straße standen bereits ein paar Autos und mehrere Menschen gingen gerade auf die Haustür zu.

„Eine ganz schön große Party", sagte Angel und ging dann zur Beifahrertür, um Taryn aus dem Wagen zu helfen. Als sie ausgestiegen war, beugte er sich zu ihr. „Lass uns nicht allzu lange bleiben."

Die Kombination von seinem Atem und seiner Stimme jagte ihr Schauer über den Rücken. Sie schaute ihm in die Augen. „Früh ins Bett zu gehen klingt gut."

Er hauchte ihr einen Kuss auf die Wange, bevor er zur Haustür vorging.

Nevada Hendrix Janack, eine der Hendrix-Drillinge, empfing sie im Flur. „Wir sind draußen im Garten", sagte sie. „Geht einfach durch. Es gibt genügend Stühle." Sie hielt kurz inne. „Angel, richtig?"

Er nickte.

„Mein Bruder will mit dir sprechen." Sie zeigte den Flur hinunter. „Da unten. Taryn, findest du alleine in den Garten?"

Ford tauchte auf und packte Angels Arm. „Du hast es geschafft. Schön. Hey, Taryn." Damit verschwanden die beiden Männer.

So langsam fragte sich Taryn, was hier eigentlich los war. Sie ging durch das Haus und betrat eine große Küche. Von dort konnte sie durch die Fenster nach draußen sehen. Ein riesiges Zelt war im Garten errichtet worden. Die Seitenwände waren hochgerollt und sie sah, dass die Zeltstangen mit Lichterketten umwickelt waren. Stühle waren so in ordentlichen Reihen aufgestellt, dass in der Mitte ein breiter Gang frei blieb. Auf einem Tisch ganz am anderen Ende des Gartens stand eine wunderschöne Torte. Links davon war eine Tanzfläche ausgelegt worden und überall standen Blumen. Sieht fast aus wie eine Hochzeit, dachte sie, verwarf den Gedanken aber gleich wieder.

Dellina kam von draußen rein, sah Taryn und grinste. „Ich habe leider keine Zeit zum Reden. Es ist noch zu viel zu tun. Wer plant auch schon eine Hochzeit mit nur vierundzwanzig Stunden Vorlaufzeit? Das ist einfach nicht möglich, und doch kriegen wie es irgendwie hin."

Taryn musste sie nicht nach dem Namen der Braut fragen. Es gab nur ein Pärchen, das auf diese Weise in Denises Garten heiraten konnte.

Sie ging nach draußen. Die Gäste unterhielten sich miteinander und waren offensichtlich ganz aufgeregt über die Ereignisse. Kellner boten Champagner und Appetithäppchen an.

„Meine Dame."

Sie drehte sich um und sah Jack, der ihr ein Glas hinhielt. Sie nahm es und lächelte. „Du bist auch hier."

„Wir wurden herbestellt." Er zeigte auf Sam und Kenny, die sich mit Leuten unterhielten, die Taryn nicht kannte.

„Larissa wird so enttäuscht sein, dass sie die Hochzeit verpasst", sagte Taryn. Ihre Freundin war über das Wochenende nach Los Angeles gefahren, um eine ihrer Schwestern zu besuchen.

„Ich hebe ihr ein Stück von der Torte auf. Wo ist deine Begleitung?"

„Ich weiß es nicht. Er wurde mir entrissen. Vielleicht gehört er zur Eskorte der Braut." Angel kannte Consuelo schon sehr lange. Sie schätzte, dass sie ihn deshalb bei sich haben wollte.

„Das haben sie echt schnell hingekriegt." Trotz der spätnachmittäglichen Sonne wirkte er in seinem Anzug mit Krawatte ganz entspannt. Aber so war Jack eben – er fühlte sich überall wohl.

„Du hast ja keine Ahnung." Taryn erzählte ihm von dem Lunch mit den Mädels und Consuelos Zusammenbruch. „Vielleicht war das die einzige Art, wie sie es doch noch durchziehen konnte."

Jack legte einen Arm um sie. „Die Ehe war nicht so schlecht."

„Die ganzen sechs Wochen?", fragte sie leichthin.

Er lächelte.

Bürgermeisterin Marsha trat vor das Zelt und bat alle, Platz zu nehmen. Taryn setzte sich neben Jack und hielt einen Platz für Angel frei, falls der sich später zu ihnen gesellen würde. Die Musik setzte ein. Kent, Reese und Ford stellten sich zur Bürgermeisterin.

Felicia kam den Gang hinuntergeschritten. Die Trauzeugin, vermutete Taryn. Der Hochzeitsmarsch begann, und die Gäste erhoben sich. Taryn drehte sich um und sah Consuelo in einem Hochzeitskleid, komplett mit Schleier. Sie wurde von Angel und Justice begleitet und sah wunderschön aus. Taryn hatte trotzdem das Gefühl, dass sie heftig mit ihren Nerven zu kämpfen hatte.

Als sie das Ende des Gangs erreichten, hoben Justice und Angel den Schleier und gaben Consuelo einen Kuss auf die Wange. Dann traten sie zur Seite und stellten sich neben Felicia.

„Männliche und weibliche Trauzeugen“, flüsterte Jack. „Das ist sehr modern.“

Sie lächelte und wandte ihre Aufmerksamkeit dann wieder der Zeremonie zu.

„Wir freuen uns, euch zu diesem wundervollen Anlass begrüßen zu können“, fing Bürgermeisterin Marsha an. „Auch wenn ich versuche, bei jeder Hochzeit in der Stadt anwesend zu sein, habe ich doch nicht immer das Glück, sie auch durchführen zu dürfen. Ich danke euch beiden für diese freudige Gelegenheit.“

Sie schaute auf das Buch, das sie in den Händen hielt, und dann wieder zu den Gästen. „Heute feiern und bezeugen wir die Verbindung von Kent Hendrix und Consuelo Ly. Die traditionellen Gelübde werden folgen, aber erst möchte unserer schönes Paar ein paar Worte aneinander richten.“

Consuelo reichte Felicia ihren Brautstrauß, dann wandte sie sich Kent zu.

„Ich liebe dich“, sagte sie mit einer leicht zitternden Stimme. „So sehr. Ich verspreche, immer für dich da zu sein und dir zu sagen, wenn ich Angst habe.“ Sie ließ ein Lächeln aufblitzen. „Auch wenn ich leider nicht versprechen kann, immer völlig normal zu sein.“

Kent grinste. „Ich bin normal genug für uns beide.“ Er wurde wieder ernst. „Ich werde mich immer um dich kümmern, Consuelo. Ich werde immer für dich da sein.“ Er warf einen Blick über die Schulter.

Reese trat einen Schritt vor. „Ich auch. Wir werden eine Familie sein.“

Taryn spürte, dass ihre Augen anfingen zu brennen. Sie fragte sich, ob Angel sie anschauen und ihr stumm mitteilen würde, dass er auch immer für sie da wäre, selbst wenn ihre Beziehung nicht auf so tiefen Gefühlen beruhte. Aber er tat es nicht.

Stattdessen nahm Jack ihre Hand. „Das ist schön“, flüsterte er.

„Ja, das ist es.“

„Es hat schon was, heimlich zu heiraten.“

So wie sie es getan hatten. „Weniger Ausgaben fürs Catering.“

Er grinste. „Guter Punkt. Ich bin froh, dass dein Freund da drüben sich um die Schlangen hat kümmern müssen. Mich hätte es vermutlich umgebracht.“

Sie lachte leise. „Dessen bin ich mir sicher.“

„Du hast da einen guten Mann.“

Sie schaute zu Angel. „Ja, das habe ich.“

Als wenn er sie gehört hätte, drehte er sich zu ihr um und blinzelte ihr zu. Sie lächelte und wusste, dass ihre Welt gerade ein bisschen heller geworden war.

17. KAPITEL

Da sind Kinder, die zu dir wollen“, sagte Larissa grinsend. „Zwei Mädchen. Sie kennen deinen Namen.“

Taryn unterdrückte ein Lächeln. „Höre ich da einen anklagenden Unterton?“

„Ich meine, Kinder? Die Vorstellung, dass du deine Zeit mit Kindern verbringst, überrascht mich ehrlich gesagt immer noch.“

„Du weißt, dass ich stellvertretende Forstwächterin bin.“

„Ich habe davon gehört.“ Larissa grinste erneut und ging zurück auf den Flur.

Taryn lachte immer noch, als Chloe und Layla, ein weiteres Mädchen aus ihrer Gruppe, eintraten. Sie stand auf und ging um ihren Tisch herum. „Hey, ihr zwei. Was ist los? Braucht ihr Hilfe?“

Chloe stellte ihren Rucksack auf einen Stuhl und holte ein langes Seil heraus. „Wir haben Schwierigkeiten mit unseren Knoten. Angel hat leider keine Zeit, und der Campingausflug ist schon bald. Nachdem wir die Zelte aufgebaut haben, gibt es einen Test. Wir wissen, dass es bei dem Knoten einen Hasen und einen Bau gibt, aber wir können uns nicht an den Baum erinnern.“

Layla verdrehte die Augen. „Ich habe meinen Dad gefragt, aber der weiß es auch nicht.“

Sie klang sehr enttäuscht von diesem Mann.

Taryn behielt ihr Lächeln bei, obwohl ihr Magen sich zusammenzog. Von den Eicheln wurde ein Grundwissen in Knotenkunde erwartet. Angel hatte sie ihnen bei ihrem letzten Treffen beigebracht. Und obwohl Taryn dabei mitgemacht hatte, hatte sie nicht wirklich auf die Einzelheiten geachtet. Angel war der Outdoorexperte. Sie hingegen tat nur so.

In den letzten paar Wochen waren sie zweimal wandern gegangen und hatten das Kajakexperiment ohne Zwischenfälle, dafür aber mit viel Sex wiederholt, was noch mehr Spaß machte. Aber Knoten? Sie wusste so gut wie gar nichts über Knoten.

Das allerding konnte sie gegenüber den Mädchen schlecht zugeben. Aber sie konnte auch nicht so tun, als wüsste sie, wovon sie redete. Bevor sie eine Idee hatte, wie sie ihr mangelndes Wissen eingestehen konnte, um dann schnell im Internet nachzusehen, kam Kenny den Flur entlang.

Taryn rief ihn zu sich. Er kam herein, warf einen Blick auf die Mädchen und hob die Augenbrauen. „Möchtest du mir etwas gestehen?", fragte er.

Sie ignorierte das amüsierte Funkeln in seinen Augen. „Kenny, das sind zwei meiner Eicheln. Chloe und Layla. Wir haben gerade über die Knoten gesprochen, die sie lernen müssen, und ich frage mich, ob du irgendetwas über das Thema weißt."

Kenny schaute von ihr zu den Mädchen und wieder zurück. Dann lehnte er sich gegen den Türrahmen, als hätte er alle Zeit der Welt … und als hätte er vor, jede Sekunde davon zu nutzen, um sie zu quälen.

„Camping?", fragte er.

Chloe nickte. „Alle ZKM-Gruppen gehen gemeinsam zelten. Layla und ich sind Eicheln, das hat Taryn ja schon gesagt. Wir sind die Jüngsten. Die anderen sind Setzlinge, Schösslinge, Himmelsgreifer und Mächtige Eichen. Nächstes Jahr werden wir Setzlinge sein."

Layla nickte.

Kennys Lippen zuckten. Leider war Taryn klar, dass das nichts damit zu tun hatte, wie süß Chloe war. Nein, was Kenny hier tat, war Informationen zu sammeln, die er später gegen sie verwenden würde, wenn sie es am wenigsten erwartete.

Einen Moment lang wollte sie ihn darauf hinweisen, dass sie ihre Position als stellvertretende Forstwächterin nicht wirklich verheimlicht hatte. Sie hatte nur nicht ständig davon gesprochen. Jack wusste es, aber jetzt, wo sie so darüber nachdachte, war die Wahrscheinlichkeit hoch, dass die anderen beiden es nicht wussten.

„Setzlinge, hm?", fragte Kenny. „Was bedeutet, ihr gehört zu …"

„Den Zukünftigen Kriegerinnen der Máa-zib", warf Chloe hilfreich ein. „ZKM."

„Das klingt nach sehr viel Spaß, und ich sehe, dass ihr verdammt ernsthafte Kriegerinnen seid. Wirklich beeindruckend."

Taryn wollte Kenny schon böse anfunkelt, als ihr auffiel, dass Chloe völlig frei und ungehemmt redete. Normalerweise war sie schüchtern, aber gegenüber Kenny offensichtlich nicht. Das war interessant. Er war ein großer Mann, breit mit massigen Händen. Die Menschen waren in seiner Gegenwart oft nervös, aber nicht diese beiden Mädchen.

„Also, wie steht es mit deinen Knotenkenntnissen", sagte Taryn. „Kannst du uns bei dieser Sache helfen?"

„Oh ja, das kann ich." Er grinste sie an. „Ich war mal bei den Pfadfindern."

„Ich weiß, was das ist", verkündete Layla. „Mein Bruder will auch Pfadfinder werden." Sie rümpfte die Nase. „Aber er will mir nicht mit den Knoten helfen." Sie verzog den Mund zu einem kleinen Lächeln. „Er ist nämlich böse auf mich, weil er sich letzte Woche rausgeschlichen hat, um sich mit seinen Freunden zu treffen, und ich habe ihn verpetzt."

Taryn nickte Kenny mit hochgezogenen Augenbrauen zu. „Und? Willst du dich immer noch über die ZKM lustig machen?"

„Ich habe mich nicht lustig gemacht." Er ging zu ihrem Schreibtisch und setzte sich auf einen der Besucherstühle. „Aber ich bin beeindruckt, wie gut du Spuren lesen kannst", sagte er zu Layla.

„Mein Bruder klettert immer aus dem Fenster im Flur", erzählte sie. „Das liegt direkt neben meinem Zimmer, und die Bodendielen knarren an der Stelle ganz laut."

„Klingt, als hätte er es verdient, erwischt zu werden. Hat er Ärger bekommen?"

Layla nickte. „Er hat Stubenarrest."

„Und schmollt", sagte Kenny. „Ansonsten hätte er dir ja geholfen."

Die beiden Mädchen kicherten.

Kenny streckte die Hand nach dem Seil aus. Chloe gab es ihm. Sie erklärten ihm, was sie machen wollten, und schneller, als Taryn es für möglich gehalten hätte, hatte er das Seil verknotet und gab es den Mädchen zurück.

„Wow", hauchte Chloe. „Kannst du uns das beibringen?"

„Das kann ich."

Taryn setzte sich auf ihren Stuhl und schaute zu, wie Kenny den Mädchen den Knoten Schritt für Schritt erklärte. Die beiden sahen aufmerksam zu und nickten, und dann wiederholten sie beide, was er gemacht hatte. Ihr fiel auf, dass beide immer näher an ihn heranrückten, bis sie schließlich an ihm lehnten. Chloe schien von ihm besonders hingerissen zu sein. Sie musterte ihn eindringlich, während er sprach, und lächelte ihn an, als wäre er ein Superheld.

Als sie den Knoten gemeistert hatten, bedankten sie sich bei Kenny und gingen. Taryn wartete, bis sie weg waren, bevor auch sie sich bedankte.

Er zuckte mit den Schultern. „Kein Problem. Es war schön, helfen zu können."

„Du hast das toll gemacht", sagte sie. „Sie mochten dich."

Kennys blaue Augen verrieten nichts.

„Du kannst ziemlich gut mir Kindern umgehen", fuhr sie fort und beobachtete ihn dabei genau.

„Vergiss es", sagte er tonlos.

„Kenny, du musst das hinter dir lassen."

„Hab ich schon."

„Nein, hast du nicht. Du ignorierst, was passiert ist. Du sprichst nicht darüber."

„Weil es dazu nichts zu sagen gibt."

Er stand auf und ging. Taryn seufzte. Sie wusste einfach nicht, wie sehr sie ihn bedrängen sollte. Jeder trug die Lasten der Vergangenheit mit sich herum – das wusste sie besser als die meisten. Aber sie hasste es, zu sehen, dass Kenny wegen dem, was geschehen war, jeder Bindung aus dem Weg ging. Es war nicht fair und es war nicht richtig. Aber es war auch nicht wirklich ihr Problem.

Trotz der Blitzhochzeit, die Dellina vermutlich innerhalb von fünfzehn Minuten hatte organisieren müssen, war es ihr auch noch gelungen, die Kleidertauschparty auf die Beine zu stellen.

Aus dem beinahe fertig renovierten Anbau des Paper Moons waren alle Werkzeuge verschwunden. Der neue Fußboden war verlegt und die meisten Einbauten fertig. Auf den rollbaren Kleiderständern hing alles, was man auf Bügel hängen konnte, und auf einem großen Tisch waren Pullover, Taschen und Schuhe arrangiert. Es gab sogar eine Ecke für Modeschmuck. Die Umkleidekabinen waren beschriftet und mehrere Spiegel standen quer durch den Raum verteilt. Aus einigen versteckten Lautsprechern drang leise Musik.

Wie in der Einladung erbeten, waren alle Sachen vorab abgegeben worden. An den meisten von ihnen hingen kleine Zettel mit Bemerkungen wie „Ich habe das Kleid nur einmal getragen. Keine Ahnung, warum ich es überhaupt gekauft habe.“ Oder „Es ist in meinem Kleiderschrank geschrumpft, was komisch ist, weil ich es nie angehabt habe.“

An der hinteren Wand war eine mobile Bar aufgebaut und dazu ein Büfett mit Fingerfood, das man essen konnte, während man sich die Kleider anschaute. Zudem wurden verschiedene Mädchencocktails gereicht.

Taryn hatte gehofft, zehn oder fünfzehn Frauen zum Mitmachen bewegen zu können, aber es waren mindestens doppelt so viele erschienen. Einige kannte sie nicht, aber Isabel stellte alle einander vor. Es dauerte nicht lange, bis der Lärmpegel stieg.

Madeline hatte die Aufsicht über den Tausch. Sie schlug den verschiedenen Frauen verschiedene Sachen vor und bot an, passende Schuhe oder eine passende Handtasche zu finden.

„Sie weiß Bescheid wegen der Outfits für Bailey, oder?“, fragte Taryn leise.

Isabel nickte. „Ich habe ihr ein Kostüm und sicherheitshalber noch ein Kleid gekauft."

Taryn guckte sie fragend an. „Warum?"

„Ich dachte, es würde ihr stehen. Es ist dunkelblau und hat einen passenden Blazer. Sie kann es ganz schlicht tragen oder mit ein paar Accessoires aufpeppen. Wenn sie die Jacke weglässt, ist es ein schönes Kleid für ein Abendessen. Kostüme sind weniger flexibel. Immerhin wohnen wir hier in Fool's Gold. Wo soll sie da jeden Tag ein Kostüm tragen? Ein Kleid wird eher verschiedenen Anlässen gerecht."

Taryn nickte. „Du hast recht. Ich bin nur so nervös."

Sie hatte Isabel das Einkaufen überlassen – die war nicht nur besser darin, sondern hatte auch Taryns Kreditkartennummer in ihrer Kundendatei. Was machten ein paar Einkäufe mehr schon für einen Unterschied?

„Heilige Scheiße, Taryn. Was für eine Größe hast du?"

Pia Moreno marschierte in einem von Taryns ausgemusterten Kleidern aus der Umkleidekabine. Das violette Kleid sah super aus, bis Pia sich umdrehte und man sah, dass der Reißverschluss nicht zuging.

„Du hast gerade ein Baby bekommen", sagte Montana mitfühlend.

„Ja, aber so schmal wird meine Taille niemals werden." Pia funkelte Taryn an. „Also ehrlich, du trägst was? Sechsunddreißig?"

Taryn nickte. „Meistens."

„Dann würde es mir passen", sagte Noelle und begutachtete das Kleid, das Pia trug. „Leider sind deine Kleider viel zu ausgefallen für mich. Ich bin aber ernsthaft in einige deiner Schuhe verliebt."

Annabelle Stryker, eine zierliche Rothaarige, kam zu ihnen. „Ihr seid alle viel zu groß. Die Einzige, mit der ich Klamotten tauschen könnte, ist Consuelo, aber wir haben nicht den gleichen Modegeschmack."

Taryn dachte an Consuelos Vorliebe für Cargohosen und

Tanktops und betrachtete dann Annabelles blumengemustertes Kleid. „Ja, ich sehe, was du meinst." Wobei Consuelo gar nicht auf der Party war. Sie und Kent befanden sich immer noch in den Flitterwochen.

Taryn sah Bailey aus einer der Umkleidekabinen kommen. Sie trug ein blaues Kleid, das kurz über ihren Knien endete. Es passte perfekt und schmiegte sich an ihre Kurven. Der U-Boot-Ausschnitt schmeichelte ihr und war nicht zu tief. Als sie in die kurze Jacke schlüpfte, verstand Taryn, was Isabel damit gemeint hatte, dass dieses Outfit wandelbar war.

Taryn ging zum Tisch mit den Accessoires und suchte ein paar Tücher, eine Kette und Ohrringe raus.

„Probieren Sie das mal dazu", sagte sie und reichte Bailey den Modeschmuck. „Nichts sagt mehr, dass eine Frau Klasse hat, als ein großes Schmuckstück."

Isabel grinste. „Das habe ich ja noch nie gehört."

„Das ist ein wohlgehütetes Geheimnis in den Vorstandsetagen des Landes."

Bailey lachte. „Ich kann es mal probieren, aber ich habe noch nie einen Schal besessen – außer den, den ich im Winter trage."

„Es gibt immer ein erstes Mal." Taryn drapierte das Tuch über Baileys Schultern.

Fünf Minuten später waren sich alle einig, dass das Kleid der Hit war und das blaue Tuch mit dem creme- und goldfarbenen Muster perfekt dazu passte, aber nur mit dem Kleid allein. Mit dem Blazer zusammen war es zu viel. Und ja, klobiger Modeschmuck ließ eine Frau so wirken, als hätte sie alles unter Kontrolle.

„Das hast du gut gemacht", flüsterte Taryn Isabel zu, als Bailey wieder in der Umkleidekabine verschwunden war. „Das Kleid passt ihr perfekt."

„Für so etwas habe ich eben ein Auge", erwiderte Isabel grinsend.

Nevada Janack, der Drilling, der Taryn und Angel auf der Hochzeit begrüßt hatte, kam mit einer violetten Jimmy-Choo-

Handtasche in der Hand zu ihnen. Das Leder war ganz weich, und auf der Vorderseite hatte sie mehrere Schnallen.

„Ich verstehe das nicht", sagte Nevada und streichelte sanft über die Tasche. „Ich trage nicht einmal Handtaschen. Aber diese hier muss ich einfach haben."

„Die Liebe zu Handtaschen ist so rein", sagte Taryn. „Vor allem beim ersten Mal. Ich hoffe, ihr beide werdet sehr glücklich miteinander."

Nevada nickte. „Dafür lege ich mehr als fünf Dollar in euer Glas. Sie ist so wunderschön – wie könnte ich sie für so wenig Geld kaufen? Das wäre nicht richtig."

Da das gesamte Geld an ein Frauenhaus gehen würde, ermutigte Taryn die Frauen nur zu gerne, so viel zu geben, wie sie sich leisten konnten.

Sie schaute sich auf der Party um und freute sich, so viele Frauen zu sehen, die Kleidung und Schuhe anprobierten. Das Glas, in dem sie das Geld sammelten, war bereits einmal geleert worden und würde bald erneut voll sein.

Taryn dachte daran, wie Bürgermeisterin Marsha sie gezwungen hatte, das Bailey-Problem selbst zu lösen, und hatte das Gefühl, dass die Politikerin wieder mal recht gehabt hatte.

Der Zeltplatz für den großen Ausflug aller ZKM-Gruppen lag circa fünfzehn Meilen außerhalb der Stadt. Es handelte sich um einen öffentlichen Campingplatz, den die ZKM für das Wochenende gemietet hatten. Es gab dort viele Bäume, weiträumige Toiletten- und Duschanlagen und große Gruben für Lagerfeuer. Außerdem war der Zeltplatz in zwei verschiedene Ebenen unterteilt. Die untere Ebene lag direkt am Fluss und die obere näher am Parkplatz. Auf dieser würden später die Eltern übernachten, die in der Nähe ihrer Kinder bleiben, aber die Abläufe im Camp nicht stören wollten. Sollte jedoch eines der Mädchen nachts eine elterliche Umarmung benötigen, wären Mom und Dad nicht weit.

Angel hatte auf dem ausgewiesenen Parkplatz für „Forstwächter“ geparkt. Sein SUV war voll mit allem möglichen Zeug – das meiste davon war neu. Er war der Typ, der einfach einen Rucksack packte und sich in die Berge aufmachte. Aber das hier war etwas anderes. Er wollte, dass die Mädchen auf dem Ausflug so viel Spaß wie möglich hatten. Was bedeutete, er musste etwas behutsamer vorgehen.

Er nahm so viel, wie er tragen konnte, und ging den steilen Weg zum unteren Zeltplatz hinunter. Ein paar der anderen Forstwächter waren schon da.

Große Bäume reckten ihre Äste wie ein Dach über den Platz und sorgten für Schatten. Die östliche Seite gewährte einen Blick auf die Berge. Der Fluss verlief an der Westseite und floss dann am Rande des Zeltplatzes entlang. Da es in den letzten Tagen wärmer geworden war, schmolz der Schnee in den Bergen und das Wasser floss schnell dahin. Aber es war nicht sehr tief, vielleicht zwanzig Zentimeter. Soweit Angel das beurteilen konnte, bestand keine Gefahr einer Überflutung.

Er fand den Platz, an dem die Eicheln zelten würden, und stellte seine Tasche und ein paar Kisten ab. Es gab zwei Picknicktische, und ein markierter, gepflasterter Weg führte zu den Waschräumen. Der Platz für die Zelte war groß genug, um sie mit den Eingängen zur Mitte im Kreis aufzustellen.

Angel hatte einen Holzhammer mitgebracht, um die Heringe in den Boden zu schlagen, und eine Harke, um den Platz zu säubern, bevor sie die Zelte aufbauten. Die acht Mädchen aus seiner Gruppe würden jeweils zu zweit in einem Zelt schlafen. Dazu kamen ein Zelt für ihn und eins für Taryn, also sechs insgesamt. Dafür war der Platz ausreichend.

Eine Sekunde lang überlegte er, sich mit Taryn ein Zelt zu teilen. Sie könnten ihre Schlafsäcke miteinander verbinden … der Gedanke gefiel ihm. Er gestattete sich, einen Moment daran zu denken, wie sich ihre langen Beine um seine schlangen, und schüttelte das Bild dann ab. Er hatte das Gefühl, irgendwo im Handbuch gab es eine Regel, die es unverheirateten Forstwächtern verbot, sich mit Mitgliedern des anderen Geschlechts ein Zelt zu teilen.

Statt weiter sexy Gedanken zu hegen, trug er die mitgebrachten Lebensmittel zur Gemeinschaftsküche. Ein kleiner Generator trieb einen tragbaren Kühlschrank an. Die Frau, die danebenstand, nahm ihr Klemmbrett in die Hand, als sie Angel auf sich zukommen sah.

„Sie gehören zu den Eicheln?“, fragte sie.

„Ganz genau.“ Er reichte ihr die Eier und Würstchen. Das frische Obst würde er am Zeltplatz aufbewahren.

Es bedurfte noch zwei weiterer Trips zu seinem Wagen, um alles zu holen. Er schloss gerade seinen SUV ab, da bog Taryn neben ihm ein. Als sie ausstieg, sah er, dass sie Jeans und T-Shirt trug. Ihre Haare hatte sie zu einem Zopf geflochten, und sie trug sogar praktische Wanderschuhe.

„Guck nicht so überrascht“, sagte sie und schlug ihm spielerisch auf den Arm. „Ich weiß, wie man sich dem Anlass gemäß kleidet.“

Er sah sie an. „Du bist nicht geschminkt.“

Sie rümpfte die Nase. „Ich weiß. Nur Sonnencreme. Ich dachte, dass es hier nicht leicht wird, sich abends ab- und morgens wieder neu zu schminken, also habe ich mich für den natürlichen Look entschieden. Aber gewöhn dich nur nicht daran. Das nächste Mal, wenn wir uns sehen, bin ich wieder geschminkt und in High Heels.“

„Wenn das nur alles wäre, was du anhast“, murmelte er.

Ihr Mund verzog sich zu einem überaus sinnlichen Lächeln. „Darüber lässt sich eventuell reden.“

Was eines der Dinge ist, die ich mag, dachte Angel, als sie ihren Kofferraum öffnete. Sie waren in ihrer Beziehung gleichberechtigt. Taryn war gewillt, es mit ihm aufzunehmen und den Kampf zu gewinnen. Außerdem war sie klug, sexy und sehr charmant. Gerade als er gedacht hatte, es könnte nicht besser werden, hatte sie sich um ihn gekümmert, als er seinen Sohn vermisst hatte. Sie war eine verdammt tolle Frau. Anders als Marie, aber auf ihre eigene Art umwerfend.

Sie hievte einen schweren Rucksack aus dem Kofferraum und setzte sich ihn auf den Rücken. Angel wollte ihn ihr abnehmen, doch sie schüttelte den Kopf.

„Das ist das dumme Ding, das ich an dem Wochenende mit Cole tragen muss", sagte sie. „Wenn ich es schaffen soll, einen ganzen Tag lang damit zu wandern, sollte ich auch in der Lage sein, ihn zum Zeltplatz zu tragen. Aber du kannst den Rest mitnehmen."

„Der Rest" stellte sich als Zubehör für das Wochenende heraus, allerdings handelte es sich um ganz andere Dinge als jene, die Angel eingepackt hatte. Die großen Einkaufstüten waren voller Haarspangen, Bänder und Glitzernagellack, dazu mehrere Sets, um funkelnde Ketten zu basteln, und zwei kleine Blumensträuße.

Angel starrte Taryn wortlos an.

„Spar dir deinen ‚Was hast du dir nur dabei gedacht'-Blick", erklärte sie in bestimmtem Tonfall. „Wir sind bis Sonntagabend hier. Weiß du, wie lang das ist? Sicher, es gibt Aktivitäten für alle Gruppen, aber es wird auch genügend Leerlauf geben. Willst du dich wirklich um acht gelangweilte Mädchen kümmern? Das hier wird sie beschäftigt halten, und das ist gut."

„Okay. Aber was ist mit den Blumen?"

„Ich dachte, die würden sich nett auf den Tischen machen."

„Du warst noch nie zelten, oder?"

„Nein, aber darum geht es auch gar nicht."

„Ich schätze nicht."

Er folgte ihr den Weg hinunter zum unteren Campingplatz. Unten angekommen wartete Taryn auf ihn, damit er ihr zeigte, welcher Platz ihrer Gruppe zugeteilt worden war. Dort stellte sie ihren Rucksack auf den Boden.

„Es ist hübsch hier." Sie ließ ihren Blick über die Bäume und dann hoch in den Himmel gleiten. „Den ganzen Tag schon zieht es sich immer weiter zu. Ich hoffe, dass es nicht anfängt zu regnen."

„Dein Zelt ist wasserdicht."

Sie verzog das Gesicht. „Das hoffe ich. Aber Regen würde das Wochenende ernsthaft vermiesen. Die Aktivitäten draußen bringen nicht halb so viel Spaß und meine Haare wären eine Katastrophe."

Angel lachte, zog sie dann an sich und gab ihr einen Kuss auf den Scheitel. „Verdammt, Taryn, wie machst du das nur?"

Sie schaute ihn an. „Was denn?"

„Dass du mich immer wieder überraschst."

Sie lächelte. „Das ist eine Gabe."

Er schaute ihr in die Augen. Er wollte sie, aber da war noch etwas anderes. Ein Gefühl, das in ihm den Wunsch weckte, ihr zu sagen …

Er ließ sie los und trat einen Schritt zurück. Ich will nichts Festes, rief er sich in Erinnerung. Das konnte er einfach nicht. Oder vielleicht wäre es einfacher, zu sagen, er würde es nicht wollen.

„Angel! Taryn!"

Sie drehten sich um und sahen Kate und Regan den Pfad hinunterlaufen. Ihre Eltern waren direkt hinter ihnen und bis obenhin beladen mit Campingausrüstungen. Im Laufe der nächsten halben Stunde kamen die restlichen Mädchen. Allisons Vater lungerte am Rand herum, als wollte er am liebsten mithelfen. Taryn ging zu ihm.

„Ihr wird es gut gehen", sagte sie. „Sie sind ja nur ein paar Hundert Meter entfernt. Wenn sie Sie braucht, werden wir Sie holen."

Der Mann nickte. „Ja. Ich weiß. Aber das ist ihr erster Campingausflug. Ich will nicht, dass sie Angst bekommt."

Taryn murmelte etwas, das Angel nicht hören konnte, und Allisons Dad zog sich widerwillig zurück.

„Was hast du zu ihm gesagt?", wollte er wissen, als sie zu ihm zurückkehrte.

„Dass es ihr peinlich sein könnte, wenn er hierblieb. Sie will bestimmt nicht von ihren Freundinnen als Baby bezeichnet werden."

„Du setzt Schamgefühl als Form der Kontrolle ein. Das ist interessant."

Sie lächelte. „Allison ist ein tolles Mädchen. Er sollte ihr vertrauen, dass sie das schafft." Sie schaute sich auf dem Platz um und dann zu den Zelten, die auf einem Haufen lagen. „Hast du einen Plan?"

Angel schaute von den Zelten zu den acht Mädchen, die ihn beobachteten. Taryn hatte recht – er brauchte einen Plan. Also richtete er sich auf und stemmte die Hände in die Hüften. „Okay, Eicheln. Alle in einer Reihe aufstellen."

Die Mädchen schauten erst einander und dann ihn an. Langsam stellten sie sich in einer unordentlichen Reihe nebeneinander auf.

Er runzelte die Stirn. „Ich sagte, in *einer Reihe* aufstellen." Die beiden Wörter betonte er ein wenig lauter.

Chloe fing an zu kichern, war aber die Erste, die einen kleinen Schritt vortrat, um direkt neben ihrer Nachbarin zu stehen. Die anderen Mädchen folgten ihrem Beispiel. Dann grinsten sie ihn alle an.

„Besser", sagte Angel. „Jetzt werden wir gemeinsam die Zelte aufbauen. Wir arbeiten alle zusammen an jedem Zelt, damit ihr ein Gefühl dafür bekommt, worin sie sich ähneln und worin sie sich voneinander unterscheiden."

Chloes Augen funkelten freudig. „Für unsere Campingperle."

„Das stimmt, Eichel."

Sie kicherte. „Du klingst, als wärst du in der Army."

„Das war ich auch mal. Okay, mit welchem Zelt fangen wir an?"

Sie wählten ein Zelt aus und machten sich an die Arbeit. Es war ein wenig problematisch, mit zehn Leuten ein Zweimannzelt aufzubauen, aber sie schafften es. Sie wechselten sich bei den verschiedenen Aufgaben ab. Jedes der Mädchen übte, wie man die Zeltstangen zusammensteckte und die Heringe einschlug. Am Ende der Übung stellten die Mädchen Angels Zelt ohne Hilfe auf, dann krochen sie hinein und klappten in gespielter Erschöpfung zusammen.

Um sechs stellten sich alle zum Essen an. Taryn stand neben ihm.

„Unsere Gruppe ist für das Frühstück zuständig, oder?“, fragte sie.

„Ja, am Sonntagmorgen. Ich habe Eier und Würstchen mitgebracht. Sie sind bereits im Kühlschrank.“ Jeder Forst war für eine Mahlzeit zuständig. Die Eicheln hatten das zweite Frühstück zugeteilt bekommen. Das wird leicht, dachte Angel. Die Mädchen konnten Rühreier und Würstchen braten, während er und Taryn sie dabei beaufsichtigten.

„Gut. Ich lasse ein wenig Gebäck liefern“, sagte Taryn.

Er hob die Augenbrauen. „Ist das nicht geschummelt?“

„Es ist Gebäck. Ich glaube nicht, dass sich irgendwer beschweren wird. Außerdem habe ich dafür gesorgt, dass die Lieferung ausreichend Latte macchiatos für die Erwachsenen enthält.“

„Clever“, murmelte er an ihrem Ohr.

„Ich gebe mir Mühe.“

Sie warteten, während die Mädchen sich am Büffet mit Burgern und Salat bedienten, und gesellten sich dann zu den anderen im Gemeinschaftsbereich. Nach dem Essen wurde schnell aufgeräumt und gespült, dann verkündete Denise Hendrix die Pläne für den nächsten Tag.

Erst würden sie eine Wanderung auf einem Naturpfad machen, gefolgt von einem Test in Knotenkunde. Nach dem Lunch gäbe es eine Stunde Freizeit, danach würde ein Umweltforscher einen Vortrag halten und einer der Väter hatte sich bereit erklärt, nachmittags eine Vorführung in Kampfkunst zu geben.

Chloe wandte sich an Angel. „Darum hätten sie dich bitten sollen.“

Layla nickte. „Du würdest ihm so den Hintern versohlen.“

Angel wusste ihre Unterstützung zu schätzen, aber ihm war klar, wie wichtig es war, sich solidarisch zu zeigen. „Ihr habt den anderen Mann doch noch gar nicht gesehen.“

„Das müssen wir auch nicht", sagte Chloe.

Die restlichen Mädchen nickten.

„Du bist ihr Held", zog Taryn ihn auf.

Angel räusperte sich und bedeutete seinen Eicheln, weiter zuzuhören. Obwohl er es niemals zugeben würde, war er dankbar für ihr Vertrauen. Er war stolz auf die Mädchen und freute sich, dass sie es auch auf ihn waren.

Nach der Verkündung der Pläne für den nächsten Tag setzten sie sich um das Lagerfeuer. Dicke Baumstämme lagen im Kreis um einen Ring aus Steinen. Denise zog einen Zettel aus einem Kästchen. Das Mädchen, dessen Name darauf stand, durfte das Lagerfeuer anzünden.

Es dauerte nicht lange, bis die ersten Holzscheite brannten. Die Sonne ging gerade unter, als die Flammen in den Himmel zuckten. Eine der Forstwächterinnen holte ihre Gitarre raus und fing an zu spielen. Taryn stieß Angel an.

„Dreh dich um", sagte sie und zeigte auf Regan, die neben ihm saß.

„Was?"

„Wir beide sitzen Rücken an Rücken."

Er wusste nicht, wovon sie redete, folgte aber ihrer Bitte. Regan drehte sich so um, dass sie ihm den Rücken zuwandte, das Mädchen vor ihr machte es ihr nach und bald saßen vier Eicheln mit dem Rücken zu ihm und vier mit dem Rücken zu Taryn.

Taryn griff in ihre Tasche und reichte ihm vier kleine Gummibänder. „Du wirst Regan einen französischen Zopf flechten und sie Allison und so weiter."

„Ist das dein Ernst?"

„Das ist unser Ritual", sagte sie. „Also leg los."

Er kämmte pflichtbewusst Regans Haar mit seinen Fingern durch und teilte es dann an ihrem Oberkopf in drei Bereiche. Das Flechten ging ihm inzwischen leicht von der Hand und er musste kaum noch darüber nachdenken, was er tat.

Damals, als er zugestimmt hatte, ZKM-Forstwächter zu werden, hatte es ihn erschreckt, zu erfahren, dass er mit Mädchen arbeiten musste. Jetzt, wo er beinahe zwei Monate mit ihnen verbracht hatte, gefiel es ihm. Sie brachten etwas Besonderes in sein Leben, und er hoffte, dass es umgekehrt genauso war.

Anfänglich hatte er vorgehabt, nach Ablauf der ersten Saison von seinem Amt zurückzutreten, doch inzwischen war er sich nicht mehr so sicher. Er wollte sehen, was passierte, wenn sie Setzlinge wurden. Wie es aussah, hatte Bürgermeisterin Marsha mal wieder genau gewusst, was sie tat.

18. KAPITEL

Taryn genoss den Teil des Abends, an dem Geschichten vorgelesen wurden, bis es anfing zu regnen. Anfangs waren es nur wenige Tropfen, doch schnell wurde der Regen heftiger.

„Sag mir noch mal, warum wir es lieben zu zelten?", fragte sie Angel, als sie die Mädchen in die Zelte begleiteten.

„Das geht vorbei. Und selbst wenn nicht, in deinem Zelt hast du es trocken."

„Berühmte letzte Worte", murmelte sie, bevor sie sich an die Mädchen wandte. „Okay, holt alle eure Zahnbürsten und macht euch in den Waschräumen bettfertig. Dann treffen wir uns in Angels Zelt, bis wir müde sind."

Er schaute sie an. „Warum in meinem Zelt?"

„Weil du der Forstwächter bist. Wo sollten wir uns denn sonst treffen?"

Seine Mundwinkel zuckten. „Du willst es mir heimzahlen, weil deine Haare anfangen, sich zu locken, oder?"

„So was in der Art."

Die Mädchen verschwanden in ihren Zelten und sammelten ein, was sie brauchten, dann trotteten sie zu den Waschräumen. Die anderen Camper waren auch da, sodass sich vor den Toiletten und Waschbecken Schlangen bildeten, doch irgendwann waren sie alle fertig.

Taryn kroch in ihr Zelt und schloss den Reißverschluss. Angel hatte darauf bestanden, dass sie die Enden der Zeltplane einklappten, damit der Regen in den Boden und nicht unters Zelt floss. Ihr war dieser Vorschlag unsinnig vorgekommen, aber jetzt wusste sie seine Sorgfalt zu schätzen. Sie hatte keinerlei Interesse daran, im Schlaf durchnässt zu werden.

Sie hatte nicht viele Klamotten mitgebracht. Saubere Unterwäsche und Socken, ein T-Shirt für jeden Tag und eine weitere Jeans. Als Pyjama hatte sie sich für ihre Yogahose und ein weiches Shirt entschieden. Zu Hause zog sie weite T-Shirts als

Schlafanzug vor, aber bei diesem Gruppenzeltexperiment war es vermutlich besser, sich ein wenig mehr zu bedecken.

Sich im Zelt umzuziehen war schwerer als gedacht. Es gab nicht viel Platz nach oben, also musste sie auf ihrem Schlafsack sitzen, der auf einer Luftmatratze lag. Da sie nicht wollte, dass man von außen ihren Schatten sah, knipste sie ihre Taschenlampe aus und zog sich im Dunkeln um. Zum Glück war es noch nicht richtig finster, sodass sie sehen konnte, was sie tat.

„Jemand muss mir noch mal erklären, was daran Spaß machen soll", murmelte sie, während sie ihre Yogahose anzog.

Sie beschloss, dass sie das T-Shirt, das sie anhatte, auch in der Nacht tragen könnte und ihren BH später ausziehen würde. Dann knipste sie die Taschenlampe wieder an, zog den Reißverschluss vom Zelt hoch und krabbelte hinaus.

Der Regen war heftiger geworden und die Temperatur um ein paar Grad gefallen. Leicht erschauernd lief sie zu Angels Zelt hinüber.

Die Mädchen waren schon alle da, bis auf Olivia, die ein paar Sekunden nach ihr kam. Sie kuschelten sich aneinander, hielten ihre Taschenlampen in den Händen und schauten Angel erwartungsvoll an. Taryn versuchte, es ihnen nicht gleichzutun, was ihr aber schwerfiel. Er war der Einzige von ihnen, der Erfahrung im Zelten hatte.

„Wir erzählen uns Geschichten", sagte er, als alle gemütlich saßen.

„Gruselgeschichten?", fragte Taryn. Sie war nicht sicher, ob sie sich um acht kleine Mädchen kümmern wollte, die zu verängstigt waren, um zu schlafen.

„Au ja", sagte Charlotte. „Welche, die richtig schaurig sind."

Einige der Mädchen murmelten zustimmend, aber ein paar sahen so aus, als würden sie sich nicht darauf freuen.

„Nein, keine Gruselgeschichten", beschied er. „Ich fange an. Es war einmal ein einsames kleines Häschen."

„Die Geschichte kenne ich", sagte Regan. „Meine Mom hat mir alle Bände von *Das einsame Häschen* vorgelesen, als ich noch klein war. *Das einsame Häschen findet einen Freund, Das einsame Häschen macht eine Reise, Das einsame Häschen und die abgetrennte Hand.*"

Taryns Körper verspannte sich. „Was? Es gibt ein Kinderbuch über eine abgetrennte Hand?"

Regan kicherte. „Nein, das habe ich mir ausgedacht."

„Gut zu wissen", murmelte Taryn, wobei sie sich fragte, woher Angel die Bücher über das einsame Häschen kannte. Hatte er sie vor Jahren seinem Sohn vorgelesen? Eine Frage, die sie ihm irgendwann einmal stellen würde. Dann fiel ihr auf, dass der Regen noch stärker geworden war. Er prasselte auf das Zeltdach wie eine Trommel. Bislang hielt die Zeltplane dicht. Aber wie lange noch?

Bevor sie Angel Luft holen und danach fragen konnte, zog eine der anderen Forstwächterinnen den Reißverschluss des Zelts auf.

„Wir haben gerade den Wetterbericht gehört", sagte sie. „Es soll die ganze Nacht über regnen. Die Regenfront, die eigentlich nördlich an uns vorbeiziehen sollte, hat sich jetzt weiter nach Süden verlagert und liegt direkt über uns. Offenbar regnet es in den Bergen schon seit Stunden."

„Wo in den Bergen?", fragte Angel mit bemüht ruhiger Stimme. Denn der Fluss auf dem Zeltplatz wurde von Schmelzwasser gespeist. Je nachdem, wo der Regen in den Bergen fiel, würde das Wasser im Fluss ansteigen. Die Frage war, wie schnell das geschehen würde.

Die Forstwächterin zuckte mit den Schultern. „Ich bin mir nicht sicher. Östlich von uns. Wir denken, wir sollten zusammenpacken und die Mädchen nach Hause bringen."

Angel zögerte. Das Wetter gehört zum Zelten dazu, und zu lernen, mit den Elementen umzugehen, wäre eine gute Übung. Andererseits waren die Mädchen noch sehr jung und für die meisten von ihnen war es der erste Campingausflug. Er wollte nicht, dass der Regen das Einzige war, an das sie sich später erinnerten.

Er schaute Taryn an, die mit den Schultern zuckte. „Ich kann beide Seiten verstehen“, sagte sie. „Ja, es wäre nett, wenn das Wetter besser wäre, aber dafür gibt es nie eine Garantie.“

Die Mädchen hörten zu, sagten aber nichts.

Die Forstwächterin sagte: „Ich spreche mal mit den anderen und gucke, was die dazu meinen. Dann treffen wir als Gruppe eine Entscheidung.“

„Einverstanden“, sagte Angel.

Die Frau stand auf und wollte gerade den Reißverschluss wieder zuziehen, als vom anderen Ende des Zeltplatzes ein lauter Schrei ertönte.

Angel hatte die Forstwächterin beiseitegeschoben und war aus dem Zelt gesprintet, bevor das Echo des Schreis noch verhallt war. Er hatte seinen Stiefel angelassen, sodass er sich auf dem feuchten Untergrund problemlos bewegen konnte. Der Regen durchnässte sein T-Shirt und brannte in seinen Augen, als er in der Dunkelheit nach der Ursache für das Problem suchte.

„Er steigt an. Das Wasser steigt immer schneller an!“

Er lief auf die schreiende Frau zu. Andere Forstwächterinnen und ein paar Mädchen schlossen sich ihm an. Er fand zwei Frauen an den Tischen, an denen sie noch vor wenigen Stunden zu Abend gegessen hatten. Doch da, wo vorhin noch ein großer, offener Platz mit einem leichten Abhang zum Fluss hinunter gewesen war, war jetzt ein schnell dahinfließender und immer stärker ansteigender Fluss.

„Ich verstehe das nicht“, sagte eine der Frauen.

„Das ist eine Springflut“, sagte er betont ruhig und dachte an den heftigen Regen in den Bergen. „Zusammen mit dem Schmelzwasser kommt mehr Wasser hier entlang, als das Flussbett aufnehmen kann. Wir müssen sofort hier weg.“ Die anderen drei starrten ihn an. „Jetzt!“, fügte er lauter hinzu. „Holt eure Gruppen und geht zu euren Autos. Zählt alle nach. Lasst niemanden zurück.“

Obwohl er wusste, dass seine Mädchen auf ihn warteten, ging er von Zeltplatz zu Zeltplatz und holte alle anderen. Einige der

Mädchen schnappten sich schnell ihre Sachen, andere liefen einfach los in Richtung des Wegs, der zum Parkplatz führte. Er kehrte zu seinem Zelt zurück und fand Taryn davor im Regen stehen. Wasser rann ihr über das Gesicht und sie zitterte.

„Der Fluss steigt", sagte er. „Das ist eine Springflut. Hol die Mädchen und geh über den Weg zum Parkplatz, dort seid ihr in Sicherheit."

„Und was machst du?"

„Ich überprüfe, dass alle weg sind, und komme dann zu euch." Er packte ihre Oberarme. „Zähl die Mädchen durch, wenn du oben bist."

Sie nickte.

Er kniete sich hin und öffnete die Zeltklappe. Acht Augenpaare, allesamt weit aufgerissen, starrten ihn an.

„Es gibt eine Springflut", sagte er. „Wir müssen jetzt sofort hier weg. Taryn wird euch den Weg zum Parkplatz hinauf begleiten, während ich sicherstelle, dass alle Mädchen weg sind. Tut euch immer zu zweit zusammen. Ihr geht in Paaren und ihr kommt in Paaren oben an. Niemand wird zurückgelassen."

Er spürte ihre Angst. Die Stimme in seinem Kopf erinnerte ihn daran, dass er zwar versucht hatte, die Welt zu retten, es ihm aber nicht gelungen war, seine Lieben zu retten. Dass diese Mädchen genauso waren wie Marcus, und Marcus war tot.

„Ihr schafft das", sagte er sanft. „Ich vertraue euch. Wir treffen uns oben bei den Autos. Alle bereit?"

Sie nickten ernst.

Angel wartete, bis alle aus dem Zelt herausgekrochen waren, dann zog er die Heringe heraus, sodass das Zelt in sich zusammenfiel. Mit den anderen Zelten würde er es genauso machen. Das war der einfachste Weg, um sicherzustellen, dass keins der Mädchen vergessen worden war. Er sah zu, wie Taryn den Weg zum Parkplatz anführte, und ging dann zurück in Richtung des wirbelnden Wassers.

Er war keine zehn Minuten fort gewesen, doch in dieser Zeit war das Wasser knapp zwei Meter gestiegen. Als er den Rand des unteren Zeltplatzes erreichte, standen einige Zelte bereits halb unter Wasser. Das Dröhnen der Fluten hallte von den Bergen wider.

Er watete durch den eisigen Strom und ignorierte die Kälte, die seine Beine umflutete. Er überprüfte jedes Zelt, dann eilte er zum nächsten Platz.

Beim dritten fand er ein Mädchen, das vielleicht elf oder zwölf Jahre alt war. Sie hockte an einem Baum und weinte. Angel nahm sie am Arm und zog sie zu sich. Regen strömte auf sie hinunter.

„Komm, verschwinden wir von hier", sagte er.

Das Mädchen schüttelte den Kopf. „Ich kann nicht schwimmen."

„Dann ist es am besten, sich vom Wasser fernzuhalten."

Sie zitterte, rührte sich aber nicht. Er hatte keine Zeit, mit ihr zu diskutieren. Also hob er sie auf seine Arme und trug sie zum Hauptweg. Dort wartete Taryn bereits auf ihn.

„Was zum Teufel tust du hier?", wollte er wissen.

„Sichergehen, dass du auch rauskommst", erwiderte sie. „Mach dir keine Sorgen. Die Eicheln sind alle in Sicherheit. Ich habe sie gezählt, bevor ich wieder runtergekommen bin."

Er fluchte leise, dann schob er das Mädchen auf sie zu. „Sie hat einen Schock. Bring sie nach oben und raus aus der Kälte."

„Mach ich."

Er wollte noch was sagen, doch es gab noch drei Zeltplätze, die er überprüfen musste. Der Regen fiel in dichten, dicken Tropfen und er hörte das Wasser sogar bis hierhin. Es stieg immer schneller.

„Geh", sagte Taryn. „Ich kümmere mich um sie."

Er nickte. In der Ferne erschollen zwei scharfe Explosionen. Bäume, dachte er grimmig und eilte den matschigen Weg entlang. Das Wasser hatte die Baumgrenze erreicht.

Die Sicht war schlecht. Der Regen blendete ihn und er war bis auf die Knochen durchgefroren. Trotzdem überprüfte er auch die letzten Zeltplätze. Sie waren leer. Er kehrte zum Hauptweg zurück und entdeckte, dass der inzwischen auch unter Wasser stand, das immer weiter stieg.

Während Angel noch überlegte, was er jetzt tun sollte, schwammen ein paar Kühlboxen an ihm vorbei. Dann ein Campingstuhl und eine Luftmatratze. Er musste sich beeilen. Hoffentlich war es Taryn gelungen, das Mädchen wegzuschaffen, denn es würde nicht mehr lange dauern, bis dieser Weg auch unpassierbar wäre.

Er watete durch das steigende Wasser. Etwas Hartes traf ihn am Bein, und er wäre beinahe hingefallen. Hastig packte er den Ast eines nahe stehenden Baumes und schaffte es, auf den Füßen zu bleiben. Aber auf keinen Fall konnte er zurück zum Weg gehen.

Er tat das Einzige, was ihm übrig blieb – er kletterte die Bergwand hinauf. Hand über Hand zog er sich unter den Ästen und den Büschen durch. Schlamm und Geröll blieben an seiner Kleidung hängen, doch er kletterte weiter. Ein tiefes Grollen ertönte, als ein Teil der Felswand zusammenbrach. Dann war er oben angekommen und zog sich über die Klippe, um schnellstmöglich zum Parkplatz zurückzulaufen und nachzuzählen, ob alle Mädchen dort waren.

Ein paar Minuten später war er da. Hier herrschte das reinste Chaos. Eltern rannten hektisch herum und suchten ihre Töchter. Angel wischte sich so gut es ging den Matsch aus dem Gesicht, dann merkte er, dass es aufgehört hatte zu regnen. Doch das Wasser im Fluss würde weiter steigen.

„Jetzt mal Ruhe, Leute! Bitte!“, rief Denise Hendrix, um die Aufmerksamkeit der Gruppe zu erlangen.

Angel ging zu ihr, steckte sich zwei Finger in den Mund und stieß einen Pfiff aus, der Tote hätte wecken können. Alle drehten sich zu ihm um.

„Alle hierher“, rief er. „Die Eltern stellen sich in Zehnerreihen auf. Hört auf zu weinen und zu schreien und geht da rüber. Sofort! Ich habe persönlich den gesamten Zeltplatz abgesucht. Alle Zelte sind leer.“

Inzwischen waren auch alle Zelte weggespült, aber das verschwieg er lieber.

„Stellt euch in einer Reihe auf", wiederholte er den Befehl von vorhin. „Immer zu zehnt. Mädchen, stellt euch zu euren Forstwächtern. Forstwächter, zeigt ihnen, wo ihr sie haben wollt."

Die Zahlen waren egal, aber er wusste aus Erfahrung, dass Menschen, die damit beschäftigt waren, zu zählen, wie viele sie denn jetzt in der Reihe waren, weniger dazu neigten, in Panik auszubrechen.

Alle fingen an, seinen Befehlen zu folgen. Bald stand die Menge in Reih und Glied und das Durchzählen konnte beginnen.

Er ging umher und suchte nach seinen Mädchen. Doch sie waren nicht da. Keines von ihnen. Seine Brust wurde eng und es fiel ihm schwer, zu atmen. Dann hörte er den zweiten Schrei des Abends.

Angel rannte los. Er fand einige seiner Mädchen am Anfang des Weges, der zum unteren Zeltplatz führte. Aber Taryn war nicht da. Genauso wenig wie Chloe und Regan.

„Re-Regan hat ihr Armband verloren", stieß Allison schluchzend hervor und umklammerte seine Hand. „Sie und Chloe sind es suchen gegangen, und als Taryn das gehört hat, ist sie sehr böse geworden. Sie ist ihnen hinterher. Sie sind noch nicht zurückgekommen."

Angel sagte ihr, sie solle sofort zu den anderen zurückgehen. Ein paar Eltern kamen und kümmerten sich um die Mädchen. Er machte sich auf den Weg, doch dann bewegte sich der Boden unter ihm und er war gezwungen, zurückzuweichen.

„Angel?"

Er hörte eine Stimme, so zart, dass sie beinahe vom stürmischen Brausen des Winds davongetragen wurde.

„Chloe?"

„Angel? Wir sind hier."

Er folgte der Stimme nach rechts. Er hörte das Wasser, konnte aber nichts sehen. Einige Eltern kamen näher und schalteten ihre Taschenlampen ein. Jetzt nahm Angel eine Bewegung wahr. Regan und Chloe klammerten sich an einen Baum. Taryn war bei ihnen. Wasser umspülte ihre Füße.

„Wir wollten mein Armband holen", schluchzte Regan, als sie ihn sah. „Taryn hat gesagt, wir sollen bei den anderen bleiben, aber wir haben nicht auf sie gehört. Es tut uns leid."

Darum kümmere ich mich später, dachte Angel, während er sich daranmachte, den schlammigen Hügel hinunterzuklettern. Er hielt sich an einem Baum fest und streckte eine Hand nach Regan aus. Sie packte sie, und er zog sie zu sich.

Hinter ihm zogen andere Forstwächter sie in Sicherheit.

„Du bist die Nächste", sagte er zu Chloe.

In der Nähe knickte ein Baum um, und der Boden unter ihnen bewegte sich. Verängstigt schrie Chloe auf.

„Ich bin hier", sagte Angel. „Ich gehe nirgendwohin. Komm nur ein Stück näher und nimm meine Hand."

Chloe nickte und reckte sich ihm entgegen. Er beugte sich so weit vor, wie es ging, doch es reichte nicht.

„Hier."

Etwas traf ihn am Rücken. Ein Seil. Angel band es sich um die Hüfte und spürte dann, wie es sich festzog, als die anderen Forstwächter daran zogen. Er beugte sich erneut vor und streckte erneut die Hand nach Chloe aus. Dieses Mal bekam er sie zu fassen.

Sie klammerte sich an ihn wie ein kleines Äffchen. Er trat zurück und wurde zusammen mit ihr ein Stück nach oben gezogen.

„Komm, Chloe", sagte Denise Hendrix mit fester Stimme und streckte ihre Hand aus. „Ich hab dich."

Chloe griff nach ihr und ließ sich nach oben ziehen. Okay, dachte Angel erleichtert. Damit blieb jetzt nur noch Taryn übrig.

Er zog das Seil fester um seine Hüften und ging dann auf sie zu. Der Boden rutschte, und sie schrie, als der Baum, an dem sie sich festhielt, sich knackend bog. Es war stockfinster, und das Licht der Taschenlampen reichte nicht so weit. Angel konnte nur Umrisse erkennen, keine Details, wusste aber, dass Taryn jede seiner Bewegungen beobachtete.

„Taryn", sagte er langsam. „Taryn, hör mir zu."

Denn der Baum, an dem sie klammerte, würde jede Sekunde vom Fluss geschluckt werden. Sie würde ihn loslassen und seine Hand packen müssen. Sie würde ihm vertrauen müssen.

Seine Schultern sackten zusammen. Niedergeschlagen dachte er, dass er sie davon niemals überzeugen könnte. Nicht so schnell. Nicht, wo sie das grauenhafte Erlebnis aus ihrer Kindheit noch nicht verarbeitet hatte. Ihr Vater hatte auch seine Hand ausgestreckt, sie aber trotzdem fallen lassen.

Das Wasser stieg immer weiter. Das Getöse nahm zu, und Angel sah mehrere Gegenstände an sich vorbeitreiben. Die ersten Wellen umspülten bereits seine Füße. Nicht mehr lange, und der Baum würde von der Strömung mitgerissen werden – und sie auch.

„Taryn, du musst mir vertrauen." Er war frustriert, hatte Angst und war sich der wachsenden Gefahr nur zu bewusst.

„Du hältst mich fest, oder?", fragte sie.

Er nickte. Während er noch überlegte, ob er einfach nach vorne springen und sie packen sollte, drückte sie sich vom Baum ab und warf sich in seine Arme. Er fing sie genau in dem Moment auf, als der Baum in der Mitte durchbrach und in das wild wirbelnde Wasser stürzte.

„Er hat sie!", rief jemand. „Zieht!"

Noch nie in ihrem Leben war Taryn so kalt gewesen. Sie konnte nicht aufhören zu zittern. Dass ihre Kleidung durchnässt und schlammverkrustet war, machte die Sache nicht besser. Egal, wie viele Decken die Leute ihr um die Schultern legten, sie wusste, ihr würde erst wieder warm werden, wenn sie zu Hause war und unter der heißen Dusche stand.

Ständig kam jemand und fragte, ob es ihr gut ginge. Sie nickte und zählte weiter die Köpfe ihrer Mädchen. Acht, sagte sie sich. Allen Mädchen geht es gut.

Angel blieb die ganze Zeit in ihrer Nähe. Genau wie sie hatte er mehrere Decken umhängen. Nachdem er noch einmal überprüft hatte, ob sein Forst auch wirklich vollständig war, behielt er sie im Auge.

Regans Eltern und Chloes Mutter hatten sich bereits dreimal bei ihnen beiden bedankt. Während die Erwachsenen vor Schock immer noch wie erstarrt waren, konnten die Mädchen gar nicht aufhören, über ihre Abenteuer zu reden.

„Das Wasser ist ganz schnell gestiegen", sagte Chloe. „Es war kalt und wir hatten Angst, aber Taryn hat uns beschützt und Angel hat uns gerettet."

Jetzt können sie wieder lächeln, dachte Taryn und wusste, dass sie niemals die Angst vergessen würde, die sie empfunden hatte, als sie sich herumgedreht und bemerkt hatte, das zwei der Mädchen verschwunden waren. In der Sekunde, die es gedauert hatte, diese Information zu verarbeiten, hatte der Fluss sich in einen wilden Strom verwandelt und war um gefühlte fünf Meter gestiegen.

„Das war so spannend. Ich freue mich schon total darauf, wenn wir nächstes Jahr wieder zelten gehen", sagte Regan zu ihren Eltern.

Chloe grinste. „Ich mich auch."

„Ich brauche einen Drink", murmelte Taryn.

„Das kannst du laut sagen."

Angel legte einen Arm um sie und führte sie zu seinem SUV. Taryn wollte ihm gerade sagen, dass sie mit dem eigenen Wagen da war, als ihr klar wurde, dass sie ihre Handtasche in der Flut verloren hatte. Darin befanden sich ihr Autoschlüssel, ihr Hausschlüssel, ihr Führerschein und ihre Kreditkarten.

Sie blieb stehen. „Ich komme nicht in mein Haus."

„Ich bringe dich rein."

„Ich habe meine Tasche verloren. Mein Portemonnaie."

„Das kann man alles ersetzen."

Er zog seine Autoschlüssel aus der Hosentasche und öffnete seinen Wagen.

Taryn zögerte, bevor sie sich auf den Beifahrersitz setzte. „Ich bin von oben bis unten voller Schlamm. Bestimmt werde ich das Leder ruinieren."

Angel packte ihren Oberarm und schüttelte sie sanft. „Denkst du wirklich, das würde mich jetzt interessieren?"

Sein eindringlicher Blick ließ sie ausatmen. „Vermutlich nicht."

„Gut. Und jetzt schnall dich an."

Sie fuhren zu seinem Haus und holten ein paar trockene Sachen, dann fuhren sie schnell zu ihrem Haus weiter. Mit einem Dietrich öffnete Angel die Tür. Das dauerte keine dreißig Sekunden.

„Ich bin beeindruckt und kein Stück überrascht." Sie ließ die Decken an der Tür auf den Boden fallen und zog ihre nassen, schmutzigen Stiefel aus. Ihre Socken folgten.

Angel schloss die Haustür, stellte seinen Seesack ab und zog ebenfalls Stiefel und Socken aus. Gemeinsam gingen sie den Flur hinunter zum Badezimmer. Taryn stellte die Dusche an. Als das Wasser heiß war, zog sie sich ganz aus.

Sie achtete darauf, nicht in den Spiegel zu schauen. Sie wollte lieber erst gar nicht wissen, wie schlimm sie aussah. Das Zittern hatte immer noch nicht aufgehört und ihr war ein wenig schwindelig. Das ist der Schock, dachte sie.

Sie stellten sich unter die Dusche. Bis zu dem Moment hatte sie ihren zweiten Duschkopf nie zu würdigen gewusst, doch jetzt schaltete sie ihn an, sodass sie beide unter dem heißen, dampfenden Strahl stehen konnten. Angel nahm das Shampoo und gab sich ein wenig in die Hände.

Er wusch erst ihr die Haare und dann sich. Sie schäumten sich gegenseitig mit Seife ein, um den Schmutz abzuspülen. Irgendwann wurde Taryn dabei bewusst, wie glatt seine Haut war und dass seine Hände an ihren Brüsten ruhten.

Sie drehte sich zu ihm um und sah das Verlangen in seinen Augen. Als sie die Hände nach ihm ausstreckte, trat er näher.

„Ich hätte dich verlieren können", sagte er, bevor er sie küsste.

Seine Zunge umspielte ihre. Sie spürte, wie seine Hände über ihren Körper strichen und mit jeder Berührung ihre Nerven in Flammen setzten. Seine Erektion drängte sich an ihren Bauch.

Seufzend legte sie ihm die Arme um den Hals. Er hob sie hoch, drückte sie gegen die feuchten, warmen Fliesen der Duschwand und drang in sie ein. Sie schlang die Beine um seine Taille und hielt sich an ihm fest, während er sie wieder und wieder ausfüllte.

Seine Hände stützten ihren Po und seine Finger gruben sich in ihr Fleisch. Das heiße Wasser floss über sie hinweg, während die Hitze in ihr anschwoll. Mit jedem Stoß wurde sie erregter und war sich gleichzeitig der Vielfalt an Gefühlen bewusst, die durch ihren Körper tobten. Erleichterung, Schock, Dankbarkeit und Panik vermischt mit sexuellem Begehren. Die Mischung drohte, sie zu überwältigen. Sie war so nahe dran, aber nicht sicher, ob sie den Höhepunkt erreichen konnte. Oder ob sie ihn erreichen wollte. Jetzt die Kontrolle zu verlieren wäre so …

Ihr Orgasmus packte sie ohne Vorwarnung. Lust peitschte durch ihre Adern, sie schrie auf. Angel fuhr fort, in sie hineinzustoßen, und zog so ihren Höhepunkt in die Länge, bis alle emotionalen Dämme brachen und sie anfing zu schluchzen.

Er wartete, bis sie aufgehört hatte zu zittern, dann setzte er sie behutsam ab und hielt sie, bis das Wasser kalt wurde.

Taryn hatte sich etwas angezogen, kurz die Haare geföhnt, einen Brandy getrunken und einen Teller Suppe gegessen. Nun saß sie auf ihrer Couch und sah HGTV. Das war der normalste Sender, der ihr einfiel. Es war schon nach Mitternacht, aber sie war immer noch zu aufgewühlt, um zu schlafen.

Angel saß neben ihr, einen Arm um ihre Schultern gelegt, was ihr ermöglichte, den Kopf auf seinen Arm zu betten. Sie hatte aufgehört zu zittern und langsam das Gefühl, dass der Schock nachließ.

„Besser?“, fragte er.

„Ja. Ich weiß nicht, wie du das beim Militär gemacht hast. Jeden Tag so viel Stress zu erleben.“

„Man gewöhnt sich daran."

Sie hob den Kopf und sah ihn an. „Wirklich?"

Kleine Fältchen erschienen in den Winkeln seiner Augen, als er lächelte. „Nein. Man gewöhnt sich nie daran. Man wird nur besser darin, so zu tun, als ob."

„Wenigstens habe ich mich nicht übergeben."

Er lachte leise. „Ich habe deine Standards schon immer bewundert."

Sie lachte, dann wurde sie wieder ernst. „Ich hatte noch nie in meinem Leben so viel Angst."

Er nahm ihre Hand. „Du warst sehr tapfer und hast dich gut geschlagen."

„Jetzt klingst du wie die Jungs."

„Ich meine es ernst. Du hättest in Panik verfallen können, aber das bist du nicht." Er hielt ihren Blick fest. „Um ehrlich zu sein, ich hätte nicht gedacht, dass du den Baum loslässt."

Sie wusste, was er meinte. „Du hast geglaubt, ich vertraue dir nicht genug."

„Ja, das auch."

Seltsam, dass sie in diesem Moment gar nicht an ihren Vater gedacht hatte. Sie hatte verstanden, was passierte, und gewusst, dass Angel ihre einzige Chance war. Also war sie gesprungen, und Angel hatte sie aufgefangen.

Sie wusste, er hätte für jeden anderen Menschen das Gleiche getan, aber sie wollte glauben, dass er sich um sie ein klein wenig mehr Sorgen gemacht hatte. Sie kuschelte sich näher an ihn. „Ich werde morgen früh Bailey und die Eltern von Regan anrufen und mich erkundigen, wie es den Mädchen geht."

„Das ist eine gute Idee. Ich kann immer noch nicht glauben, dass sie zum Weg zurückgegangen sind, anstatt auf dem Parkplatz zu bleiben."

„Ich weiß. Regan wollte ihr Armband holen." Sie berührte seine Brust. „Allein der Gedanke an das, was passiert ist, macht mir Angst."

„Sie hätten beide tot sein können", sagte er ausdruckslos.

Sie spürte die Anspannung in seinem Körper und glaubte zu wissen, was er dachte: Sie könnten alle tot sein.

„Du wirst mich doch nicht ausschimpfen, weil ich ihnen hinterhergegangen bin, oder?", fragte sie.

Er küsste sie. „Nein. Du hast das Richtige getan."

„Wir werden auf unserem nächsten ZKM-Treffen definitiv darüber sprechen müssen, was es bedeutet, unseren Anweisungen zu folgen und nachzudenken, bevor man handelt."

„Auf jeden Fall. Außerdem werden wir darüber sprechen, was in Notfällen zu tun ist." Er drückte ihre Schulter.

„Ich muss sagen, dieser Vorfall hat meine Abneigung gegen den Campingtrip mit dem Chef von LL@R noch verstärkt. Ich hoffe nur, er will nicht auf denselben Zeltplatz."

Angel lachte. „Da musst du dir überhaupt keine Sorgen machen. Es wird noch eine ganze Zeit dauern, bis der Platz wieder benutzbar ist. Selbst wenn das Wasser abgelaufen ist, wird dort noch immer Chaos herrschen. Außerdem sind die meisten Leute nicht besonders scharf darauf, an einem Ort zu zelten, an dem es schon mal eine Springflut gegeben hat."

„Ich bin sicher, in Fool's Gold gibt es noch andere Zeltplätze."

„Du klingst nicht sonderlich begeistert", zog er sie auf.

„Ja, sehr richtig."

„Unsere Mädchen wollen nächstes Jahr wieder campen gehen."

Um Fool's Gold herum gab es ja weiß Gott mehr als genug Wildnis. Aber das kann mir ja egal sein, dachte sie. Sie hatte Angel nur mit dem Forst geholfen, weil er ihr im Gegenzug half, für den Ausflug mit ihrem Kunden fit zu werden. Nächstes Jahr würde diese Vereinbarung nicht mehr bestehen.

Diese Erkenntnis stimmte Taryn fast ein wenig traurig. Sie mochte es, Zeit mit den Mädchen zu verbringen. Ihre Treffen waren immer lustig und sie liebte all diese verschiedenen Projekte. Ihr gefiel auch die Idee, dass der Forst länger als nur für ein paar Monate zusammen sein würde. Sie könnten sich ein wirklich tolles soziales Projekt überlegen. Nicht, dass die Arbeit mit den Welpen keinen Spaß machte, aber nächstes Jahr könnten sie etwas finden, das mehr mit dem Leben in der Stadt zu tun hatte.

Nur würde es für sie kein nächstes Jahr geben. Nicht mit Angel und seinem Forst. Denn für sie beide gab es kein nächstes Jahr.

Wir sind bezüglich unserer Beziehung sehr klar gewesen. Keiner von uns hat mehr gewollt als eine Affäre, rief Taryn sich zur Ordnung. Ja, das war die Wahrheit. Angel hatte sie herausgefordert und sie war fasziniert gewesen. Sie waren nicht jung und dumm – sie wollten sich nicht verlieben.

Nur, dass sie es dummerweise trotzdem getan hatte. Irgendwann, als sie nicht richtig aufgepasst hatte, hatte sie ihm ihr Herz geschenkt. Vielleicht war es deshalb so leicht gewesen, darauf zu vertrauen, dass er sie auffangen würde. Sie hatte nichts zu verlieren gehabt.

„Geht es dir gut?“, fragte er.

Sie nickte und zog sich dann so weit zurück, dass sie ihn anschauen konnte. „Ich liebe dich. Ich sage das nicht wegen der Flut. Ich habe es schon erkannt, bevor du den Helden gespielt hast.“ Sie schenkte ihm ein Lächeln. „Das war nicht Teil der Abmachung und sollte auch nicht passieren, aber das ist es. Ich liebe dich, Angel. Ich wollte nur, dass du das weißt.“

Sie beobachtete ihn, nicht sicher, was sie jetzt in seiner Miene sehen würde. Sie hoffte, dass er erkennen würde, was für ein großer Schritt das für sie war. Sie war noch nie verliebt gewesen – und hatte die berühmten drei Worte auch noch nie ausgesprochen. Sie erwartete ja nicht, dass er ihr das Gleiche sagen würde, aber vielleicht würde er ihr wenigstens einen kleinen Hinweis auf seine Gefühle geben.

Nur wirkte Angel über die Neuigkeiten nicht erfreut. Eine Sekunde lang blitzte etwas Dunkles, Trauriges in seinen Augen auf, dann wurden sie völlig ausdruckslos. Es war, als würde sie eine Statue aus Stein ansehen.

Er schüttelte den Kopf. „Nein“, sagte er. Das war alles. Nur nein.

Ihr wurde ganz kalt – doch diese Kälte war schlimmer als die von vorhin. Sie kam von innen, nicht von außen, und sie wusste, dass ihr nie wieder warm werden würde. Sie zwang sich, nicht auf seine Ablehnung zu reagieren, nichts zu sagen. Sie würde nicht betteln.

Nicht einmal, als er aufstand und ohne ein weiteres Wort ihr Haus verließ.

Sie saß auf dem Sofa, im Hintergrund lief der Fernseher. Und zum zweiten Mal innerhalb weniger Stunden brach Taryn in Tränen aus.

19. KAPITEL

Taryn verließ die Zulassungsstelle von Fool's Gold und musste zugeben, dass es durchaus Vorteile hatte, in einer Kleinstadt zu leben. Sie besaß jetzt einen neuen Führerschein, den sie in ihr neues Portemonnaie stecken konnte, bis der echte Führerschein mit der Post kommen würde. Nachdem sie sich am Tag zuvor um ihre Kreditkarten gekümmert hatte, war der Termin auf der Zulassungsstelle ganz leicht gewesen. Abgesehen von ihrem Lieblingslipgloss und ihrem Hello-Kitty-Puder – und okay, ihrem Herzen – hatte sie alles ersetzt, was sie in der Flut verloren hatte.

Es war zwei Tage her. Zwei Tage, in denen die Leute sie gefragt hatten, ob es ihr gut ging, und sie für ihren Mut gelobt hatten. Sie hatte versucht, zu sagen, dass sie nicht mutig gewesen war, doch das hatte niemand hören wollen, also hatte sie aufgegeben, es zu erklären. Ein Vorteil war, dass sich aufgrund der Ereignisse am Campingplatz niemand darüber wunderte, dass sie ein wenig still war oder traurig wirkte. Sie nahmen wohl alle an, dass sie immer noch mit dem Erlebten zu kämpfen hatte. Was bedeutete, sie musste niemandem die Sache mit Angel erklären.

Sie hatte ihn seit jenem Abend, an dem er einfach gegangen war, nicht mehr gesehen. Das hatte sie auch nicht erwartet, aber trotzdem schien ihr Herz darauf zu hoffen. Es wäre eine nette Überraschung, dachte sie, als sie zu Jo's Bar ging, um sich mit ihren Freundinnen zum Lunch zu treffen.

Sie lächelte den Menschen zu, die sie auf der Straße grüßten, und als sie die Bar betrat, sah sie, dass Dellina, Consuelo und Isabel bereits warteten. Noelle kam direkt nach ihr rein.

„Wie geht es dir?", fragte Noelle, als sie gemeinsam zum Tisch gingen. „Ich kann nicht glauben, was du durchgemacht hast. Das muss schlimm gewesen sein."

Ihre drei Freundinnen standen auf und umarmten sie.

Taryn lächelte sie an. „Mir geht es gut. Wir haben es alle ohne größere Blessuren überstanden. Noch mal muss ich so was nicht mitmachen, aber die Eicheln, mit denen ich gesprochen habe, sind gut darüber hinweggekommen."

Sie setzten sich.

„Larissa schafft es heute leider nicht", erklärte Taryn. „Jack hat sie auf ein Seminar zum Thema Sportverletzungen geschickt. Sie ist keine Physiotherapeutin, aber sie hält sich gerne über die neuesten Entwicklungen auf dem Laufenden."

Jo kam und nahm ihre Getränkebestellungen auf, stellte die Tagesangebote vor und kehrte zu Bar zurück.

Isabel stieß Consuelo an. „Du strahlst so. Das weißt du, oder?"

Taryn musterte die zierliche Brünette. Consuelo war sonnengebräunt und wirkte außergewöhnlich glücklich. Vermutlich steckte da mehr dahinter als nur ein zweiwöchiger Urlaub auf einer tropischen Insel.

„Kent und ich hatten in den Flitterwochen viel Spaß", sagte sie und lächelte ein wenig verlegen. „Wir haben über unser Leben geredet und darüber, wie wir uns die Zukunft vorstellen."

„Ein Baby?", fragte Noelle aufgeregt.

„Wir haben darüber gesprochen, aber entschieden, stattdessen zu adoptieren. Wir hätten gerne ein älteres Kind. Oder sogar zwei. Am besten Geschwister, die man nicht trennen soll."

Taryn blinzelte. „Das ist eine ziemliche Aufgabe."

„Ich weiß." Consuelo grinste. „Ich glaube aber, wir sind der Sache gewachsen. Wir haben auch mit Reese gesprochen, und er ist ganz begeistert."

„Wow, große Neuigkeiten", sagte Isabel. „Herzlichen Glückwunsch."

„Danke." Consuelo schaute Taryn an. „Ich habe gehört, ihr hattet eine Party, als ich weg war. Der Kleidertausch."

„Stimmt." Taryn wandte sich an Dellina und Isabel. „Ihr beide habt das toll hingekriegt."

„Danke", sagte Dellina. „Es hat auch viel Spaß gemacht. Ich glaube, wir sollten das alle halbe Jahr wiederholen. Die Frauen waren wirklich sehr großzügig mit ihren Spenden. Wir haben beinahe tausend Dollar für das Frauenhaus gesammelt."

Der Betrag überraschte Taryn. „Das ist ja super."

„Oh ja", sagte Noelle. „Und ich liebe die Sachen, die ich gefunden habe. Ich glaube, wir könnten eine Frühlings- und eine Herbstparty machen. Ihr wisst schon – damit wir Frauen uns auf die neue Kleidersaison vorbereiten können. Ich habe zum Beispiel einen Wintermantel vom letzten Jahr, der immer noch top in Schuss ist, den ich aber auf keinen Fall noch einen Winter lang tragen will."

Isabel nickte. „Das ist eines der Dinge, die ich an der Arbeit in der Boutique so mag. Im Gegensatz zu den Brautkleidern kann ich da immer wieder einen neuen Stil ausprobieren. Ich muss es sogar. Denn bei den Designersachen ist es wichtig, alle neuen Trends zu kennen. Bei der Brautmode geht es darum, als Verkäuferin schön unauffällig im Hintergrund zu bleiben."

Dellina grinste. „Ich verstehe. Du bist es wohl leid, jeden Tag dein kleines Schwarzes anzuziehen?"

„Ja. Ich kann nie was Süßes tragen und darf nie hübscher sein als die Braut. Deshalb ziehe ich mich immer an, als würde ich auf eine Beerdigung gehen."

„Ich trage, was bequem ist", sagte Consuelo.

„Nicht jeder kann in Cargohosen und Tanktop zur Arbeit gehen."

Taryn hörte der Unterhaltung zu. Wie schön, dachte sie. Entspannend und eine Ablenkung von dem Loch in ihrem Herzen. Sie musste minutenlang nicht an Angel denke, was eine willkommene Pause war.

„Ich werde mich mal beim Frauenhaus melden", sagte Noelle. „Ich will gucken, ob sie Freiwillige brauchen können."

„Das ist eine gute …" Dellina hörte mitten im Satz auf und schaute Taryn an. „Was? Was ist los?"

Überrascht sah Taryn sie an. „Ich habe keine Ahnung, was du meinst."

Dellina schüttelte den Kopf. „Irgendetwas ist mit dir los. Etwas Großes. Was ist denn passiert?“ Sie berührte Taryns Arm. „Na los. Ich habe mehrere Schwestern und ich weiß, wenn eine Frau mir wichtige Informationen vorenthält.“ Sie biss sich auf die Unterlippe. „Es ist schlimm, oder? Ich sehe es an deinen Augen.“

Taryn wusste nicht, was sie verstörender fand. Dass sie ihre eiserne Maske zu verlieren schien oder dass Dellina anscheinend hellseherische Kräfte hatte.

Isabel schaute Taryn an. „Du hast recht.“ Ihre Miene wurde ganz weich und ihr Blick sorgenvoll. „Erzähl es uns. Geht es dir gut? Fühlst du dich krank oder so?“

Noelle rümpfte die Nase. „Also ich habe überhaupt keine Ahnung, was hier gerade los ist“, sagte sie grummelnd. „Jetzt musst du es sagen, oder ich komme mir vor wie eine völlige Idiotin.“

„Ich auch“, knurrte Consuelo.

Taryn dachte daran, sich mit einer Lüge aus der Situation herauszuwinden, wusste aber nicht, ob sie dazu in der Lage war. Nicht, wenn sie sich emotional wie durch den Fleischwolf gedreht fühlte.

Sie räusperte sich. „Es geht um Angel“, sagte sie leise. „Wir, ähm, wir haben Schluss gemacht.“

„Warum?“

„Nein! Ihr passt doch so gut zusammen.“

Dellina musterte sie weiter. „Er hat dich verletzt.“

Taryn zuckte mit den Schultern. „Ich habe die Regeln gebrochen. Wir waren uns beide einig, dass das mit uns eine Affäre und keine Beziehung ist. So haben wir es gewollt. Nur habe ich mich dann in ihn verliebt, und als ich es ihm gesagt habe …“

Tränen stiegen ihr in die Augen und ihre Kehle wurde eng. Sie musste einige Male tief durchatmen, bevor sie weitersprechen konnte. „Er ist einfach gegangen“, sagte sie schließlich. „Das ist ein paar Tage her und ich habe ihn seitdem nicht mehr gesehen.“

Alle vier streckten ihre Arme aus und umarmten Taryn.

„Hast du überhaupt geschlafen?", fragte Noelle. „Kannst du essen? Du musst gut auf dich achten, sonst wirst du noch krank."

Isabel streichelte sie mitfühlend. „Soll ich Ford bitten, ihn zu verprügeln?"

Consuelo schnaubte. „Alleine könnte Ford es nie mit Angel aufnehmen. Dafür kennen sie den Kampfstil des anderen zu gut. Aber zusammen könnten er und ich Angel ordentlich den Arsch versohlen." Sie schaute Taryn an. „Soll ich mich darum kümmern? Dann mach ich das."

Taryn wischte eine Träne fort und versuchte zu lächeln. „So seltsam das auch klingen mag, aber das ist das Netteste, was mir jemals angeboten wurde. Danke. Ich weiß das sehr zu schätzen. Ihr seid alle fabelhaft."

Sie biss sich auf die Unterlippe und versuchte, sich wieder unter Kontrolle zu kriegen. „Es ist schwer, weil ich nie auf die Idee gekommen bin, ich könnte mich in ihn verlieben. Ich dachte, ich wäre stärker."

„Jemanden zu lieben macht dich nicht schwach", sagte Consuelo. „Am Anfang kommt dir das so vor, aber es stimmt nicht. Die Liebe ist kompliziert und chaotisch, aber auch unglaublich mächtig."

„Und in diesem Fall eine Totalkatastrophe", murmelte Taryn.

Sie sah, dass die anderen Frauen untereinander Blicke tauschten, und hatte keine Ahnung, was sie dachten. Nur in einer Hinsicht war sie sich ganz sicher. Ihre Freundinnen waren für sie da, wenn sie sie brauchte.

„Ich bin euch sehr dankbar für eure Unterstützung", sagte sie. „Ich muss das aber erst mal alleine verarbeiten. Bitte sagt niemandem etwas davon. Ich bin noch nicht bereit, darüber zu reden."

Isabel rümpfte die Nase. „Bist du sicher? Es gibt eine Fool's-Gold-Tradition, wenn jemand Schluss gemacht hat."

„Was für eine Tradition? Ich will keine Festivalkönigin werden oder so."

„Nein. Es ist ein Mädchenabend", erklärte Dellina. „Alle

bringen Alkohol und Junkfood. Wir betrinken uns und schimpfen auf die Männer."

Taryn unterdrückte einen Schauer. Das bedeutete, darüber zu reden, was geschehen war. Diese Unterhaltung würde sie lieber niemals führen.

„Dafür bin ich noch nicht bereit", sagte sie entschlossen. „Ehrlich, sagt bitte keinem was davon." Sie fühlte sich zu gedemütigt, um mit dieser Information an die Öffentlichkeit zu gehen.

„Lass uns wissen, wenn du deine Meinung änderst", sagte Noelle. „Wir haben Mittel und Wege, dich alles vergessen zu lassen."

Taryn zwang sich, über den Witz zu lachen.

Angel zu verlieren war schrecklich gewesen. Aber Freundinnen zu finden war eines der vielen guten Dinge, die sie seit ihrem Umzug nach Fool's Gold erlebt hatte. Ja, sie musste die Sache positiv sehen. Irgendwann würde die Wunde verheilen und sie würde mit ihrem Leben weitermachen.

Und dann gab es noch einen weiteren positiven Effekt: Sie war daran erinnert worden, dass die Liebe eine Katastrophe war. Und dass Männern zu vertrauen nur zu Schmerz führte. Es war eine Lektion, die sie nie, nie wieder vergessen würde.

Nach dem Lunch fühlte Taryn sich ein wenig besser. Wenigstens weinte sie nicht mehr und der nagende Schmerz in ihrer Brust war zu etwas verebbt, mit dem sie umgehen konnte.

Das liegt daran, dass ich Zeit mit meinen Freundinnen verbracht habe, dachte sie. Sie waren gute Frauen und sie war dankbar für ihre Unterstützung. Auf dem Weg zum Auto fragte sie sich, wie anders ihr Leben wohl verlaufen wäre, hätte sie solche Freundinnen schon früher gehabt. Zum Beispiel auf der Highschool. Wobei, sie hätte niemals jemandem anvertraut, was bei ihr zu Hause los war. Was vielleicht nicht nur an ihrem mangelnden Vertrauen gelegen hatte, sondern auch daran, dass sie sich so schrecklich geschämt hatte.

Sie fuhr zu Score und stellte den Wagen auf den Parkplatz. Ein zerbeulter Subaru bog neben ihr ein und Bailey stieg aus.

Taryn lächelte sie an. „Hallo! Wie geht es Chloe? Hat sie sich schon von dem Abenteuer erholt?"

Bailey kam ums Auto herum und nickte. „Es geht ihr super. Ich hatte Angst, sie würde unter Albträumen leiden. Aber das tut sie nicht. Sie hat überhaupt keine negativen Folgen davongetragen." Bailey trug ein T-Shirt und Jeans. Nervös spielte sie mit ihren Autoschlüsseln.

„Taryn, ich möchte Ihnen für all das danken, was Sie und Angel für Chloe getan haben. Bei den Eicheln zu sein hat ihr ermöglicht, den Weg zurück zu dem wunderbaren Mädchen zu finden, das sie gewesen ist. Ich habe mir solche Sorgen um sie gemacht. Ihren Dad zu verlieren war fürchterlich. Sie ist so still geworden. Ich habe mit ihrer Kinderärztin gesprochen, die mir sagte, ich solle ihr Zeit lassen, aber wenn sie in ein paar Monaten keine Fortschritte erzielt hätte, sollten wir über eine Therapie nachdenken. Das habe ich immer vor mir hergeschoben. Ich schätze, ich wollte nicht, dass irgendetwas mit ihr nicht stimmt."

Taryn konnte ihre Sorgen verstehen. Vor allem, weil es um ein Kind ging.

„Seit Chloe bei den Eicheln ist, hat sich alles verändert. Sie hat wieder Freundinnen. Und sie plappert den ganzen Tag."

„Wohl fast ein bisschen zu viel, was?", fragte Taryn lächelnd.

Bailey lächelte auch. „Ja, vielleicht. Aber ich sage mir immer, dass ich mich nicht beschweren soll." Ihr Lächeln schwand. „Als wir Will verloren, waren wir beide am Boden zerstört. Es war eine Sache, wenn er im Einsatz war, aber zu wissen, dass er nie mehr zurückkommt …"

Taryn nickte. „Es tut mir so leid", flüsterte sie und wusste, dass ihr Schmerz nichts war im Vergleich dazu, einen Ehemann zu verlieren. Sie war zäh. Sie würde das überstehen und niemand würde je ahnen, dass sie daran zerbrochen war.

„Danke für Ihr Mitgefühl, aber es ist schon okay. Das war es wert. Will war ein sehr guter Mann. Er hat mich geliebt – und er hat Chloe geliebt. Wir beide waren sein Leben, und das wussten wir."

Sie hielt inne. „Zu sehen, wie Chloe wieder aufblüht, hat mir sehr geholfen." Sie zuckte mit den Schultern. „Tut mir leid. Ich rede zu viel."

„Nein, ist schon gut. Ich bin so froh, dass wir helfen konnten. Chloe ist ein wunderbares Mädchen. Sie haben allen Grund, stolz auf sie zu sein."

„Das bin ich auch." Baileys Lippen zuckten. „Nach dem Campingausflug hat Chloe erwähnt, dass ich ihr einen neuen Dad suchen soll."

„Angel?", fragte Taryn, bevor sie sich zurückhalten konnte.

„Was? Nein. Oh, das haben Sie gedacht?" Das Lächeln kehrte zurück. „Er ist toll, aber mit einem Mann wie ihm käme ich auf Dauer nie im Leben klar. Er passt viel besser zu Ihnen. Sie sind stark und mächtig, das braucht er."

Diese Einschätzung war sowohl nett als auch unerwartet.

„Heute fühle ich mich nicht sonderlich stark", gab Taryn zu.

„Das wird wieder."

Taryn lehnte sich gegen ihren Wagen. „Also, wenn es nicht Angel ist, gibt es sonst jemanden?"

„Ich glaube nicht. Ich bin noch nicht so weit, mich wieder mit Männern zu verabreden." Sie senkte den Kopf. „Und ich müsste dreißig Pfund abnehmen. Ich glaube, ich esse lieber weiter Schokokekse."

Taryn beobachtete Bailey und glaubte, kurz einen Hauch von Röte auf ihren Wangen zu sehen. War es möglich, dass Bailey doch jemanden im Kopf hatte? Sie hatte klargestellt, dass sie nicht an Angel interessiert war, was gut war, denn einen weiteren Schlag in den Magen hätte Taryn gerade nicht verkraften können.

„Sie müssen nicht abnehmen", sagte sie. „Sie sind bezaubernd."

„Danke, aber wir wissen beide, dass das nicht stimmt." Bailey zuckte mit den Schultern. „Im Moment ist es mir nicht wichtig genug, mich um mein Gewicht zu kümmern. Ich habe so schon genug Stress im Leben mit der Arbeitssuche und allem.“ Sie neigte den Kopf. „Ich habe Ihnen nie für das Kleid gedankt.“

Taryn räusperte sich. „Sie meinen die Tauschparty? Damit hatte ich kaum was zu tun. Glauben Sie mir, Dellina hat das meiste organisiert und Isabel hat sich um den Rest gekümmert. Meine Stärke liegt allein darin, zu delegieren.“

Bailey schaute Taryn an. „Sie haben mir das Kleid gekauft, Taryn. Das weiß ich. Wenn ich ein größeres Ego hätte, würde ich behaupten, Sie haben die ganze Party nur organisiert, damit Sie es mir schenken können, ohne dass ich es für ein Almosen halten muss.“

„Äh, ich habe keine Ahnung, wovon Sie da reden.“

„Oh doch, das haben Sie. Aber Sie können gerne weiter so tun, als wüssten Sie von nichts, wenn Sie sich dann besser fühlen. Sie sind ein sehr guter Mensch. Danke. Ich weiß, Sie würden für das, was Sie getan haben, nie Geld annehmen, also werde ich es Ihnen zurückzahlen, indem ich etwas in der Art für jemand anderen tue, sobald sich eine Gelegenheit ergibt.“

Taryns Augen fingen wieder an zu brennen. Auf keinen Fall würde sie auf dem Parkplatz von Score in Tränen ausbrechen, aber Baileys Worte berührten sie.

„Ich war es nicht“, sagte sie bestimmt. „Aber ich bin froh, dass Sie ein Kleid für Ihre Vorstellungsgespräche gefunden haben.“

„Ja, das habe ich. Und passende Schuhe.“ Bailey lächelte. „Ich habe mich für einen Computerauffrischungskurs am örtlichen Community College eingeschrieben. Der geht über drei Samstage, und am Ende kenne ich mich hoffentlich mit all diesen neuen Kalender- und Tabellenkalkulationsprogrammen aus. Dann setze ich meinen Lebenslauf auf und fange an, mich zu bewerben.“

„Sie nehmen Ihr Leben in die Hand.“

„Ja, das tue ich.“ Sie hielt inne. „Ich weiß, das hören Sie bestimmt andauernd, aber ich muss es trotzdem sagen. Sie sind eine Inspiration, Taryn. Ich bewundere, was sie geschafft haben. Sie sind erfolgreich und tough, haben aber ihren eigenen Stil. Ich meine, mal ehrlich – sehen Sie sich nur Ihr Kleid an. Das ist fantastisch."

Taryn schaute an ihrem Seidenkleid von Dolce & Gabbana hinunter. Es war ärmellos und mit bunten Blumen bedruckt. „Das alte Ding?", fragte sie grinsend.

Bailey schlang ihre Arme um sie. „Sie wissen, was Sie wollen, und Sie holen es sich." Sie ließ Taryn los. „Wir könnten alle von Ihnen lernen."

„Ich verstehe gar nicht, warum meine Kleidung so eine große Sache ist."

„Sie zeigt, wer Sie sind. Es ist Ihnen egal, ob Sie hier in Fool's Gold oder Los Angeles sind. Sie wollen tragen, was Sie wollen, und tun, was Sie wollen, und leben, wie Sie wollen. Sie haben Stil, und Sie sind gut in Ihrem Job und dazu noch eine tolle Freundin. Ich schätze, ich will sagen, wenn ich mal groß bin, will ich wie Sie sein."

Wieder kamen die Tränen. Taryn versuchte nicht, sie zurückzuhalten, sondern schniefte nur. „Das ist das Netteste, was jemals jemand über mich gesagt hat. Aber ich muss Ihnen gestehen, ich bin die reinste Katastrophe. Nur damit Sie es wissen."

„Wir sind alle Katastrophen, Taryn. Aber Sie sehen dabei immer super aus."

Taryn lachte. „Stil vor Substanz." Sie wischte sich die Tränen ab. „Ich freue mich über Chloe. Sie ist ein tolles Mädchen."

„Danke. Ich kann das Lob dafür nicht ganz allein einstecken, aber ja, ich finde sie auch ziemlich großartig."

Die Frauen umarmten einander. Eine Sekunde lang überlegte Taryn, ob sie für Bailey eine Stelle bei Score erschaffen sollte. Nur brauchten sie derzeit niemanden, und sie wusste, Bailey wäre es lieber, auf eigene Faust einen Job zu finden. Es war eine Sache, etwas Hilfe anzunehmen – zum Beispiel in Form eines Kleids –, und eine ganz andere, einen künstlich geschaffenen Job anzunehmen.

„Lassen Sie mich wissen, wenn ich Ihnen bei der Jobsuche auf irgendeine Weise behilflich sein kann“, sagte sie.

„Das werde ich. Ehrlich gesagt wäre ich sehr dankbar, wenn Sie einen Blick auf meinen Lebenslauf werfen könnten.“

„Das mache ich gerne.“

Bailey kehrte winkend zu ihrem Wagen zurück. Taryn ging ins Büro. Da klafft immer noch ein riesiges Loch, wo mein Herz gewesen ist, dachte sie. Aber vielleicht, ganz vielleicht, hatte sie den ersten Schritt in Richtung Heilung getan.

„Ich hätte nie gedacht, dass so etwas hier passieren könnte.“

„Ich habe von so etwas noch nie gehört.“

„Das Wasser kam so schnell.“

„Ich konnte nicht aufhören zu schreien, was aber auch nicht geholfen hat.“

Angel hatte schon viel zu viele Umarmungen und Rückenklopfer ertragen müssen, seit er beim Treffen der Forstwächter erschienen war. Jeder wollte wissen, ob es Taryn und den Eicheln gut ging. Danach schien es eine minutiöse Nacherzählung der Ereignisse zu geben.

Denise forderte schließlich alle auf, sich zu setzen.

„Nun, da die Saison sich dem Ende zuneigt, gibt es viel zu besprechen“, sagte sie. „Am nächsten Samstag findet die Parade statt. Alle Forste werden zusammen marschieren. Plants for the Planet ist wieder einmal so freundlich, die Kränze für alle zu spenden. Wenn ihr also eine neue Pflanze oder Blumen für euren Garten braucht, kauft sie doch bitte dort und sagt, wie dankbar wir ihnen für ihre Unterstützung sind.“

„Kränze?“, fragte Angel die Forstwächterin, die neben ihm saß.

„Kleine Kronen für die Mädchen“, erwiderte sie. „Mit Bändern, die ihnen über den Rücken flattern. Das sieht ganz zauberhaft aus. Jeder Forst hat seine eigene Farbe. Die Mädchen lieben es, an der Parade teilzunehmen. Am Ende bekommen sie ihre Familienperle und steigen in den nächsten ZKM-Level auf.

Später gibt es eine Zeremonie für die Mädchen, die die Organisation in diesem Jahr verlassen."

„Danke." Angel dachte, dass er wirklich mal das komplette Handbuch lesen sollte. Aber jedes Mal, wenn er nach den Seiten über die Eicheln weiterblätterte, fand er etwas, das ihm unangenehm war. Wie die Lektion über den weiblichen Zyklus.

Das erinnerte ihn daran, wie Taryn gelacht hatte, als er ihr davon erzählte. Sie hatte gesagt, er würde sich erst mal mit solchen Themen nicht beschäftigen müssen. Und wenn es dann so weit wäre, würde sie das übernehmen. Nur würde das jetzt nicht mehr passieren. Sie wäre nicht da. Nicht bei den ZKM. Dafür hatte er gesorgt.

Es ist über eine Woche her, dachte er grimmig. Er hatte sie zweimal aus der Ferne gesehen, war aber ziemlich sicher, dass sie ihn nicht bemerkt hatte. Und das war genau, was er wollte. Fool's Gold war so klein, dass sie sich irgendwann über den Weg laufen würden, aber er hoffte, das passierte eher später als früher.

Wo er so über sie nachdachte, fragte er sich, wie sie sich wohl fühlte. Ob es ihr gut ging. Er hoffte es. Er wollte, dass sie glücklich war. Ein Teil von ihm wollte sogar, dass sie mit ihm zusammen glücklich war. Nur wusste er …

Sein Magen zog sich zusammen. Gleichzeitig stieg Sehnsucht in ihm auf. Er vermisste Taryn mehr, als er je für möglich gehalten hatte. Er vermisste ihr Lachen, ihren Humor, ihre verdrehte Intelligenz. Er vermisste, wie sie ihre „Jungs" liebte und sie gleichzeitig terrorisierte – vermutlich, weil ihn das an Consuelo erinnerte, die für ihn wie Familie war. Er vermisste Taryns schwungvollen Gang, ihre albernen Schuhe und ihren Geruch. Er wollte sie in seinen Armen und in seinem Bett und wollte in der Lage sein, ihr zu sagen, ja, er liebte sie auch.

Nur das konnte er nicht. Die Ironie entging ihm nicht. Er hatte sie aus der Flut retten können, nur um sie dann fallen zu lassen, weil sie so dumm gewesen war, sich in ihn zu verlieben. Toller Held. Er hatte sie dazu gebracht, ihm zu vertrauen, und sie dann genau dafür bestraft.

Er wollte ihr sagen, dass es nur zu ihrem Besten war. Dass er niemand war, auf den sie zählen sollte. Er hatte Marie und Marcus nicht beschützen können und konnte daher auch ihr keine Sicherheit bieten.

Allerdings ging es hier um Taryn, und er wusste, dass sie sehr gut in der Lage war, sich um sich selbst zu kümmern. Sie würde ihm sagen, dass sie keinen Ritter in schimmernder Rüstung wollte, sondern einen Partner. Jemanden, auf den sie sich verlassen konnte. Sie würde sagen, dass sie an ihn glaubte.

Das Problem war, er glaubte nicht an sich. Nicht ausreichend zumindest, um es zu riskieren.

Angel schreckte aus seinen Gedanken, als plötzlich die Tür geöffnet wurde und Bürgermeisterin Marsha den Konferenzsaal betrat. Sie redete kurz mit Denise, bevor sie sich an die Forstwächter wandte.

„Ich habe mit den Eltern gesprochen“, sagte sie. „Alle sind sehr dankbar, wie gut ihr mit der unerwarteten Springflut umgegangen seid. Vor allem Angel.“

Alle Forstwächter schauten ihn an. Denise lächelte, als hätte er gerade etwas ganz Großartiges geleistet.

„Du bist in die Gefahrenzone zurückgekehrt“, fuhr die Bürgermeisterin fort. „Du hast dein Leben riskiert, um die Mädchen zu retten.“ Das Lächeln verschwand, und ihre Miene wurde ernst. „Ich hoffe, du wirst mit Chloe und Regan darüber reden, was es heißt, Anweisungen zu befolgen.“

„Das habe ich bereits“, versicherte Angel ihr. „Wir haben darüber bei unserem letzten ZKM-Treffen gesprochen.“

„Gut.“ Bürgermeisterin Marsha schüttelte den Kopf. „Diese Springflut hat alle überrascht. Der Sturm hätte sich eigentlich nicht über den Bergen festsetzen sollen. Im Grunde hatten wir noch Glück. Es hätte wesentlich schlimmer kommen können.“ Sie seufzte erschöpft. „Ich mag gar nicht dran denken, wie schlimm es hätte werden können. Wir müssen Ernst machen mit dem Aufbau einer Such- und Rettungstruppe in der Stadt.“ Sie lächelte in die Runde. „Aber darüber werden wir ein anderes Mal reden. Heute danke ich euch erst einmal allen. Ihr habt diesen Notfall wirklich sehr gut gehandhabt."

Damit nickte sie und ging.

Das Meeting wurde fortgesetzt. Angel machte sich Notizen, weil er es nicht schaffte, genau zuzuhören, aber später wissen musste, was zu tun war. Er dachte weiter an Taryn und daran, wie er sie im Stich gelassen hatte. Er wollte das, was sie ihm anbot, aber gleichzeitig kannte er die Gefahr, die darin lag. Es war für sie beide besser, wenn er ihr Leben nicht auch noch komplett vermasselte. Wenn er ihr nicht den Eindruck vermittelte, er würde sich um sie kümmern.

Rein rational war ihm bewusst, dass er den Sturm und den Unfall, bei dem seine Frau und sein Sohn gestorben waren, nicht hätte verhindern können. Aber sein Bauch sagte ihm etwas anderes. Sein Bauch warnte ihn, dass er nicht nachgeben und seinem Herz folgen durfte. Denn das würde nur zur Zerstörung der einen Person führen, die er um alles auf der Welt beschützen wollte.

20. KAPITEL

Taryn nickte, und der Designer klickte auf die nächste Folie. „Die Marktprognose zeigt eindeutig", fuhr sie fort, „dass der Trend mindestens noch fünf Jahre bestehen bleibt. Konsumenten können zwar wankelmütig sein, aber die Marktforschungsfirma, mit der wir arbeiten, hat eine fast neunzigprozentige Trefferquote. Indem wir die Kampagne sorgfältig planen, können wir den Erfolg an vorbestimmten Punkten messen und die nötigen Anpassungen vornehmen."

Die Präsentation für Living Life at a Run hatte früh angefangen. Vielleicht liegt das Problem aber auch darin, dass ich immer noch nicht gut schlafe, dachte Taryn, als sie Cole anlächelte und dann ihren Platz am Konferenztisch einnahm. Jude schaltete die Lichter wieder an.

Jack erhob sich. „Tja, Sie sehen, warum wir Taryn bei uns im Team haben", sagte er augenzwinkernd. „Sie könnte problemlos auch als Feldmarschall arbeiten."

Cole, ein kleiner Mann mit breiten Schultern und kräftiger Figur, nickte. „Ich verstehe, worauf Sie hinauswollen, und es gefällt mir."

Das ist doch schon mal ein Anfang, dachte Taryn und achtete darauf, einen möglichst neutralen Gesichtsausdruck beizubehalten. Cole war ein Mensch, der bei ihr aneckte. Von der ersten Sekunde an, als er am Morgen das Gebäude von Score betreten hatte, hatte sie ihn nicht gemocht. Aber sie hatte schon vorher mit Klienten gearbeitet, die sie nicht mochte. Sie und Cole mussten keine Freunde werden.

Der Gedanke an das in wenigen Wochen geplante Campingwochenende mit ihm verursachte ihr eine Gänsehaut, aber sie hatte schon Schlimmeres überlebt. Die Jungs wären ja auch da und konnten als Puffer dienen. Und dank Angel konnte sie sowohl beim Wandern als auch beim Kajakfahren mithalten. Solange es also keine weitere Springflut geben würde, war alles gut.

Sobald diese Gedanken kamen, schob sie sie beiseite. An Angel zu denken war ein Fehler. Sie konnte sich stundenlang in Erinnerungen an ihn verlieren, doch im Moment musste sie sich auf LL@R konzentrieren.

Cole sah sie an, dann wieder Jack. „Okay. Super. Sie haben mir gezeigt, dass Sie für Gleichberechtigung und all diesen Kram stehen. Können wir uns jetzt von der Augenweide verabschieden und ernsthaft mit der Präsentation weitermachen?"

Die Worte sprach er so beiläufig aus, dass Taryn im ersten Moment glaubte, ihn missverstanden zu haben. Kenny, Jack und Sam schienen genauso überrascht wie sie. Aber als Cole mit dem Finger erst auf sie und dann auf die Tür zeigte, wusste sie, dass sie richtig gehört hatte.

Sie überlegte, aufzustehen, aber bevor sie den Gedanken noch zu Ende gedacht hatte, erhoben Sam, Jack und Kenny sich gleichzeitig und beugten sich zu Cole hinüber.

„Das haben Sie gerade nicht gesagt", sagte Kenny.

Cole lehnte sich auf seinem Stuhl zurück. „Kommt schon, Jungs, ist das euer Ernst?"

Sam lächelte. Aber es war das Lächeln eines Wolfs, der kurz davor war, einen Hasen zu fressen. „So etwas dulden wir nicht. Weder gegenüber ihr noch gegenüber irgendeiner anderen Frau." Er schaute zu Kenny und Jack, dann wieder zu Cole. „Ich weiß, Sie hatten große Hoffnungen bezüglich dieser Kampagne, aber wir arbeiten nicht mit Arschlöchern."

„Verdammt richtig", sagte Jack. „Cole, Sie werden sich jetzt sofort bei Taryn entschuldigen und dann gehen."

Cole richtete sich auf. „Was? Machen Sie Witze? Sie wissen, wie viel mein Etat wert ist? Wir hatten Pläne für den Nachmittag. Was ist mit der Golfrunde mit Josh Golden und Raoul Moreno?"

„Abgesagt", erklärte Kenny. „Und jetzt entschuldigen Sie sich bei der Lady."

Cole plusterte sich auf. „Ich habe nur gesagt, wie es ist. Eine Frau, die so angezogen ist, die so *aussieht* … aus welchem Grund sollte sie wohl hier sein?"

„Sie ist hier, weil sie klug und kompetent ist und hier die Hosen anhat – im übertragenen Sinne zumindest“, sagte Jack ohne Zögern.

Cole schien zu merken, dass er unterlegen war. Er schluckte und wandte sich an Taryn. „Nichts für ungut, Ma'am.“

„Ich glaube nicht“, erwiderte sie. „Sie haben mich absichtlich beleidigt, weil sie ein frauenfeindlicher Idiot sind.“ Sie stand auf. „Sie haben fünf Sekunden, um das Gebäude zu verlassen, oder ich lasse die Jungs los.“

Cole blinzelte, rappelte sich auf und rannte dann förmlich aus dem Raum. Ein oder zwei Sekunden später hörten sie ihn draußen auf dem Flur schreien: „Wo zum Teufel ist hier der Ausgang?“

Dann war er weg, und Taryn war allein mit ihren Jungs.

„Tja, das ist echt Scheiße“, sagte sie. „Wisst ihr, wie viel Zeit und Energie wir in diese Präsentation gesteckt haben? Wir müssen der Wahrheit ins Gesicht sehen, Gentlemen. Wir sollen einfach keine Einzelhandelskunden haben. Wir müssen uns mit unserem Nischenmarkt zufriedengeben. Denn ehrlich gesagt mache ich so was nicht noch einmal mit.“

Sam kam zu ihr und gab ihr einen Kuss auf die Wange. Dann legte er einen Arm um sie und drückte zu. Sie hielt sich an ihm fest, bis er losließ. Kenny folgte. Er gab ihr auch einen leichten Kuss und umarmte sie. Jack kam als Letzter. Nur ließ er sie nicht los.

„Er war ein Idiot“, sagte er. „Alles okay mit dir?“

Sie schaute in seine braunen Augen. „Das wird schon wieder.“

Denn der Schmerz in ihrem Herzen hatte nichts mit dem Armleuchter zu tun, der gerade aus dem Gebäude gelaufen war, sondern allein mit dem dunkelhaarigen Mann, der ihr Herz gestohlen hatte.

Sie lehnte sich an Jack und dachte zum millionsten Mal, wie viel einfacher es gewesen wäre, hätte sie sich in ihn verliebt. Aber nein. Ihr Herz war einfach gerne kompliziert.

„Danke“, sagte sie und trat zurück. „Ihr wart alle toll.“

„Jederzeit wieder“, sagte Kenny.

Taryn fuhr nach Hause, zog sich um und dachte über die langen Stunden nach, die noch vor ihr lagen, bevor sie endlich ins Bett gehen konnte. Die Tatsache, dass sie nicht geschlafen hatte, half nicht wirklich. Sie war erschöpft, und doch, wenn sie die Augen schloss, sah sie jedes Mal Angel vor sich.

Das Schlimme war, sie wusste, warum er ausgeflippt war. Er hatte ihr erzählt, was mit Marie und Marcus passiert war. Sie wusste, dass er sich die Schuld an ihrem Tod gab. Seine Emotionen waren ein wilder Mix aus Schmerz, dem Gefühl versagt zu haben, und der Angst, die beiden zu verraten, wenn er jemals jemand anderem sein Herz schenkte.

Sie wollte ihm sagen, dass sie wusste, dass er Marie immer lieben würde. Dass seine Liebe zu Marie etwas war, was *sie* an ihm am meisten liebte. Dass sie seine Vergangenheit und seine Hingabe respektierte. Aber er würde ihr keinesfalls zuhören, und wenn doch, würde er ihr nicht glauben.

Jemand klopfte an ihre Tür. Für eine Sekunde erlaubte sie sich, zu hoffen. Ihr Herz flatterte wie ein gefangener Schmetterling in ihrer Brust, bis sie die Haustür öffnete und Kenny auf ihrer Veranda stehen sah. Er hatte einen Stapel DVDs in seiner großen Hand.

„Hey", sagte er. „Bin ich der Erste?"

„Der Erste?" Sie stöhnte, als ihr dämmerte, dass ihr eine Invasion bevorstand. „Was ist denn hier los?"

„Wir haben heute Morgen Basketball gespielt", sagte er. „Angel war nicht da. Jack hat nach dem Grund gefragt. Ford hat ihm erzählt, dass ihr beide euch nicht mehr seht." Kennys blaue Augen schauten mitfühlend. „Wenn du einen Kerl fallen lässt, schimpfst du normalerweise über ihn. Doch diesmal hast du kein Wort gesagt."

„Wir haben uns getrennt. Das ist keine große Sache."

Kenny trat ein und schloss die Tür hinter sich. „Nein. Hat er dich verlassen? Soll ich ihn umbringen?"

Kenny war größer und muskulöser, aber Angel wusste, wie man kämpft. „Du hast die Narbe an seinem Hals gesehen", sagte sie nur.

Kenny nickte.

„Du willst nicht der andere sein."

Kenny packte die DVDs auf den Tisch und legte dann seine großen Hände auf Taryns Schultern. „Was brauchst du? Bist du schwanger?"

Sie fluchte und entzog sich ihm. „Kenny! Wage es ja nicht, mir einen Antrag zu machen." Das war ihr schon einmal passiert, und sie würde das nicht noch einmal machen. „Und nein, ich bin nicht schwanger."

„Willst du Rachesex?"

Taryn unterdrückte einen Seufzer. Es war zwar ein nettes Angebot, aber er meinte es nicht ernst. Sie waren eine Familie. Das wäre, als würde er mit seiner Schwester schlafen. „Nett, dass du das anbietest."

„Wir könnten es tun. Du bist heiß."

Sie hob die Augenbrauen.

Er trat einen Schritt zurück. „Okay, ja. Es wird nicht passieren." Seine Miene erhellte sich. „Aber du könntest mit Jack schlafen. Ihr hattet doch schon mal Sex zusammen, oder?"

„Ich brauche keine Hilfe, um flachgelegt zu werden, danke trotzdem."

Es klopfte erneut. Sie öffnete die Tür. Sam und Jack standen davor. Sam hielt eine Tüte mit Essen in der Hand und Jack einige Sixpacks und eine Flasche Tequila.

Fünf Minuten später waren sie alle in ihrem Wohnzimmer. Jack hatte die erste DVD eingelegt. Es waren die Highlights seiner Karriere. Danach würde die DVD von Sam und dann die von Kenny kommen.

Der Film begann, und die Stimme des Offsprechers erfüllte das Zimmer.

„Die Stallions liegen drei Punkte zurück und die Uhr läuft. McGarry spielt mit einer verletzten Schulter, aber alle wissen, wenn die Stallions es schaffen wollen, müssen sie sich auf ihn verlassen. Wir beobachten die Uhr. Und nun es geht los: McGarry tritt zurück und findet …"

„Rippchen?“, fragte Jack und reichte ihr einen offenen Behälter.

Sie wollte gerade ablehnen, da fiel ihr auf, wie hungrig sie war. Sie nahm sich eines und dazu eine Serviette.

Sam und Kenny hatten es sich in den großen Sesseln bequem gemacht, während Jack neben ihr auf dem Sofa saß. Sie hatte bereits zwei Gläser Tequila getrunken, also war es nur eine Frage der Zeit, bis der Schmerz in ihr ein wenig verebben würde.

Sie hatte ihre Freundinnen extra gebeten, ihr keine dieser „So ein Mistkerl – bald geht es dir besser“-Partys zu geben. Und nun sah es so aus, als würde sie trotzdem eine bekommen. Wenn auch auf etwas verdrehte Art. Mit ihrer Familie. Vielleicht sollte es genauso sein.

„Sie sind so hübsch“, sagte Olivia, als sie den Karton von Plants for the Planet öffnete.

Angel stand hinter ihr und schaute ihr über die Schulter. Ja, das waren sie. Gebundene Kränze aus zartrosa Blüten. Mit passenden Bändern. Neun an der Zahl. Die Mädchen würden …

„Das sind neun“, sagte er. „Für wen ist der neunte?“

Noch während er die Frage stellte, schrie eine Stimme in seinem Kopf die Antwort. Er hob abwehrend beide Hände. „Auf keinen Fall.“

Char grinste ihn an. „Du musst einen tragen. Du bist unser Forstwächter.“

„Der ist nicht für ihn“, sagte Chloe. „Der ist für Taryn.“

„Wo ist sie überhaupt?“, wollte Sarah wissen.

Zu spät wurde Angel klar, dass es einfacher wäre, sich über den Kranz zu streiten. „Äh, Taryn kommt nicht.“

Kate runzelte die Stirn. „Aber das ist unser letztes Treffen. Wir müssen doch an der Parade teilnehmen.“

Layla schüttelte den Kopf. „Sie kommt wirklich nicht. Ich habe gehört, wie meine Mom am Telefon mit jemand darüber gesprochen hat. Ich hätte nicht lauschen sollen.“ Sie biss sich auf die Unterlippe. „Angel und Taryn lassen sich scheiden.“

Acht Augenpaare sahen ihn anklagend an.

„Wir lassen uns nicht scheiden“, murmelte er. „Wir waren überhaupt nicht verheiratet.“ Was es nicht besser macht, dachte er grimmig. „Ich meine, wir sind zusammen ausgegangen, und jetzt tun wir das nicht mehr.“

Regans Augen füllten sich mit Tränen. „Was ist passiert?“

„Manchmal funktionieren Beziehungen einfach nicht.“ Er kam sich klein und schändlich vor. Schlimmer, er wusste, dass Taryn das weit besser erklären könnte als er. „Wir sind immer noch Freunde“, fügte er lahm hinzu, auch wenn es eine Lüge war. Sie waren keine Freunde. Sie waren gar nichts.

Er erwartete, dass Chloe ihn anbrüllen würde, doch sie drehte sich nur weg. Er legte ihr eine Hand auf die Schulter. „Was ist los?“, fragte er sanft.

Sie schaute ihn an. Ihre Haut war blass und die Sommersprossen stachen hervor. Verschwunden war das fröhliche Mädchen, zu dem sie geworden war.

„Wir bekommen heute unsere Familienperlen“, erinnerte sie ihn. „Nach der Parade. Du kannst ohne Taryn nicht Teil einer Familie sein.“

Darauf gab es verschiedene Antworten, dachte Angel. Zum Beispiel könnte er Chloe jetzt erklären, dass seine Beziehung mit Taryn eine Sache unter Erwachsenen war, die sie nicht verstehen würde. Er könnte ihr erklären, dass er einst eine Familie gehabt, dann aber verloren hatte. Dass er nicht in der Lage gewesen war, sie zu beschützen.

Als er Chloe anschaute, sah er erneut die Springflut vor seinem geistigen Auge. Ihre Angst und wie sie die Arme nach ihm ausgestreckt hatte. Er hatte sie gerettet. Er wäre gestorben, um sie zu retten – um irgendjemanden von ihnen zu retten.

Er hatte keine Chance gehabt, Marie und Marcus zu retten, weil er nicht da gewesen war. Das ging ja auch gar nicht. Er konnte nicht jede Sekunde des Tages da sein. Das war eine unmögliche Aufgabe. Und selbst wenn er es gekonnt hätte, Marie hätte es nicht gewollt. Sie wollte ihr Leben leben und dass er seines lebte. Sie waren aus Liebe zusammen gewesen, aber Marie hatte nicht nach einem Bodyguard gesucht. Sie hatte einen Partner gewollt. Und der war er gewesen. Er war Vater und Ehemann gewesen.

„Wir vermissen Taryn“, sagte Olivia.

„Ich auch“, gab er zu.

Es gibt keine Garantien, dachte er plötzlich. Keine Versprechen. Es gab nur den Moment und das, was er bisher in seinem Leben erreicht hatte. Wenn er jetzt und hier sterben würde, würde er bereuen, Taryn nicht gesagt zu haben, wie viel sie ihm bedeutete. Er würde bedauern, nicht zugegeben zu haben, was die ganze Zeit über so offensichtlich gewesen war.

„Wir müssen zur Parade“, sagte er zu den Mädchen. „Und zwar jetzt.“

Er verteilte die Kränze. Als Chloe ihm den neunten reichte, seufzte er einmal kurz und setzte ihn sich auf den Kopf.

Sie gingen zum Anfang der Parade und auf ihren Platz. Die Musik setzte ein. Angel ging mit seinen Mädchen, suchte aber die Menge an den Seiten ab. Was auch immer passiert war, das hier würde Taryn nicht verpassen, dessen war er sich sicher. Sie war hier, und er würde seine Chance bekommen, mit ihr zu reden.

Er fragte sich, wie sehr er sie verletzt hatte. Warum war ihm das alles nicht früher klar geworden? Dass sie ihm so wichtig war. Dass er sich irgendwann, als er nicht aufgepasst hatte, auch in sie verliebt hatte.

Er hörte einen lauten Pfiff und sah Ford und Isabel. Ford reckte die Daumen hoch. „Siehst gut aus, Großer.“

Angel grinste. Das würde er Ford morgen heimzahlen – im Fitnessraum.

Er sah viele Leute, die er kannte. Die Eltern seiner Eicheln, Familien aus der Stadt. Montana mit einigen der Therapiehunde. Die Dame von …

Die Haut in seinem Nacken kribbelte. Er wirbelte herum. Taryn war hier. Er sah sie noch nicht, aber sie war da. Er ließ seinen Blick über die Menge schweifen, die zu beiden Seiten der Straße stand. Dann bemerkte er Kenny, Jack und Sam und wusste, dass er sie gefunden hatte.

„Kommt, Mädels“, sagte er und löste sich von den restlichen Gruppen in der Parade, um zum Bürgersteig zu gehen. Alle acht Eicheln trippelten hinterher.

Als er näher kam, rückten die drei muskelbepackten Footballspieler zusammen und bildeten eine Schutzwand. Angel wusste, dass die Jungs viel Schaden anrichten konnten, aber das bereitete ihm kein Kopfzerbrechen. Okay, Taryn hatte vielleicht drei Footballspieler, die auf sie aufpassten, aber er hatte acht Eicheln, und – jede Wette – Herzenskraft war reiner Muskelmasse immer überlegen.

Vor den Jungs blieb er stehen. Sie hatten ihre Arme vor der Brust verschränkt und blickten drohend drein. Zumindest, bis Chloe lächelte und leicht winkte.

„Hi Kenny.“

Der größte der Männer lächelte zögerlich. „Hey, Kleine.“

Taryn schob sich durch die Männer. „Ist schon okay“, sagte sie zu den Jungs. Dann schaute sie ihn an. „Angel.“

Er hatte sie seit fast zwei Wochen nicht gesehen. Taryn war blass, und unter ihren Augen befanden sich dunkle Ringe. Sie war immer schon dünn gewesen, aber er schätzte, dass sie noch mal an Gewicht verloren hatte. Ihr Blick war argwöhnisch und ihre Mundwinkel zitterten.

In diesem Moment sah er, was er ihr angetan hatte, und schämte sich. Diese Frau war ein unerwartetes Geschenk gewesen, und er hatte sie emotional in die Knie gezwungen. Was hatte er sich nur dabei gedacht?

„Es tut mir so leid“, sagte er. „Taryn, es tut mir leid. Ich habe mich geirrt. So unglaublich geirrt. Als ich Marie und Marcus verlor, habe ich mir immer eingeredet, ich hätte sie retten können, wenn ich nur da gewesen wäre. Was ich nicht sehen wollte, war, dass es zwar stimmte, aber nicht der Realität entsprach. Ich hätte niemals jede Sekunde ihres Lebens da sein können.“

Ein Muskel in Taryns Wange zuckte. Ansonsten veränderte sich ihre Miene nicht, und er wusste nicht, was sie dachte. Um sie herum ging die Parade weiter. Musik schwoll aus den Lautsprechern, und Freunde und Familie riefen den ZKM-Mädchen Grüße zu, als die vorbeigingen.

„Ich habe mich schuldig und verloren gefühlt", fuhr Angel fort. „Ich habe sie geliebt. Sie waren meine Familie – und dann waren sie fort. Ich dachte, ich könnte nicht weitermachen. Aber das habe ich. Ich habe es nach Fool's Gold geschafft und angefangen zu heilen."

Er riskierte, ihre Hand zu nehmen. Sie ließ es zu, doch er fragte sich weiter, was hinter diesen violett-blauen Augen vorging.

„Dann habe ich dich getroffen." Er lächelte. „Du bist umwerfend. Klug und sehr entschlossen. Stark wie …" Er unterbrach sich kurz, als er merkte, dass die Eicheln gebannt zuhörten. „Wirklich stark. Ich war fasziniert und beeindruckt. Ich dachte, wir passen gut zusammen. Aber ich hätte nie erwartet, mich noch einmal zu verlieben. Meine Gefühle für Marie und Marcus haben mich in gewisser Weise eine falsche Lektion gelehrt. Statt zu lernen, dass die Liebe ein Geschenk ist, das wir solange hüten sollen, wie wir es haben, habe ich nur darüber nachgegrübelt, dass ich die beiden nicht beschützen konnte. Und daraus habe ich dann geschlossen, dass ich sowieso niemals jemanden beschützen kann."

Hinter ihm schniefte jemand. Bevor er sich umdrehen und herausfinden konnte, wer da so traurig war, schob Kenny sich an ihm vorbei und sank auf die Knie.

„Kleine, was ist los?"

„Mir geht es gut." Chloe schniefte erneut. „Manchmal vermisse ich meinen Dad. Aber es stimmt, was Angel gesagt hat. Ich habe ihn geliebt, und er hat mich geliebt, und das ist ein Geschenk."

Der große Footballer zog das kleine Mädchen an sich. Seine Hände wirkten auf ihrem schmalen Rücken riesig, aber Chloe klammerte sich fest an ihn. Kenny schickte Taryn einen verzweifelten Blick, als flehe er sie an, ihm zu helfen, doch sie wandte sich wieder Angel zu.

„Du hast mich beschützt", sagte sie. „Du hast Regan und Chloe und mich gerettet."

„Ich weiß, und das hat mir Angst gemacht. Dass ich dich hätte verlieren können. Dass ich da war. Als du sagtest ..." Er hielt inne, sich der Zuhörer nur zu bewusst. „Du weißt, was du gesagt hast."

„Hast du ihm gesagt, dass du ihn liebst?", fragte Olivia. „Meine Mom sagt, Männer haben damit manchmal Probleme, weil sie emotional unreif sind."

„Na danke", murmelte Sam.

Taryn unterdrückte ein Lächeln. Sie sah Angel wieder an. „Als ich gesagt habe, dass ich dich liebe, hast du Panik bekommen."

„Das stimmt", gab er zu. „Ich war verwirrt und habe mich schuldig gefühlt. Ich wollte mir dir zusammen sein, aber was, wenn ich dich nicht beschützen könnte? Was, wenn wir Kinder bekämen und denen stieße irgendetwas Schlimmes zu?"

Die Mädchen fingen an zu flüstern.

Jetzt gab Taryn ihrem Lächeln nach. „Hört auf", sagte sie. „Hier ist keiner schwanger, verstanden?"

Chloe löste sich von Kenny. „Ich hätte gerne einen kleinen Bruder oder eine Schwester. Das habe ich Mom auch schon gesagt, aber sie meint, das wird nicht passieren." Sie drehte sich zu Regan um. „Sie muss dafür erst heiraten."

Angel unterdrückte einen Fluch. Wann war ihm die Kontrolle über die Situation eigentlich dermaßen entglitten? In seiner Vorstellung war das anders abgelaufen, als er sich ausgemalt hatte, wie er Taryn von seinen Gefühlen erzählen würde.

Er schaute sich um und sah, dass Kontrolle nichts als eine Illusion war. Alles, was jeder von ihnen hatte, war dieser Moment. Er war mit zwei wunderbaren Frauen in seinem Leben gesegnet worden. Es war an der Zeit, das anzuerkennen.

Er nahm den Kranz ab und setzte ihn Taryn behutsam auf den Kopf. Dann griff er nach ihrer anderen Hand.

„Es tut mir leid, dass ich dir wehgetan habe." Er schaute ihr tief in die Augen. „Es tut mir leid, dass ich nicht erkannt habe, wie viel Glück ich habe, dass du mich liebst. Es tut mir leid, dass ich ohne eine Erklärung einfach abgehauen bin. Das wird nie wieder vorkommen."

„Okay", sagte sie langsam.

„Ich liebe dich, Taryn. Ich glaube, das tue ich seit dem Moment, als ich dich zum ersten Mal gesehen habe."

Ihre Unterlippe fing an zu zittern, doch sie sagte nichts. Tränen stiegen in ihre Augen.

Er zog sie in seine Arme. Sie ließ es willig geschehen, und es fühlte sich an, als hätte sie schon immer zu ihm gehört. Ihre Arme schlang sie um seinen Körper und zog ihn an sich.

„Ich liebe dich, Taryn", flüsterte er so leise, dass nur sie es hören konnte. „Für immer. Später will ich es noch mal richtig machen. Auf einem Knie. Aber nur, damit du es weißt, ich habe vor, dich zu heiraten und mit dir alt zu werden."

„Nackt?", fragte sie leise.

Er zog sich ein wenig zurück und schaute sie an. „Du willst mich nackt, wenn ich alt bin?"

Sie kicherte. „Nein, während des Antrags."

Er lächelte. „Ich denke, das kriege ich hin."

„Was reden die da?", fragte Allison. „Ich kann nichts hören."

„Was vermutlich auch besser so ist", sagte Jack. „Okay, ihr zwei. Das waren genügend Gefühle für einen Nachmittag. Macht mal eine Pause. Die Mädchen sollen in der Parade mitlaufen."

Angel streckte seine Hand nach Taryn aus. „Komm mit uns."

Taryn spürte, wie das Loch in ihrem Herz sich endlich schloss. Sie hatte nicht nach der Liebe gesucht, aber irgendwie war sie trotzdem von ihr gefunden worden. Waren sie beide von ihr gefunden worden. Sie nahm Angels Hand und wusste, egal was passierte, sie würde ihn nie wieder loslassen.

Gemeinsam traten sie auf die Straße, und die Mädchen gingen neben ihnen.

Als sie das Ende der Parade erreichten, wartete Denise Hendrix auf sie. Jedem Mädchen, das an ihr vorbeiging, gab sie eine kleine Holzperle.

„Die Familienperle", sagte Angel.

Taryn zog ihr Lederarmband aus der Tasche. „Ich bin bereit für meine."

Denise sah sie und lächelte. Sie nahmen jeder eine Perle. Bevor Taryn ihre auf ihr Armband fädeln konnte, zog Angel sie an sich und küsste sie.

„Du weißt, dass ich zugestimmt habe, den Forst weiterzuführen", sagte er.

„Das habe ich gehört."

„Ich werde eine Assistentin brauchen."

„Ja, das wirst du."

Er berührte ihre Wange. „Ich möchte gerne, dass du das bist."

Sie seufzte glücklich. „Ich bin mir ziemlich sicher, dass sich das arrangieren lässt."

– ENDE –

Lesen Sie auch von Susan Mallery:

Deutsche Erstveröffentlichung

Susan Mallery

Drei Küsse für Aschenbrödel

Weihnachtszeit in Fool's Gold: Eine weiße Decke liegt über der Welt, köstliche Düfte erfüllen die Luft, und melodisch ertönt „Stille Nacht“. Einfach grässlich, findet Evie Stryker bis sie Dante Jefferson begegnet …

Band-Nr. 25790

9,99 € (D)

ISBN: 978-3-95649-075-0

eBook: 978-3-95649-370-6

304 Seiten

Susan Mallery

Drum küsse, wer sich ewig bindet

Patience' Gefühle fahren Achterbahn. Justice Garrett ist zurück in Fool's Gold! Nie hat sie den Jungen, der einst ihr Herz eroberte, vergessen. Spurlos ist er vor Jahren verschwunden. Aber ist Justice wirklich noch der Mensch, nach dem sie sich all die Jahre gesehnt hat?

Band-Nr. 25812

9,99 € (D)

ISBN: 978-3-95649-103-0

eBook: 978-3-95649-394-2

384 Seiten

Deutsche Erstveröffentlichung

Deutsche Erstveröffentlichung

Band-Nr. 25823
9,99 € (D)
ISBN: 978-3-95649-163-4
eBook: 978-3-95649-551-9
368 Seiten

Susan Mallery
Küsse haben keine Kalorien

Pralinen, Trüffel und feinste Schokoladen: Cafébesitzerin Allison Thomas ist Meisterin der süßen Verführung – allerdings nur, was die Herstellung zartschmelzender Köstlichkeiten angeht. Bei Männern hat sie leider kein so glückliches Händchen und lässt zur Sicherheit lieber die Finger vom starken Geschlecht. Bis Matt Baker in ihr Leben tritt. Der attraktive Handwerker renoviert nicht nur ihren Lagerraum, er ist auch die sinnlichste Versuchung, seit es Männer gibt. Doch obwohl Ali in seinen Armen dahinschmilzt, merkt sie, dass es in Matts Vergangenheit Dinge gibt, an denen er noch zu knabbern hat …

„Küsse haben keine Kalorien ist herzerwärmend und urkomisch.“
The Romance Reader